花
笙
STORY

让好故事发生

本作品改编自张巍同名原创剧本及影视剧《一念关山》

一念关山 下

A JOURNEY TO LOVE

左阳 ◎ 著

中信出版集团 | 北京

目录

第二十七章	银鞍白马终有情	001
第二十八章	鱼肠尽染贵胄血	025
第二十九章	素心欲解鸟雀羁	049
第三十章	江月何年初照人	069
第三十一章	江畔何人初见月	093
第三十二章	飒沓如流星	115
第三十三章	意气素霓生	137
第三十四章	欲从碧落去	160
第三十五章	竟得朱颜归	185
第三十六章	长刀惜染帝王血	208
第三十七章	神行终憾未启言	224
第三十八章	青庐冠帔如露电	248
第三十九章	宫阙晃旒竟幻影	272
第四十章	红尘万里越关山	296

银鞍白马终有情

就在李同光要与于十三同归于尽之时,两根手指横空而来,拈住了李同光已经刺入自己小腹的剑尖。

李同光愕然抬起头来,却见来者正是宁远舟。

"早就猜到多半会有人对殿下不利,可没想到竟然是你!这一招'玉石俱焚',是你师父教你的吧?刺杀时如果绝无逃生机会才会用。小侯爷,你想过没有,她要是知道你用这一招伤了自己,该有多伤心?"宁远舟的语气中,三分愤恨,却是七分同情。

李同光的手一软,再也握不住剑。他颓然跪在地上,泪流满面:"我要是劫了杨盈,她肯定会找我算账,她生气也好,伤心也好,甚至杀了我,给我一个痛快都好,只求她别不理我,别这样零零碎碎地折磨我……"

少年人的绝望是如此痛楚与真挚,不仅让宁远舟动容,连刚才因为他刺杀杨盈而愤怒的钱昭等人都一时默然。

如意一路飞檐走壁,恰在此刻赶到了这处路口,听到了李同光的话。她着急地想要上前,却被于十三一把拉住:"别着急,先交给老宁。"

宁远舟看着李同光的热泪,不由得轻叹了一声:"你呀。"他一使眼色,钱昭、元禄解下披风拉直,挡住了李同光。

宁远舟柔声劝道:"起来吧,你这样子不能让那些手下看见。"

李同光仍然如石像一般呆立不动。

宁远舟只得道:"如果我有法子让她既肯理你,又不生你的气呢?"

李同光猛然抬脸,原本呆滞的眼睛瞬间被注入了生气。

马车一路颠簸,来到了一处安静的院落。

宁远舟和李同光踏着假山的台阶走进亭子里,亭外一墙爬藤月季盛开,夕阳暖金色的余光映照在花藤上,宁馨静谧。李同光望着那花朵,心中的抗拒与偏执一时散去,只剩一片空茫和渐渐如浮尘般堆积的痛苦。

宁远舟走到亭中石桌旁,道:"这是六道堂在安都的分堂,四夷馆太打眼,有些话在这里说更方便。"

李同光眼中精光一闪:"你把你老巢暴露了?难道你不怕我——算了,你有什么办法让师父肯理会我?"

"你之前对她说过什么?"宁远舟问道,"'别离开我?我不能没有你?你要是走了,我不知道会做出什么事情来?'"

李同光沉默了。

宁远舟叹道:"对小娘子说这些话是大忌。你不能总是强调你要什么、你想什么。你得站在对方的角度替她考虑,想想她要什么、她喜欢什么。你也不能只是仰望她,乞求她的垂怜,你得和她一样强大,得尊重她、保护她、帮助她。这样,她才不会一直把你当作小孩子;你在她面前,也才能被当作一个配和她并肩而立的真正的男人。"

李同光如有所悟,低声重复道:"尊重她、保护她、帮助她,并肩而立,你就是这么对她的?"

宁远舟一笑,没有正面回答,只道:"你还得多练练养气的功夫,不仅是所谓的城府,还有在面对她的时候,控制自己的情绪。男人为情所困,疯魔而失去理智,这样的故事,也就只能在话本里感动人,现实中的小娘子要是碰到了,只会退避三舍。你喜欢坐在元禄的雷火弹边上吗?"

李同光下意识地摇头。

"那就对了,你的师父也不会喜欢。"

李同光沉默良久，终于点头："明白了。"

如意靠着亭下的假山，听着亭中两人的对话，一时感慨万千。

于十三小声道："现在你放心了吧？"

如意转过头，只道："刚才你有没有受伤？"

于十三心头一暖："哟，美人儿肯关心我啦？放心……"

亭子里，李同光又看向宁远舟，问道："为什么要告诉我这些？"

宁远舟淡然一笑："因为我没把你当对手啊。反正你又抢不走她，多一个人帮我护着她，不是挺好的嘛。"

李同光怒气顿生，握紧了拳头，恨恨地看着他。

宁远舟一哂："省省吧，你又打不过我。"

李同光不甘地瞪着他："你所谓的帮我，只不过是想利用我。只要支开我，不让我找使团的麻烦，你救你们皇帝出来就省事多了。"

"那当然。我又不是普度众生的菩萨，为什么要白白帮情敌排忧解难？不早就告诉过你嘛，我只爱阳谋。"

夕阳余晖之下，他神态淡然，李同光偏又奈何不得他，不由得恨得牙根痒。良久之后，李同光才又说道："帮你们向圣上进言，劝他早日放走梧帝，可以。其他的免谈。更别想能从我这里混进永安塔，现在守卫永安塔的不是我手下的羽林卫，而是邓恢的朱衣卫和直属圣上的殿前卫。"

宁远舟道："如果单是为了这个，我就不用找你了。但是，要是现在有一个机会，能很快除掉大皇子，你愿意加入我们吗？"

李同光眼中精光一闪，立刻道："愿闻其详。"

宁远舟道："昭节皇后对如意有厚恩，"忽地想起来，便向他解释道，"哦，你师父现在叫如意，万事随心、无拘无束的那个'如意'。大皇子既是害死昭节皇后的罪魁，又和陈癸勾结刺杀你，是以她绝不会放过他。可刺杀皇帝的长子，和除掉朱衣卫的左、右使，意义完全不同。"宁远舟眼中闪过一抹难过，叹道，"而她身上的伤，已经够多了。我不想再看到她昏迷不醒、命悬一线的样子了。"

李同光愕然，脱口说道："师父怎么会受伤？不可能！"

宁远舟看向他，问道："在你眼里，她应该永远不会受伤、永远不会落泪、永远不会输，是吗？错了，那是机关傀儡，不是人。"

李同光一怔。

宁远舟闭上眼睛，轻叹道："只差一点点，你从邀月楼废墟里挖出来的，就是她真的尸体。"

亭外，如意的眼中闪动着泪光，她轻轻吸了一口气。

亭中，李同光也猛然醒悟过来，忙道："那，那这一次我会帮她。我去安排死士——"

宁远舟摇了摇头，道："她已经是最好的刺客了，你再安排死士有什么用？你该做的，是帮她行动前免受怀疑，行动后不受报复。上次我在合县就说过，得让两位皇子内斗，你才会有可乘之机。"他随手拿起石桌上的棋子，摆在五角，演示道，"最好的法子是祸水东引，只要事成……"他推动着棋子，最后用代表二皇子的棋子，啪的一声，按在代表大皇子的棋子上，而后轻轻一吹，代表大皇子的棋子竟化为了粉末，飘散开来。他看着李同光，沉声说道："便可趁火打劫，不伤分毫。"

李同光会意，问道："你的意思是，我们设计让二皇子出手去对付大皇子？"

宁远舟点头。

李同光却摇了摇头："二皇子未必会上当，他和大皇子一直在争太子之位，但他胆子小，这些年一直都不敢下狠手……"

宁远舟眼中突然添了一抹阴冷："那就逼他不得不下狠手。如果他知道大皇子已经和他父皇的朱衣卫勾结对付了你，下一步就要对付他，那他会怎么反应呢？"

李同光一凛，但随即又滞了一滞，迟疑道："可是，二皇子一旦对大皇子下了狠手，只怕也自身难保。他是先皇后娘娘唯一的骨血，我要是这样做了，只怕师父会更生我的气。"

"我不会。"如意的声音从亭下传来。

李同光下意识地站了起来，这才骤然察觉到是如意来了，是如意在同他说话，立刻难掩惊喜地循声望过去，便见如意出现在亭外，月季花如瀑布一般盛开在她的背后，将她的身影衬得玉雕一般静美。

如意走上前来，道："二皇子的手上，一样也沾着娘娘的血。虽然瞧在娘娘的分上，我不会杀他，但我也会让他付出该付的代价。"她看向宁远舟，"不过，除了二皇子，逼死娘娘的还有一位。"

宁远舟的眼中流露出欣慰。李同光不解地问道："是谁？"

如意目光冰寒，道："安帝。是他，为了自己的权欲，背叛了娘娘。从今天起，我不会再称呼他为圣上。"

李同光一时震惊，思量半晌之后，才望向如意，问道："你，要行刺他吗？"听那语气，分明是就算如意要刺杀安帝，他也会设法协助。

如意却摇头道："不，毕竟邀月楼的那把火，是娘娘自己放的，而不是他；但我一定会让他付出比死还痛苦的代价——"她霍地转身，盯着李同光，"兄弟阋墙，二子相残，身败名裂，千夫所指。"李同光心下一凛。如意盯着他，继续说道："趁着安国大乱，他们会救走梧帝，尔后，就是你万人之上的机会了。"

一阵令人战栗的电流从李同光的脚心升到了头顶。他怔怔地看着如意，只觉得心脏如被眼前之人攥进手中猛地一捏般，激越地跳动起来。

如意看向他，目光炽烈如火，令人如飞蛾般被那火光诱住，不能挣脱。她问："李同光，你干不干？"

李同光单膝跪地，臣服在如意面前，捧起如意的指尖，仰头凝望着她，道："君之所愿，吾之所行。"

从安都分堂的院子里出来，李同光走向坐骑。临上马前，他又鼓足勇气走了回来，紧张地看着如意，低声问道："师父，以后，如果为了商议计划，您还愿意见我吗？"

如意看着他小狗一样的眼睛，点了点头。

李同光瞬间喜出望外，欢欣鼓舞道："我一定办得妥妥当当的！您等我的消息！"

　　他兴奋地翻身上马，却又被如意叫住。他连忙回过头去，却见如意抛来一个药瓶，叮嘱道："肚子上的伤，自己上药。要是有人问起，就说又被朱衣卫刺杀了一回。"

　　李同光接了药瓶，心中快活无比，道一声："是！"便开心地策马奔出，马蹄轻快地踏在石板路上，发出一连串欢腾清脆的响声，一直飞扬到天际。

　　直到李同光如奔腾的小马驹一样的身影消失在拐角处，如意才回过头去，一回头，便对上了宁远舟复杂的眼神。

　　于十三见势不妙，忙对元禄一行人使了个眼色，道："这么多人同时回四夷馆太打眼，得分头走。"回头道一声："我们先撤了啊，老宁，你们殿后。"便和众人一道，忙不迭地拍马离开了。

　　如意却并未察觉到宁远舟的心态，望着众人的背影，随口问道："走回去，还是骑马？"

　　宁远舟却突然牵住了她的手，问道："要不我们拖晚一点再回去？"

　　如意略有些意外，然而对上他黑漆漆的似有期盼的眸子，随即笑了起来："好。"

　　宁远舟便牵着如意的手，向后院走去，边走边说道："我当年住在这儿的时候，还藏过几件宝贝，也不知道被后来住在这儿的人发现了没有。"

　　他跃上假山，伸手在孔洞里摸了摸，突然眼睛一亮："咦，居然还在。"便从洞中掏出了一个油纸包。

　　如意好奇道："什么宝贝？"

　　宁远舟笑道："你猜。"

　　他跃下假山，吹了吹油纸包上的浮土，目光兴致勃勃，像一个找回了玩具的少年。他当着如意的面打开油纸包，露出的却是一只金光闪闪的元宝。他把元宝递给如意。

　　如意失笑："还真是宝贝。"伸手接过来，却突然觉得有点不对，"这怎么……"

　　宁远舟笑道："你习武，自然能感觉到重心不对，可一般人就未必了。这可是宁大师我平生最得意的作品。"他拿起元宝往空中一抛，手往袖中一探，闪电般抽出匕首，一刀将下坠中的元宝裁为两截，露出了里面的木芯。他收了匕首，接住元宝，递了一半给如意。

如意饶有趣味地把玩着手里的半截元宝，好奇地问道："为什么要做一个木元宝，还特意漆上金漆？"

"上一次在这儿潜伏的时候，我还只是个小副尉。那时候刚好你们朱衣卫来了一场厉害的清网，兄弟们折损很多。我就想，万一哪一次，我也在行动中无声无息就折了，那这个世界上，可能连我存在过的痕迹都没有。所以我就做了这个。"他说着便笑了起来，像一个恶作剧的少年，"要是有一天，谁发现了这个元宝，肯定会特别高兴地跑去金铺里兑钱吧？可等到一剪开，哈哈哈，这个人肯定傻了，他会琢磨一辈子——到底是谁搞了这么个假元宝？他是哪儿的人？为什么？"笑着笑着却又落寞下来，说道，"这样，就会有人一直念着我了。"

如意伸手抚摸着他笑容消失的嘴角，轻轻说道："这样的想法，我也有过。"

宁远舟握住了她的手，静静地凝视着她，道："所以你懂我。"

两人便安静地依偎在月季花盛开的假山亭中，一道观赏着天际渐渐沉下山坳的夕阳。

如意问道："刚才李同光离开的时候，你为什么会是那个眼神？又吃醋了？"

宁远舟不服气，一口否认："怎么可能，我说过，只当他是个孩子。"

如意笑道："骗人。"

宁远舟笑了一阵，才叹道："我其实是有点羡慕他，年轻真好啊，一会儿是阴谋夺嫡的权臣，一会儿又成了敢爱敢恨的少年，只消你一个眼神，就能让他从地狱到天堂，从疯魔到冷静。所以，就算他几次三番想对我们不利，我也没办法真正拿他当敌人看。"

"其实不单是他，每个人都有好几面，包括娘娘也是如此。"如意沉默了一会儿，才又说道，"有些事，我也是刚刚想明白。娘娘，其实没有我想的那样完美。"

如意眼前仿佛再次浮现出了昭节皇后的身影。

大殿之外,她与安帝并肩而立,雍容尊贵地接受朝臣叩拜。御花园里,她快乐安然地带着二皇子,同如意戏耍说笑。

可那就是真实的她,就是全部的她吗?

如意望着远方的夕阳,轻轻说道:"安帝,是她亲选的丈夫,当年他也是靠战功才挤掉兄弟们登上太子之位的,娘娘不可能对他的为人一无所知;二皇子,也是她亲自教养到十二岁的儿子。她生命中最亲的两个人,为什么最后都出卖了她呢?我不能说娘娘有错,但至少在她生命的最后一刻,她想清楚了,也后悔了。所以,她的遗言里,没有一句提到安帝和二皇子,只是要我别为她报仇,并且不要相信男人,要有一个完全属于自己的孩子。"

邀月楼上,如意拼死杀进火场,可昭节皇后却已无丝毫求生的意志。她满脸泪水,却还是微笑着对如意说下了她的遗言,而后不顾如意的呼唤,果断地投身大火之中。

如意轻轻闭了闭眼睛,叹息道:"但即便是临终的遗言,娘娘仍然把希望寄托在了男人和孩子身上。她没有想过,我其实还可以不靠别人,自己活出自己的人生!"她吸了口气,重新挺直了腰背。

夕阳已然沉落,四下里渐渐黑沉起来。她的眼眸却如洗尽积尘一般,明亮如星辰。她凝望着远方,昂然说道:"既然娘娘也不是那么完美,那我也没有必要一直把她之前的言行都奉为圭臬。我不单要像她希望的那样,平安如意地活着,我还要尽情尽兴、随心所欲地活着。'如意'这个名字,是我为自己起的,而不全是为了娘娘。我喜欢做刺客,不是为了什么朱衣卫第一的虚名,而是我一直都不甘于做一个被别人决定命运的女子,我想要为我的国家,为和曾经的我一样只能随波逐流的百姓们做点什么。过去是如此,以后,我还会做得更好!我会让安帝悔不当初,我要银鞍照白马,我要飒沓如流星!我要跑,我要笑,我要飞,飞到我想要去的任何地方!"

宁远舟一直专注地听着,此时突然抱起了她。

如意错愕地看向宁远舟。

宁远舟微笑道:"我送你飞。"便抱着如意,将她送到一旁的秋千上。

如意踏着秋千,立时便明白了什么,微笑着握紧了绳子。宁远舟自背后轻轻一推,如意的身体便随着秋千高高地荡起。一刹那,星光、清风、月季花墙、半城烟火……都扑面而来。

清风托起了如意的衣袖,猎猎翻飞。就如鸟儿张开了双翅被风托举着腾上了苍穹,如意伸展着手臂,自由地飞了起来。

李同光纵马奔驰在路上,不时看一眼手中如意扔给他的伤药,心情莫可名状地欢快。清风拂面,他英挺的唇边噙着微微的笑意。拐过路口,见朱殷等人正焦急地等在路边,他便驱马上前,和颜悦色道:"你们等久了吧?"

先前他被宁远舟擒走,朱殷等人一时分不开身去追,后来见如意现身,又知最好不要去追,因此一直在此地等着他。本以为李同光的心情会很是糟糕,谁知他的表情竟前所未有地轻松和愉悦。

朱殷不禁一愣,正要上前回话,远处忽有玩耍的少年一脚踢飞了皮球,险些砸中李同光。幸亏李同光反应迅速,一把抓住。

朱殷大怒:"大胆!"

跑过来想拿球的少年吓傻了。不料李同光竟跳下马去,把球递给了少年,微笑道:"以后小心些。"还拍了拍少年的脑袋。少年破涕为笑,抱着球开心地跑走了。

朱殷彻底呆住了。

李同光目光扫向四周,舒展了一下身体:"嘀,好久没在晚上的安都大街上逛过了。"他把马缰绳扔给朱殷,便自顾自地走向灯火通明的街道。

夜市上人声鼎沸,行人往来不绝,四处都是摊贩的叫卖声和游人的说笑声。

李同光信步走着,看到有人在卖织锦小袋,便上前挑选了一只,小心翼翼地把如意给他的伤药放了进去。

第二十七章

忽听有人叫卖:"卖月季花啊,月季花啊!"李同光下意识地抬头望去,果然看到前方有月季花摊,买花的女子正抬手将花簪在发间。李同光心念一动,忽就想起如意盈盈立在月季花瀑之前的身影,便抬步向着花摊走去。

走了没几步,忽听争吵声自远处传来,李同光望了过去,便见首饰铺子前,一个和初月差不多年纪的贵族女子正拦在初月面前,面带激愤地同初月争执着,一旁地上还倒着个不住呻吟的男子,周围围了一圈看热闹的人。

"沙西王府就了不起吗?郡主就可以随便打人吗?我爹还是御史呢!"女子气恼地指责着初月。

初月仍是一身利落的男装,皱着眉头,似乎很是莫名其妙:"我什么时候动手了?"

她的侍女小星手里抱着个匣子,也不忿地从她身后探出头来,辩驳道:"明明是这位公子想来抢钗子,我们郡主避了一下,他就自己摔倒了。"

一旁的路人也附和道:"对啊,我们都看见了。"

女子气焰稍稍矮了一截,却还是不依不饶道:"就算如此,珠宝行里的规矩也是先到先得,我们都拿在手里了,你凭什么硬抢?"

初月有些不耐烦了:"掌柜。"

一直跟在初月身侧的江老板连忙出言解释:"是,这枚紫玉钗,乃是郡主十日前送来玉坯,托鄙店磨制的。今晚郡主来取成品,不想小厮送钗过来的时候,半途中得了这位郎君的青眼……"他瞟了一眼地上男子,没有继续说下去,但众人已然都明白了过来。

初月瞟那女子一眼:"现在弄清楚了吧?"她懒得再争执,转身离开。众人纷纷为她让路。

地上的男子羞愧至极,那女子也涨红了脸,却突然道:"哼,向来钗子都是郎君送小娘子的,有些人阴阳不分,难怪钗子都只能自己来买!"

初月霍地转过身来,怒视着她:"你嘴巴放干净些!"

女子讥讽道："我又没说你，你那么着急做什么？我只知道有些人啊，听说是定了亲，但未婚夫从来不肯跟她多说一句话，一听说要赐婚的消息，就急急忙忙地避出了京去，简直把她当作蛇蝎一般避之唯恐不及！"

众人纷纷愕然看向初月。小星又羞又急："你胡说！"

初月踏前一步，扬起手中马鞭就要对那女子抽去。众人正要惊呼，便见一只玉白的手捉住了初月的手腕，清朗如金击玉石的声音随即响起："拿件东西都这么啰唆，你还要我在外头等多久？"

众人错愕地抬起头来，便见安都所有未婚女子的梦中情郎——长庆侯李同光正皱眉站在初月身侧。他身姿挺拔如皎月照玉树，一双清润的黑瞳子如水洗墨玉般。

那女子脱口惊呼道："小侯爷？"

初月却还愣怔着，被他硬拉到了一边，这才反应过来："你——"

李同光手指一弹，一朵月季花已飞入初月发间。"都说了，我不懂什么金啊玉的，只认识这个，你喜欢就好，不喜欢就扔了吧。"话一说完，他扭头便走。

初月这才明白过来，李同光竟然是特地现身来助她出窘境，她忙和如梦初醒的小星一道追了上去。

众人愕然望着他们的背影，半晌终于有人回过味来。

"这叫避之唯恐不及？怕不是小两口在闹别扭吧？"便有人戏谑地看向先前和初月争执的女子。

另有女子掩口笑道："巴巴地追了过来，还'你不喜欢就扔了吧'，原来长庆侯哄人的时候，也这么有趣。这位娘子，你难道不知道男人经常是口是心非的吗？"

众人都忍不住笑了起来，四散开去。唯独先前同初月争执的女子，面皮紫胀地立在原处，恨恨地看着地上的男子。

初月一路追赶着李同光，连喊了几声喂，然而追上去后，却一时也不知道该说些什么。

第二十七章

李同光瞟她一眼,道:"别动不动就上鞭子,这里不是你练骑奴的草原。招惹了言官,对沙西王府没好处。"

初月半天才憋出一句:"刚才,谢谢了。"

李同光淡漠地点点头,自顾自地走了。

初月忙又追上去:"还有,上次也是,对不起。那会儿你明明都在说软话了,可我这人脾气上来得急,下来得慢,所以才说了那些特别该打的话。"

李同光又瞟她一眼,虽依旧是不怎么爱理会她的模样,目光却显然是温和的:"我要是总跟你较真,你早就没机会在我面前蹦跶了。"

正说着,他们身前便有簪着月季花的女子和情郎一起走过。初月抬头望见,脸上突然一红,声音也不由得一软:"你刚才,为什么要帮我?"

李同光抛了抛手中装着伤药瓶的锦袋,唇角噙着笑:"因为我心情好。"

他那双桃花眼中仿佛总是带着些笑意,但这一次显然与过往每一次都不同,没有那种虚假刻意的温柔,反而带了三分邪气。然而那邪气也是清澈的,就如此刻他黑眸子里映着的那一片漾漾的星光。

再想到他是为了解救自己而现身,初月忽就意识到,这或许才是李同光真正温柔的模样。她心口忽就"咚"地一跳,连忙转过头去,心不在焉地应了声:"是吗?"

李同光点头道:"我上回就说过,现在沙西王府和长庆侯府是同气连枝。只要找到你我相处的正确方式,以后我们也可以相敬如宾。"说着便一抬下巴,提醒初月,"你家亲随找过来了。"

初月朝他指的方向看了过去,果然看到了自家赶车而来的仆人。她还想再和李同光说几句话,然而等她回过头时,李同光已经抛着锦袋走远了。

小星站在她身侧,望着李同光远去的身影,感叹道:"原来长庆侯笑起来那么好看啊。"

初月却在回味着李同光刚才的话,他说的是"相敬如宾"。她摸着发间的月季花,一时有些发怔。

小星不解地看着她："郡主？"

初月掩饰地扯下月季花，嘀咕道："穿男装戴这个东西，不伦不类的！"说完便一个箭步上了沙西王府的马车。

马车摇摇晃晃地走在路上。

小星捧着脸颊笑盈盈地看着初月："国公要是知道刚才这事，肯定会放心多啦。他嘴上不说，但总是担心长庆侯和您的相处……"

初月瞅了小星一眼："少多嘴。"话虽如此，她藏在暗处的手，却一直在轻轻地抚摸那朵被扯下的月季花。

安都皇宫，同明殿。

夜色沉沉，寂静无人的庭院里一片漆黑，只有廊下几盏灯笼照出半步朦胧的光。初贵妃伸出纤纤玉指，拿起面前的月季花，幽怨地看向李同光："回安都这么久，你第一回潜进宫瞧我，就只给我带这个？"

李同光淡淡地道："你是后宫之主，富有天下，什么珍宝没瞧过？我想来想去，只有这个品种的月季花，御花园里好像并未曾见过，就顺手带来了。"

初贵妃这才转嗔为喜："只要你能常来瞧我，就算什么都不带，我都欢喜。"

李同光浅浅一笑："真的？"

初贵妃见他笑眼温和明亮，不由得怔住，半晌才道："是圣上又升了你的官吗？你的眼睛里有光，我从来没看到你这么开心过。"

"没有升官。只是，"李同光微笑道，"只是终于圆了一个旧梦，又决定了一些新的谋划，心定了许多而已。"

"你新的谋划里，有我吗？"

"自然。"李同光看向她，"今晚我秘密进宫，就是为了和你商量此事的。"

初贵妃心下甜蜜，笑问道："是吗？那你说说。"

却听李同光道："我要让河东王死。"他语调平静，几乎是面无表情地说出了大逆不道的话。初贵妃霍然变了脸色，一时甚至怀疑自己

第二十七章

是听错了。

李同光却已解开外袍，指着自己腰上犹在渗血的刀伤，道："这是他今天晚上刺杀我留下的，连上前些日子在合县，他勾结朱衣卫来的那一次，已经是第二回了。"

初贵妃惊道："大皇子勾结了朱衣卫？"

"老头子没告诉你？"李同光眼睛微微一眯，缓缓道，"看来他对你的信任，比起在宫外那会儿是差多了啊。"

初贵妃被重重地打击到了，却还是逞强道："宫里新进了几个美人，他不来烦我也好。"看到李同光身上的刀口，又心疼地问道，"你上次伤在哪儿了，重吗？"

李同光隔开了她的手，将衣袍重新裹好，道："都好得差不多了。你只要知道一点，既然他想我死，我就得要他亡。"

初贵妃点了点头，问道："你要我怎么帮你？"

李同光与她耳语了几句，初贵妃神色一凛，迟疑道："真要这么做？可我那位先皇后表姐，是他最大的禁忌。"

"我连他儿子都要除掉，还在乎这些？"李同光一顿，半眯着眼睛，审视着初贵妃，"怎么，天天做着太后梦，可一见真章，就怕了？"

初贵妃一咬牙，昂首道："好，我做就是。"

李同光便拱手向她行礼："多谢娘娘。"而后起身道，"那我告辞了。"

初贵妃却又叫住了他，李同光回过头去。等了半晌，初贵妃才迟疑地问道："你和阿月，最近相处得好吗？"

李同光淡淡道："还好。"

初贵妃一急："怎么个还好法？"忙又掩饰道，"我是她的姑母，我总要关心……"

李同光打断了她，目光看向她的右手，淡漠道："贵妃娘娘，你心口不一的时候，总是会不自觉地弯着右手的小拇指。"

初贵妃下意识地手指一颤，连忙将右手背在身后藏住。

李同光却已走上前来，目光冰寒，嗓音却诡异地轻柔："你应该清楚，这场婚姻，并不是我想要的。但你的侄女，是你去劝嫁的。"初贵妃的身子不由得颤抖起来。李同光逼近了她，在她耳边轻声蛊惑道："你不是很恨设计促成这桩婚事的老二吗？放心，对付完老大，下一个就是他。"

初贵妃的眼睛蓦然瞪大，李同光却越逼越近，初贵妃惊恐地向后退去。然而身后便是游廊的柱子，她已退无可退，一时心紧绷到极点，便听李同光俯身在她耳畔道："如果你一定要知道答案，那我就告诉你，我陪她进了珠宝铺，逛了街，还送了她一朵一模一样的月季花，你满意了吗？"言毕，李同光果决地转身离去，眨眼间便已消失在宫墙的阴影里。

初贵妃瘫倒在地，眼泪滚落下来："他怎么可以送我和初月一样的东西？怎么可以？！"

她将花扔在地上，恨恨地上前践踏。一直守在远处的侍女闻声赶来，连忙安抚道："娘娘，娘娘息怒！"

初贵妃却突然想起了什么，忙又将花朵捡了起来："不对，他肯定是故意气我的，怨我不该那么问他，是我又戳到了他的伤心事！"她珍惜地抚摸残存的花朵，喃喃自语着，"他如果不是心里有我，怎么会留意到御花园里没有这种花，怎么会特意带进宫来？他啊，从来都是说最无情的话，做最多情的事。"

侍女不知该说些什么。初贵妃却突然停住动作，抬起头来，脸上带着悲凉的笑，问道："我是不是很可悲？他只消模棱两可的一句话，就能让我一会儿难过得想死，一会儿又满心欢喜……"

宫墙外，李同光靠坐在马车上，手里把玩着如意扔给他的伤药瓶，脸上洋溢着幸福的笑容。

而宫墙内，初贵妃痛苦地抚摸着花朵上的褶皱，自语道："可只要他还愿意见我，愿意跟我说话，哪怕我明知自己只是一个被利用的小卒子，但我，仍然心甘情愿。"

痴心若狂，不计得失。一如当日李同光跪在密室中，仰望着漫天飞舞的破碎残像落泪，一如李同光虔诚地跪在如意面前，亲吻她的指尖。

数日后。

安国宫城正殿里，安帝李隼半靠在卧榻上闭目养神。身旁内侍手持册子，正在给他读暗探刚刚送上来的情报节略。

"十五日，礼王至徐国公府、阳柱国府，携礼若干。"

安帝闭目点头。

"十五日午后，沙西王于政事堂中，与诸大臣言两国既欲共抗北蛮，便应早遣梧帝东归……"

安帝微微皱起眉。

"十六日晨，长庆侯府召太医，长庆侯腹有剑伤，深约半寸……"

安帝一挑眉，出言打断了他："今日已是十八了，长庆侯没有上书或是入宫请见？"

内侍低眉俯首道："尚未。剑上有毒，长庆侯仍在休养。"

安帝一抬手，示意他继续。

内侍便接着读道："十七日晨，朱衣卫左使、右使履新……"

安帝的眉头皱得更深了。

内侍又读道："十七日午，汪国公骑射中，突呕血，旋腹痛不止。太医至，以急腹症断之。"

……

大皇子的岳父汪国公，已经不好了。

昨日发病之后，国公府便急请太医前来诊治，太医却也是束手无策。迁延至今，汪国公对外物早已没了反应，只半张着口躺在病榻上，黑血不住地从唇边流出来，有出气没进气了。

太医无奈，令府上尽快准备后事。国公夫人还不死心，摇着太医质问着。大皇子却明白岳父现下的状况早已是回天乏术，便也不再徒劳地守在榻边，皱着眉转身疾步离开了。

国公府的大公子见状连忙追出去，拦在他的身前，扑通一声跪下，仰头向大皇子哭诉道："大殿下，您要为家父做主啊！父亲他不是什么急腹症，而是被人害了！"

016

大皇子无奈："太医都说岳父没有中毒，你叫孤怎么帮你做主？"

汪国公之子愤恨道："是没毒，但是有这个！"跟在他身后的仆人连忙呈上一把摔碎的茶壶，壶中有几粒珍珠大小的米粉圆子。汪国公之子将东西捧给大皇子，道："前日父亲去镇武将军孙远家赴宴，酒至半酣，来了一队舞姬献舞。那些舞姬还带来了好多异国吃食，其中一道，便是醴酪中杂以酥脆的黑色小果子，叫什么'玉泉玄石'。因为此物新奇，宴上的宾客虽然看得不甚清楚，可还是纷纷大快朵颐。"

那日的情形仿佛再次浮现在眼前。波斯舞姬面遮轻纱，身缠绡縠，腰佩七宝珠链，在明灭的灯火下妖娆起舞。雪白的玉足踏着光洁如镜的地板，轻盈又缭乱地旋转。只听她手上、腰上、足下金铃叮当作响，眼前全是曼妙飞舞的轻纱、华丽的珠玉和柔媚的腰肢。席间的男人都看得目不暇接，不知今夕何夕。

待那舞姬眼波流转，嘴角噙笑，手持银壶，送上所谓的"玉泉玄石"时，哪里还有男人有心思去想这东西有什么玄妙。汪国公得那舞姬嫣然一笑，早已神魂颠倒，忙将空盏伸过去。待那舞姬满斟一盏后，汪国公随意嚼了嚼，便一饮而尽。

汪国公之子恨恨地说道："可谁承想，那些黑色果子里，竟然夹着这些物事！"他剖开一颗"珍珠"，只见金色的碎屑混杂其中，光芒一闪。

大皇子失声道："碎金！"

汪国公之子痛哭道："是啊！金屑酒古来便是赐死之物，金能坠死人，凡饮者，数日后，必痛不欲生，烂肚穿肠而死。其他喝下醴酪的宾客都没事，只有父亲他……这分明就是冲着他来的。若不是臣弟细心，在孙家后厨找到了这些残物，家父只怕去了九泉，也只能是个枉死鬼！殿下，孙远是您的人，所以臣弟不敢告官，只敢等您来了，才……"他再也说不下去，号啕大哭道，"父亲，父亲！"

大皇子震惊不已，忙道："别慌，这中间肯定有误会，"立刻吩咐亲随，"你即刻去孙远家，传他来见孤！"

亲随却露出了为难的神色，近前向大皇子耳语了两句。

　　大皇子一惊，脱口道："什么？今早被朱衣卫抓走了?！可他不是一直替孤跟左使陈癸联络吗？"说着便忽地意识到了什么，霎时变了脸色。

　　汪国公之子也惊讶道："陈癸？朱衣卫昨日上任的左使，不是姓杜吗？"

　　大皇子一愣，随即大急："邸报！给孤邸报！"

　　汪国公之子急忙取来邸报给他，只见邸报中央一行写着："晋绯衣使杜修齐权知朱衣卫左使……"

　　大皇子跌坐在椅子上，颓然道："邓恢应该已经发现孤绕过他跟陈癸合作收拾李同光的事了。岳父的毒是他下的，陈癸也是他收拾的。除了朱衣卫，谁还会这些稀奇古怪的杀人法子？那些波斯舞姬，多半就是朱衣卫的白雀！"

　　汪国公之子愕然道："朱衣卫是天子私兵，会不会是圣上……"

　　"不可能，若是父皇知道了，孤早就被传进宫训斥了！"

　　"那，会不会是长庆侯？"

　　"更不可能，"大皇子道，"他至今都以为那些刺客都是北蛮人！否则以他那睚眦必报的性子，怎么会忍到现在？就算他想动手，也没胆子直接毒杀孤的岳父，堂堂国公！"大皇子捂住了脸，绝望道，"敢这么无法无天的，只有朱衣卫的邓恢。他是想用这法子警告孤，让孤别动他的朱衣卫！"

　　汪国公之子惊呆了："那父亲他难道就白白……"却忽地又一愣，忙道，"不对啊，殿下，邓恢是个笑面虎，父亲又与他素无旧怨，一上来就下这么毒的手，他难道不怕您报复吗？"

　　大皇子一愣，突然想到了什么，凝眉苦思起来："不是朱衣卫！你说得对，邓恢想警告我，不会用这么婉转的法子，朱衣卫要杀人，也不会让你找到那些金屑！这分明是有人想借机挑动我和朱衣卫火并！是谁呢？"他腾地一下站起，"是老二，只能是老二！他肯定发现我和陈癸的事了！"

　　正说着，忽有一个黑衣人从天而降。在场众人都大惊失色，大皇子的亲随立即护住大皇子。

那黑衣人却回身向着大皇子恭谨一礼，道："朱衣卫紫衣使吉祥，参见殿下。陈尊上不幸殒身之前，令臣务必前来，将遗言相告殿下。这是尊上的印信，尚请核验。"他呈上一面玉牌。

大皇子的亲随接过玉牌核查，然后对大皇子点了点头。大皇子立时便提起了精神，催促道："快说，陈癸有什么遗言？"

只听黑衣人道："尊上说，他与殿下之秘事，已被洛西王察觉，为护殿下，他不得不死。但尊上欲以最后之力，再助殿下一程，只愿殿下能遵照当日之约，保尊上家中三世平安荣华！"

汪国公中毒的消息很快便传到了邓恢耳中。

邓恢想了想，却只道："不必管他，大皇子这是怕他和陈癸私下勾结的事东窗事发，我会向圣上告发，所以想提前用苦肉计，把自己择出来。"

向他送上消息的卢庚问道："那我们按兵不动？"

邓恢点头："眼下最要紧的事，是如何跟圣上把陈癸和迦陵的死交代清楚，"复又看向卢庚，问道，"那一晚，当真没有任何卫众看到杀迦陵的是谁？"

那一夜，卢庚也曾跟随迦陵前去围攻如意。听邓恢问起，他脑海中立时便回想起宁远舟和如意并肩立于桥头的身影，彼时宁远舟手中银锋似雪，扬声说道："要么，现在就走，就当今晚没来过这里，什么也没看到过！"

卢庚一凛，果断摇头道："那一晚，迦陵右使只带了她的亲信去，但也都折在石桥那儿了。"

新进美人的新鲜感过去后，安帝终于久违地再次驾临初贵妃的同明殿。初贵妃把着安帝的手臂，娇俏喜悦地将他迎入殿中，依偎在他的身旁，又仰头亲手奉上鲜果。

然而安帝尚未坐稳，便有内侍匆匆上前汇报道："汪国公已于辰

时三刻亡于府中。"

初贵妃手中的鲜果突然掉落,她目光惊恐地跌坐在地,喃喃道:"表姐……"

安帝的眼神一凛,扭头看向初贵妃。但素来解语知趣的初贵妃却像失了魂一样,半晌才反应过来,匆忙跪倒在地:"圣上恕罪,臣妾失态了。"

安帝不动声色地扶起她:"爱妃这是受惊了。"一抬眼,貌似不经意地问道,"你刚才在说什么?"

初贵妃忙掩饰地垂下头去:"臣妾、臣妾没说什么啊,圣上听岔了吧。"

安帝目光一闪,没再追问。

待傍晚离开同明殿时,安帝支开了初贵妃,才冷冷地看向初贵妃的近身侍女。侍女浑身一抖,连忙跪倒在地。

暮色四合,安帝的表情隐于半明半暗之间,看不清喜怒,只知嗓音是冰冷的:"为什么贵妃刚才听到汪国公死的消息,却脱口叫了声'表姐'?"

侍女不敢回答。

安帝眼皮一抬,吩咐内侍:"送她去暴室。"

侍女大惊,连忙叩倒在地:"圣上饶命!奴婢不敢说,是因为自先皇后冥寿之后,娘娘便经常梦到先皇后。"侍女瑟瑟发抖地说道,"昨夜,昨夜娘娘做了噩梦,奴婢服侍,听到娘娘一边叫表姐,一边问'汪国公害了她'是什么意思……"

安帝的面色立刻阴沉如墨。就在此时,有内侍上前通禀道:"圣上,大殿下赶在宫门下钥前,入殿请见。"

安帝皱了皱眉,这才一言不发地转身离去。

初贵妃从殿里出来,望见安帝匆匆而去的背影,情不自禁地冷笑道:"这么多年来,先皇后的死,一直是他心里的一根刺。他写了那么多深情的怀妻之诗,却最怕被人知道逼死先皇后的其实是他自己。"

侍女惊魂甫定,只觉得身上还在发抖:"是,奴婢记得三年前,舒嫔就是因为说漏了嘴，才被赐了白绫。奴婢刚才真是怕死了……"

初贵妃抹下一只玉镯给她，安慰道："拿着压惊。"说着便也叹了口气，"其实本宫也在和你一起赌啊。同光说得对，这次要是不按死他们，以后他们要对付的就是我。汪国公当年能操纵朝廷，借治两个国舅死罪的由头来逼死表姐，焉知今后不会为了送大皇子晋位，对我也来上这么一次。所以圣上心里头的这根刺，今晚必须被我挑出来。你去弄些冰水来，我要沐浴。"

时近深秋，天气已十分寒凉，她却要用冰水沐浴，侍女有些惊慌："娘娘？！"

初贵妃叹息道："既然要装病，就要装得像些。这样才能让圣上相信我当真是梦到表姐去找汪国公索命了。"说着便又一顿，黯然道，"我也想尝尝同光每回走进冰水的滋味。你说，如果我真的病重了，他会不会心痛，会不会再潜进宫来瞧我？"

夜幕低垂，内侍们小步快趋着点起各处花树灯台上的灯火，将整个正殿照得煌煌赫赫。

大皇子伏在地上长跪，灯火在他周身投下了浅淡的暗影。那些暗影环绕着他，随着跃动的火光忽长忽消。

听到安帝入殿的声音，大皇子膝行上前，含泪仰望着安帝："父皇救我！儿臣、儿臣命在旦夕了！"

安帝这才看清大皇子身上的黑血，皱眉退开一步，不悦道："这是什么？"

"这是儿臣的岳父，汪国公临终时吐在儿臣身上的血，他不是什么急腹症，是被人害死的！"

安帝径自坐下，随口问道："哦，被谁害死的？"

安帝的漠不关心把大皇子弄得有些慌张，半晌，他才一咬牙，道："是二弟。"

安帝一扬眉："有何证据？"

"二弟原本想派人冒充朱衣卫，在合县刺杀同光表弟，但并未成

功。驻守合县的一个偏将是岳父的亲信，发现真相后便禀告了岳父。岳父正和儿臣商量此事，不想突然就……"大皇子自知这些说辞苍白得很，原本他也不打算就这么草草发难，但汪国公之死已让他慌了神，而陈癸给他留下的也是能一击必杀的东西。他已不打算再拖延下去，便流着泪仰望着安帝，哀切道："父皇，儿臣知道您多半不信，儿臣原来也是不信的，毕竟这些年来，二弟虽与儿臣偶有不和……"

安帝打断他："够了，朕大晚上不想听这没边没际的东西。朕只想知道，镇业为什么要杀长庆侯？长庆侯死了，他有什么好处？汪国公死了，他又能得到什么？"

大皇子张口结舌，半晌才道："同光表弟不想娶金明郡主，后来知道婚事是二弟在您面前撺掇的，便怀恨在心，私下里常说要找二弟的麻烦……"

这说辞连他自己都不信，在安帝凌厉的目光注视下，他很快便说不下去了。他干脆心一横，道："事出突然，儿臣也一时想不清楚这中间的门道，只知道杀岳父的只能是二弟，而二弟对付了岳父后，就要对付儿臣了！"

安帝已不耐烦了："这些话，你明日全编好了，再来回朕。"说完，他起身便要离开。

大皇子心中一急，忙道："父皇留步！"他心一横，再次膝行上前，仰头说道，"二弟想杀儿臣，为的就是那把龙椅，而且他想对付的，也不仅仅是儿臣，还有父皇您！"

安帝的脚步终于停顿下来，他缓缓回过头来，盯着大皇子，提醒道："你想好了，谋逆是死，诬陷谋逆，也是死。"

大皇子毫不犹豫道："儿臣想好了！儿臣有证据！父皇如若不信，就请即刻驾临二弟的王府，他私藏龙袍、铁甲，铁证如山！"

安帝的眼睛危险地眯起了。

马蹄声踏破寂静的夜，一众侍卫浩浩荡荡地打着火把，护卫着安帝的车驾驶出宫门，向着洛西王府奔去。

022

大皇子心事重重地坐在安帝身后的车里，亲随担忧地问道："殿下，这么做会不会太急了一点？"

大皇子自己亦知这是一场豪赌，目光阴鸷道："管不了那么多了，陈癸说得对，只有趁着一片混乱，先把老二的罪名定死了。到时候父皇只剩孤一个成年皇子，就算知道了真相，也不会把孤如何的，要不，他偌大的江山日后交给谁？"

他扭头看向车里的黑衣人，问道："那龙袍你当真安排好了吗？"

黑衣人点头道："臣亲手安排的，万无一失。而且臣亲眼看到，那密室里除了臣放进去的龙袍，还有铁甲以及诅咒圣上和您的符咒。"

大皇子一挑眉，手指仿佛无意识地叩了叩车窗棂，喃喃道："是吗？那咱们就不算冤枉他了。"

马车正辘辘地行进着，忽有人来敲车窗。大皇子的亲随拉开车窗，便有个侍卫近前与他耳语了几句。亲随露出惊愕的神色，回头向大皇子禀告："殿下，二皇子突然跑了！"

大皇子随即露出吃惊的模样："什么？！"

黑衣人也震惊地抬起头，随即向前一扑，倒在了车厢里。亲随从他颈后收回手，手中乌光一闪——却是一枚漆黑的针状暗器。刺倒了黑衣人，亲随收起乌针，拔出匕首来。

大皇子皱眉道："别在这儿动手，孤不想弄脏马车。"

亲随应道："是。那臣就将他放到下面去。殿下放心，这毒针是陈癸之前献上来的，中针之后，再强的高手也就只剩口气了，等咱们回了王府，再毁尸灭迹也不迟。"

亲随说完，便一按机关，车厢地板翻转，昏迷的黑衣人落入了车底木箱中。亲随合上机关，又道："另外，我们在二殿下王府的内线已经核查过了，"他用脚尖指了指脚下的木箱，道，"他确实已在二殿下的密室里安排好了龙袍。"

大皇子瞟了地板一眼，道："他倒挺能干，可惜此事牵涉太广，留他活着，只会让我们多一个把柄。反正陈癸已经死了，他跟着去，也算有个伴。"

第二十七章

亲随抹一把冷汗，庆幸道："还好殿下早就让他等在车里，还好臣一直备有能让人反应迟钝的安息香，不然，以臣的本事，还真没把握对付一个紫衣使。"

大皇子深吸一口气，目光看向远处，喃喃道："成败在此一举，希望天神庇佑！"

车子却突然停了下来。大皇子立时绷紧了神经，不安地问道："出什么事了？"

亲随拉开窗子向外张望了一会儿，道："圣上的车驾在过桥，走得慢了些。"大皇子这才放心下来。

却无人注意到，大皇子的马车底下悄悄探出了一只手，那只手轻轻一弹，便有一枚石子击出，打中了前面一匹马的马腿。那马长嘶一声，躁动起来，很快便扰乱了队伍。

马夫忙着制服马匹，护卫在大皇子身侧的侍卫们也都匆忙打马上前查看。马车下那个身影便趁此时机，飞快地闪身滚到了街边隐蔽处。

待惊马被制服，侍卫们重新护卫大皇子前行，那人也悄然从暗处起身——正是刚才车中的黑衣人。黑衣人揭下人皮面具，露出一张清丽皎洁的脸，竟是如意。

如意遥望着渐渐远去的车队，脸上露出了一抹神秘的微笑。

两日前，正是她扮作舞姬，给汪国公喂下了掺着碎金的"玉泉玄石"。复仇的计划环环相扣，所有的饵料都已投下，如今终于到了开始收网的时候。

鱼肠尽染贵胄血

洛西王府。

安帝负手立于王府前庭,大皇子随侍在侧。

火把噼啪燃烧着,整个王府都灯火通明。护卫手持长矛、腰佩仪刀,拱卫在庭院四周,阵列从王府前院一直延伸向府外长街两侧。跳跃的火光忽明忽暗地映在他们肃然的面容上,纵使未透出杀机,远远望去,也已令人肝胆生寒。

二皇子终于得到消息,匆忙出迎。望见安帝的身影和门外的阵仗,他脸上略微透出些惊慌,忙趋步上前,躬身一礼:"参见父皇。您、您这么晚突然驾临……"

安帝示意他闭口,转身对大皇子道:"朕再问你一回,你所说之事,可有确凿证据?"

大皇子一怔,正要开口,安帝目光已然一冷,道:"想好了再答。若为实,你二弟便是大逆。若为虚,那构陷亲弟的下场——"

二皇子闻言立时慌乱起来,气恼道:"李守基!你诬陷我了什么?"又急急地向安帝道:"父皇您千万别听他胡说!"

安帝目光扫过,随行在侧的邓恢便立即点了二皇子的哑穴,笑眯眯地向他一礼:"二殿下,得罪。"

大皇子原本还因安帝的话而有些紧张,一见二皇子愤怒惊惶的神情,心下越发肯定,便扬声道:"此事重大,儿臣自不敢妄言。儿臣的死士探得,二弟将龙袍、铁甲藏在其书阁后的密室里,您一看便知!"

二皇子惊怒交加,却说不出话来。

安帝目光扫过大皇子,一言不发,径直走向主屋。大皇子连忙跟上去,二皇子也被侍卫挟持着跟上去。

邓恢跟在大皇子身后,踏入主屋前,突然低声在大皇子耳边来了一句:"殿下的死士真是了不起,居然能把我们朱衣卫都不知道的东西探听得一清二楚。"大皇子骇然顿住脚步。邓恢路过大皇子身边,唇角一勾,阴寒的眸子里别有深意,在大皇子耳边道:"不知您在宫里,又派了几位死士?"

大皇子大骇,急欲解释,邓恢却已身形一闪,飞身掠到主屋门前,恭敬地替安帝推开了门。

一行人走入书房后,被控制的二皇子惶急不已,挣扎着想要说些什么,却发不出声来。

只听一声巨响,密室的门被撞开了。密室里点着昏暗的灯火,大皇子眼尖,一眼便看到了反光的盔甲。他大喜过望,不顾烟尘抢了进去。

安帝随后步入密室,大皇子已经难掩激动,指着一地的盔甲与箱子中露出一角的明黄色朝服,喜道:"父皇请看!儿臣所言,字字无虚!"

安帝的眼睛早已眯成了一条细线,透着危险的意味。他示意侍卫解开二皇子的穴道,淡淡地问道:"你有何解释?"

二皇子甫一得到自由,立刻抹着眼泪,愤怒地辩解道:"儿臣完全不知道大哥说的是什么,儿臣没有私藏什么龙袍、铁甲!"他奔上前抱起"铁甲"翻给安帝看,"父皇寿辰将至,儿臣准备到时亲舞傩戏,彩衣娱亲,这些不过是涂了银的布甲而已!"

大皇子正在搜找的动作猛然一顿。邓恢早已上前打开箱子,查看所谓的"龙袍",此刻也向安帝回禀道:"是凤袍,不是龙袍。"

二皇子抢过凤袍,珍惜地抱在怀中,仰头凄然看向安帝:"父皇,这是母后当年的凤袍啊,是她留给儿臣唯一的念想!"他落着泪,哭诉道,"父皇以忠孝治天下,出征梧国之时,尚不忘为母后写悼亡诗。

儿臣不过睹物思人，为何要被扣上谋反的死罪？大哥，你为何要这么害我？！"

大皇子早已呆在当场。他惊怒交加，捡起布甲翻看着，难以置信地喃喃自语道："不会的，他不会骗我的……这、这……对了，还有符咒！"他似是抓到了救命稻草，忙又上前翻找起来，"这里应该还有诅咒父皇的符咒！"

"翻，你尽管翻！我心昭昭如日，绝无任何阴私！"二皇子越说，心气也越壮，反唇相讥道，"父皇，儿臣不解，如果大哥的死士真的在儿臣这里找到了所谓的符咒，为何不马上毁去，而是原样留在这里做证据？难道他不觉得对父皇的诅咒，应该越早一刻毁掉越好？"

大皇子彻底明白过来，转过身，眼带血丝、势若疯虎地扑上去就要撕打二皇子："你陷害我，那个朱衣卫紫衣使吉祥是你的人，你们串通一气做了一个局，故意来陷害我！"

二皇子闪身就往安帝身后躲藏，口里喊着："父皇救我，儿臣完全不知道他在说什么！"

邓恢单手拦住大皇子，道一声："大殿下，得罪。"便向安帝说明："圣上，我朱衣卫中并无叫吉祥的紫衣使。"

大皇子急道："吉祥是左使陈癸的手下！"他忽地又想到了什么，恍然大悟道，"父皇，是邓恢！他故意让陈癸接近儿臣，劝儿臣去对付李同光，儿臣是被他们蛊惑的！"

二皇子愕然看向他："什么？！刺杀同光的，竟然真的是大哥你！他可是姑姑唯一的儿子啊！"说着，却又突然扶额，露出些自嘲的神色，"啊不，一个表弟算得了什么，我还是你的亲弟弟呢。"

大皇子这才察觉到自己失言，却为时已晚，张着口说不出话来。

邓恢跪地，他本就生得瘦削苍白，一旦不笑，那张脸便显得阴沉。此刻他直勾勾地看着大皇子，语调虽恭敬温和，目光却怎么看怎么阴冷瘆人。

"大殿下慎言。"邓恢道，"经臣查实，右使迦陵才是与北蛮人勾结、刺杀长庆侯的真凶，左使陈癸则是在追查迦陵的罪证中不幸殉职

的。大殿下是否弄混了左使和右使？"他一顿，语调轻缓地问道，"还是，您也与北蛮人私下有所来往？"

大皇子的面色霎时就变得惨白，邓恢模棱两可的一句话，比二皇子一整夜的表演更为致命。他慌乱地看向安帝，骇恐地辩解道："不，我没有！我、我……我也不知道我为什么会说这些，父皇，儿臣……"话音未落，他突然倒在地上，抱着头哀号，"好痛，痛！"喊了两声便抽搐起来，嘴角流出白沫。

邓恢忙上前检查，点了大皇子的穴道，止住了他的抽搐。

"禀圣上，似乎是痫症。"

安帝一直冷冷地看着这一切，此时走近，居高临下地用脚尖碰了一下大皇子，见他动也不动，方道："叫人送他回去，另赐洛西王玉璧十枚压惊。回宫。"说罢，头也不回地转身离去。

二皇子忙道："恭送父皇！"他低垂的眼眸里，此时方透出一股计已得手的喜色。

直到最后一个侍卫的身影也消失在拐角，一直保持行礼姿势的二皇子才直起身来。

回到王府前院，他连忙示意手下关门，这才快步下阶，绕到王府后院，奔向正背对着他立在后院游廊上的人。

他不及近前，便后怕地致谢道："刚才真是峰回路转。同光，多亏有你火速示警，孤才能及时换掉他们的栽赃。"

那人转过身来，身姿挺拔如竹，面容俊秀如玉，正是李同光。他恭谨地道一声："殿下谬赞。"便向二皇子躬身道，"臣此次相助殿下，其实也是在救自己。河东王丧心病狂，欲置臣于死地，臣若不庇托于殿下，也只有死路一条。"随即一拂袍裾，单膝跪下，"臣之前轻狂无知，多有得罪。今后愿痛改前非，为殿下效犬马之劳！"

二皇子满意至极："快快起来，你我本是中表至亲，又何须如此见外？"他扶起李同光，意气风发，"经此一役，老大算是彻底败了，哈哈，居然能想出用装病来脱罪，他还真有几分小聪明！"说着又有些担忧，"不过父皇怎么只赐孤十枚玉璧呢？怎么也该……"

028

李同光却道："恕臣直言，既然大势已定，殿下就应戒急平心，静待将来。此方为太子气度。"

二皇子一怔，随即难掩喜悦，昂首挺胸道："说得对，太子气度！哈哈，哈哈哈！"

李同光见他得意忘形的模样，唇角一勾，不由得露出一抹略带讥讽的笑意。二皇子还在兴奋地摆着太子的姿态，全然没有察觉。

马蹄踏踏前行着，百余步宽的御街之上，除了天子仪仗之外空无一人。只有月光静静洒落在地上，清冷如霜。

安帝坐于御车之上，面色木然，不知究竟在想些什么。他突然唤道："邓恢。"

车外，一直骑马伴行在侧的邓恢连忙应道："臣在。"

安帝道："进来。"

邓恢一怔，低头道："臣不敢。"

"别让朕说第二次。"

邓恢一凛，忙道："是。"他跃入车中，脸上戴着一贯的微笑面具，低低地跪伏在安帝脚下。

安帝俯视着他，良久方道："二十年前的诏狱死牢，你也是这样跪在朕面前，求朕救你的。"

邓恢屏息道："圣上之恩，臣粉身碎骨难报。"

"朕一步步把你从诏狱提拔到飞骑营，还把最要紧的朱衣卫交给你。可现在呢？"安帝脸色一变，怒道，"朱衣卫烂得跟筛子一样，连左使、右使都死了，你就是这么给朕报恩的？"

君心叵测，安帝更是一向都喜怒不形于色，听凭臣子惶恐忐忑地揣摩他的心思，这一次却直言相斥。邓恢不由得心中一寒，脸上面具般的笑容瞬间消失。他用力地磕下头去："臣有罪，臣无能。"

安帝就这样一直看着他用力地磕着，几下，几十下，上百下。直到邓恢额头磕破，血流满面，安帝这才伸手抓住他的发髻，阴森森直视着他："朱衣卫本来也都只是些用完就可以扔的玩意儿，朕可以

不管。李同光的性命，朕也没那么在意。但你得记住，你是朕从烂泥里捡起来的狗，要是敢对朕有二心，朕会剥了你的皮。"

邓恢满脸是血，被迫仰头对着安帝，却还是恭敬地低垂着眼睛，道："臣铭记五内。"

安帝这才松开邓恢的发髻，冷笑道："朕才五十，可朕的儿子们都嫌朕老了，一个两个都开始动起心思来了！老大想搞死老二，老二又设了局让老大钻，个个都以为朕瞎了吗？"

邓恢忙道："臣之前确有失职，现下唯能以性命保证，自此以后，朱衣卫绝不会再与各位皇子、大臣有任何勾连，更不会和欠下中原累累血债的北蛮沆瀣一气。"顿了一顿，又道，"臣有罪，刚才说右使迦陵与北蛮人勾结，不过是为了搪塞，但据臣这些时日的调查，左使陈癸虽确与大殿下暗中交通，但与北蛮人并无干连，"说着便又一顿，补充道，"就连迦陵，也应该是与北蛮间客火并，才不敌而亡。"

安帝微感意外，瞟了他一眼："迦陵？你不是恨极了这帮白雀出身的朱衣卫吗？现在居然为她说话？"

邓恢垂首道："臣恨朱衣卫，无非是私怨，但胆敢里通身负数万百姓血债的外族者，却是国敌。迦陵虽然可憎，臣却不应让她背上千古骂名。"

安帝皱眉思索起来："那北蛮人为何会与刺杀长庆侯的朱衣卫混在一起？难道只是凑巧？"

邓恢道："圣上精通兵法，自然知道战场之上，确实巧合良多。"

安帝闭目深思，手指敲击扶手，自语道："朕原本不想理北蛮，但现在褚国打不成了，王相和沙西王又不停地在朝上唠叨，看来，得想办法做做样子，才能问梧国人多讨那三万两赎金了。"

邓恢犹豫了片刻，小心地进言道："陛下，北蛮人这次既然能费数年之功挖通天门山密道，想必确有图谋——"

安帝一睁眼，精光四射，冷笑道："朕不信。整整五十年了，北蛮人在天门关外才出现几回？偏偏梧国使团经过，就突然冒出条密道来，梧国人还好心地帮合县把密道炸了，这分明就是怕朕细查，故意毁灭证据。也就李同光那个愣头青才会看不出端倪！呵，眼看就是冬天了，关外苦寒，要是真信了梧国人的话出关抗蛮，大安的军力转眼间就会折掉一半，到时候不管是梧国人还是褚国人，都会对我们反咬一口。"

邓恢还想再说什么，安帝却道："够了！朕反正不信北蛮的间客混进安都，谁都不碰，单单只杀一个朱衣卫的右使。这个叫迦陵的，说不定也是老大一党的。"

邓恢一惊。

安帝道："北蛮人的事，你以后少插嘴，朕自有处置。"

邓恢只能道："是。"他一咬牙，又道，"还有一事，想请圣上开恩。按例，凡叛国罪人，都应暴尸、夷三族。迦陵既然并非真与北蛮勾结，那她的族人，是否可以免于一死……"

安帝冰寒的目光扫过他，邓恢一寒，忙再次叩首道："臣失言。"

安帝淡淡道："她既然做了朱衣卫，就别怨命不好。"

邓恢紧扣在地缝里的手指，几不可见地微紧了一下，他终是没有再多说什么。

虽对大皇子说"谋逆是死，诬陷谋逆也是死"，但毕竟是自己的亲生儿子，何况诬陷不成还反被摆了一道，安帝并无这么狠的心下杀手。且老大固然凶顽，老二却也不是什么恭顺之辈，老三又还在襁褓之中，安帝也并无这么多儿子可杀、可用。

他本就忌讳儿子夺权，忌讳朝臣有二心，自然也不打算给二皇子和朝臣以"储位既定"的错觉。

斟酌思量之后，安帝终于做出决定。大殿之上，内侍高声宣旨："皇长子河东王李守基，宿疾日重，前日自请辞去职守，归沙中部养病。朕闻之甚忧，叹息再三，唯能允之……"

殿下，大臣们面面相觑——汪国公新丧，大皇子好端端的就自称病重，要离职出京疗养，实在令人浮想联翩——但看着丹陛之上面色平静的安帝，却都不敢多言。

第二十八章

正在私下揣测着大皇子究竟是不是失宠被逐，便听内侍继续宣读道："因两国鏖战，天门关破损良多，此地乃防卫北蛮之要冲，朕念及三国盟约，故特令皇二子洛西王李镇业代朕出巡，亲赴监修，详查北蛮动向……"

众人不由得越发惊诧，纷纷留意二皇子的反应，却见原本尚有得意之情的二皇子难掩错愕的神色，显然也是大大出乎意料。众人只觉朝局越发错综复杂起来。

但二皇子很快便反应过来，躬身行礼道："儿臣遵旨！"

二皇子心不自安，散朝之后，还未出宫门，便匆匆在阶下拉住了李同光，急急询问："怎么回事？父皇为什么会突然要孤去天门关那种鬼地方？"

李同光忙示意他小声，将他拖到角落里："殿下也太不小心了，圣上多疑，若被人发现你我突然交好……"

二皇子打断他，满脸焦急神色："孤知道，但孤顾不了那么多了！让孤出关去查什么北蛮人，万一出事了怎么办？"他忽地意识到某种可能，霎时不寒而栗，"坏了，父皇是不是猜出昨晚是咱们的布置了？"

李同光心下难免有些鄙薄，却还是安抚道："殿下稍安。臣以为，以圣上的精明，生疑是难免的，但臣布置精巧，并没有留下破绽；而圣上之所以派殿下去天门关，既是考验，也是重用。"

二皇子愕然："何出此言？"

李同光循循善诱道："李守基既然明病实贬，您就是唯一的太子人选。可古来立太子的诏书上，除了夸奖皇子仁孝聪颖之外，还需有治国理政的实绩。臣猜想，这一次，圣上是希望您好好地在天门关外治治那些北蛮人。这次您若能把差事办得漂漂亮亮地回来，便是有功于国。昨日您不是还嫌十枚玉璧的赏赐太少了吗？这一次，圣上赏您的，可是代天子出巡的实职啊。"

二皇子动了心，却又迟疑道："可孤怕刀枪无眼……"

"臣在合县跟那些北蛮人亲身对战过。他们几十个都奈何不了我一个，殿下又有何惧？只消多带些侍卫，找您外公的沙东部借些骑奴前去，便定可大展神威。臣猜想，圣上之所以不给您派兵，也是怕那些将官，分了您的功绩啊。"

二皇子眼睛瞬间一亮，安下心来："孤明白了。"

李同光又露出些有所顾虑的神色，道："要修好天门关，得有人力、土石、银钱，殿下外公家的沙东部，有不少人都在工、户两部身居高职。但圣上一向不喜欢您和母族走得太近……"

二皇子心有余悸，想了想，转而问道："你有没有信得过的亲信在户部？"

李同光道："倒是有一个，是我的奶兄，但现下只是个主事。"

二皇子当即拍了拍他的肩膀，慷慨道："孤会让舅舅尽快升他做侍郎，以后这边的事，就交给你了。"

李同光微笑道："谢殿下！臣深信，臣岳父所在的沙西部，多半也愿意助殿下一臂之力。"他意有所指地望向宫殿一侧，二皇子跟着他望过去，便见李同光的亲信朱殷正引着沙西王从不远处走来。他们二人交谈的模样，也随即落入沙西王的眼帘。

二皇子立时会意，随着李同光一道向沙西王拱手致意。

沙西王静默了片刻，最终也向二人深深一礼。

出了宫城，翁婿两人一道登上马车。沙西王审视着李同光，问道："你故意让老夫看到你和二皇子在一起，是想告诉老夫，今日朝中的局面，都是你的手笔？"

李同光点头，恭敬地答道："是，臣体察上意借机进言，请圣上派二皇子去巡修天门关。这样一能就三国先帝盟约之事，堵梧、褚两国之口；二能实地勘察北蛮人的动向；三还能借着这半流放的态度，让那些总上书催立太子的朝臣收收心。此之谓一举三得。"

沙西王盯视李同光许久，见李同光只是恭敬谦逊地垂着眸子，不张狂也不拘谨。想到他年纪轻轻就已熟知天下局势，还能把握住安帝的心态，沙西王心下既有赞叹，又难免有所顾虑，却并未表露出来，

第二十八章

只道："心计不错。"

李同光垂头一躬，微笑道："小婿当不起岳父谬赞，"却似是察觉到了沙西王的心境，又垂着眼睛，缓缓道，"但小婿以为，以岳父您的韬略，绝不会希望您的爱女以后只能屈居侯夫人之位。"

沙西王心下便一动——他所顾虑的也正在于此，李同光有如此心计，又有如此胆量，所谋必定不小，而所谋者大，所担的风险只会更大。他微微倾身上前，问道："你的眼光，最后想要瞄到多高？"

"贵妃没跟您提过吗？"

沙西王盯着李同光："老夫想听你亲口说。"

李同光此时方抬眼，眼中尽是灼灼野心，令沙西王也不由得心下一紧。便听李同光道："贵妃意欲抚养三皇子，而听政太后，往往需要一位辅政大臣。我身上流着李氏皇族之血，却不是宗室，只要能再进数步，便是天生之选。"

沙西王心中一震，良久，他才问道："那你的翅膀，配得上你的眼光吗？"

李同光微笑道："请岳父再耐心多等几日，等岳父看到了实绩，自然会愿意将沙西部的势力交予我。"

沙西王却一皱眉，迟疑道："沙西部向来不涉入这些……"

李同光打断他，反问道："那岳父就希望看到身为安国最大部族的沙西部，一点点沦为皇族所在的沙中部的附庸？世人都夸您的儿子、小婿的大舅兄颇有父风，但言下之意就是尚不如您。连您都无法阻止沙西部衰落，他能行吗？"

沙西王怔住了，思量半响，终于压低了声音，问道："圣上不过是要大皇子暂时养病，二皇子也不会一辈子都留在天门关不回，你确信你的计策有长久之效？"

李同光微微一笑，道："那就请岳父再耐心等等，相信过不了多久，小婿就能再向您证实一回自己的实力。"

三日后。

空中铅云低垂,沿河两岸杨柳蒙尘,衰草铺地,一片昏黄枯寂。河边道路上,十余人护送着一行车队,正没精打采地前行着。

一时车队停下,汪国公世子便从马车里扑了出来。他手中还拿着个酒葫芦,扶着路边柳树拼命地呕吐。

大皇子也下了车,见他一副颓唐落魄的模样,不由得厌恶道:"刚出京就这个鬼样子,你要不想陪孤去沙中部,就自己掉头陪你妹子去!"

汪国公世子满脸是泪,哭着摇头道:"臣不回去,王府有王妃坐镇,臣也放心。臣只是替父亲难过,为殿下难过,事情怎么就突然成了这个样子……"

大皇子默然片刻,皱眉道:"老二用心歹毒,孤只是一时阴沟里翻船而已。但父皇心里有数,所以还留着孤的王爵,只要避过了这阵风头,孤一定能东山再——"话音未落,忽有一箭凌空飞来,直穿他的腿肚。大皇子扑倒在地上,抱着伤腿惨叫起来。

汪国公世子惊惶地呼喊着:"护驾!护驾!"

但护卫们也早已被一群黑衣人包围起来,此时已然乱作一团。汪国公世子连滚带爬地扶起大皇子,逃又没处逃,便拖着大皇子一道瑟缩地躲到马车后面。

大皇子疼得满头是汗,不住地回头张望,却见黑衣人如砍瓜切菜一般,很快便清理掉了所有护卫,已向着他们两人包围过来。大皇子脑中急转,还未来得及开口,当头一个黑衣人已一剑向他刺来。大皇子急忙拖来汪国公世子挡剑,银剑一剑刺穿了世子的身体,直扎入大皇子的身体,将两人捅成了一串。

黑衣人拔出剑来,踢开汪国公世子,上前拎起大皇子,喜道:"这下殿下该满意了……"同伴瞪了他一眼,示意他闭嘴,当头的黑衣人立刻噤声。一行人打扫好战场后,匆忙离开。

雨淅淅沥沥地下了起来。不知过了多久,浑身透湿的汪国公世子跌跌撞撞地从草丛中爬了出来,一屁股坐在地上,颤颤巍巍地查看起自己的伤势——他身上的宽袍虽被刺了个大洞,却只是从腰间擦过,只伤了些皮肉。

第二十八章

此地去安都已远，四面荒无人烟。虽伤势很轻，但汪国公世子望着空荡荡的道路，只觉双腿发软，站不起身。突然间青光一闪，电照长空。他分明望见草丛中有什么东西一闪，轮廓熟悉得很，连忙扑上前去，将东西翻出来——竟是一只小小的金虎头。

世子悚然一惊。这种带角的虎头装饰，分明是……

白雨溅落，拍打着陵墓上的浮尘，混成一片茫茫白雾。

陵墓前的白石地面上，晕倒在地的大皇子悠悠转醒。望见灰蒙蒙的、落下千千万万条白色雨线的天空，他先是茫然了一阵，随后目光一转，便看到了一袭黑衣、头戴斗笠坐在阶下的如意。

大皇子猛地想起自己遭遇了袭击，惊惧地想要爬起来，奈何腰上有伤，站不直身子。他只能一边捂着腰后退，一边外强中干地瞪着如意，嘶哑道："你是谁？你是老二的人？他疯了，你不能疯！刺杀当朝皇子是多大的罪名，你知道吗？！"

"那逼杀当朝皇后呢？"却听如意幽幽地反问道。

大皇子一怔，转头打量四周。忽地一道明闪撕开阴云，照亮了先皇后陵前石案上的两颗人头。大皇子尖叫一声，摔倒在地。

如意声音轻且阴森，道："那是你的好岳父汪国公，和前吏部侍郎陶谓，你不认识了？"

大皇子有些糊涂："陶谓？"

如意解释道："勾结你岳父上书，构陷沙东部侵占草场，最终逼得沙东部不得不出卖娘娘的陶谓。"

大皇子勃然变色，惊慌道："你是什么人？！你想干什么？！"

如意抬起斗笠，露出了她假扮吉祥的那张脸，然后抬手抹去人皮面具——那张脸便毫无遮掩地落入大皇子的眼帘。

"我是任辛。"如意道。

大皇子的眸子猛然收缩："任辛！是你！你没死？！"他终于恍然大悟，惊恐地看着如意，"所有的事都是你干的？！"

如意没有回答，只是摘下斗笠，走上台阶。

大皇子惊慌无措，步步向后退缩着："不，不，你不能杀孤，孤没有想害死她，孤只想废了她！"

如意一步步走上台阶，不发一语。

大皇子绝望地吼道："你想为先皇后报仇，别找我，找父皇啊！所有的事情都是父皇默许的！"

如意已走到他的面前，居高临下俯视着他，问道："说完了？"

大皇子满身污泥，涕泗横流，犹然不死心地挣扎道："杀了我又有什么好处？你之前替父皇效命，现在还想替死了的先皇后效命？他们什么好处都不会给你的！可你只要放了我，我可以把全部私财都给你，保你一世荣华富贵……"

如意拔出了剑，道："闭眼。"

大皇子彻底慌了，口不择言道："你要想清楚，就算你杀了我，朱衣卫也得不着任何好处！你们一样还是会被朝臣们看不起，一样还得绞尽脑汁钻营，才能活得长久——"然而话未说完，他眼前突然寒光一闪，随即整个人扑倒在地，血水漫入了雨水之中，视野也随即暗了下去。

雨水铺天盖地落着，三个人头并排供在了昭节皇后陵前的供案上。

如意跪坐在昭节皇后的陵墓前，拿起线香，想借着陵前的火烛点燃，但火烛也随即被大雨浇灭了。

身后又一个黑衣人走上前来——却是宁远舟。他拿出火折子，递给如意。如意便就着火折子点燃线香，恭敬地对着陵寝拜了三拜。

做完这一切之后，如意将陶谓的头颅从案上取下，装入皮囊中。宁远舟打开伞，替如意挡住大雨，两人一道消失在了无尽的烟雨里。

乘车经过河边时，如意抬手将装着头颅的皮囊，扔进了河中。

大雨渐渐地停了，一身狼狈湿透的汪国公世子走在街上，时而喃喃自语，时而疯狂大叫："虎头，沙东部的虎头！是二皇子杀了殿下，是他们！"街上行人寥寥，都以为他是疯了，纷纷躲避开来。

昭节皇后陵前，偷懒躲雨的侍卫们也伸了伸懒腰，出门巡视，忽地望见案上两个狰狞的人头，不由得惊掉了手中的武器。

昭节皇后陵前被供奉了人头的消息传回安都，朱衣卫指挥使邓恢立时便涌上些不妙的预感。彼时天刚蒙蒙亮，整个安都还沉睡在梦中，朱衣卫衙门便已然大开。孔阳奉命，带着无数朱衣卫大举出动，在城中展开了搜查。一时间城中百姓人人惊恐。

元禄倚在四夷馆的墙头，冷眼看着朱衣卫们忙碌往来——宁远舟和如意一行早已回到馆中，李同光那边更是无须忧虑。他心态镇定得很。

朱衣卫将一脸惊恐的汪国公世子带到邓恢面前后，向他呈上了金虎头。邓恢听着汪国公世子的说辞，一脸肃然地看着那枚金虎头。而后，他亲自前往昭节皇后陵前，确认了那些人头的身份。

至此，邓恢的心情还是很平稳的。大皇子遇害，幕后主使疑似二皇子。虽对安帝来说，这消息不啻晴天霹雳，但对邓恢来说，自那夜安帝亲探洛西王府后，会发生这种事，纵使不在预料之内，也是在情理之中。

就在邓恢站在昭节皇后陵前，思索着该如何向安帝回禀时，又有手下快步而上，向他回禀了些什么。听到消息，邓恢一愣，心中不祥的预感再次加深。思索片刻之后，他猛地意识到了某种可能性，不由得悚然一惊。

在先皇后陵前徘徊思索半日，邓恢最终还是一咬牙，做出了决定，翻身上马离开。

回到安都之后，邓恢直奔安帝寝殿而去，孔阳快步紧跟在他身后。

来到殿外，邓恢深吸了一口气，解下佩剑交给孔阳，这才鼓起勇气走进殿中。

孔阳少见他凝重不笑的模样，不由得心中惴惴。他等在殿外，虽不敢向内窥探，却也时不时就抬头看向殿门。不久后，殿内忽地传来了摔打器物的声音，随即是安帝气急败坏的声音："什么?! 你再说一次!"

孔阳脖子一缩，连忙垂下头去。

寝殿内，安帝震惊且大怒地瞪着邓恢——中年丧子，他难以接受这样的消息。

而邓恢伏在地上，低声说着："臣已验看无误。"

安帝骤然跌坐在龙椅上，他的手罕见地颤抖起来。他眼眶一红，悲伤地闭上了眼睛，呢喃道："基儿，基儿，他还那么年轻……"

邓恢低着头，继续说道："发现大殿下的地点是……"他顿了一顿，才道，"先皇后陵前。"

安帝的眼睛霍然睁开，只一瞬间，那些属于父亲的浅浅悲伤就已消失无踪，换作了属于君主的猜疑："什么?!"

"与大殿下一起的，还有已经下葬的汪国公。"邓恢屏气，小心地回禀，顿了顿，又道，"此外，前吏部侍郎陶谓前日于别院失踪，至今未归，家人报官……"

"朕不管什么陶谓、张谓，"安帝一挥手，声音骤然拔高，"朕只想知道是谁杀了朕的儿子！"

邓恢一滞，忙呈上金虎头，道："这是凶手留下的饰物。"

看到金虎头的瞬间，安帝骤然明白过来："沙东部?! 是老二?!"他眼中突然凶光毕露，但随即又道，"不对，特意在陵前杀人，太露骨了……是谁？梧国人，还是先太子余孽？"他苦苦思索几次无果后，突然暴怒起来，拉起邓恢的领子将他提到面前，逼问道，"到底是谁？你查到了没有?! 啊?! 说啊，说啊！"他重重地将邓恢搡倒在地上，砸过去一只香炉，暴怒道，"朕的儿子死了，除了报丧，你还会什么？养你们这群狗有何用?!"

邓恢摔倒在地，被撒了一脸香灰，却还是迅速正冠，重新跪倒在地上。他匍匐许久，见安帝怒火稍顿，方敢继续说道："臣以为，二殿下和褚国人最有嫌疑。前者可能是用倒脱靴的法子，借着明显的破绽脱罪，毕竟大殿下一死，二殿下的太子之位自然稳固；后者，则可能是褚国人意欲报复圣上兴兵之举，特意选在先皇后陵前动手，更是用心险恶，或许是想要挑起百官对于先皇后之死的猜疑。至于梧国人，臣以为，他们的皇帝还在永安塔中囚着，所以暂时没那个胆子。"

安帝的眼睛霎时变得血红，他咬牙切齿道："很好，很好，李镇业这个孽障！斗走了他大哥还不够，还要斩草除根，逼着朕立太子?! 朕还没老呢，朕也不止他一个儿子！今天他能杀了亲兄弟，明日是不是就敢对朕动手了?!"

他像困兽一般在殿内转着圈,忽地顿住脚步,抬手指着门外,怒吼道:"你去给朕查!叫那畜生马上写自辩书!写好了自辩书,马上出发去天门关,不得朕旨意,不许归京!"

"是!"邓恢连忙领命要去,安帝却又叫住了他,满眼阴毒地说道:"告诉礼王,除非梧国再给三万两黄金,否则朕绝不放人!另外,好好地给朕磋磨磋磨杨行远。朕的儿子都死了,他凭什么还能好好的!"

邓恢连忙躬身道:"遵旨。"

孔阳一直等在殿外,见邓恢的身影出现,这才松了一口气,见他一脸是灰,又连忙送上手巾。邓恢就着旁边的荷花缸里的水擦了擦脸,便和孔阳一道向外走去。

孔阳低声说道:"尊上,您都已经提到陶谓了,怎么圣上还是……"

邓恢手上一顿,半响后脸上才又浮现出笑意,这一次却是苦笑:"圣上记不得一个致休的官员再正常不过。就像他多半也想不起来,朱衣卫还有一个从未失手过的刺客——深得先皇后爱重,甚至不惜为她独闯邀月楼的左使任辛。"

朱衣卫中凡知道任辛的无不对她心有余悸——毕竟那是个刺杀了褚国太后,又一连斩杀了三个节度使的刺客。

孔阳不由得愕然道:"圣上真的记不得了?!"

邓恢顿了一顿,片刻后才垂了眼睛,淡淡道:"或许所有的朱衣卫在圣上的眼中,都是可用过即弃的物事吧。"

孔阳也沉默下来,半响后,才又小声问道:"这次动手的,真是任左使?"

"虽然没有任何证据,但自从知道大皇子、汪国公和陶谓死了的那一刻,我心中就有了答案。"邓恢轻呼一口气,反问道,"除了她,谁还会记得已经崩逝五年的先皇后?谁还会有这么大的胆子,这么厉害的手段?"顿了一顿,又道,"陈癸和迦陵,应该也是死在她手上的。"

孔阳震惊,但若是任辛所做,一切似乎又那么顺理成章。良久之后，他才说道："难怪。那，咱们要不要再去提醒圣上……"

邓恢摇了摇头，道："她杀大皇子汪国公等人，是为她恩人皇后复仇；杀陈癸，是为她弟子长庆侯复仇；杀迦陵，应该是为当年的邀月楼围攻而复仇。现在该死的人都已经死了，她多半会自行收手。而且，她在暗，我在明。既然我对付不了她，且未曾得罪过她，又何苦多生事端？"他叹息一声，眼眸中难得流露出些许失望，"反正这会儿在圣上眼里，我们不管做什么，都是错的。"

孔阳也不由得点头道："任左使当年确实恩怨分明。"又道，"对了，大殿下的那些随从，全都找到了，只是受了伤昏迷在草丛里，但性命无碍。"

邓恢想了想，叹道："报个全死，然后把人都送走吧。否则，圣上也不会让他们活的。"

孔阳看着邓恢，突然说道："尊上，这些天来，您的心，好像越来越软了。"

邓恢一怔，重新摆出那张假笑的脸，自嘲道："或许是因为直到现在我才发现，原来在圣上的眼中，我这个圣上的亲信，和你们这些朱衣卫，其实并无差别吧。"

突然身后内监匆匆而来，唤道："邓指挥使留步！圣上有口谕。"

邓恢忙和孔阳站定了，肃立听旨。

内监道："圣上口谕，朱衣卫奉主不力，着选绯、丹、紫衣使各两人，卫众十四人，今日酉时于宫城南阳门外赐缢，钦此！"

邓恢和孔阳都震惊不已，一时只是瞪着宣旨的内监。片刻后，孔阳急道："内相，圣上有没有说，到底是哪些朱衣卫在哪一处办事不力——"内监没有说话。邓恢也已回过神来，连忙拉住了孔阳，向内监躬身行礼道："臣遵旨。"内监转身离去。

孔阳大急，惶急地看着邓恢："尊上，这——"邓恢脸色灰败，低声道："你难道还不明白吗？圣上只是想泄愤，所以随意要我们朱衣卫死几个人，给大皇子陪葬而已。"

安帝那日冷漠的面孔再度浮现在邓恢的面前。那时邓恢替明知无罪死后却还要背负污名的迦陵，讨取一个不株连三族的恩赏，而安帝淡漠地回道："她既然做了朱衣卫，就别怨命不好。"

朱衣卫总堂的院子里，孔阳难过地摇动着一只箱子。已然知晓安帝命令的朱衣卫们惨白着脸，走上前去，从箱子里依次抓阄，抽取赐死与否的结果。

待所有人都抓完之后，邓恢闭了闭眼睛，看向众人，说道："圣上既有此诏，我选谁，都对其他人不公平，索性就交给老天，生死有命。红签生，黑签死……"

众人颤抖着张开手，几个朱衣卫上前，一一打开众人手中的签纸。

卢庚看着签纸中央的红点，不由得腿上一软，差点瘫倒在地，心中只如劫后重生般。然而尚未来得及庆幸，便听身侧一个悲愤的声音响起："凭什么是我?！凭什么?！"卢庚愣怔地看过去，便望见了身旁同僚签纸上的黑点。已有朱衣卫含泪将那人带走。

转头又听到了身旁另一人轻轻舒了口气，卢庚扭头看去，却是另一人也抽到了红签。两人对视片刻，短暂的安慰之后，便各自痛苦地低下头去——朱衣卫彼此之间少有真情实感，然而当此之时命运相连、兔死狐悲之意骤然涌上了心头，无论如何也无法为自己一时的侥幸存活感到喜悦。

签纸陆陆续续全被打开，朱衣卫总堂里充斥着号哭之声。邓恢终于忍不住，举头望天，竭力不让泪水掉下来。

宫城南阳门前人头攒动。百姓们听说了消息，都向着城门外聚集过来，围观今日的行刑。

一队朱衣卫押着或不能直立，或泪流满面的同僚在宫门外的空地上跪下，夕阳在他们身后拖出长短相间的浓黑阴影。

消息经由孙朗传进四夷馆后，如意大惊失色，戴上幕篱便飞奔出去，宁远舟连忙跟了上去。

来到南阳门外时，酉时将至。到处都是围观的人，比肩接踵，指指点点地议论着。而将要被行刑的朱衣卫已然跪好，站在他们身后的朱衣卫含泪拿出弓来，将弓弦套在了他们的脖子上。

邓恢已不能再看下去，冲众朱衣卫敬了一碗酒，转身快步离去。

刚刚赶到的如意大急，按剑便想要冲上前去直接动手救人。宁远舟扶住她的肩膀，目光坚定地向她说了些什么。而后她便压低了自己头上的斗笠，飞身而去。

邓恢一直走到一处无人的城墙前，才终于停住脚步。他背过身去面朝着城墙，竭力平复着自己的情绪，忽觉身后被人拍了一下，他立刻警惕地回身攻击，拳头却被人架住了。

那人戴着斗笠，面容遮挡在夕阳投下的阴影里，架住他的拳头，一指自己的喉头，粗声道："有位好心人不想你的手下枉死，托我来告诉你——缢杀时，弓弦如果往软骨下一指用力，有七成的可能侥幸不死。"说完，便又飞身离开。

邓恢愣怔地望着他的背影，忽听鼓楼上暮鼓声敲响，立时回过神来，连忙飞一般地向着行刑处赶去。

南阳门外，暮鼓声传，酉时已至。孔阳泣声道："时辰到——"

弓弦勒上了受刑朱衣卫们的脖颈。宫门外守卫的兵士们也不忍再看下去，纷纷别开头去。

邓恢终于在此刻赶来，高声喊道："等等！我来亲自主刑！"朱衣卫们的目光都不由得望向他。邓恢定了定神，示意一众行刑人过来。他低声向这些人耳语了几句，一众行刑人听完后，身子都是一颤，却都全力掩饰住了表情。

众人各自归位。邓恢也亲自走上前去，将弓弦套在一个朱衣卫的脖子上，而后手臂一挥，高喊："行刑！"众人同时用力绞动了弓弦。

如意再也看不下去，转身便走。

月辉清冷，映在八角亭外的花树上，如蒙了一层白霜。

如意独自一人坐在亭中石桌前，一手执壶，一手握杯，脸上阴霾深深。她仰头一口喝干杯中酒，又要斟满，便听到亭外脚步声，回头

第二十八章

看去，却是元禄。

元禄顿住脚步，有些忐忑地看着她："宁头儿说你心情不好，只想一个人待着，可我怕你干喝酒伤胃。所以——"便从身后拿出一只碟子，递了过来，"刚买来的炒五香豆，你随意吃两颗吧。"

如意抬头看他一眼，道："谢谢你。"

元禄便自行在桌旁坐下，说道："安都分堂的兄弟说，朱衣卫抬去化人场的棺材里，有十五具都是空的。"顿了一顿，又说，"你救回了十五个。"

如意摇头道："我那会儿已经慌了，全是远舟的主意。"她神色黯然，"可是，还是有五个人，被我害死了。"

"这又不是你的错，是安帝无端迁怒。"

"可我早就想到，我杀了大皇子，就一定会有人被迁怒，但我没想到的是，竟然是用这种不讲道理的方式滥杀无辜。"她闭上了眼睛，静静地平复心情，许久之后，才长叹了一声，道，"我也很矛盾，来安国这一路，我其实一直在跟朱衣卫作对，越三娘、珠玑、陈癸、迦陵，他们都死在我手里，可刚才，我又害死了更多的朱衣卫……我对同僚其实真的不太好，所以除了一个媚娘之外，就没有别的亲信了。从天牢逃出之后，我只能独自漂泊，像老鼠一样藏身于白雀群中，等待武功恢复，等待复仇良机。"

她深深地自责着："其实我远远不如媚娘，她一旦身得自由，就能尽己所能，用她的金沙楼去帮助旧日的同僚；而我呢，虽然一直深恨白雀这种不把女子当人的制度，但直至我坐上左使之位，也没为她们做过什么。就连今天，我看着他们被安帝无辜枉杀，还是什么也做不了。"

元禄在她面前蹲下，握住了她的手，仰头认真地看着她，说道："如意姐，听我说，我们现在是在打仗，是和安帝的野心在周旋，打仗就一定会死人。你说过你要以战止战，你刚才已经救了十五个，以后，还会救更多的梧、安百姓。你不是还要开间镖局、书院什么的，收留那些退职的朱衣卫吗？"

如意摇头道："那只是杯水车薪，远远不够。我还想再多帮帮朱衣卫，多弥补一点那些我本该做到的事。但我现在还毫无头绪。"

元禄道："但你还说过会让安帝付出代价啊，先办完这件大事，再和金姐姐商量一下，到那时你肯定就有主意了！"

如意轻声道："真的？"

"真的，"元禄点头道，"我还是个小孩，小孩从来不会说谎。"

如意原本眼中有泪，此时却勉强一笑。

她想了想，摸出一只锦袋，递给元禄："这是你家宁头儿硬塞给我的糖，谢谢你。"

元禄一笑，将锦袋接在手里。

然而回房之后，他看着手中的锦袋，不由得深深地叹了口气。

安帝把赎金加到了十三万两黄金的消息，被杜长史和杨盈连夜写信送回梧都。但小分队的人都知道，这多出来的三万两，章崧肯定是不会给的，如今只有上塔救人一途了。但在那之前，礼王还得做出四处拜会官员、希望能收回成命的样子，这样才能麻痹安帝。

现下最重要的事，是与梧帝沟通这一情况。但大皇子出事后，负责永安塔防卫的朱衣卫和殿前卫更加不敢掉以轻心，他们点亮了永安塔上囚室的所有灯烛，通宵在塔下巡逻，让梧帝一夜不能入睡。

第二日杨盈去看他时，他满眼都是血丝，精神几近崩溃。来到屏风后，他指着窗外对杨盈道："听见没有，他们敲了一整晚，一整晚！这样的日子，朕一天都忍不了了，马上把朕救出去！现在，立刻！"

杨盈对梧帝已经失望透顶，却还是说道："皇兄稍安，臣弟这几日都在安国朝臣中疏通，但安帝突然将赎金提到了十三万两黄金……"

"那你们就去筹啊！朕难道还不值区区十三万两金子？！朕只要下塔，只要回梧都！"

杨盈声音也不由得拔高："一场战事，已经耗干了大梧的国力，要再挤三万两黄金出来，谈何容易？"却随即冷静下来，安抚道，"请皇兄暂时忍耐，臣弟已经在全力安排……"她见窗外士兵离去，才凑近安帝小声道，"宁大人已经在安排救您下塔的事了。"

梧帝紧紧地抓住她的手腕，满眼血丝地盯着她："什么时候？！"

杨盈一边挣脱着，一边说道："还在等合适的机缘……"

"等，还要等，你们要朕等到几时？！"梧帝满眼血丝地瞪着她，状似疯狂，"口口声声都是宁大人长宁大人短，你在骗朕对不对？欺瞒君上，罪在不赦，你知不知道？！"

杨盈吃痛，终于压制不住怒火，甩开梧帝，怒道："那请皇兄现在就治孤的罪，再找别的能臣干将来救您吧！"

梧帝愕然："你敢对朕不敬？"

杨盈怒视着他："我只是想请皇兄认清现实。害您落到现在这步田地的，不是臣弟，不是宁大人，而是您自己！"

梧帝被戳到痛处，大怒，一把掐住杨盈的脖子，低声道："朕现在就可以杀了你！"

杨盈手一动，打开扳指的机关，用上面的尖刺抵住梧帝的脖子，冷冷说道："可惜您杀不了。这上头有剧毒，在您掐死臣弟之前，臣弟只要稍稍一用力……"

梧帝立刻触电般退开，杨盈整了整被梧帝弄乱的衣衫，轻蔑一笑。

这笑容刺激了梧帝，等窗外另一轮巡视的士兵经过，他咬牙切齿地低声道："你以为朕现在落难，就治不了你了是吗？告诉宁远舟，如果七日内，朕还离不开这个破永安塔，朕就会把你是个女子的事情告诉安国人！"

杨盈脸上的笑容瞬间消失，她难以置信地看着梧帝。

梧帝却得意起来："现在知道怕了？呵，不光如此，朕还会把六道堂、宁远舟潜伏在这里的事情也告诉安国人，到时候，大家要死一起死！"

杨盈震惊地看着他："你疯了！"

"对，朕早就疯了！只要能活着回大梧，朕什么都会做！朕还要——"语音未完，一指横上他的脖颈——梧帝骤然发现自己发不出声来,整个人蒙了,半响后才发现,站在自己身后的竟是宁远舟。

宁远舟淡漠地看着他:"圣上既然疯了,那臣就有义务替您清醒清醒。"

杨盈黑着脸走到宁远舟身边,失望道:"我去望风,你好好跟皇兄谈。"她奔出屏风,监视着窗外。

安国士兵正在巡视。他们透过窗子,隐约看到杨盈还在屋内,便放心地继续前行。

屏风后,梧帝终于可以再发出声音,不可思议地看着宁远舟:"你是怎么上来的?!"

宁远舟反问道:"圣上难道以为臣等天天都在四夷馆中无所事事吗?我们每日都来这附近勘察,对出入永安寺的各色人等,都了如指掌。"

他们早已摸清,永安塔外除了常驻在塔中的守军,还有时不时前来巡视的殿前卫。

所以这一日杨盈登塔时,故意装作失足的样子,尖叫着从阶梯上滑下来。使团众人自然想要上前救助礼王,而安国士兵势必不会准许他们靠近。双方就此推搡争执起来。

混乱之中,宁远舟乔装而成的殿前卫军官趁机出面,先制住使团那边带头闹事的于十三,再回头呵斥没有坚守好岗位的安国士兵。安国士兵自然不疑有他,宁远舟便也顺理成章地进入塔中,再做出监视杨盈的模样,便一路跟着杨盈来到塔顶,却没有引起任何怀疑。

宁远舟便向安帝解释道:"臣假扮的这位殿前卫军官,并不常驻塔中,却不时过来巡视,正是最好的人选。而使团中,又恰好有一位善制人皮面具的高手。"

梧帝犹疑不定地看着他。宁远舟便道:"陛下请放心,臣一定会救您下塔,否则,今日臣也不会甘冒奇险,亲自上塔勘察路线。"

梧帝惊喜道:"你此话当真?"

宁远舟平静地看着他,坦言道:"臣并不是什么忠孝仁义之辈,甚至还为陛下不肯为天道写雪冤诏之事对您怀恨在心。但正因为如此,臣才不屑于撒谎。只要圣上少安毋躁,耐心地等臣的消息,到时好好配合,臣保您能平安下塔。"

"好,只要你能说到做到,朕、朕可以恕你刚才无礼之罪!"

宁远舟讥讽一笑:"谢主隆恩。"

梧帝又外强中干地警告道:"你最好别耍什么花招,别想着把朕弄晕弄死了,偷了朕的御玺去弄一份假的雪冤诏!朕亲征之前就和朝中大臣约好了,出京之后,朕的每份诏书都会用上全新的花押,否则,他们可视为伪诏,概不奉旨!"

宁远舟动作微滞,却随即一笑,淡淡道:"没想到圣上思虑竟会如此周全,可惜,这份周全,怎么就没有用到行军作战上呢?不然数千大梧将士,也不至于都成了冤死鬼。"

梧帝的脸色唰地变得惨白。

宁远舟看了看窗外,道:"臣该回去了。"便递给梧帝一本书,又从梧帝的书案上拿走了一本一模一样的书放进怀里,道,"这书里有机关,还有臣拟定的几个营救方案,圣上看完后就知道怎么等信号、怎么配合臣了。看完记得烧掉。另外,还请圣上牢记一事:臣此番前来,是受章相所迫、皇后所托,为国,却不是为您。"

他指指那本书,又说:"这书里头,还有柴明的一片遗骨,和他尸身上仅剩的一块浸满了血的衣衫。圣上往后若是再想发疯,又或是想耍帝王威风,不妨对着它们扪心自问,你配吗?"

梧帝大震。

此时宁远舟已经退开,他向杨盈使了眼色,重新戴好人皮面具,扮回军官模样,粗声道:"时间已经到了,礼王殿下,还请下塔。"

杨盈做出不快的模样,回应道:"你们每次都像催命一样!"便回身向梧帝拱手行礼道:"皇兄,臣弟拜别,请务必珍摄!"

梧帝颤抖着打开了伪装成书的锦盒,锦盒里除了书信,果然还有一片血衫和一块拇指大小的白骨。

宁远舟的声音再次回响起来:"圣上往后若是再想发疯,又或是想耍帝王威风,不妨对着它们扪心自问,你配吗?你配吗?你配吗?你配吗?"梧帝痛苦地掩住了耳朵。

第二十九章

素心欲解鸟雀羁

沙西王府里,初贵妃的侍女正向沙西王耳语着。

听完侍女送来的消息,沙西王愕然道:"当真?!"

侍女点头道:"大殿下之事,圣上严禁外泄。贵妃娘娘好不容易探听到消息,才令奴婢拼死出宫。娘娘还说,圣上虽无证据,但也很是迁怒二殿下,二殿下这一去天门关,只怕好些日子都别想回京了。"

沙西王大惊。侍女离开之后,沙西王久久没有说话。他凝视着壁上那代表沙西部的最尊贵标志——全银角牛头,良久,终于下定了决心,回头吩咐仆人:"叫阿月马上过来见我。"

片刻后,初月来到了沙西王近前。

沙西王直言道:"明日,你去见长庆侯,把这些东西给他。"

初月接过父亲递过来的锦盒,看了看里面的东西,愕然道:"您要把丰、原两州的坞堡、部曲、马匹都给他?大哥要了好几回,您都不肯给。"

沙西王道:"只有这样,他才会相信我们初家的诚意。"

初月不解。沙西王语重心长道:"阿月,你记住。以后我们整个沙西部,要把资源均分为两半,你大哥一半,长庆侯一半。"他顿了顿,又道,"因为长庆侯以后一定会比阿爹,爬得更高!"

初月初时不解:"爬得更高?什么意思?"但看着沙西王的表情,她突然明白过来,震惊得手中的锦盒都滑落了下来。

沙西王接住锦盒,道:"他已经向我证明了自己的实力。刚才你姑姑从宫内传来消息，大皇子暴亡于流放途中，圣上怀疑是二皇子动的手。"

初月惊愕道："其实是李同光干的？"她面色变幻不定，急速思索着，"他想扶植宫人生的三皇子，以后做辅政大臣？不行，沙西部不能卷进夺嫡之事，稍有不慎，就有灭族之危了！我得马上和他断了婚约！"她咬了咬牙，"要不我毁个容，或者跌断腿……"

沙西王看到初月焦急的样子，放轻了声音："阿月……"

初月心急如焚，劝道："阿爹，你这会儿可千万别犯糊涂！"

沙西王按住她的肩，让她安定下来："阿爹没有糊涂，阿爹知道轻重。"

初月闻言一怔。沙西王接着道："你把沙西部看得比自己的婚姻还重，阿爹很欣慰。但是，自从圣上赐婚的那一刻起，我们沙西部就已经和长庆侯绑在一起了。"说着，他深深叹了一口气，"圣上本就多疑寡恩，如今两位皇子齐齐出事，你姑姑又是后宫第一人——她应该很快就要失宠了，而且，朝中也必会有一场腥风血雨。"

初月越发错愕，眼前的形势都是她始料未及的。

沙西王又道："李同光一出手，便干净利落地同时收拾了两位皇子。这样的手段与心计，比起圣上当年也不遑多让。就连我都没想到，他这样一个看似在朝中根基薄弱、生父不详、只能依附圣上的孤臣，竟然是这一场惊天波澜的始作俑者。而你大哥资质平平，能守成就已经很不错……"说着，他望了望墙上的全银角牛头，叹息了一声，"为了沙西部的未来，阿爹不得不赌啊。阿月，答应爹，借着这次送东西的机会，以后跟他好好相处，别再闹了，好吗？你斗不过他的。"

初月低下了头，半晌才缓缓道："好。"

见初月答应，沙西王顿时松了一口气。可初月又抬头道："坞堡和马匹可以先给他，但部曲，要掌握在我手里。"她眼神里是从未有过的坚定，"阿爹如果把这场婚姻看作合作，那我手里就始终得有一些能制衡他的东西。"

沙西王当即一怔，随后欣慰道："你比阿爹想得周到，以前我总担心你太胡闹，成天嚷着要骑奴是孩子心性，现在总算放心了。"想了想，他又担心道，"不过你和他见面之时，千万别一副谈判的口吻，要柔和些。唉，阿爹无论如何，还是希望你能幸福的。"

初月脸上莫名地有些红，想起那日在珠宝商铺，李同光替她解围，弹指将一枝月季花戴在她发间。她顿了顿，道："其实，他最近待我还不错。"

夜色渐浓，四夷馆宁远舟的房间里，宁远舟、如意等人正齐聚桌前，对着桌上一张永安塔的结构图和地图，商议着后续行动。

如意道："既然你们皇帝用他的花押把伪造雪冤诏的事堵死了，那现在就只剩闯塔这一条路了。你亲自上过塔了，有几成把握？"

宁远舟道："最多三成。我送阿盈的时候认真看过，那里的防卫比阿盈描述的严得多，最麻烦的是，机关重重。"

他假扮殿前卫军官送杨盈上塔时，每爬一层楼都观察过楼中的机关。他一边回忆，一边说道："塔外处处悬丝，上缀铃铛，如果从外面攻塔，很难不触动铃铛。"

"每层楼梯下面都有活板，如果楼梯上同时行走的人超过三个，活板就会翻转，拉动楼梯下陷，断绝上塔的道路。而我们上塔和撤离，都必须在短时间内完成。就算只有我和十三两个人冲上去，但每层塔防守的侍卫都不下十位，很难对付。"

他又补充道："圣上房间外的地面，还长时间堆着让人难以下足的铁蒺藜，每次必须小心扫过才能通行。"

元禄思考着道："放火如何？攻不上去，索性就逼他们下塔。"

如意摇头道："不妥。朱衣卫之前受到的训练一直是，如果有人劫狱，而且情势难以控制，就马上杀掉囚犯。"

元禄听后露出失望的神色。

宁远舟思索着："要不然，索性就还用我这一招，我和十三扮成殿前卫上塔，其中一人和圣上交换身份，等圣上下塔了，那个扮成圣上的人，再从塔上跃到树上撤离？"

众人闻言，眼前都是一亮。于十三道："这主意好！"

如意也点头道："你们皇帝没经验，假扮殿前卫很容易露出破绽，这计划还是有风险。但至少，成功的可能性从三成升到了五成。"

钱昭道："五成就是一半的希望了，我赞同。"

孙朗开口道："后面最麻烦的事应该还是撤离，堂主和老于勘察过，永安塔周围虽然是一块极易防守的空地，但永安寺周边的街市人流可不算少。就算选半夜人少的时候攻塔，下塔之后，安国人只要把住了这两处街口，我们就很难脱身了。"

于十三盯着地图道："我再去安排一下撤离的路线，想办法在寺旁多设几个接应点。"

如意接口道："安都我比你们熟，从永安塔到城门一线，我去跟李同光商量，找一条能让大伙儿安全快速撤离的路线出来。"

宁远舟点点头，眼中带着欣赏的笑意。

于十三却撇嘴，摇头叹息："居然放美人儿去见情敌，老宁啊老宁，听说过有出戏，叫《大意失荆州》吗？"

孙朗斜眼瞟他："我倒听说过一出戏，叫《金媚娘棒打薄情郎》。"

于十三愕然，趴在钱昭肩头假装痛哭："这日子没法过了，连孙朗都来欺负我！"

"你说少了，不止他一个欺负你。"钱昭猛拍于十三的背一记，于十三被拍得咳嗽，只能恨恨地瞪眼指着钱昭。

"还有我！"元禄猛地跳起来，也压在了于十三的背上。于十三被他带得跌倒在榻上，狼狈不堪。室内气氛一下子轻松起来。

宁远舟也笑着，但很快，他便敏感地发现，如意笑得格外勉强。

众人散去后，宁远舟便将如意拉去了后院。夜色中，他凝视着如意白皙的脸庞，开口道："于十三他们看你这两日一直不太开心，才故意插科打诨，不是不体谅你的心情。"

如意有些意外："那你替我谢谢他们。"

宁远舟关心道："怎么，还觉得自己对不起以前的朱衣卫下属？"

如意点头："明明好像不是我的责任，可我总觉得欠了他们很多。"

但想了很久，也没想出来到底该怎么做。我是不是有点没事找事？"

宁远舟摇头："你从一个只会杀人的傀儡变成了活人，也开始把以前那些只是符号的下属当作了活人，所以，你才会为他们不值，想给他们补偿，想为他们打抱不平。"

如意一怔，摸着自己的脸，叹气："原来，我以前只是个假人啊。"

宁远舟玩笑道："没关系，渡口仙气，你就活了。"

如意道："既然是神仙，你就再多说一点？"

宁远舟想了想，说："我想从塔里救出皇帝，就得自己亲身去探察一回才知道深浅。你想为朱衣卫以前的下属做些什么，为什么不自己去朱衣卫瞧瞧呢？"

如意闻言，不禁一怔。

李同光将碰面的地点约在了他的马场。初月纵马奔到入口前，为她引路的朱殷给入口处的守门人验看通行符，守门人才放他们进去。

朱殷解释道："郡主见谅，最近京中四处都是朱衣卫，过府相见只怕人多眼杂。此处马场颇为清静……"

初月却并未在意，点头道："带路吧。"

来到李同光面前，初月将父亲交代的锦盒递给了李同光。李同光接过，看到盒中的契书，眉毛一挑："令尊果然大气。"

初月道："部曲有上千人，要是一下子全转给你，肯定会走漏风声，所以暂时由我帮你管着。反正我训练骑奴的事情，已经在圣上面前过了明路。你想怎么练他们，告诉我就好。不管是箭术、骑术，还是结阵攻城，我都学过。"

李同光微有些意外，问道："你贵为郡主，为什么要学这些？"

初月一哂，不以为意道："就只许你一人有通天之志？"说着，她便转头看向草场，"我自小就不服气，沙西部明明是大母神所创，可为什么阿爹和爷爷却一直认定族长之位只能由大哥继承？我娘当年都可以掌兵，我为什么就不行？我学这些，就是为了向大家证明，我并不比大哥差。"

李同光认真地看了看她，点点头道："我跟你大哥也打过交道，你比他强！"

初月失笑："居然能听到你夸我，真是破天荒了。难道你今天心情又很好？"

李同光笑道："斗倒了欺负我十几年的人，又在户部安插了我的亲信，还得了贵部这么大的人情，自然得对财主好一点。"

初月见他面露微笑，容颜俊朗，竟一瞬间失了神，白皙的脸上也渐渐染上了红晕。意识到自己的变化，她连忙抬手状似无意地拂过自己的额发。

这时，传来阵阵马嘶声，二人都转头望向了远处，只见拴在一起的两匹马正互相踢着对方。

初月忙奔了过去："乌云！"

李同光随后也赶了过来，分开了另一匹马："踏雪！"

二人同时叫出这两匹马的名字，而后又各自看了看对方的马，都忍不住笑了起来。

初月道："乌云踏雪，居然还能连起来。也不知道谁更厉害点。"

李同光道："就是因为谁都不服谁，才争起来的吧。"

这时，二人似有所感，不约而同地看向对方。

李同光率先开口问道："赛一场？"

初月一挑眉："按三沙部的老规矩，用鼠球吧，就是抓几只耗子放在球里，谁先抓到算谁赢。这一次，我们各凭本事，公公平平地来！"

李同光并没有说话，直接翻身上了马。只见他策马向马场边奔去，和随从交代了几句。

不一会儿，一个系着红带的小球就在马场里滚了起来，初月和李同光各自策马奔腾，不相上下，相互交错着领先。这时，李同光抢先一步赶到了小球旁边，他正扬起马鞭，准备去卷小球，初月的鞭子却抢先到了，瞬间卷飞了他的鞭子。李同光微微惊诧，道："好身手！"

说罢，他们又重新向小球策马奔去。这一次，二人同时探下身去，准备用手抓球。就在二人的手指都要碰到球的紧要关头，李同光却突然收回了手。只见初月一把将球抓到,开心道:"我赢啦!"

她银铃般地笑着:"我知道你最后收了手,可要是在战场上,就算对手相让,一个好将军也不应该手下留情的。"

李同光戏谑道:"说得好像你上过战场一样。"

初月不服气道:"以前是没有,以后一定有机会,而且未必比你差!"

李同光应道:"那就祝郡主到时旗开得胜,马到成功。"

初月笑着道:"承你吉言。"她仍在隐隐兴奋着,感慨道,"你说,要是我们以后都像这样相处,多好啊。"

李同光道:"我说过,以后我会尽全力和郡主你相敬如宾的。请回去转告沙西王,就说多谢他的信任,以后我一定会小心行事,不辜负他对我的嘱托。"

初月道:"好。"说着她似是想到了什么,脸上泛起了愁色,"可我担心姑姑,阿爹说,圣上因为两位皇子的事,可能会故意冷落她。"

李同光安慰道:"我已经让贵妃以受惊为由称病,然后自称无力掌管宫务,向圣上交还凤印。圣上虽然凉薄,但也不会对一个已经罚酒三杯的知趣之人做得太过分。"

初月这才松了一口气,如释重负道:"这就好。"突然她又起了疑问,"咦,你和姑姑私下也有联络吗?"

李同光闻言,脸上闪过一抹尴尬,解释道:"我自小出入宫廷,当然认识贵妃。"突然,他一指远处,喊道,"啊,有鹿!"

初月马上来了兴趣,问道:"在哪儿?"说话间,她急忙策马奔了过去。直到奔上了一片高坡,她才停了下来,寻找道:"哪儿呢?哪儿呢?"

李同光慢慢地跟了上来,随口道:"已经不见了。"

初月一阵失望。突然,她看见面前的坡下是一片苍翠的草原,而在草原正中,还有一处演武场。她立刻就来了兴趣,兴奋道:"这儿居然还有一片这么好的草场,你怎么不告诉我?"

李同光见到演武场,脸色一变,立刻抬手拦住她,严肃道:"不许去!"

第二十九章

初月见他面露异色，一阵愕然。

李同光想起，少年时的自己和如意单手执剑进行比试，最后同时将剑比上了对方的脖子；想起彼时如意的莞尔一笑；想起如意绯衣翻飞，决绝地离开，而他追逐着如意的身影。这里充满了他和如意的回忆。

他信口道："这几日那里突然长了几株金色的蘑菇出来，天阳观的大师说这是难得的吉兆，我准备等过几日便献上去，好哄一哄圣上。大师还说，这蘑菇既然生而异相，女人就不能接近，以免冲撞。"

初月听闻个中缘由，方才释然，但仍悻悻地道："不去就不去吧，不过那个大师也肯定是个草包，什么女人、什么冲撞，敢情他自己不是女人生出来的？"

李同光被她的话语逗笑了，趁机道："天色不早，我就不多留你了，你早些回去，也好让国公安心。"初月同意地点了点头。

阳光照耀着马场上的二人，他们从高坡上缓缓策马而下，苍翠的草地上映着他们的影子。

到了马场口，李同光吩咐随从，将两只绑好的野鸡递给等候在外面的侍女小星，转头对初月道："宫里还没有正式对外公布大皇子之死，你带着这些猎物回府，就说出去打猎了，别人也不会起疑。"

初月称赞道："你想得真周到。谢了，再会。"说完，她抱拳行了一礼，随后策马离开马场。

这时，一个随从向李同光送上了一条红发带，那是刚才初月系在小球上的。李同光接过发带，策马追了上去。

"等等。还有这个。"说着，他向她递出了那条红色的发带。夕阳照在他英俊的侧脸上，映得他眉眼如画。

初月的心突然咚咚地跳了起来，半晌她才回神，接过发带道："谢谢。"

李同光点了点头，而后转身策马返回马场。

初月望着他的背影，突然冲动地喊道："李同光！"

李同光回首，初月鼓起勇气，道："我很喜欢这儿，以后、以后我还能再来吗？"

"郡主要是喜欢，随时欢迎。"

初月道："谢了！"说完，她转身策马继续前行，脸上泛起了开心的笑容。

一路上，小星见初月一直紧抓着红发带，打趣道："郡主，您该不会对小侯爷——"初月果断道："我没有！"

小星继续小声道："可是我娘说过，不吵闹不成夫妻，其实有些缘分，就得慢慢地才能处出来。瞧，这又是陪您跑马，又是送野味的，多贴心啊。"

初月瞪了她一眼："多嘴。"而后，又仿佛是为了说服自己般解释道，"我可没喜欢上他，我只是不想跟他做一辈子仇人。他都说想和我相敬如宾、长长久久了，我自然不能无动于衷。"

但饶是如此，她的嘴角还是挂着一抹淡淡的笑。

在安都的一个街口，一群朱衣卫正在盘查着一个老儒，老儒的身后跟着一个挑着书箱的书童。只见一名女朱衣卫正想拆开书箱检查其中的物品，老儒欲上前阻挡，不料被她出手一挡，却跌倒在了地上，也撞翻了书箱。书童见此大喊了起来："杀人啦，朱衣卫杀人啦！朱衣卫杀我们山长啦！"

正被检查的百姓们纷纷看向了这边。其中，一位身材魁梧的中年男子道："是长河书院的山长，虽然没有做官，但也是先帝都亲自召见过的！"

旁边的年轻男子忍不住低声道："这也太过分了，突然说有褚国的奸细，然后就满城盘查。人家明明是好好的读书人，简直不让人安生！"

魁梧男子小声道："我听说，是一男一女两个大朱衣卫在一起瞎搞……"边说着，他边比了个手势，"牵扯了好多人，还出了命案，连累两位皇子都被赶出京去了。圣上震怒，所以那天才在宫城外头一口气杀了好多朱衣卫。"

周围的众人愕然，纷纷念叨着："原来如此。""我说呢！"

听到这些话，那倒地的老儒更是气得直指女朱衣卫，愤怒道："你们怎么没跟着一起去做绞死鬼?!"

女朱衣卫听后,甚是怒火中烧,拔剑准备动手,却被卢庚拦住了。

正闹得不可开交的间隙,李同光率领着一队羽林卫赶了来,问道:"出什么事了?"

百姓们见是李同光,喜出望外道:"小侯爷来了!"

说话间,羽林卫有序地隔开了围观的百姓,李同光下马,走到近前,躬身扶起了老儒,耐心地倾听着他的诉苦,而后回道:"您放心,您是当世有名的大儒,没人敢对您无礼的。"

众人中只听有人大声道:"还是小侯爷好!"

旁人也附和道:"小侯爷才是好官!"

一时间,百姓们越聚越多。这时,李同光的随从指着散落在地上的书,对一众朱衣卫道:"既然没什么可疑,就暂且算了吧。这边由我们羽林卫来查。"

众朱衣卫仍是愤愤不平,此时卢庚连忙抬手示意,阻止了他们。他和李同光的随从简短地交接之后,带着一众朱衣卫离开了。

见朱衣卫离开,有百姓情不自禁拍手鼓起掌来,昂首喊道:"走得好!"这时,旁边一个六七岁的小儿嬉笑着道:"绞死鬼滚得快!"众人大笑起来。

正在离开的众朱衣卫又气得想拔剑争斗,卢庚见状立刻阻止,好说歹说,才劝走了他们。

时间临近晌午,众朱衣卫找了一处食摊,坐下歇息。

卢庚喝着水,突然想起了什么,伸手向怀中摸去,可摸索了半天也未找到。突然,他的眼前伸过一只手,手中正拿着他欲寻找的那个药瓶。他转头看向身边的年轻朱衣卫。

这朱衣卫正是如意易容而成。见卢庚看过来,她开口道:"属下是太微分堂朱衣众吉祥,昨儿刚调入京。刚才我见大人在街口落下了这个,就……"

卢庚忙接过药瓶,道:"哎,我也就是个朱衣众,当不起你一声大人。只不过卫里能活到我这年纪的人不多,大家尊我为长,多少给些面子而已。"说着,他打开药瓶,服下了几丸药,接着道,"自从那天被吓着了,天天都得吃这药,不然心慌得不行。"而后,他倒了一杯茶,递给了她,"这儿有热茶,你也喝点吧。"

如意道:"多谢大——啊,不,前辈。"

卢庚看她拘谨的样子,询问道:"刚从白雀转过来的?做了多久了?"

如意恭敬地答道:"做了两年白雀,转成朱衣众才一个月。"

卢庚叹息了一声,道:"哦,最近总堂一下子少了不少人,所以才把你们从外地补进来的吧?"

如意低头,低声道:"总堂的事,属下也听说了,真是没想到。原本属下好不容易转成内门朱衣众,姐妹们都在羡慕我呢。"

卢庚闻言也似有所感,道:"有什么好羡慕的?刚才街口的事你没看见?如今在百姓眼里,我们朱衣卫都是些该杀千刀的走狗。朝廷的官员,更没几个把我们当正经人看。"说着,他猛地将杯中的酒一口饮尽,放下酒杯接着道,"刚才我们明明和羽林卫干的是一样的活,可凭什么他们就能被夸,我们被冤杀了,反而还得被骂?!"

如意见状,上前为他倒满酒,道:"您辛苦了。"

卢庚见她如此恭谨,又道:"听老哥哥一句劝。你既然生得好看,就索性抓住机会,赶紧在京里跟一个王孙公子,做妾也好,外室也好,只要他能赶紧把你弄出朱衣卫,销掉你的名册,你就算逃出生天,以后想做什么就做什么了。"

如意问道:"那前辈,您在卫里这么多年,就没有什么想做的吗?"

卢庚哂笑一声道:"我没什么想做的,能抽中红签活下来,就已经是万幸了。"

如意坚持着:"除了活下来,您肯定还有别的愿望。"

卢庚想了想,卷起了自己的袖子给她看,只见他的胳膊上都是纵横交错的伤痕。他边指着伤痕边说道:"瞧见没有,这一刀,是为了追捕平安州的流寇挨的。这一剑,是在宿国当暗哨的时候挨的。都是为大安尽忠,我不指望能像小侯爷那样风光凯旋、记功刻碑,但至

第二十九章

少也别像刚才那样被人指着鼻子骂吧……"说着,他看见如意面色怔忡,摆摆手道,"算了,你不懂的。"

金沙楼里,一个脸上有着狰狞疤痕的女子,疑惑地看着如意,道:"您问我最想要什么?"

金媚娘鼓励道:"对,这位大人是宫中女官,怜惜我们这些从朱衣卫退下的女子生活多有不易,所以才想尽力帮些忙。你有什么想要的,但说无妨。"

女子柔声道:"我在这里很好,没有什么想要的了。"

如意道:"作为一个曾经的白雀,有吃有喝还活着,的确是很好了。可如果作为一个普通的人呢?你真的没有什么别的想要的吗?"

女子怔怔地听着,突然,她眼中一闪,似是想到了什么,急忙道:"人,人!我说了您就能办到?"

如意应道:"我尽力而为。"

女子突然激动起来,急切地道:"求大人把我的妹妹救出来!她才十六岁,就也被拉去做了白雀!我想救她,可她还在名册上,逃不掉也离不开!"说着,她倏地抓住如意,恳求道,"求求您救救我妹妹吧,我不想她被糟蹋,不想她变成我这样子!"

金媚娘见状,忙上前将女子拉开,女子却伏在地上磕起头来:"求求你,求求你!"

见女子如此激动,金媚娘和如意将她安抚了一会儿,而后离开房间,来到了走廊里。

金媚娘歉意道:"实在对不住,可安都金沙楼里,从朱衣卫里退下来的就她一个。毕竟安都这边是朱衣卫总堂,我不敢做得太过分,除了她这个唯一过了明路的,其他从朱衣卫退下来的人,我都只敢安排在外地的金沙楼。"

如意问道:"过了明路?我瞧她神志好像不太清楚。"

金媚娘解释道:"她跟紫衣使毕容是相好,毕容两年前缉匪的时候没了,唯一的遗愿就是让她以后不用再做白雀。她听到毕容的事,当场就疯了，从楼上跌下伤了脸。迦陵瞧她可怜，再加上又确实毁容没用了，才送了她来我这儿。"

如意边听，边看着对面正弹着琵琶的歌伎，感慨道："我还在做白雀的时候就常听说，我们其实连歌伎都不如。她们挣够钱还可以自赎，再不济，熬到年老色衰，也有个自由的盼头，但白雀们只能此恨绵绵无绝期。我不想这样，所以才抓住机会拼命练武，努力摆脱这个令人恶心的身份。可我之前真是不知道，原来朱衣卫在百官和百姓的眼里，竟然也是这么不堪。"

金媚娘接着道："您一路有娘娘照顾呵护，而且总是独自外出暗杀，闲暇的时候又经常进宫，所以对于卫中情况，自然就不那么了解……"说着，她不禁叹息，"娘娘对尊上真的很好，后来媚娘才知道，当年她向老指挥使下过凤谕，说不许让卫中的那些腌臜事，污了您的耳朵。"

"那你再多说些给我听听。"

金媚娘又叹了口气："是。许多朱衣卫为了能离开卫里，就想方设法去做上司的相好，不分男女。可他们不知道，他们的上司，不到死、不到变成对卫里实在没用的废物，也一样没法离开朱衣卫。因为册令房的卷宗里，记载着所有卫众的资料。我们连自杀都不敢，否则就会株连家人……"

这时，如意看到了楼下玩鹰的客人，似有所感道："我们以为自己是个人物，但其实早成了被驯化的鹰犬，而且，还是主人心情一不好，就随时可以被掐死的那一种。"

金媚娘心有戚戚焉，道："属下也是遇到老头子之后，才慢慢懂得这一点。是老头子重新教我做一个人。"说着，她面露怀念之色，"就为了这份恩情，我也必须帮他把金沙帮看好。"

如意道："他一定是个很好的男人，比于十三强。"

金媚娘笑了："自然。"

如意接着问道："你能不能再帮我一个忙？我需要五百斤大黄、一百斤白术、一百斤醉生草……"

第二十九章

"前两样好弄，醉生草得费点功夫，您要这么多药做什么？"突然，金媚娘似是想起了什么，"不对，这些药——"

如意点点头："你记起来了。我以前就给过你方子，这是控制白雀的药物的解药。"

金媚娘激动地道："您是要——"

如意点了点头。

街道上，李同光急不可耐地挥鞭纵马，年轻的脸上满是焦灼的急切与期待。奔过街口的时候，初月和小星也正巧骑马经过，初月也正有事要寻李同光，见状立刻跟了上去。

李同光一路飞奔到马场，策马冲上高坡，远远地，便一眼看到了校场中骑在一匹白马上的如意。他兴奋地挥着鞭子喊道："师父，师父！"

他快马加鞭地赶到了如意身边，气喘吁吁道："真的是您！我刚收到传信，说您要来这儿见我，差点还以为我听错了！"

"这儿清静，朱衣卫的暗哨也进不来。"说着，如意看了看周围，"听说现在这片地归你了？"

李同光答道："嗯！我软硬兼施，好不容易才买了下来。师父您以前总爱上这儿来跑马，我怎么能让闲杂人等打扰了这儿的清静。"

如意心中有一丝感动："你很细心。"

李同光闻言甚是开心："都是师父以前教得好。对了，您这次过来，是有什么吩咐吗？"

如意下了马，将手中的一卷图纸递给了他，开口道："梧国使团的撤离路线，我拟了三条，你帮我参详一下，看看哪一条出城最妥当，毕竟到时候还需要你手下的羽林卫配合。"

李同光接过图纸，仔细看了看，而后他们走向校场边的座位，坐下秘密地商量起来。

过了许久，终于商量完毕，如意道："好，那就这一条。地图你收着，行动之前，六道堂自会通知你。"说完，她准备动身离开。

李同光突然道："可是师父，到时候，您也会和宁远舟一起离开吗？"

"这不是你该关心的事。"而后如意起身走向了一边的坐骑。

李同光见状,冲动地想要从背后抱住她,却又生生忍住,低声道:"您能不能别走?上一回,您就是在这儿抛下我,然后再也没回来。"

如意闻言,身形定在了原地。

李同光接着道:"我刚才其实特别想一把抱住您,但我也记得宁远舟说过,我不能总由着自己的性子来,我得尊重您、爱护您,所以我才拼命忍住了。可是师父,鹭儿已经长大了,您能不能再多等我几年?等我站到那个最高的位置,我会把这世间最好的一切都捧到您面前!"

如意没有动,叹息了一声:"我相信那些东西一定都不错。可是,你觉得世间最好的东西,我就一定会喜欢吗?"

李同光闻言,倏地怔住了。

在街口看见李同光后,初月和小星便跟着他一路而来。来到了马场的入口,主仆二人却被看门的守卫拦了下来。小星不快地道:"为什么不让我们进去?郡主是遵王爷的吩咐,给小侯爷送信来的。"

守卫回道:"侯爷不在,郡主可以将信交给小的。"

初月问道:"可我刚才分明看到他往这边来了,你觉得我会看错吗?"

守卫见谎言被戳穿,哑口无言。

初月接着问:"那天在这里,你家主人是不是亲口说过,我只要想来,随时都可以进这个马场?"

小星接着道:"我们家郡主,没多久就是你们侯府的女主人了!"

守卫犹豫了半晌,最终还是摇头:"请恕小人无礼。"

初月听罢,怒火升腾,猛地一拍马,纵马跃过了栏杆,疾驰而去。小星却没那么好的骑术,看着栏杆傻了眼,道了一声:"郡主!"

初月头也不回道:"你先回府,我自己会回去!"

在马场的座位边,听闻如意不喜欢那些东西,李同光追问道:"那宁远舟给你的,你就会喜欢?"

第二十九章

如意摇摇头道："不，这世间最好的东西，永远只能由我带给我自己。鹭儿，你也是如此。以后你若是真达成了你的夙愿，不必想着我，留给自己慢慢享受就好。"

李同光渐渐红了眼圈："可我的夙愿就是您！您要不在我身边，我以后的努力还有什么意义？我只是喜欢您，爱您，难道这也有错吗？"

如意轻叹了一声："你爱的，只是那个你以为无所不能的朱衣卫左使任辛。"而后，她一顿，继续说道，"而且，时间也错了。"

李同光闻言怔住了，欢喜和痛楚同时涌上他的心头，慢慢地，泪水盈眶，而后悄然滑落。

如意见状心软，抬手拭去他的泪水："再哭，我就杀了你。"

忽地，如意忆起，少年的李同光在她的怀中哭泣的情景，那时她道："最多再哭一炷香，否则我杀了你。"而他道："您杀了我吧，总胜过我一个人在这世上孤苦伶仃。"

回到眼前，如意终是叹了口气道："可是你自小的梦想，便是要做万人之上的孤家寡人啊，这条路，是你自己选的。而你身边，以后也会有金明郡主，你怎么会孤苦伶仃呢？"

李同光闻言，心中大恸。他张口欲言，却什么也说不出来，只能像头小兽一样，将头埋在如意的肩上痛哭起来。

他们没有发觉，初月已策马冲上了高坡。看到他们相拥的一幕，她不可置信地睁大了眼。

过了一会儿，如意问道："哭够了吗？"

李同光深吸一口气，应道："够了。"此时，他的眼中恢复了清明，"而且我也想明白了。您现在不爱我，没关系，我可以等，一直这么难过地等。毕竟我肯定比宁远舟年轻，也比他痴情。我会一直爱您，不管您嫁不嫁别人，也不管要等多久；直到有一天，您厌烦了宁远舟，又或是想起了我的好，只要您一招手，不论天涯海角，我都会赶过来。"说完，他单膝跪下，像少年时那样倚在她的膝下，替她拂去靴上的污物后，痴痴地仰头看着她，"只要您愿意看我一眼，我做什么，都甘之如饴。"

少年的话是那么真挚与悲凉，如意一阵心恸，也只能抚着他的发顶，叹道："傻孩子。"

此时高坡上的初月，也将这一切收入了眼中。她原本气愤地想要冲下坡去，但李同光卑微的举动彻底震惊了她。她抬手掩着口，情不自禁地向后退去，最终策马掉头而去。初月狂奔着，眼圈一点点红了起来，她喃喃道："她是谁，她是谁？！"

如意看着跪在脚边的李同光，良久道："回答我一个问题吧，在你眼里，朱衣卫是什么？"

李同光一怔，答道："天子私兵。"

如意又问道："还有呢？"

"沾上了就挺麻烦，平时少跟他们打交道。"他意识到自己的失言，忙辩解道，"啊，我不是在说您，是您离开朱衣卫后……"

如意拉他起身，问着："那我在朱衣卫做了什么，你知道吗？"

李同光不敢反抗，任她将他拉起，有些犹豫地答道："我只知道您经常离京去执行任务，刺杀过褚国凤翔军的节度使。"

如意补充道："凤翔、定难、保胜三军的节度使都是我杀的，南平信王、褚国袁太后也死在我手中。"

李同光闻言震惊不已。

如意将他的反应看在眼里，喃喃道："原来，就连你都不知道。"

李同光低声道："按朝中规矩，朱衣卫行事，是不许史官记录的。"

"史官不知道，皇帝也忘了。所以，除了我们的敌人——梧国的六道堂，只有我们自己才知道那些所谓的功绩和痛苦。"她的语气异常平静，李同光却一阵心悸道："师父？"

如意道："你自己好好的，我走了。"话音未落，她便纵身一跃，几个起伏间，就消失在了草地深处。

李同光望着她衣袂翻飞的背影，喃喃道："师父……"

如意离开马场，策马走在郊外回城的道路上，可突然间她觉得似有不对，而后身子一动，转瞬间就已经跃起，落下时，却是在初月的

第二十九章

马上。初月突然觉出身后多了一个人，不禁大惊失色。

如意抬手扣了一下她的脉门："没有武功，你是谁？"

初月本能地惧怕道："我、我是金明郡主的侍女……你是谁？"

如意闻言，皱起了眉头，她随手点了初月的穴道，策马转身向马场飞奔而回。

在马场的入口处，如意将初月丢给马下的李同光，他一把将她接住。

如意道："她跟踪我，又说自己是沙西王府的侍女，看样子，多半刚才看到了我们在一起。你这边的事，你自己处置好。"

李同光抱着初月，既震惊又尴尬地道："是！"

如意又翻跃上马，这才转身真正离去。

李同光解开初月的穴道。

"谁让你来的？"

"她是谁？"

二人的问话声同时响了起来。

李同光先回答道："你不用管。"

初月的泪水瞬间涌了上来，她止不住地悲愤道："我是你的未婚妻，你和别的女子这么亲密，你叫我不用管？"

李同光望着身体不断颤抖的她，甚是歉疚："我不是那个意思……"他斟酌着道，"要想成大事，光靠和你们沙西部联手还不够。她是昭节皇后的人。"

"你撒谎！沙东部里的姑娘，不会有那么高的武功！"说着，初月似是想到了什么，"她是朱衣卫对吗？是白雀对吗？"

李同光闻言，脸色一沉，语气也冷硬起来："她不是！总之，你要是不想出事，最好当今天什么也没见过，也别跟你爹提起一个字。"

初月继续问道："其他我都不管，我只想知道，你是不是喜欢她？"

李同光脱口道："喜欢！喜欢到骨头里的那种喜欢，喜欢到宁愿死了，也要喜欢的喜欢！"

少年的痴狂与真挚让初月马上意识到不可能作伪，一阵愕然后，她悲愤地问道："你既然喜欢的是她，那前几天，为什么还要对我那么好？"

李同光觉得她的话有些奇怪，皱眉道："我说过，我愿意和你好好相处，是因为我们之间是合作关系，相敬如宾对你我都好。你要喜欢上别的男子，我也不会介意的啊。"

初月闻言，大受打击，退后两步，喃喃道："原来我会错了意，原来你说的相敬如宾，是这个意思。"

李同光没有听清她的话语，疑惑道："郡主？"

初月喊道："你别过来！"说完，她抢过旁边的一匹马，跃马飞奔而去。

她奔过郊野，奔过城门，穿过街道。她不停地打马飞奔，却始终紧咬着嘴唇。突然，她的视线向远处的酒楼望去，那里高高地挂着一个"酒"字灯笼，她立刻掉转马头，向酒楼疾驰而去。

黄昏时分，安国士兵们正驱赶着永安寺内的香客，宣告着："从今天起，这寺里不许闲杂人等出入了，赶紧走！"

扮成书生的于十三也混在香客中，他有些心急，在拐过一个弯的时候，趁士兵们没注意，猫着身子偷偷藏在了台阶下。而后，他绕到远处，纵身几个起伏，跃上了茂密的树顶，那树顶和永安塔的最高处正好齐平。

于十三在树顶上瞄了瞄，然后在树干上深深扎进一枚铁环，又从怀中摸出吊索扣具，扣在了铁环上。他用力地拉着吊索测试，铁环都纹丝不动，他方才满意地舒了一口气。他拍拍手，飞身跃下树顶。

他快步离开时，却又碰见了那几个士兵。士兵认出了他，问道："你怎么还在这儿？"于十三边点头哈腰，边一脸歉意地想要离开，却突然被士兵拦住，士兵道："别动。"于十三瞟了一眼周围，见士兵不在少数，只得站定，让那士兵搜身。

在士兵搜左袖的时候，他便伸缩肌肉，移开袖中的吊索扣具，搜右袖的时候，也是如此。

士兵搜查无果，只得放他离开。于十三松了一口气，可就在他要走出寺门之时，卢庚突然发觉不对，喝令："站住！"

于十三此时加快了脚步。卢庚更觉不对，喊道："拦住他，他会武功！"

话音刚落，于十三便飞身而起，跃上了永安寺的屋顶。一众朱衣卫也跟了上去，他们在街道的屋顶上展开了一场激烈的追逐。

身后的朱衣卫不断射出暗器，于十三把吊索在身后甩得像风车一样，拦住了暗器。转眼间，他跃入了一处酒楼里，混在了众人中。朱衣卫跟随而至，却发现于十三消失了踪影，他们不断拉着酒楼里书生打扮的男子查看，但都没有结果。

此时，于十三闪身进入了一间没点灯的雅间。他关好门，迅速把身上的衣物尽数褪去，又顺手打开柜门，拿了件衣裳出来，胡乱地披在身上。而后，他又脱下书生方巾，解开发髻，随意地摇了摇头，任一头长发飘散下来。

于十三转了转脖子，随口道："累死老子了。"说完他将脚一勾，地上的酒壶就到了他手中。他左手执壶，酒液直直流入他的口中。忽然，正在畅饮的他发现异样，一手飞出火星，点亮了雅间的灯，同时，飞快地制住了房中的另一人，问道："谁?！"

灯光照亮的却是初月震惊而通红的脸。她别开脸，不敢看他。

于十三也傻了，他打量了一下自己几近赤裸的上身和手里的酒壶，慌忙跳开，手忙脚乱地穿着衣裳，结结巴巴地解释："对、对、对……对不住！"

第三十章

江月何年初照人

初月又惊又羞地立在原处。就在这时,房外突然响起吵闹声和惊叫声,隐约听见有人在骂:"又是那些杀千刀的朱衣卫!"于十三瞬间警觉,反手一摸,拔出早已藏好的匕首,如猎豹一般轻捷地闪到门边。他轻轻地推开门,小心翼翼地向外窥视,刚看了一眼,却又记起了什么,连忙回头,便见初月仍震惊地看着自己。

于十三飞身来到初月面前,抬手捂住她的嘴,轻声道:"别叫!"初月刚想挣扎,却见于十三忽闪着眼睛认真地望着她,说:"帮帮我。"

酒楼走廊里,卢庚正带着一群朱衣卫匆匆穿梭在各个房间进行搜查,不一会儿便来到于十三所在的雅间门前,敲了敲房门却没听见门内有回应。几个朱衣卫对视一眼,便一脚踹开房门,一道冲了进去。

刚冲进房间,跑在最前面的朱衣卫就被兜头泼了一脸酒,随即传来女子清脆的声音:"放肆!"

那朱衣卫顿时暴怒,拂袖一抹脸上的酒,拔剑就要冲上去,却被身旁的卢庚一把按住。众人这才看清,独自坐在案前之人是初月。

卢庚俯身道:"参见金明郡主,朱衣卫奉旨搜查钦犯……"

初月气恼道:"朱衣卫,又是你们朱衣卫!"她带着醉意走上前,"我是钦犯,那是不是沙西王府里全是从犯?"她拽着卢庚便道,"来啊,你们搜啊,搜啊!"

卢庚哪里敢惹她,急忙道:"郡主误会了,下官多有打扰,见谅。"他一使眼色,朱衣卫们连忙跟上他,一道退了出去。

卢庚出门就冲着被泼酒的朱衣卫的脑门拍去："你冲她拔剑，是想得罪整个沙西部？上回在行宫，羽林卫那帮人找我们麻烦，还是她出手帮的忙。"那人自己也觉得后怕，唯唯诺诺地应了。

朱衣卫离开后，初月立刻上前掩上门，回头道："都走了。"

门边的柜子一下打开，于十三闪身走出来。他伏在门板上听了听，见外面确实没有动静了，这才松了口气。

初月好奇地问道："你真是钦犯？"

于十三一边继续穿衣裳，一边笑道："你猜呢？"他胸膛还赤裸着，明明外表看着是个书生，身材却很是精壮。初月脸上一热，扭过头撇嘴道："八成是因为欠了别人钱，上这儿来躲债，听到有人找，就心虚了吧？"

于十三突然凑到她面前。一瞬间逼近的面孔俊美风流，一双桃花眼轻柔带笑，初月便觉心口有根弦被砰地一拨。她下意识地想后退，但很快便强自镇静道："干吗？"

于十三笑眼弯弯道："我看哪家的小娘子这么聪明，我还想费尽心思编个理由呢，结果你就已经帮我找好了。哦，忘了，刚才你说过，沙西王府的金明郡主，我想想，叫什么来着……"他思索了片刻，眼睛一亮，笑道，"初月。"

初月错愕道："你怎么知道？"

于十三稍站远些，摆好了造型，淡定道："知道我是哪种钦犯吗？采、花、贼。安都里大户小娘子的芳名，我都如数家珍。"他一捋额发，看上去风流又潇洒。

初月一怔，随即道："我不信，你还知道我什么？"

于十三娓娓道来："你叫初月，你母亲生你的时候梦到了头顶着新月的大母神，就特意给你起了这个名字。你呢，没准也觉得自己天生就是大母神转世，所以经常不服你哥哥，成天舞刀弄枪，做着光大沙西部的梦。"他见初月露出震惊的神色，便略一停顿，问道，"没错吧？"

他来回打量着初月，继续说道："你平常爱穿男装，今日却穿了身漂亮的衫子,还涂了胭脂,一定是去会情郎的。但是天才刚刚黑,你就一个人跑到酒楼里……"他吸了吸鼻子,已有了猜测,"不点灯,还喝了不少酒,呵,那多半是情郎伤了你的心,借酒浇愁。"

初月惊呆了:"你、你到底是谁?!"

于十三又一捋额发:"刚才不是都说过了嘛,钦犯,采花贼啊。"

初月脱口便道:"不可能,天下哪有采花贼口口声声说自己是采花贼的!"

于十三笑看着她:"金尊玉贵的郡主都能帮我躲朱衣卫了,世上还有什么事是不可能的啊?"

初月哑口无言,半晌才低头道:"我也想不通为什么鬼使神差就帮了你,原本我和他吵了一架,想进来喝口酒。可掌柜说雅间都没了,我又不想在外头和别人挤,就随意找了一间看起来没人的雅间……而且,我也讨厌朱衣卫!"

于十三恍然:"难怪我早就订好的房间,会突然多了个仙女儿。"

初月又一怔,随即笑了起来:"你说话真好玩。"她想了想,邀约道,"我还是闷得慌,要不,你陪我喝口酒吧?"

于十三叹了口气,推着她往座上去,边走边说:"月儿妹妹啊,此刻风清月朗,酒香人美,所以有几句金玉良言,你千万要听我说。第一,伤心的时候,小娘子千万别一个人跑出来喝酒,容易出事;第二,更别主动拉着陌生男人喝酒,不管那个男人多玉树临风、多温柔讨喜,都很容易出事;第三,以后要是再遇到好看的钦犯求你救他,千万别答应,万一他转头就翻脸,要劫色劫财呢?那真的会出大事!"说着,他按着初月的肩膀,让她坐下,给她倒了一杯酒,"好了,这地方让给你,酒也让给你,我打发人去沙西王府捎个信,叫他们一个时辰过后来接你。"

初月被他行云流水的一串动作弄蒙了,还未回过神,于十三已打开窗户,往外看了看。

"看在相逢即是有缘的分上,能再帮我一个小忙吗?"他回头认真地看向初月,"别把今晚的事说出去。"

初月下意识地点了点头:"我不会说的。"

于十三抬手一指窗外皎然的上弦月,清亮的桃花眼一弯:"要对着初月发誓,我才信。"

初月愕然,正要开口,于十三却已对她眨眨眼睛,翻身向窗外一跃。

初月急忙追到窗口,但见明月当空,街上行人寥寥,哪里还有于十三的身影?

四夷馆中,如意手中握着一把峨眉刺,正在审视着。忽听门嘎吱一声打开,杨盈走了进来:"如意姐,你找我?"

如意招招手,让杨盈过去,将峨眉刺递给她,道:"上次教过你怎么用,还记得吗?"

杨盈点头,将峨眉刺握在手中,灵活地比画了几招。如意出手攻上前去,作势要劫持杨盈,杨盈熟练地做出了应对。

如意指点道:"再快一点,你没有武功,最要紧的是刺伤对手。"

杨盈加快动作,又比画了几招。这次如意终于满意地点了点头,微笑道:"这下差不多了。别拿走,我让元禄涂好见血封喉的毒药再给你。别怕,行动之前,我会给你喝一杯我的血,里头有万毒解,虽说时间久了,药力淡了不少,但保你的命应该没问题。"

杨盈仍心有惴惴,问道:"真的有用得到的时候吗?还有,远舟哥哥给我的这个。"说着便从怀中取出了扳指给如意看。

如意道:"但愿用不到,但我向来行事,都是要做最坏的打算。"

杨盈忐忑地问道:"最坏有多坏?"

"就算攻塔失败,就算你的身份被揭破,你至少还是梧国的公主,他们不会杀了你。"如意顿了一顿,看向杨盈,说道,"但是会不会侮辱你,就只能看运气了。"

杨盈不禁一抖,但很快便镇定下来,轻呼了一口气,道:"我不怕。远舟哥哥跟我说过,万一出了事,我杀不了他们,就让自己晕过去。总之,受辱也不是我的错,我不会想不开,也不会寻短见。只要熬过去,活下来,就有希望。"

如意点点头："你就记住，不管发生什么事，都不是你的错。梧国就不该把你这么一个什么都不懂的小公主，懵懵懂懂地送来安国，办这么大的事。"

杨盈却微笑道："可是不来走一遭，我永远也没机会懂这些啊。"她转了转手中的峨眉刺，随即又收了笑容，认真道，"这几天你们都忙，我一个人经常在屋里想，要是再给我一次机会选，我还是会来的。"

如意帮她拢起鬓边的碎发，微笑道："不后悔就好。"

杨盈脱口便道："我才不后悔呢！"她反而有些担心如意，"倒是如意姐你，这几天怎么一直有点不开心，难道……还是因为宫门外的那件事吗？"

如意神思一时飘远，想了想，说道："有一个地方，一直囚禁着一群人，特别是女人，她们看起来过得还不错，但其实跟奴隶差不多。我想尽量帮帮她们，所以这些日子一直在琢磨。"

杨盈试探着问："是安国的宫人吗？"

如意一怔。

杨盈解释道："我娘也是这样被选到宫里去的，其实她本来早就有了意中人，可采选的圣旨一下，每个良家女子都被列进了名册里，她连想逃都没法子。如意姐，如果你想救她们出宫，那可千万要记得毁掉她们的名册，不然，会连累她们的家人的。"

如意不由得想起金媚娘的话："册令房的卷宗里，记载着所有卫众的资料，我们连自杀都不敢，否则就会株连家人……"想起她在朱衣卫的册令房"册"字书架上看见的，那密密麻麻的卷宗。

她便从怀中摸出那张记载着自己，但名字已被涂黑的名册页，对着光读道："任辛，天泰八年五月生，前褚清河县、现清原县云家集人，母早亡……"

杨盈疑惑地问道："这是什么？"

如意叹道："就是你说的那个东西。绑住我，不，绑住他们的名册。"她信手一扔，那张纸平平地飞到了蜡火边，触到火苗，自行燃起，而后坠落。她起身向杨盈抱拳一拜。

杨盈大惊，连忙避开："如意姐，你干什么？"

如意凝视着她的眼睛，诚恳道："谢谢你提醒我。以前我是你师父，可今天，你是我的老师。"

杨盈立时害羞起来："我、我就是随口那么一说。"

如意欣慰道："你真的长大啦。"她顿了一顿，又微笑道，"也变漂亮了。"

杨盈一下子开心起来，摸着脸对着铜镜，左看看右看看："真的？哪儿变漂亮了？哪儿啊？"

如意指了指杨盈的头顶，笑道："这儿。你越来越自信，越来越聪明，整个人就像一块璞玉一样，被慢慢打磨成和氏璧啦。"

杨盈眼睛一亮，眨着眼看向如意："那你两个徒弟里面，到底我强一些，还是李同光强一些？"

如意失笑，抬手一敲她的脑袋："一样聪明，也一样地爱吃醋。"

杨盈捂着脑袋，皱眉道："疼！"

四夷馆走廊内，于十三也被宁远舟敲了一记脑袋，捂着头一迭声地叫疼。

宁远舟又好气又好笑地道："越活越回去了，进房之前，竟然连里面有没有人都没弄清？"

于十三揉了揉头，毫不在意道："酒楼里那么吵！你放心，我最懂小娘子了，我看她的眼神就知道，她绝对不会把这事说出去的。我来跟你说这事，不过是出于谨慎。"又道，"对了，撤离路线我是弄出来了，但塔那边他们真是看得挺紧，朱衣卫也加了不少高手，只怕……"

宁远舟淡淡地道："没关系，前几天我已经想到一个更好的主意了。"

于十三眼睛一亮："是什么？"

宁远舟道："一会儿我先找如意商量商量，落实几个细处，再告诉大家。"

宁远舟回到了自己的房间内，借着昏黄的灯，继续看着永安塔的地图。突然一阵凉风吹来，他不禁咳嗽了两声。他怔了怔，伸手搭了搭自己的脉搏,眉头不由得皱了起来。

他刚放开手,如意便敲门进来了,见他凝眉,便问道:"你刚才找我?"

宁远舟见到如意,紧皱的眉头渐渐舒展开:"是啊,阿盈说你出门去了,你去哪儿了?"

"去给你买桂花果子啦。"她将手里的油纸包放在桌上,不紧不慢地拆开,取出一块递过去,"尝尝,安都的特产,特别香甜。"

宁远舟接过果子,满眼笑意地望着她:"呵,又买甜食哄我开心,怎么了?突然心情这么好?"

如意点了点头:"我想明白朱衣卫的事情该怎么解决了。"

宁远舟收了笑,问道:"你想怎么做?"

"毁掉朱衣卫的名册,再给白雀们解药。"如意认真地说道,"邓恢那天肯听你的话,在安帝的眼皮子之下冒险放属下们一条生路,我想他并没有迦陵说的那么坏。只要他肯稍做配合,上千名朱衣卫,说不定就有了自由的机会。"

宁远舟一怔,但在看到她眼中的光后,又缓缓笑了:"来,把我的运气分给你,祝你马到成功。"他边说着,边将手中的果子掰了一块,递到如意面前。

如意伸手去接,宁远舟却又不肯松手。如意无奈,在他手上咬了一口果子。宁远舟就着如意咬的地方,也咬了一口,满意地笑了,又继续问道:"你到时一个人去?"

如意道:"媚娘会帮我。"

"什么时候动手?"

如意道:"我想在你们攻塔时行动,如果到时候城中大乱,你们这边的压力也会小一点。"

宁远舟点头,指了指案上的地图,道:"好。那你也来帮我参详一下攻塔的计划。"

如意看了一眼地图,神色不由得认真起来,问道:"就是你上次说的想到的新主意?"

宁远舟点点头:"我想知道,安国常用来监禁贵人的,还有哪几处地方。"

一日后,夜晚。新月半悬于天际。

永安塔边,一队巡逻的安国士兵经过后,树丛中露出了宁远舟、元禄、于十三和钱昭四人蒙面的脸。

四夷馆杨盈的房间里,如意、孙朗、丁辉和一使团护卫,四人都换上了六道堂制服,正互相协助着粘贴人皮面具。杨盈正在窗边来回徘徊,不时望向窗外,期盼等候着。

永安寺里,僧人们敲响了晚钟。闻声,藏身在草丛里的宁远舟四人对视着,宁远舟比画着手势,指示进攻方向和协同安排。四人随即展开行动。

钟声传到四夷馆,杨盈房间的门打开了,杨盈从房中走出,而如意等人早已化身成宁远舟、于十三、钱昭和元禄,紧随在杨盈身后,齐齐走出。

一行人乘上车马,很快便离开了四夷馆——今夜安国成国公府设宴待客,礼王殿下受邀前去赴宴。

路上,"于十三"还在和"元禄"闲聊着:"听说成国公府上的玉泉酒特别好喝……"

此时,在月光照不到的角落,一个朱衣卫悄悄地探出头,看到杨盈和四个护卫的脸,立即用镜子反光传信给街尾的朱衣卫。另一队乔装后的朱衣卫随即跟了上去。

钟声中,真正的宁远舟等人扑向了永安塔。

元禄和于十三从两侧拖住塔外的守卫,掩护着宁远舟和钱昭冲上高台,冲入永安塔内。但塔内的护卫随即扑了上来,拦住两人的去路,同他们战成一团。

塔上警铃大作,守卫从四面八方源源不断地冲出来。警铃声传到塔顶,原本正在房内给梧帝检查饮食的守卫立刻拔刀扑了出来。

梧帝半晌才反应过来,狂喜着喃喃道:"来了,宁远舟真来救朕了!"但守卫很快便又折返回来,粗暴地将他拖到塔中的楼梯边。

塔内守卫太多,宁远舟和钱昭两人渐渐不能抵挡,边战边从塔里退出。塔外,元禄和于十三还在和守卫缠斗着。

宁远舟当即下令:"撤!烧塔!"

闻令,于十三腾出手来换上机弩,抽出背上的弓箭点燃,向塔上射去。塔上很快着了火,冒出滚滚浓烟。塔中守卫连忙上前扑火,却被呛得咳嗽不止,一个个晕倒过去。很快便有人察觉到不对,捂着口鼻高喊:"有人放火!烟里有毒!"

闻声,梧帝身边的朱衣卫立刻将湿巾绑在自己和梧帝的脸上。一朱衣卫道:"带他去那边走廊,通风的地方!"梧帝才被拖出囚室,还没站稳脚,又被拖到走廊上。一番折腾后,惊魂未定,却又有朱衣卫把剑架上了他的脖子。

梧帝大惊失色:"你们要干什么?!"

另一朱衣卫道:"先别动手!按规矩,实在防不住了才能杀!"

梧帝惊恐地道:"别杀朕!朕是皇……"

持剑的朱衣卫凶狠地道:"闭嘴!"

守卫们虽全力灭火,奈何天干物燥,塔还是木塔,这么会儿工夫,已然有几处火势蹿升起来,浓烟滚滚,渐有不可遏制之势。

宁远舟见火候差不多了,便做出负伤不敌的模样。于十三见状,立刻高喊一声:"撤!"

元禄扔出雷火弹,掷向永安塔一层,一声巨响,木屑纷飞,浓烟升腾。爆炸和震荡从一层一直传到塔顶,塔顶砖石、碎物纷纷落下。梧帝惊恐万分,朱衣卫们也被震得脚下一踉跄。比在梧帝脖子上的剑一晃,已在梧帝脖子上拉出一条血痕。梧帝不敢叫,拼着手上受伤,用力地想把剑从脖子上推开。

朱衣卫不耐烦,举起了剑,眼看就要往梧帝身上刺来,正在窗边观望的朱衣卫立刻伸手阻止道:"停!刺客撤了!"

闻声,梧帝再也支撑不住,瘫软在地。

浓烟中,宁远舟等四人趁乱翻身跃出了永安寺的院墙。

第三十章

077

永安寺外早有安都分堂之人推着车前来接应。他们飞快地来到车后，利落地将身上的衣物、武器放入箱中，与箱中早有的戏服、刀剑等物混在了一起。他们另换上了平民的服装，飞速四散开去。

安都分堂的人瞧见四下无人，忙推着车快步离开了。转过一个弯后，他将车中两具早已准备好的尸首放在地上，尸首的打扮和宁远舟、于十三等人别无二致。而后他将箱子交给另一驾过路的马车，自己也悄然离开了。

永安塔下，邓恢驰马匆匆而来，于塔前翻身下了马。正打扫战场的众人随即起身迎接，邓恢的亲信孔阳上前禀报："梧帝还活着，刺客没有活口，只在外面找到两具尸体。他们射来的箭里有毒烟。梧国使团那边也查过了，六道堂的人今晚都陪着礼王在成国公府赴宴。"

邓恢接过守卫呈上来的箭，敏锐地在箭头上发现了一道特殊的弯曲血槽："这不是来救人，而是来杀人的。箭头上的血槽倒像是军中之物，详细查查。"

孔阳应道："是。"

邓恢检查着被毁的一层，然后直上楼梯。

永安寺外的一街道上，人来人往。于十三早已脱去夜行衣，化作个头戴斗笠的寻常渔夫混入了人流之中。路过前几日经过的酒楼时，他走过去，又忍不住倒退回去。

酒楼里小二正在倒酒，酒香迷人。于十三吸着鼻子，嗅到馥郁酒气，不由得喃喃自语："好香。"

进酒楼的都是衣冠楚楚之人，于十三摘下斗笠想进酒楼，但想到自己今夜做下的大案，又有些犹豫。他正要重新戴回斗笠，便听身后传来一句："我请你喝酒。"

于十三看到一边突然出现的初月，大惊失色，急忙戴好斗笠，快步离开。初月却立刻跟了上去。

永安塔内，邓恢看着乱七八糟的房间和瘫软在地的梧帝，紧皱眉头，随后继续查看塔中各处。片刻后，孔阳来到近前："尊上，属下比对了卷宗，箭头是梧国北苍军常用的样式。"

原本失魂落魄的梧帝闻言蓦然抬头。孔阳又道："尸首也验过了，腿内有被烫过的伤疤，应该是为了遮掩腿上原本的刺青。"

邓恢点了点头："果然不是六道堂，他们没这么蠢。"他走近梧帝，仍是带着万年不变的笑，让人难辨是真情还是假意，"陛下可否提醒一下邓某，北苍军在贵国，是谁的势力？"

梧帝未料到事实竟是如此，艰难地道："丹阳王。"

邓恢仍带着假笑："救不了人，就用毒烟，还真是兄弟情深。陛下刚开始的时候，是不是还特别开心，以为有人来救你了？可惜，看起来，有人并不想你回去呢。"

梧帝不可置信地颤抖着，苍白而疲惫的脸颊上，一滴眼泪滑落下来。

邓恢又打量了一下周围，离开房间，侧头对孔阳道："汇总一下死伤人数，我要进宫向圣上禀报。"

孔阳提醒道："尊上还是明天再进宫吧。您忘了，今天是大殿下'头七'，宫中只怕正在做法事。"

邓恢一怔，身形顿了一下，转过头道："那我就去另一个地方走走。"

皇宫内鳞次栉比的殿宇透着肃然，通往大皇子灵堂的路上布满灵幔。大皇子灵前，大皇子妃穿着一身孝衣，正哀伤痛哭着。安帝颤抖着手，抚摸着棺材，鹰眼中终于有了泪光。良久，他深吸一口气，道："挪出宫去吧，别误了下葬的好时辰。"闻言，大皇子妃的哭声陡然一高，越发哀戚起来。

安帝转身，在纷纷散落的纸钱中走出灵堂，只听大皇子妃尖厉的声音在身后响起："父皇，您要为殿下报仇啊！"

悲伤的哭声在身后渐渐低了下来，安帝孤独地走在回寝宫的路上，虽仍是狼行虎步，却无法掩饰地透着老态和孤寂。他默默地抬头，环顾周围空荡荡的、四处是素色的院子，落寞地对内监道："宣贵妃来陪朕。"

第三十章

内监低声回道："娘娘前些日子就已出宫去法山寺为大殿下求祈冥福了。"

安帝一怔，喃喃道："又只剩朕一个人了啊。"

内监低声道："圣上可要用些膳食？"

安帝想了想，道："拿些玉泉酒过来。"

内监低头应道："遵旨。"遂欲转身取酒。

安帝忽又道："等等，换成碧烧春。"

内监脚步一顿，惊疑地望着安帝："圣上……"

安帝一脚踢翻了他，怒道："就是先皇后最爱喝的碧烧春，朕叫你拿，你就拿！"

熙熙攘攘的街道上，叫卖声、嬉笑声、吵闹声不绝于耳。于十三动作灵巧，左躲右闪间，已渐渐远离了酒楼，而初月竟也紧追不舍地跟在他身后。于十三快，她就快；于十三慢，她就慢。于十三最初还困扰地皱着眉，可前面忽有两个少男少女追逐而过，于十三看到他们，不知想起了什么，表情渐渐柔和下来。

他终于停住脚步，无奈地回头看向初月："你老跟着我干吗？"初月未料到他会停下，吓了一跳，一脚踩空，眼看着就要跌倒在地。于十三下意识地飞身而起，扶住了初月。那一瞬间，他看清了初月憔悴的面容，脱口问道："你没睡好？"

初月不自在地稳了稳身形："你又来采花？"

"我采不采不关你的事，但是你老跟着我，就关我的事了。"

初月解释道："那天我听你的话回家了，可我心里一直难受，好几天都睡不着。不知怎的，我就又走到永安塔这边来了，没想到，又看到了你。"她拉住于十三，"你陪我回去喝酒好不好？我真的好难受。你是采花贼也好，钦犯也好，总之请你陪我一会儿好吗？就一会儿！"

月光下，少女的表情又坚决又娇俏。于十三不知不觉中看得呆了，却很快便回过神来，无力道："我真的会害了你的。"

初月道一声："那你就把我醉死吧。"拉起他便要走。

于十三无奈地反拉一把。初月踉跄了一下,差点又撞进他的怀中。

"走这边,"于十三拉着她,边走边说,"那地方的酒一般般。想醉死,也得带你去个好地方。"

二人穿过热闹的街道,几经辗转,来到一处破败的荒庙外。

初月打量着四周,不屑道:"这就是你说的好地方?"

于十三比了个"嘘"的口型,抬起骨节修长的手指,在庙门上有节奏地敲了两记,门后也响了两记。而后,庙门就在他们面前缓缓打开了。喧闹的音乐,异族的舞男、舞娘,更有吐火的艺人,眼花缭乱的景象一瞬间齐齐跳到初月面前。初月瞠目结舌,一时看呆了。

于十三一拂袖,优雅地做出请的姿势:"天上销金窟,人间金沙楼。月儿妹妹,请——"

初月任由他带着走入金沙楼中,一路上被各种奇景惊得目不暇接,好奇道:"明明外头天还没有黑,这里面怎么跟大晚上一样啊?"

于十三引着她往前走,一边指给她看,一边道:"忘却日月,方能无忧。这边是瓦子,这边是雅座,那边可以赌钱,那边的那边,还有好多小娘子绝对不能看,一看就会犯错的玩意儿。"

"你来过很多回?"

于十三得意道:"那当然,全天下最好玩的地方、最好吃的东西、最好喝的酒,我都如数家珍。"

初月一脸崇拜地看着他。突然,一个妖娆妩媚的声音响起:"全天下被他伤过心的女人,也数不胜数。"

于十三吓了一跳,看清了身后人的模样,舌头都开始打结:"你、你、你怎么在这儿?"

金媚娘冷眼看着他:"我是这儿的老板娘,我为什么不能在这儿?小妹妹,别怪我不提醒你,这儿可不是你该来的地方。这家伙更不是什么好人,他连我都骗过,是个大淫贼。"

不料初月泰然自若地点点头,无半点惧怕:"我知道,他说过,他是钦犯,还是采花贼。"

金媚娘未料到会是如此回应,竟哑口无言起来。

第三十章

于十三难得能从金媚娘手中找回场子,立时来了劲,一把拉过初月,得意地对金媚娘道:"不懂了吧?月儿妹妹就喜欢我这种调调。"而后豪迈地对一边的侍女道:"来间上房,三坛醉月!"

金沙楼一处幽静的雅间内,嘈杂声隔绝于外。壶中醇香的酒液注入雕着精细花纹的酒杯,邓恢执起酒杯,向对面示意:"请。"

对面坐的却是宁远舟。他看了眼桌上的酒杯,没动,只问:"不知邓指挥使邀我前来,有何贵干?"

邓恢脸上带着固定不变的笑:"宁大人又何必装傻?那日在宫城外指点我救下受缢刑的下属的是你,刚才在永安塔冒充梧国北苍军的也是你。"他解释道,"我们总堂,也有几个从梧国调回来的卫众,据他们说,赐死官员时以弓弦缢人而不死,正是你们人道最擅长的活计。"

宁远舟笑而不语。

邓恢问道:"六道堂和朱衣卫是死敌,你那天为什么要帮我?"

宁远舟呷了口酒:"因为我是六道堂的堂主,而你是朱衣卫的指挥使。所以我明白你有多舍不得自己的手下枉死。"

邓恢沉默片刻,叹了口气,再次看向宁远舟,道:"前日既得你仗义相助,今日邓某便特地来回报。我猜到你们今天故意佯攻永安塔,是想把梧帝转移到更方便你们救人的其他地方去。所以我会告诉圣上,永安塔塔基已松,没法再住人,同时因为朱衣卫接连折损人手,只恐力有不逮。因此,欲请圣上另派其他禁军,将梧帝迁往别处看管。"

宁远舟面无波澜地道:"多谢。"

"你不意外?"

宁远舟微微一笑,不急不缓地道:"今日朱衣卫浴血奋战,终于击毙梧国刺客,算是立了一大功。以后邓指挥使的日子,想必也能好过许多吧?"

邓恢了然一笑:"原来一切尽在你的计划中。"

宁远舟拱手道:"过奖。"他主动举杯,两人一干而尽,彼此的目光中都有些惺惺相惜。

一杯酒过后，邓恢又问道："宁大人可否告诉我，合县北蛮人的事情，是真是假？"

宁远舟道："确凿无疑。"

邓恢缓缓点了点头："好。等二皇子查清天门关外北蛮的动向回来，我们说不定以后还有机会一起联手打北蛮。"而后，他又将酒杯斟满，执起，"但是现在，我欠你的情已经还清了。所以在那之前，我们还是敌人。"

他昂首一饮而尽，宁远舟也一饮而尽。二人同时朝对方拱了拱手，各自起身离去。

雅间内，初月已借着酒意，将心中委屈向于十三悉数倾吐出来。她抱怨道："我原来以为相敬如宾的意思是夫妻恩爱，可没想到，他的意思只是两个人一辈子客客气气……我心里难过，可我动不了手、张不了嘴，到最后只敢逃走……"

身侧的于十三安慰道："你只是有点喜欢他，你只是不甘心。"

初月脱口道："我也没那么喜欢他，我就是……"她不知该怎么解释。于十三立刻接口："我懂，我也伤过很多女人的心，我真懂。"

初月仰头喝干了杯中的酒，愤慨道："你们为什么那么坏，为什么明明有自己喜欢到骨头里的女人，还对我好，还要让我误会？！"

于十三转头，打量着渐醺的她，认真地道："因为你一样也很美，很好啊。就算他没有那么喜欢你，但你身上，一定有与众不同的光芒，才会让人忍不住一次又一次地对你好。"

他的语气那么温柔，笑容又那么温暖，初月一下子看呆了，低声说："你骗人。"

于十三一笑摆手："我就算骗了全天下的女人，也不会骗你。"说着，他握住初月的手放在自己的心口位置上，深情款款地道，"你摸，咚、咚、咚，跳得很稳，要是撒谎，它会乱跳的。"

初月被他如深潭般的目光所吸引，渐渐在那潭水中看到了自己。

于十三和她温柔相望着，突觉气氛不对，忙推开了她："错了错

第三十章

了错了！都怨老宁，太久不让我出来松快，素得太久，一看到大鱼大肉，以前的老毛病就又犯了！"他立即正襟危坐，"我刚才那样是错误示范啊，记着，男人最会用这一招去勾引情伤里的小娘子，以后千万别上当！"

初月扑哧一声笑了，于十三恼羞成怒，故作凶恶道："笑个鬼！老子真是个坏人！"

初月失笑道："我知道，来，坏人，快把我醉死吧。"说罢，她挑衅地举杯。于十三和她碰了碰杯，无奈道："你等着！"

一杯饮尽，二人又再续酒，如此往复……不知过了多久，初月盯着再无任何酒滴落下的酒壶，晃了又晃，无果。她索性起身抱起了酒坛。

于十三酒嗝不断，早已醉眼蒙眬，指着她的手指还在左右乱晃："不可能，我居然喝不过你？！"

初月仰头咕咚咕咚将一整坛酒一气喝干，豪气地抹了一把嘴，将坛子重重地扔在桌上。她面带酡红，得意扬扬地看着于十三："这有什么好奇怪的，我在沙西部长大，部里但凡是个人物，都能喝！"

于十三伸出了大拇指："好姑娘，哥哥佩服。"他摇晃着撑起身，揽住初月的肩，大着舌头语重心长道，"听我说，你啊，就是见过的好男人太少了，才会为一个臭男人那么伤心。哥哥一定得带你再去好好乐和乐和，当你见惯人间繁华，就绝对不会再为一两个男人睡不着觉了。"

初月也醉眼蒙眬地看着他："那你得说话算话。"于十三伸出宽大的手掌："击掌。"初月伸手和他击掌。两人都醉得重心不稳，初月一时手上用力过大，一不留神扑进了于十三的怀里，竟与他十指相扣了。

两人都一下子愣住了，于十三更是瞬间就醒了酒，连忙推开她："不成不成，以后我不能再见你了。你长得太好，我要是一个把持不住，这世上就又得多一个伤心美人了。"

他转身就要逃，初月来了气，叉着腰喝道："不许走！"

于十三充耳不闻，初月立刻唬他："你敢走，我就把你的事告诉朱衣卫去！"

于十三无可奈何地扶额回头："姑奶奶……"

初月打断他："你要么现在杀了我，要么说话算话，带我去痛快玩一场！"

于十三进退维谷，为难至极："你这是逼着猫不偷腥、狗不犯贱啊，我跟你讲，我可真不是什么圣人。我就是个浪子，到时候把不清我们的界限，真会出事的！"

初月一番豁出去的模样："我不管，一个男人已经伤了我的心，你还想再伤一次？"

于十三一时间竟无言以对，他捂着脑袋，胡乱地抓着头发，焦躁地道："啊啊啊啊——哎，有了！"他忽然抬头，"你有钱吗？"

初月甚是不解，却从衣袖中摸索出一个金元宝："有。"

于十三飞快地接过金元宝，如释重负般道："这就好办了。你，初月，花一个金元宝的钱，雇我于十三陪你开心一晚。咱们俩之间只是生意，没感情，也没承诺未来。天一亮，谁都不认识谁。这下总算界限清楚了，同意不？"

初月眼里只有他明亮的眸子，她毫不犹豫地道："原来你叫于十三啊？"

于十三牵着初月，穿过众人来到了前厅的观台下，只见两个俊俏的年轻男子，上身未着寸缕，露出结实的线条，和歌而舞。初月瞥了一眼后，忙抬手遮住眼睛，但于十三把她的手硬拉了下来。

他们又来到了一赌桌前，于十三风流潇洒地摇着骰子，初月学着他的样子，但摇了没两下骰子就掉了出来，很是懊恼。于十三见状，握住她的手一下一下地教她摇。初月因他突然的靠近，一瞬间眼花心热，但很快就因为摇出了六个六而拍掌欢喜。

几局小赌完毕，他们加入了摆弄竹竿的异族舞女队伍中。初月发间别着一朵颜色鲜艳的大花，于十三带着她在不断合分的竹竿里，手拉着手躲避着竹竿，又笑又闹。二人跳完，意犹未尽，顺势拿起了一边的酒壶对饮。

初月兴致极高地道："于十三，你到底从哪儿来的，怎么知道这

第三十章

么多好玩的东西？"

于十三伸出食指轻按住她的唇："别问，你现在正在做一个很美的梦，问了，这梦就醒了。"初月不由得一怔。

太阳渐渐朝着西方落去，薄薄的光照着金沙楼的一个雅间。只见雅间内，一个妖娆的舞姬推开于十三，作势打了他一个耳光。于十三捂着被打的脸，眼神中满是不可置信，那舞姬却转身快步离开了。

于十三晃了晃食指，转头对在一边观摩的初月道："和男人吵架，一定不能动手，更不要掉头就走，这样事情一僵，就没法收拾了。"

初月认真地看着，虚心地问道："那该怎么办才对？"于十三对舞姬使了个眼色，舞姬会意，立刻做出泫然若泣、拉着他的袖子不肯离去的样子。

于十三教导道："看见没？就得这么楚楚可怜，不说话，反正别放他走就成……"忽然他发觉身旁异常安静，转头却发现初月已经伏在案上睡着了，瘦小的她，在锦罗重缎中分外可怜。于十三一怔，走过去轻轻把她抱起，温柔地放在榻上，细心地为她盖上了被子。

那舞姬见状，殷勤地走来，将窗微微打开，点上线香后默默地退下了。于十三坐在床边，目光柔和地望了初月好一阵，最终转头离开了。

不知不觉，夜幕降临。于十三刚在走廊上深吸了几口气，金媚娘嘲讽的声音就响了起来："哟，居然忍住了没下手，真不像你。"

于十三猛地回头，看到了廊下的她："我又不是禽兽。她就是个受了情伤的小丫头，我自来看不得小娘子伤心，搭把手，送她过了一关，也就完了。"

金媚娘嗤笑道："呸，世间受了情伤的小娘子多了，怎么不见你个个关心？这丫头就是你最喜欢的那一型，三分泼辣、三分可怜，还有三分不寻常，你动心啦，别想骗我。"

于十三一哂："动了又怎么，我只要看到小娘子，哪天不动个十七八回的心？刚遇见你的时候，你脸上横七竖八都是伤，我也还不是动了！"

金媚娘瞪着他道:"你!"

于十三回敬道:"你什么你?在美人儿和老宁面前,我避着你、怕着你,那是给你面子。可是你摸着良心说,我们在一起的时候,我对你不好吗?"

金媚娘愕然,良久方道:"好。你哄我开心,替我治伤,还潜进王府里帮我寻能不留疤痕的秘药;有件衫子,我不过看了一眼,你就当掉你的剑,替我买了回来。"

于十三点点头:"你认账就行。我们俩在一起之前,是不是约法三章过?我会待你好,但一定不会长久。我是不是说过我这辈子都不会成亲?我生来多情,但是不是也做到了和你在一起的时候,从来不看别的女人?"

金媚娘默然:"你都说过,我也答应了,可我还是不甘心。"

于十三悲愤地道:"总算还我清白了!当初你要不逼我娶你,我也不会逃!"

金媚娘委屈地道:"但是你也不能就那么走了啊!前一晚我随口提了一句,半夜你就翻窗不见了人影!"

于十三略有心虚道:"是有那么一点不地道,可是我真怕了啊。"

金媚娘忽而认真地问:"于十三,你爱过我吗?"

于十三未加思索地道:"爱!所有在一起过的小娘子,我都爱,真心地爱!"

金媚娘叹了一口气:"可你就是不愿为我们停下来。"

于十三辩解道:"我是浪子啊,你看浪花能停下来吗?停下来,那就成死水了。那会儿你也爱我吧,你想我死吗?"

金媚娘深深地凝视他,最终喃喃道:"不想。"

她一扬手,远处的一个小厮捧着酒快步走来。金媚娘抬起素手,拿过一杯酒,怅然道:"要是没有你救我,没有你那次半夜逃跑,我也不可能来金沙帮,所以我还是因祸得福。喝了这杯,你我的恩怨一笔勾销。"

于十三也拿起一杯酒,和她碰了碰杯,安慰道:"你人又美,手段又高，偶尔受难，也只是明珠蒙尘。就算没碰到任何男人，一旦吹开沙子，你一样也能熠熠生辉。"

金媚娘的酒刚喝到一半，突然顿住："于十三，你这张嘴、你这个人，都是祸害。"

于十三将酒饮尽："祸害才能活千年，谢你吉言。"

金媚娘恨恨地道："呸。祝你终有一日，碰到那个能克住你的人，到时候，我一定会第一个过来，看你死得有多惨！"

于十三眯着眼睛望着她，俏皮道："不会有那一天的，因为我不想让你伤心啊。"

金媚娘将杯子一掷，不回头地离开了。

于十三呼出一口气，转头看着窗中仍然熟睡的初月，眼神温柔。

窗外，新月如钩。

安国巍峨的宫殿屹立在淡淡的月光下，寝宫内，安帝躺倒在床，床下横七竖八地倒着精致的酒壶酒杯。内监悄无声息地将它们收走，轻轻为安帝盖上被子。安帝沉沉地睡着，不时皱着眉头，似有所梦。

梦境中，黑雾弥漫，大皇子妃尖厉的声音响起："父皇，您要为殿下报仇啊！"

大皇子的头颅在空中飘浮着，口中叮咛道："父皇，您要为儿臣报仇啊！"

安帝心疼道："你快些安息，父皇一定会为你报仇！"

突然，昭节皇后的声音传来："那谁又能为我报仇呢？"

安帝大惊，旋即转身："皇后！阿昭！"

昭节皇后冷冷地站在雾气中，厌恶地退后道："别碰我，你没资格那么叫我。"

安帝落寞道："朕当年真的是不得已，朕并不想逼你死，你是朕的结发妻子啊！可你的性子，为什么偏偏要那么倔？"

昭节皇后失望道："事到如今，你还不肯承认是吗？好，我的仇，自有我的人帮我报！"

话音刚落,一把锋利的剑从安帝身后穿心而过。安帝血如泉涌,不可置信地跟跄后退。但见刺杀他的人从身后转出,那是一位被雾气遮住了脸的朱衣女子,她从容地走到昭节皇后身边,皇后欣慰地握住了她的手。

安帝忍着剧痛道:"你是谁?"就在这时,他脚下的地面垮塌下去,有无数带血的手,拽着他不断滑向沉沉的黑幕中。安帝拼命挣扎,喊道:"朕不能死,朕还要一统天下,称霸中原!"血手仍继续将他拖入深渊,就在他即将坠崖的一刹那,笼罩着朱衣女子面容的黑雾散开,安帝一下子看清了她的脸,那竟是如意!

安帝猛然坐起,惊恐道:"啊!"

内监急匆匆来到榻前,不安道:"圣上!"

安帝惊慌地检查自己完好的腹部,喃喃道:"她是谁?朱衣卫的,她叫什么名字?朕怎么不记得了!"他拉住内监的脖领,吼道,"说!以前有个女朱衣卫,总跟着皇后的,叫什么名字?"

内监惶恐地低着头不语。安帝怒道:"说!"

内监颤抖着道:"圣上严禁宫中提起名字的那位,可是已故朱衣卫左使,任辛?"

安帝的眸子剧烈地收缩,他终于记起了那个刺杀了南平信王、褚国袁太后,又在一个月之内连杀凤翔、定难、保胜三军节度使,安国最令人闻风丧胆的杀手的名字。

记忆中如意穿着血迹斑斑的披风,在他的面前跪下:"臣幸不辱命。"她打开锦盒,里面稳稳地放着一颗骇人的头颅。

安帝醒悟过来,惊叫道:"是她!她没死,是她杀了守基!她在为皇后报仇!传邓恢进宫,立刻!马上!"

邓恢听到安帝的召见后,匆匆赶来,却被安帝一脚踹翻在地。安帝愤怒道:"那会儿你吞吞吐吐地说汪国公死了,陶谓在别院失踪了,是不是想暗示朕什么?!"

邓恢伏在地上,不敢说话。安帝忽地拎起他的领子:"说,杀守基他们的,是不是任辛?你是不是也在怀疑?"

邓恢应道:"圣上见微知著。"

"那你当时为什么不明说,为什么?!"

邓恢在地上伏得更低:"臣有罪。"

安帝森然道:"你是有罪,隐瞒、欺君,都是死罪。"

邓恢急忙道:"但臣也只是推测,至今没有找到任何证据显示任辛还活着!"

安帝突然转身,拔出架上的佩剑,一剑扎入邓恢贴在地上的手掌中。邓恢的脸色剧变,被剑刺入的手掌汨汨地冒出鲜血,血液直漫到了地板上。

安帝阴冷地道:"那就去给朕找。找到后,杀了她。"说着,他用力地按下剑柄,"是不是上回朕只杀了你的手下,没动你,你就以为能糊弄过去?把梧帝交给殿前卫看管,你去专心追缉任辛。半月之内,见不到她的尸体,朕就要见你的尸体!"

邓恢忍痛道:"遵旨。"

安帝拔出带血的剑刃,怒道:"滚!"

邓恢端着受伤的手掌回到车内,孔阳边为他裹着伤,边难过道:"圣上对您也太……"

邓恢苦笑:"也该轮到我了。还好这回露馅的,不是私放了那十五个人的事,否则,我连宫门都走不出来。对了,他们都安置好了吗?"

孔阳回道:"属下安排他们去了金沙楼,那边经常收留退职的各国细作间客,改名换样,都是熟手。"

邓恢点点头,疲惫地靠在车壁上,闭着眼道:"圣上也猜到是任辛了。看来就算我不想招惹她,但是命中还是注定有这一劫啊。"他叹了一口气,又道,"任辛当年在卫中,可有什么亲信下属?"

孔阳道:"有一两个,但都死了。她一直独来独往,除了奉先皇后旨意教过长庆侯,就没别的了。但这些天我们一直在监视长庆侯,他也没有什么动静。"

"没动静才奇怪。他为了陈癸占了左使的名头,三番五次和我们不对付,任辛又为他杀了陈癸报仇,这会儿居然什么事都没有?"

孔阳会意:"属下这就让人倒查长庆侯这些天的动静。"

邓恢回忆着:"还有,我好像在归德原见过长庆侯的一个会武功的贴身侍女,叫作琉璃的,名字和身形都和女卫众有几分相似。"

孔阳应道:"属下也记得,长庆侯的文书上还特意写了她,说是忠仆琉璃,护主重伤,所以留在合县养病了。"

邓恢思索着:"长庆侯不喜女色,当时突然冒出个贴身侍女,大家还奇怪来着……"他突然睁开双眼,道,"查,好好地查个清楚!"

月亮西沉,渐渐地,一缕缕阳光从天际铺开来。

阳光照在初月脸上,她睫毛微动,皱着眉捂着额头,睁开了眼睛:"好痛。小星,我要水!"

小星急急地从外面奔了进来:"郡主,您怎么,您怎么……"

初月打着哈欠,不解地问:"我怎么了?"

小星惊道:"昨晚您一晚上没回来,奴婢都急坏了!刚才奴婢还进房来收拾过,屋里什么人都没有。可怎么一转眼,您就,您就……"

初月看了看自己身上昨晚穿的衣衫,又打量四周,认出这是自己的闺房,而她的枕边,还放着昨晚她跳竹竿舞时戴的异族大花。初月抚着那朵大花,脸上泛起了微笑,但很快又慢慢消失:"真的只是一场梦吗?"

小星端茶过来:"您说什么?"

初月接过,喃喃道:"没什么。"她喝了两口茶,突然想起什么,吩咐道,"你帮我打听一下,最近永安寺旁边是不是出过什么案子?"

小星应道:"案子?您是说昨晚上永安塔失火的事吗?"

初月闻言,手中的茶洒了出来,她愣在了原地。

四夷馆内,于十三正打着哈欠打开了房门,不料一开门就看到冷着脸的如意,还有她身后不断给他使眼色的宁远舟。他一惊,小心地道:"美人儿早,有何贵干?"

如意审视着他:"你昨天是不是带了一个小娘子去金沙楼?"

于十三心虚地道："媚娘告诉你的？放心，我昨晚和她说清了，两不相欠……"

如意盯着他："媚娘刚才传信过来，说她不放心，所以连夜去核实了那个小娘子的身份，她是沙西王的女儿初月！"

于十三了然道："我知道啊，一见面她就跟我说了。"

一旁的宁远舟焦急而又无奈。如意又道："那你知不知道，她是长庆侯未过门的妻子！"

于十三脱口而出："知道啊——啊？什么？那个不要她的情郎，就是长庆侯?！"

如意冷冷地看着他。这下于十三慌了："我光记得长庆侯有个定了亲的贵女，可我不记得她的名字，更不知道她就是初月！"他懊恼地抱着头，"坏了坏了，我和她喝了一晚上的酒，我还教她怎么去色诱未婚夫，挽回他的心！"

如意一伸手，卡着他的脖子将他摔到了门板上："老实交代，你有没有祸害她？"

第三十一章

江畔何人初见月

房间的门板发出沉重的闷响声，于十三悲愤又可怜地一阵摇头："没有没有！这次，真没有！"他求助的眼神转向宁远舟，"老宁，你帮我说句话啊，这种事上我从来不撒谎的。"

宁远舟戏谑地笑看着他："我可不敢插嘴。于私，李同光是她徒弟，你是我兄弟，你撬她徒弟的墙脚，这是乱了辈分；于公，万一这事影响了李同光和我们的合作，救不出皇帝，那麻烦就大了。"

于十三举起右手："我发誓我真的没对她做过什么，更没泄露过一句关于我们行动的事！"

就在此时，元禄快步来到于十三的房间，低声道："安都分堂的兄弟传来消息，安国人开始转移圣上了。"

三人都是一凛，如意也放开了于十三，询问道："往哪个方向？"

说到梧帝，一众护卫正带着他从永安塔中走出来。而他身后的永安塔经过爆炸和火烧，已是疮痍满目，虽大致保住了巍峨的模样，却也有几处被烧得骨架支棱、角檐半塌。

梧帝百感交集地向塔上看了一眼，之后便头也不回地转身登上了一辆普通的马车。马车行走于街道上，乍一看，车身周围只是一些普通的男女护卫，犹如普通富贵人家出行。但孔阳亲自坐在车中，手按着剑柄监视着梧帝。

在一户人家的二楼，使团中的几人正透过窗棂注视着这一行人。

如意开口道："护卫里没了朱衣卫，全是殿前卫的人，他们往西边走，八成是去东湖草舍。"

宁远舟道："就是你说过的那个湖心岛？"

如意点了点头："东湖草舍原来只是一位大儒的修书之地，特意设在东湖的湖心岛，就是为了远离红尘。后来朝中看中了此处，就将其扩建为牢狱，用来软禁尚未处决、但犯下重罪的皇亲国戚。并从此不再允许普通百姓入湖，只有两艘守岛之人的船只才可出入。"

众人听后，不禁面色沉重。如意又道："人犯只能住在中央的草舍中。外人若想劫狱，回廊每隔几步便设有望楼，楼中有箭手；人犯若有异动，草舍外铺有响石，人一踏上便会发出声响，再加上四周居高临下的合围监视，插翅难逃。"

果然，离开永安寺的车队几经辗转，来到了一处湖边。孔阳走下马车，望了望早就等候在湖边的船主，对身边的护卫使了一个眼色。护卫心领神会，示意众人带着梧帝上了小船。在孔阳最后一个上了船后，船主撑起竹竿，船身缓缓离开湖边，向着湖心岛而去。远远望去，湖心岛上有一座建筑隐约可见。

过了许久，船只靠了岸。岛的周围是郁郁葱葱的林木，众人沿着一条曲折小道，向一处颇有野趣的庭院走去。

进入庭院，雅致气息扑面而来，大抵可见原庭主的喜好。庭院是回字形的建筑，正中一草屋被外面三层高的回廊建筑围绕。细看之下，回廊的望楼中隐隐现出箭手的身影，他们的视线正扫向湖面。梧帝一步一步走去，脚下的白砂石咔咔作响。

在岛上侍卫的引领下，梧帝被安顿在草舍的一间房内，房内有案有书，有榻有桌，甫一进入，房门就立刻被侍卫锁死。梧帝一惊，快步奔到窗边，只见每个方向的二楼，都有殿前卫看守，他们正立于廊柱旁，警觉地望过来。

城内街道旁的一户人家里，几人正严肃地围坐在桌旁，望向用筷子和杯子摆出的简略的地图。如意缓缓地呼出一口气："不过好在那里我去过几回,只要没有改建过,里面的结构和护卫配置,应该不会有太大改变,我很快就能画出来。"

宁远舟看向孙朗:"你去密档室查查,看看近年来东湖周边有没有土石出入的记载。"

孙朗应下:"是。"

于十三接着道:"这么看来,攻下这儿,应该比永安塔容易不少。"

宁远舟颔首:"是要容易一些,不过,难点在于上岛。"他指着地图上以杯子替代的"湖水",分析道,"从湖边到岛心有一百丈,没有船只,上不了岛。但若是弄一只船过来,光抬船的动静就不小,划桨声也一定会引来注意。而且一来一回,至少需要一炷香时间,这中间,无论是岸上还是湖心的守卫发现了,我们都无处可逃。"

钱昭补充道:"还有,以前殿下和你好歹上过永安塔,知道里面的状况。但这一回,安国人未必会再同意我们上岛。弄不清巡逻和换岗的时间,弄不清圣上到底藏在哪儿,都是麻烦。万一,他们不让圣上住草舍,而是换到了其他地方呢?"

于十三若有所思:"上岛的法子,我来想,上回永安塔的滑索还没派上用场呢。"

元禄道:"我设法用迷蝶和圣上取得联络,看他能不能告诉我们守卫和换班的情况。"

钱昭道:"那这回我继续安排撤离计划。"

宁远舟点点头:"好,大家分头行动。撤。"

顷刻间,众人纷纷离开了房间。宁远舟落在最后,正将筷子和杯子全部归放到原来的位置,突然间,他拿杯子的手开始剧烈颤抖。他用另一只手紧紧握住颤抖的手,良久,才慢慢平息。

宁远舟似有所感,立刻催动内力劈向桌上的一只空杯,试了几次之后,杯子都纹丝不动。他不断催动内力,直到最后一次,杯子才被掌风劈为两半。

如意这时退了回来,扭头问道:"你怎么还没出来?"

宁远舟急忙掩饰道:"哦,不小心打碎了东西,正在收拾呢。"只是在如意看不到的地方，宁远舟又看了一眼自己的手。

从小星口中得知永安塔失火后，初月便急急忙忙地出门，来到了永安寺外。她站在门口，看到不断进出的士兵们将破损的建筑残件搬出来。

身边有看热闹的百姓在围观，并低声议论。

花白胡子老人道："好大的烟，我就在隔壁，呛得我头疼！"

一个年轻男人道："我才知道，塔里头住的居然是梧国皇帝，难怪总有那么多兵看着后院！"

闻言，初月惊疑不定。这时，她听见身后有人道："正想问郡主打听点事呢，不想就正好碰见了。"

初月回头，见邓恢不知何时站在身后，后面还跟着几名朱衣卫，她立刻紧张起来。

邓恢带着笑道："在下朱衣卫指挥使邓恢。"

初月忍下内心的紧张，颔首道："大人请说。"

"郡主怎么突然到这儿来了？"

初月随口说道："看热闹。"

邓恢一笑，颇有探究意味地问道："没和长庆侯在一起？哦，听说前些天，你和他又吵架了，一个人跑来了这边喝酒？"

初月只觉得后颈一紧，脱口而出："我和他哪天不吵……"说着她忽然意识到什么，顿了一顿，再转过头时，眼中已盈满委屈的泪水，"要不是阿爹总逼我去见他，我才不想跟他说话！"

邓恢追问道："郡主那日是去城外侯府的马场见的长庆侯，不知道还有没有见过其他人？"

初月的脑海里瞬间浮现出那日的情景：如意将她抛给李同光，李同光又羞又惊地仰望如意。她却故作无知道："其他人？你是说小厮、马夫？"

邓恢提醒道："陌生人。"

初月假意回想片刻，而后摇摇头："没有。"她似是又突然想到什么，急切地上前追问，"邓指挥使，是不是李同光犯了什么事？你快告诉我,我让沙西部的人帮你查。赐婚圣旨还没下,只要能定了他的罪,我就不用嫁给他了!"

邓恢倒被她逼得退了一步,连忙摆手道:"没有的事,郡主想多了,我只是随口问问。"随后,他抱了抱拳,道了一句"打扰了",便转身离开。

初月抬步追上,不依不饶道:"你别走啊!你给我说清楚!"却被两个朱衣卫隔开了。

邓恢赶紧加快脚步,在人群看不到的地方悄悄抹了抹冷汗。

等他们走远后,初月才轻出了一口气,定了定神,转身向四夷馆走去。

四夷馆外院,于十三不解地跟着朱殷出来,问道:"哪个四夷馆的人要见我?没见我正忙着呢?"突然间他愣住了,眼前是一身平民男装的初月。初月摘下斗笠,开口道:"果然是你。"

于十三眼神一变,疾步将她拉到僻静处,低声问:"你怎么来了?"

初月感慨道:"你原来真的是梧国的六道堂。"说着,她望着眼前的男人,五味杂陈道,"白天一看,和晚上神情都不一样了。"

于十三本能地接口道:"是不是更英俊——"说到一半忽然醒过神来,轻咳了一声,皱眉看了眼四周,"不行,你不能在这里,会被人发现的。"便要拉她离开。

初月神情自若道:"四夷馆的管事是沙西部的,他不会乱说话;我是从送菜的门进来的,没人跟踪。我贸然来找你也是为了正事,朱衣卫已经为了长庆侯的事盯上我了,虽然我装傻应付过去了,但我还是怕金沙楼昨天有人看到过我们俩,会拖累你……"

于十三深感意外,紧张的情绪慢慢缓解,安慰道:"你别害怕,金沙楼里的人做的都是偏门生意,大家有默契,不会往外乱说的。"

初月点点头:"那就好。"

于十三打量着她,揶揄道:"你白天跟晚上也不一样了,晚上就是个骄蛮任性的小丫头,现在,倒真是一副沙西部王女的架势了。"

第三十一章

初月有些赧然:"我就当你是在夸我吧。"她低了下头,忽而道,"对了,能给我出个主意吗,我要不要把朱衣卫找长庆侯麻烦的事告诉他?"

于十三道:"当然要,你们毕竟已经定了亲,一荣俱荣,一损俱损。而且,你去报信,就是有恩于他,这是你们和好的大好机会嘛!昨天我教你的那些,你还记得吧?"

"记得。"她停顿片刻,咬了咬牙,深吸一口气,仰头看向于十三,"昨晚……"

于十三带着迷人的笑,立刻坚定地打断了她:"昨晚已经过去了。"

初月莫名地觉着心口有些失落:"我明白。"她强笑道,"那我走了。"

她转身离开,于十三无声地给了自己一个嘴巴。

初月却突然回头看向于十三,眼睛里闪着些期待的光:"我还有很多元宝,能不能再买你几晚?"

于十三深吸一口气,微笑道:"我是个钦犯、六道堂、浪子,你是郡主、贵女,还是个定了亲的好姑娘。我们俩萍水相逢,乐和一晚,就已经是缘分了,千万别太贪心。你呢,就是见识得少。以后多去几回金沙楼,就知道只要有钱,天下会哄姑娘的美少年,要多少有多少。报我的名字,老板娘会给你打折的。"

初月努力笑着点了点头,终于转身离开。

于十三长出一口气,却不知是松气还是叹息。他回过头,只见一圈六道堂的人都围着他,齐齐摇头。他立刻冲他们比了一个抹脖子的手势,疾步走到宁远舟和如意身边,解释道:"都听见了吧?不是来找我算账的,是来报信的。以后这事就算了结了。"

如意望着初月的背影,皱眉道:"她就是初月?"

于十三讶异:"啊?!你不知道?"

如意扶额:"完了。"宁远舟问道:"怎么了?"如意尴尬地叹了口气,道:"那天她跟踪我,结果我以为她只是初月的侍女,把她捆起来交给了鸳儿,叫他自己处置好。"

宁远舟立刻顾左右而言他："说正事。"便问于十三，"你的飞索安排得如何了？"

"安排好了，但四夷馆里没有能演练一百丈的地方。咱们得出城去试，我收拾好就马上叫你们过来。"于十三说完便匆匆进屋。

转过走廊的时候，他脚步不由得停了一下，转头往大门的方向望了一眼，但这停顿也不过只是片刻而已。

长庆侯府，初月将永安塔前邓恢向她套话的事告诉李同光。李同光听着初月的讲述，面色变幻不定。

"事情的经过就是这样。"初月道，"总之，那个女人的事，我一句都没有提。"

李同光一时也找不到话说，半晌才道："谢谢你。"顿了一顿，又道，"她对我很重要，对我们以后的合作更重要。她也不是朱衣卫的白雀……"

他絮絮地解释着，初月的心神却飞到了天外去。金沙楼里，于十三教她的话浮现在脑海中："你如果想把他抢回来，就得学会先服软。看到一个美人儿楚楚可怜地向自己赔不是，男人多半会内疚。"

初月看着眼前的李同光，说道："对不起，那天，是我不该擅自跟踪她，"而后低下头去，"我只是，控制不住自己。"

李同光忙道："我那天也在气头上，说话过分了些。"

金沙楼里，于十三边说边给她演示着："他一内疚，你就得掉眼泪。女人的眼泪就是男人的刀，出刀要准、快，然后趁他心软的时候，抓住机会，拉住他的手。"

初月对着李同光做出委屈的模样："别看我总是打扮成小子，但是，我也会伤心的。"两行清泪从脸颊上滑落下来。

李同光皱了皱眉，觉得尴尬，又有些同情，最终只能扭头从案上拿了张茶巾递给她。初月趁机抓住了他的手，他瞬间愣住了。

于十三边给她演示边说道："男女之间，一旦肌肤相接，那一切就不一样了。你得慢慢地靠过去，说声'让我靠一会儿，就一会儿'。"

初月有模有样地对李同光说道:"让我靠一会儿,就一会儿……"她把头靠在了李同光的肩上。李同光浑身僵硬,想推开,却又觉着不妥,左右为难。

初月却满脑子都是于十三——初见时,他半裸身体喝酒的潇洒姿态;跳窗时,他眨了眨眼的俏皮姿态;扶起她时,他关心的姿态;他把她的手放在自己心上时,深情的姿态。

初月闭上了眼睛。李同光已经忍到了极限,正要开口,却听初月问道:"告诉我,你是怎么喜欢上那个让你宁愿死了,也要喜欢的人的?"

李同光一怔,良久才道:"她是突然出现的,一开始我也没觉得有什么,可后来,突然一下子,看她一眼就喜欢上了。"

初月不由得回想起,那日她带着醉意与于十三不小心十指相扣,跌入他的怀中,两人愣怔地对视着。她听到了自己的心跳声。

初月缓缓睁开眼,主动离开李同光:"原来如此。最后一个问题,你那晚送我月季花,当真只是因为心情好?"

李同光看着她,终道:"是,因为她那天跟我说话了,我开心得不得了。"

初月豁然开朗:"那我就让你更开心一些吧。李同光,以后我们就做一对假夫妻吧,连相敬如宾都不需要。"

李同光面露惊色。初月淡淡道:"有人教我,说只要服软,只要掉眼泪,就能抢回你。可刚才试到一半,我就觉得没意思了。我们俩其实一开始就互相看不上,后来也只是因为赐婚和合作才勉强相处。只是你生得好看,而姑娘家,又有哪个不会梦想着未来的夫君多少对自己有些真心?所以这些天,我才会那么难过。可现在我明白了,我伤心,只是为了我的骄傲,而不是因为你。我初月,值得更好的男人,没必要把希望寄托在你的身上。"

李同光试探着道:"这件事,你父亲知道吗?"

初月微笑着道:"他不需要知道。我们继续在别人面前演戏就行了。这样沙西部还是会继续和你合作。但如果你成了大事,我要一个国公的爵位,有实封、有实权、可以自己拥兵的国公。如何?"

她伸出白皙的手，李同光见状，与她击掌道："成交。"

初月长出一口气，转动脖子，如释重负道："这下好了，终于不用在你面前扮温柔贤淑了。"突然，她飞身一脚踢翻了他的书案，"跟外头说今天我又来你府里闹了一场，就因为邓恢今天为了你，找了我的麻烦。"

李同光想了想，也飞起一脚，踢翻了旁边的青瓷花瓶，附和道："不光闹，我们还打了一场。"

初月笑了，骄傲地昂首道："那最后赢的一定是我，因为你不敢得罪沙西王府。明天出门，记得往自己脸上添两道指甲印啊，告辞。"说完，她潇洒地转身离去。

李同光叫住了她："等等。你刚才说那些话，是不是因为你喜欢上了别的男人？别误会，我只是怕万一露馅，要怎么跟令尊交代。"

初月转头道："没有。只是昨天晚上，我花一大笔钱，买了一个俊俏的郎君一晚，他教我见识了好多稀奇古怪的花样。"说话间，她故意伸出纤细的手指，摩挲着李同光的肩，"他替我打开了一扇窗，所以，我就瞧不上你啦。"

李同光被她不同往常的举动吓得怔住，下意识地往后退了一步。初月银铃般笑了起来，推门走了出去。

初月在街道上策马而行，笑容一直挂在脸上。小星奇怪道："刚才侯爷跟您说了什么，您怎么那么开心？"

初月仍是笑着道："做了一场很美的梦，然后醒了，总不能哭吧？"小星不解地歪了歪头，初月却已拍了拍马身，飞驰起来。

就在初月的马与一辆马车错身而过时，马车的窗帘被呼啸的风掀起，露出了琉璃憔悴的脸。而那驾马车的人，分明是一名朱衣卫。

朱衣卫驾着马车，一路疾驰。片刻后，两名朱衣卫将已是一身血肉模糊的琉璃架进了正堂。孔阳低声向邓恢汇报："我们的人刚出京不久，就碰到了长庆侯府的人送她进京。她不肯老实交代，就上了刑。但她腿上的伤是北蛮人害的，不关我们的事。"

邓恢睨着琉璃道："挺能熬刑。对这样的人，得攻心。"

孔阳会意："是。"

琉璃被放在地上，强自镇定地虚弱道："放我走，你们抓错人了！"

邓恢嗤笑："普通侍女熬得过朱衣卫的酷刑？琉璃，天泰七年生人，承天四年由白雀转入朱衣众，随侍紫衣使任辛。安佑元年，因罪罚往洗衣局效力。"他一扬手中的档案纸，悠悠念着，"你是谁，你自己或许记不得了，但这份册子不会错。"

琉璃脸色唰地白了，但仍争辩道："就算属下曾属朱衣卫，但如今长庆侯才是我的主子。你们把我弄成这样，侯爷不会放过你们的！"

孔阳上前，俯身道："可你跟着长庆侯，不过也才短短几个月吧？主子年轻俊朗，你又是他唯一的贴身侍女，时间一长，自然就会生出些该或不该的梦想。可惜，你为了保护他勇斗北蛮人，差点送了性命，他却只留下一声'忠仆'，接着就把你一个人扔在合县休养。"

琉璃一震。孔阳将她的神色尽收眼底，继续在她耳边，犹如毒蛇一般低声道："可惜，现在你连站都站不起来了，你以为以后他还会让你继续服侍吗？接你进京，也不过就是为个好名声，然后就把你往庄子里一放，让你自生自灭罢了……"

琉璃身子一软，不受控制地伏在了地上："不是的，不是的。"

孔阳又急速道："你知道你现在有多脏、有多丑吗？你知道他这么久从来没想起过你吗？你对于他唯一的意义，就是你做过任辛的侍女，你就是个替身，是个摆件！"

琉璃崩溃地摇着头："我不是！"

邓恢狠狠道："你是！你只是一个被他利用的可怜废物！他从来都没有瞧上过你！你一直在痴心妄想！"

琉璃掩着耳朵，疯魔一样道："不，不，我不是！别说了，求你别说了！"

孔阳冲着一旁使了个手势，卢庚和另一个朱衣卫上前，硬生生扯开琉璃的手，不断在琉璃耳边重复道："你就是个废物！你真难看！真恶心！"

琉璃被逼无奈地听着，不一会儿，她已完全崩溃，不再挣扎，神情也渐渐变得呆滞。孔阳示意两人停止，放柔了声音："好了，歇一会儿吧。"

　　他递给琉璃一皮囊水，琉璃接过颤抖地喝着。孔阳温柔道："你现在是不是很恨他？恨就说出来，我们会帮你的，是还是不是？"

　　琉璃下意识地回答道："是。"

　　孔阳又稍快速地道："那你是不是已经不再喜欢他了？"

　　琉璃仍下意识地回答："不是。"

　　孔阳更快速地问道："他最近是不是见过任辛任左使？"琉璃一震，犹豫了。这时，孔阳却满意地笑了："你犹豫了，那就是见过。"

　　琉璃手中的皮囊瞬时滑落，她否认道："小侯爷没有见过她！"

　　邓恢叹息了一声："让她走吧，她对我们已经没用了。以后盯着长庆侯的动向，他那么疯魔，肯定会设法再见任辛的。"他顿了顿，又道，"再查查金沙帮，合县赈济灾民的事，他们不也有参与吗？我有预感，任辛的突然出现，和他们脱不了干系。"

　　琉璃被架着出了正堂，上了马车，带到了一处僻静的地方，两名朱衣卫将神情恍惚的她放在了路边。卢庚似有不忍，抬手解下自己的披风，替她披上，还放了串钱在她身边，叮嘱道："尊上开恩，放你全须全尾地出来，你好自为之，待会儿叫路过的人送你去想去的地方吧。"说完，他登上马车离开了，而琉璃仍呆坐在路边。

　　马车内的卢庚忍不住回望了一眼。身旁瘦瘦的朱衣卫道："腿都断了，你还能瞧上？"

　　卢庚喟叹道："我同情她，不过是在同情自己。谁知道以后我们会不会落到她的田地？"瘦朱衣卫沉默了，半晌道："任尊上真活着？这事要不要告诉金沙帮？"

　　卢庚接着道："用得着我们吗？早有人去了。这些年大伙儿受了他们不少好，谁都想如果有个万一，好歹还能有个落脚收尸的地方。"

　　很久之后，琉璃似乎才醒过来，她木然地拖着残废的双腿往前爬着，不一会儿就一身狼狈、尘土满面。偶有路人经过，要么只是觉得奇怪，要么毫不关心。

几匹马奔过，不一会儿，却有人掉转马头回来，停在了正在爬行的琉璃面前。

元禄道："我说我没看错吧，她就是长庆侯的那个侍女，在合县受了重伤的那位。"来者正是杨盈、钱昭、元禄等人。

杨盈不忍，跳下马道："你要去哪儿？你还记得我们吗？我们是梧国使团的人。"琉璃没有回答，只是呆滞地往前爬着。

杨盈道："她有点不对。"

元禄接着道："送她去长庆侯那里吧。"

琉璃一震，慢慢有了反应："不，我不去，我不想让他看到我这个样子，我不……"

话音未落，钱昭已经点了她的哑穴。钱昭道："她情况不太好，早送过去，我们早回四夷馆。"说完，他和元禄合力将琉璃抬到了马背上，策马向长庆侯府奔去。

到了长庆侯府，钱昭和元禄将琉璃扶进了正堂，朱殷看到，甚是惊喜："琉璃！侯爷担心得不得了，正在派人到处找你呢！"

琉璃不敢抬头看朱殷，朱殷一下子警惕起来："她是被人掠走的，怎么会在你们手里？"

元禄气愤道："哟嗬，好心救人倒成了错了？"

杨盈抬手阻止他继续说下去，转头对前来的李同光道："孤去东湖探望皇兄未果，顺路碰见就搭了把手，并无他意。"

李同光得知实情，尴尬地示意朱殷，朱殷忙道："刚才失言，还请海涵。"杨盈颔首，表示接受道歉。

李同光关心地对琉璃道："你怎么样了，你是被谁抓走的？怎么一直不说话？"

钱昭突然道："她身上的披风，是朱衣卫的。"

李同光的眼神瞬间凌厉，他一把拎起琉璃："到底怎么回事！抬起头来！看着我！"

琉璃颤抖着抬起头，李同光英俊而冷酷的脸映入她的眼中，神色中有着无限的焦急与关心，但她知道完全与她无关。

李同光问道："抓走你的人是朱衣卫？！你跟他们说了什么？！是不是师父的事？！"

琉璃无言，泪水瞬间滑落。

李同光见她不语，果断地拔出佩剑，架在她脖子上，逼问道："说！"

琉璃哽咽着道："奴婢什么都没跟朱衣卫说。"

原本紧张的杨盈等人这下才松了口气。李同光被打动，但事关大局，他终于硬起心肠，转而问："我不信，我不能把师父的安危和大家的安全寄托在你的一句话上。"说着，他示意朱殷，"带她下去好好拷问！"

琉璃求道："主上！"她哀求地望着李同光，"您信我，奴婢以这两条断腿发誓，我绝对没有背叛您！"

李同光狐疑地眯着眼，突然问："那你有没有泄露师父的事？"

琉璃一震，没有答话。众人大惊失色。

李同光咬着牙，憎恶道："拖下去，给我审问清楚！你这个狼心狗肺的背主之徒，如果不是因为你服侍过师父，我当初根本就不会把你留下来！"

琉璃又是一震，万念俱灰。朱殷正要拖走她，她却突然暴起，用尽力气把自己撞在了李同光的剑刃上，鲜血霎时间从她的颈间暴涌而出。

钱昭、元禄忙抢上前救护着，琉璃被自己的鲜血呛咳着，断断续续道："我真的没有背叛你，我什么都没说，他们早猜出来任尊上还活着……我不只是她的侍女……我也是个人……我也会难过、会伤心……"琉璃断了气，但她最后说的几句话，除了她身边的杨盈，谁也没有听见。

李同光皱了皱眉，对朱殷道："拖出去，召集部曲，鞭尸，让他们看看背主之人的下场。"

杨盈道："你太过分了！她是为你死的，她明明喜欢你，你看不出来吗？"

李同光微愕，但马上道："那又如何？恋慕我的女子如恒河沙数，但她在我眼里，只是个叛徒。"

杨盈喊道："李同光！"

李同光不耐烦了，大声说道："杨盈，你才要清醒一点！我们现在一起密谋的，是稍出纰漏就要掉脑袋的大事！她背叛的，也是你的如意姐、我的师父，用用你那娘们儿一样的脑子，如果朱衣卫已经怀疑了我们，那第一个危险的是师父，第二个危险的就是你们皇帝！"

杨盈震惊，她看向钱昭。钱昭道："他说得没错。希望琉璃死前说的真的是实话。不过，以我对人心的了解，我们这样大张旗鼓地来拜访，朱衣卫反而不会觉得我们和长庆侯之间有什么密谋。"

长庆侯府的一幕刚刚发生不久，在四夷馆宁远舟的房间内，如意霍地一下站了起来。宁远舟按住她的手，道："金媚娘说她已经收到了消息，朱衣卫确实已经到处在找她，她紧急关闭了安都的金沙楼，暂时安全。四夷馆外面朱衣卫的暗哨也没有增加，可见琉璃的遗言，多半是真的。"

如意道："可我们不能赌，我必须马上离开四夷馆，否则会牵连到你们。"

元禄关心道："现在朱衣卫肯定也在到处追捕你，金沙楼都关了，你能到哪儿去？"

如意应道："我从计划刺杀大皇子那天，就已经准备好了藏身的地方。安都是我的老地盘，你放心。"

宁远舟思索着："我们上岛救人的计划也需要提前。"

如意点点头："我正想说呢。最好像我们上回商量的那样，两边同时动手。"

于十三面露担忧，正想说什么，宁远舟已经道："好。"转而，他对使团诸人道："按十二个时辰后行动做准备。"

众人应道："是！"而后纷纷散去。

如意叮嘱宁远舟："那你保重，我走了。"说完，她立刻越窗来到了宁远舟房间外。她刚在窗外落地，准备再次起跳时，却被追出来的宁远舟拉住了手："喂。"

如意不解："怎么了？"

宁远舟无奈道："你要独闯朱衣卫的总堂，我要去救皇帝，如果是在戏文里，这怎么也该算生离死别了，结果你光丢下一句'我走了'就完了？"

"你又在担心我了？"如意明白过来，放柔了声音，"我要毁掉总堂册令房的事，上回不就跟你说过嘛，那会儿你也没怎么样啊。"

宁远舟无奈地道："任如意——"

"知道了。"她想了想，"那，你想我跟你说些什么告别的话？"

"算了，如果要我告诉你，你才会说，还不如不说。"

如意道："好啦，别再别扭了。"然后，她正色道，"我不跟你告别，是因为我下意识里觉得，我只是去做一件很平常的事。我肯定会平安回来，你也一定会顺利救出皇帝，到时候大家在约定的地方见面。然后，就该轮到我们一起浪迹天涯……"突然，她放低了声音接着小声说道，"一起把你欠我的……弄出来了。""孩子"二字她出口却无声。

宁远舟道："这就是我想听的话。"

如意轻点了一下他："早知道你这么容易满足，我早点说就是了。"

宁远舟接着道："只有金媚娘一个人帮你？她还有没有其他的手下参与？"

如意答道："有她一个人就够了，人多反而口杂。以前，我也从来都是独自行动。"

宁远舟道："可那会儿你有整个朱衣卫给你在身后做支撑啊。武器呢，武器你准备了多少？让我看一下。"

如意无奈。她一晃手，现出铁指甲，晃了晃——"这个。"又亮出袖间的银丝——"这个。"一拍腰间，现出一把匕首——"这个。"最后补充道："元禄还给了我几颗雷火弹，够了。"

宁远舟道："可我记得你最擅用剑。"

如意解释道："青云给了鸳儿，这些年也没遇到什么趁手的，到

第三十一章

时候随便找媚娘要几把就行。"

"就知道你会这样。跟我去个地方。"

"现在？"

"对，就是现在。"

接着，宁远舟吹了声口哨，只见元禄应声而出。

宁远舟道："我们现在去铁铺。"

元禄应道："好！"

一铁铺内，铁匠正在挥锤锻打着火红的铁块，墙上也挂着许多刀剑。宁远舟对如意道："这里很安全，是我们安都分堂用来掩饰身份的。"

铁匠见宁远舟到来，停下了手，恭敬道："堂主。"

宁远舟挥挥手："要紧时刻，别停。"

如意看到了剑坯，望向宁远舟："你要送我剑？"

"对。"

元禄道："自从上回在天星峡你用劈了好几把剑，宁头儿就留心上了。一和安都分堂这边联系上，就请杨大哥用最好的陨铁炼这把剑了，光铁水就熬了十多天，今天刚铸好剑坯，结果就遇到了琉璃这事。"

如意意外至极："远舟……"

宁远舟道："当了这么久的堂主，难得假公济私一回。正好安都分堂又存着一块陨铁……"

铁匠看了看剑坯道："差不多了。"

元禄精神一振："我来！"他奔过去，接过锤子击打起剑坯来，一时火光四溅。汗水很快从他额头上滴落下来。

如意担心道："你慢点儿！"

宁远舟抬手阻止了她："制器是饿鬼道的拿手好戏，我有好几把刀剑，都是元禄亲手炼的。他开的血槽，最为精妙。"

如意走过去，仔细观察，果见元禄又换了小锤，配着小凿，一点点为火红的剑坯开着血槽。如意正看得用心，元禄突然道："宁头儿！"

如意回首，突见不知何时，宁远舟已经脱去了上衣，露出赤裸的胸膛，右手执着一把剑。接着，就见银光一闪，宁远舟的左臂一道血箭喷出，尽数喷在了元禄锤下的剑坯上。一阵轻烟散去之后，又是一阵密集的锤声，随后元禄收手道："剑成！"

宁远舟上前，从元禄手中接过已成的宝剑，欣赏道："以血祭剑，锋锐莫匹，乃是上古铸剑之道。"

铁匠和元禄对视了一眼，默契地退出铁铺，把空间留给他们两人。

如意早就看得呆了，颤抖地接过剑，行云流水般挽了几个剑花，只觉得畅快至极。宁远舟问道："如何？"

如意并未停手，答道："人剑合一！"

宁远舟从袖中摸出一张早就准备好的薄纱，提醒道："看这儿！"

如意回头，只见他将一张如云似雾的薄纱向她抛来。如意纵身而上，快速挥剑，一时间剑与人都成了残影，数息后，片片薄纱如雪花一般坠下。她顺势落在了宁远舟身边，脸上有着难言的激动与感动，眼中也盈盈有泪。

宁远舟轻轻为她拭去泪水："别人都是宝剑赠英雄，红粉赠佳人，今日我倒是反过来了。这是你的剑，给它起个名字吧。"

"红尘。"

宁远舟一挑眉。

如意接着道："红尘有你，红尘也有我。"

宁远舟笑了。

火焰熊熊的铁铺中，宁远舟和如意相拥的画面，犹如一幅剪影。

而角落中的元禄看着自己手上不知何时出现的剑锋血痕，也酸楚而幸福地笑了。

送走了如意，宁远舟折返回了自己的房间，开始为左臂上药。于十三这时走进门来，见状道："放着，我来！"

他接过药，涂在了宁远舟的伤口处，开口道："我都听元禄说了，我于十三自诩精通天下所有风流手段，这回可是真佩服得五体投地，以血祭剑，高啊……"

他含情脉脉道："我要是个女儿身，心也早化成一摊春水了。"虽然打趣着，但他手中的动作从未停下，"可你也有点过了啊，眼看大战在即，却弄了这么大一道口子。"

宁远舟道："皮肉伤而已。"

于十三突觉不对，顿时问道："不对，以你以前谨慎的性子，大战之前连剑刃都要自己磨三回，这次怎么会主动弄伤手臂？"

宁远舟没有说话，突然，他出手攻向于十三，两人你来我往了几回招式，最终一只茶盏被他们用内力定在空中，互相推拒着。

突然，茶盏被于十三的内力推向宁远舟一侧，砰然落地。于十三大惊道："老宁！你的——"

"我的内力不稳。离京之前，章崧为了控制我，让我服了一旬牵机，中间我错过两次服解药的时间，如果没有如意舍了她半身含了万毒解的血相救，我活不下来。但是，万毒解原本就有用后七日内力尽失的弊端。"

于十三疑惑道："可你之前不是都……"

"之前确实都一切正常，但如意怕她血里的万毒解不够，到安都后，还是让我服下了新一份的解药。可能是两者药性冲突，从几天前起，我的内力就开始若有若无。眼下这个紧要当口，这可能会影响到我们救皇帝的成败。我没法保证自己能活着回来，至少要尽全力，为她多增加一分生机。"

于十三急得团团乱转，喃喃道："不至于，不至于！万一到行动的时候，你这毛病就不犯了呢？"

宁远舟道："我从不把希望寄托于运气上。十三，这事绝不能告诉兄弟们，我怕影响军心。但行动的时候，我如果……你就带着大家尽快撤离，不必管我，也不必管皇帝。"

于十三着急道："老宁！"

宁远舟接着道："元禄太小，钱昭有些过于忠心，兄弟之中，我只放心你，也只能托付给你。雪冤诏实在拿不到也没关系，殿下已经渐渐成长了，天道的冤屈，我相信她以后一定会尽力洗清。如果你当我是兄弟，就帮我把他们平平安安地带回去。"说着，他伸出手。

于十三眼中含泪，良久才伸手，与他紧紧一握。半晌，于十三突然道："八字还没一撇，说那么多丧气的话干吗！要托付，也得把美人儿托付给我才对啊。"而后，他故意流里流气地道，"嘿嘿，你要是没了，就该轮到我和美人儿风流快活——"

宁远舟出手如电，一招制住了他的咽喉："你敢！"

于十三正色道："那你就别给我撬墙脚的机会，平平安安地和我一起回去。"

两人四目相视，然后紧紧地拥抱在了一起。

安都金沙楼大门突然被冲开，朱衣卫们冲进金沙楼，但楼中空无一人。众朱衣卫里里外外地搜索，也一无所获。

孔阳禀告道："尊上，一个人都没有。"

邓恢走过去，摸了摸温酒壶里的水，又看了看恭敬地对自己躬身的诸朱衣卫，良久后，道："撤。"

众人鱼贯而出，离开了金沙楼。在前行的马车内，邓恢突然道："把当初跟着我从飞骑营来朱衣卫的那二十个人全都调回来。"

孔阳不解道："现在？全部？"

"对。外面那些人，不可信。刚才温酒壶里的水还是热的，说明有人跟金沙楼通风报信。"

孔阳犹豫道："其实，金沙楼这些年一直和我们互相买卖情资，上次那受了缢刑的十五人，也是通过他们才撤走的。所以泄露之事，确实在所难免。"

邓恢问道："金沙楼收留了我们多少退职的卫众？"

孔阳回道："一百五十余名。"

邓恢愕然道："这么多？"

孔阳一咬牙，似下了决心，道："属下还隐约探知，其实那天晚上，有不少卫众都目睹了任辛当街击杀迦陵，但他们一直联手隐瞒此事。"

邓恢闻言，震惊至极。

第三十一章

孔阳又低声道："属下无能，本想审问几个人。但一是时间来不及，二是他们好像早就互相套好了口供……"

邓恢脸色变幻，终道："不用问了。当初迦陵和陈癸如何瞒着我，我又是如何瞒着圣上的，现在他们就如何瞒着你。"他长叹了一声，"朱衣卫号称天子爪牙，其实早就……也不怨他们，圣上待朱衣卫如此，连我都已经寒了心。"

孔阳道："可总不能放着不管吧，毕竟您还得向圣上交代。"

邓恢闭上眼，缓缓道："召集我们自己的人，再从飞骑营借一百人。在安都暗市里重金悬赏，一定要查出任辛的下落。金沙帮里泥沙混杂，既然向我们卖过情资，就一定也有愿意被重金收买的人。"

孔阳应道："是！"

邓恢补充道："如果到时候实在找不到任辛，大不了我也学她来个假死脱身。天高任鸟飞，圣上不拿我们当人，我们总不能真就认了任人宰割的命。"

孔阳闻言，眼圈一红："是。"

一房舍内，如意放下笔，正随手拿起那把红尘把玩，突然间，屋内案上一个与地动仪相仿的器具里掉下了一颗珠子。如意伏在地上，只听得地面微微震动，似是一片马蹄声翻飞而来。

她立刻翻身而出，纵身离开了房舍。片刻后，一阵箭雨透窗而至，随即，房门被踢开来。邓恢和孔阳疾步而入，但房内早已空空如也。

孔阳看着后窗的脚印，下令道："人刚走。快追！"几名朱衣卫听令后飞身而出。

邓恢却低头看着案上散落的几张纸，上面写着："承天九年三月，紫衣使瑶环破汝州循王谋逆案，晋丹衣使；承天十年四月，丹衣使康安自宿国剑南节度使府中盗得舆图，助车骑将军刘鸿大破剑南军……"

邓恢问身后的卢庚："紫衣卫瑶环、丹衣使康安，是否当年跟随过任辛？"

卢庚答道："是。"

"传他们过来。"

卢庚身形一滞,应道:"可他们都已经不在了。"

邓恢一怔,只得挥挥手让他退下。

回到马车里,邓恢认真地看着那些纸,回想着,喃喃道:"汝州循王案,怎么总有点耳熟?"

他看到经过的建筑,似有所悟,突然道:"停车!"

转眼间,疾驰的马车停在安国国史院门前,这是一座肃穆的建筑。官员取出卷册,放在邓恢面前:"承天九年和十年的实录都在这里。"

邓恢翻阅着,很快找到了想要的东西,他读着:"三月,汝州循王谋逆事败,循王卒,妃嫔亲信以下四十余人赐死。四月……只有这些?破循王谋逆的人,为什么没有记载?"

官员回道:"这个,下官就不知了。"

邓恢又翻到十年的那一本,又问道:"大破剑南军这一条上为什么也只写了车骑将军刘鸿,没有提到我们朱衣卫的丹衣使?"

官员了然,回道:"原来是因为这个。邓指挥使有所不知,自我大安立国以来,朱衣卫的任何功过,都不录于史中。"

邓恢霍然起立,问道:"这是谁的命令?"

官员吓了一跳,哆嗦着道:"先、先帝!"

朱衣卫册令房里,邓恢翻阅着册令,在丹衣使瑶环的名册下,看到了循王案等几笔记录,但都几乎已被浓墨涂去,不甚清晰,最下方用红字写着"亡,销"两字。

看毕,邓恢扔下名册,又去找另一本,果然也看到了丹衣使康安的名字。可当他翻到下一页时,册令里却赫然夹着一页纸。纸上红色字迹龙飞凤舞,写着:"邓指挥使钧鉴:今日酉时万年寺,卫中旧规第一。任辛。"

邓恢的眸子急剧收缩,他转头向随侍一边的孔阳问道:"什么叫'卫中旧规第一'?"

孔阳不解地摇摇头。这时,屋外突然喧闹声四起。

邓恢由册令房疾步而出，只见朱衣卫中庭的旗杆上，赫然挂着一幅随风飘动的通天长卷，上面血红的大字分外鲜明，写着："邓指挥使钧鉴：今日酉时万年寺，卫中旧规第一。任辛。"

孔阳急道："谁挂上去的？"

一众女朱衣卫都摇头道："刚才突然有一支箭，带着这个射中了旗杆。"

邓恢厉声问卢庚："什么叫'卫中旧规第一'？"

卢庚犹豫着。

邓恢吼道："说！"

卢庚道："这是陈老指挥使在立卫之初定下的规矩，卫中凡有争执不能决者，准两人私斗，生死不论，他人不可插手。若有违者，全卫共诛之。"

邓恢脸上那常年挂着的笑容，再一次消失了。孔阳不可置信地道："任辛这是在主动向您挑战？"

黄昏中的万年寺庭院，空无一人。邓恢独自推开寺门，抬脚迈入寺内，只见如意一身红衣，早已等候在庭院中。她转过身来，开口道："邓指挥使果然有胆色，竟然真的不带随从，独自应约。"

邓恢回道："不及任左使万一。大皇子、汪国公他们，都是你杀的？"

"是。"

邓恢又问："为报先皇后之仇？"

"是。"

邓恢接着道："那迦陵和陈癸……"

"也是。"

邓恢拔出剑来，剑指如意道："很好，你既然已经认罪，那我一定要将你擒拿归案。今晚我们两人之中，只能有一个走出这万年寺了。"

如意也拔出剑来，顷刻间，剑如龙吟。她淡淡道："好巧，我也是这么想的！"

第三十二章

飒沓如流星

万年寺内,夕阳如血,如意和邓恢二人持剑对峙着。邓恢道:"动手之前,我还有一个问题。"如意无声地点头,示意他说下去。

"你既然能悄无声息地潜入册令房,为什么不在里面布置机关杀了我,还要依什么卫中旧规提出挑战?"

如意答道:"因为今夜我必会胜你。而你如果想活下去,就得和我做笔交易。"

"什么交易?"

如意道:"我在案上特意留下的那些纸,你看到了吗?"邓恢沉默不语,如意继续道:"邓尊上,你虽然执掌朱衣卫不久,但按照卫中的风水,以后多半也是要死在这任上的。难道,你也想像我和我当年的手下一般,最后落个在史书了无痕迹的下场?"

邓恢眼中一闪,了然道:"你想要什么,不妨明言。"

"我要你像我那样,把这些年朱衣卫为大安立下的所有功绩都整理出来,然后要么刻碑传世,要么逼着那些史官,一笔一笔地全添进史书里去。朱衣卫立卫五十年,败类固然不少,干的也只是脏活,但我们也和百官一样,是在为国效力!我们不应该只是名册里被勾掉的一行字,更不该始终只是百官、百姓眼中只知横行邪媚的爪牙!"

邓恢被深深地震撼了,良久后,道:"好。"

如意道:"你对天发誓,以你父亲的名义,以朱衣卫所有死去卫众的在天之灵发誓。"

邓恢眼眸收缩，起誓道："我邓恢以父之灵，以朱衣卫所有亡故的卫众之灵为誓！"

如意道："好！"

她和身而上，与邓恢激烈地搏斗起来。两剑相交，在空中发出龙鸣。

东湖草舍内，啪的一声轻响，正支头假寐的梧帝从梦中惊醒。

只听外面有殿前卫在训斥，一个沙哑粗犷的声音道："手脚这么慢，连只风筝也射不下来！"另一个清脆的声音道："你们也太紧张了，只是个小孩的玩意儿，上面什么都没有。"

梧帝心头大震，轻手轻脚地奔到窗边窥看，果见殿前卫们正从地上拾起一只虎头风筝，那风筝上的虎头川字纹分明画着四道。梧帝又忙走到屏风后，用颤抖的手，从自己的贴身小衣中摸出一只分格的小木盒，上面由上至下，写着一至六的数字。

梧帝忽地想起，在永安塔上的时候，那个伪装成书籍的锦盒，里面的一张纸上画着个老虎风筝，旁边还写了一行字。那分明就是宁远舟的字迹："按数字在窗上涂上脂膏，六道堂就能和你取得联络。"

此刻，梧帝连忙打开了第四个格子，用手蘸取着上面的膏状物。可就在这时，屏风突然被拉开，一个殿前卫厉声道："你在干什么？"

梧帝险些拿不稳盒子，急中生智道："脂膏。你们安国也太干燥了，明明临着湖，朕的手还是粗糙了。"

殿前卫抢过盒子检查，又闻又看，此番半天无果，便信手将它扔进了窗外的水缸里："以后这些东西，不经我们允许，不许用！"

梧帝又惊又怒，然而除了紧紧握住桌角忍气之外，别无他法。

东湖的夜幕渐渐拉开，不知不觉中，月色已白，草舍庭院里看守的殿前卫们正排队盛着饭食。

而此时草舍内的梧帝又轻手轻脚地走到窗前，趁着外面无人，抽出花瓶中的花枝，小心地伸到窗外，欲借此捞回漂浮在水缸里的盒子，但尝试了几次都未能成功。间或有殿前卫走过，他慌忙躲避，最后只能绝望放弃地缩在窗边。

过了一会儿,梧帝起身,踉跄地从窗边往回走,不知不觉间无力地扶了一下桌角,不料却摸到了一堆软软的物体。他下意识地一甩手,发现被他甩到地上的,赫然是几只小虫,而且桌角也分明有虫子在蠕动着。梧帝恶心欲吐,此时,一只鸟却飞了进来,啄食着被甩在地上的虫子。他正想赶走鸟儿,却突然发现了鸟脚上好像有些什么。

梧帝忽地想起,方才盒子被那殿前卫抢走扔掉时,那根蘸了脂膏的手指正好抓了桌角。梧帝一瞬间暴起,抓住了鸟儿,躲进屏风后,用颤抖的手解开了鸟儿脚上的脚环。

只见脚环里果然有一张空白纸条,梧帝慌忙将它放在烛火上烘烤,不一会儿,字迹显现了出来,梧帝读着,手情不自禁地抓紧了自己胸前的衣襟。良久,他将纸条烧毁,想了想,又匆匆画了几笔小儿戏耍的图,重新系在了鸟儿的脚环上。

鸟儿翩然飞走,梧帝顿时身体瘫软,坐了下来。

东湖的岸边,丛林掩映,黑暗中,一处屋内的众人隐约可听到湖水拍岸之声。忽然,有一只鸟儿由远处飞来,落在了窗下。只见一人小心翼翼地解下了鸟儿脚上的脚环。

宁远舟接过元禄递来的纸页,看后道:"圣上那边没问题了。"

于十三接过后笑了:"呵,他倒是谨慎,没写字,画了个小儿戏知了。"

钱昭询问:"何时动手?"

宁远舟道:"戌时。再重复一次,于十三,红香楼;钱昭,湖边;孙朗,弓弩、飞索。都清楚了吗?"

众人应道:"清楚了。"

于十三还有点担心道:"弓弩、飞索那块,要不我还是和孙朗换换吧。毕竟飞索是我安排的……"

孙朗道:"别换啦,虽然我的箭术比你差一截,但臂力比你强。再说红香楼那块,还是你熟。"他见于十三仍有些犹豫,便道,"信我一回,成不成?"于十三点了点头。

第三十二章

宁远舟最终道："那就还是按原计划，大家各自分散行动！"

众人齐声道："是！"而后，纷纷四散开来。

此时，房内只余下宁远舟、元禄二人。窗外一月如钩，宁远舟的眼神转向桌上陈列着的如意，久久凝视。

元禄顺着宁远舟的视线望去，似明白了他的所想，便道："人有所欲所念，方有所惧所忧。如意姐武功那么好，一定不会有事的。"

宁远舟道："我不是在担心如意。"

元禄颇有些意外。宁远舟继续道："这些天，如意一直在思考两个问题：她到底是谁？来世间走一遭，又到底是为了什么？其实这两件事，我也在想。"

元禄不理解道："她就是如意姐，你是宁头儿啊，这还用得着想吗？"

宁远舟看向窗外，怅然道："我说的不是这个，而是……算了，总之，如意的想法和行动，总是让我意外。自相识以来，她的目标从逃开六道堂的追捕，到复仇，到和我有个孩子，到教授殿下，到查清昭节皇后之死的真相，到报复安帝，再到解救朱衣卫，每一个都在变，而每一步也都在走高。而我呢，似乎始终都只在做'救出圣上'这一件事，而且到现在都没有成功。"

元禄担心道："宁头儿，大战之前，你可不能突然说丧气话啊。"

宁远舟笑了："不是丧气话，我只是终于也明白了一些东西。这些年，我太受六道堂宁远舟这个身份拘束，以至于有些故步自封。"

元禄疑惑道："比如？"

"比如，我总想救出圣上后，将他送回梧都就算完事。至于他回去之后如何兄弟相争，如何帝位更迭，都与我无关。"说完，他停顿了很久，道，"但现在我终于知道，这样做远远不够。一旦圣上回国，梧国必定再起内乱。元禄，待会儿我们救出他之后，我想立刻请他写传位诏，将大位交与远胜于他的丹阳王！"

元禄煞是震惊。

宁远舟继续道："我不能把麻烦再丢回梧都，让百官再一次陷入无止境的廷议，让百姓再一次为争夺皇位的内乱而担心！如意都能为了最终帮助朱衣卫而不惜此刻对上整个朱衣卫，那我为什么要在意自己的羽毛，而不把麻烦直接终结在手中呢？"他的眼神变得坚毅，他拔出手中之剑，寒光映亮了他的星眸，"不惜负上恶名，也要为大梧真正结束一场灾难，这，就是我来这人间一遭的意义！"

元禄望向此刻的他，肃然起敬。

而万年寺庭院里，如意与邓恢激斗正酣，二人身上都已负了伤。

只见如意连番猛攻，但后续几剑，却威力渐失——她用的乃是一把普通剑。

邓恢挥剑击挡，将如意震飞到一边："任左使大意了，就算你是最好的刺客，但你毕竟还是女子，体力难以持久。"邓恢接连攻击，而如意却步步后退。

"再而衰。"说着，他挥剑将如意逼退。

"三而竭。"他又一剑将她再逼退一步，最终到了一处死角。

"你一旦开始跟我缠斗，就必输无疑！"

如意被他的剑凌空压在下面，只能奋力相抗。眼看那剑离她越来越近，她突然嫣然一笑："是吗？"

月光之下，那笑容魅惑无比，邓恢一时心中大震。如意便趁着他这一刻的失神，脱离控制，如疾风暴雨般一阵强攻，最终将剑横上了他的脖子。

如意笑问："现在是谁输了呢？"

邓恢和如意距离极近地对视着，如意的唇边沾着飞溅的血，犹如点点桃花。良久，邓恢道："我。"

如意的嘴角刚现出一丝笑意，突然间，数支羽箭擦着邓恢的脸凌空直向她而来，她下意识地躲避。可就在这一瞬间，邓恢跃身而出，脱离了她的控制，被朱衣卫数人以盾牌护住。

与此同时，万年寺屋顶上无数的朱衣卫暴起，执弓瞄准了她。接着，有数十位朱衣卫从各处奔出，执剑围住了她。

第三十二章

如意的脸色骤变,她未料到,眼前之人将"卫中旧规第一"置之不顾。

邓恢道:"我才是如今朱衣卫的指挥使,我的话,就是朱衣卫的规矩。那些单打独斗的旧规,恕我不会遵守。"

如意回首看向众朱衣卫,辨认道:"卢庚、徐寅、柳丙,你们还认得我吗?邓恢视朱衣卫旧规如无物,你们也是?朱衣卫朱衣胜血、一诺天下的骄傲都到哪儿去了?"

几位男女朱衣卫侧开脸,不敢回答。

如意冷笑道:"很好。"她执剑和身而上,一人独与诸朱衣卫决战。

最初,还有数位朱衣卫围攻她,但当他们发现如意只是挑飞他们的剑或刺伤他们,将他们制住后便不再下手,接着便转向另一个朱衣卫进攻时,他们渐渐住了手,默契地让如意每次只与一人对战。

如意在密如林木的朱衣卫人群中杀出一条血路,一点点地接近万年寺的寺门。所有的朱衣卫都震撼而无言地看着这一幕,就连邓恢也没有阻止。他们看着如意一点点力竭,身上的衣衫也几乎被血浸透,却始终没有放弃。

夜幕中,微弱的虫鸣声此起彼伏。东湖岸边的红香楼内,乐舞阵阵,众人簇拥着一位美貌的女子,喧闹地哄笑着:"恭贺张娘子芳辰!"

稍后,有人点燃了烟花,烟花冲天而上,在天空绽出美丽的花朵,引得众人欢笑鼓掌。

欢笑声直传到了湖心岛上,望楼上的殿前卫,隐约听到了对岸的欢歌笑语。其中一个年轻的殿前卫情不自禁地抬头看向烟火,却听得另一人咳嗽一声,他方才继续看向湖面巡视。

夜色中的湖水毫无波动。

而此刻,湖岸上巡视的殿前卫们也看着漫天的烟花。待他们消失后,只见穿着夜行衣的宁远舟等人悄然出现,没入湖边的林草中。

红香楼上空最后一支烟花散尽,此时,于十三扮成英俊书生,来到那美貌的女子前,开口道:"烟花也太寻常了,张娘子请看。"

他一挥手，有人移开美貌女子眼前的屏风，数百盏孔明灯迎风升空，飘飘荡荡，上面都写着"张"字。众人为这奇景惊叹不已，纷纷奔向临湖的阁子，探身出栏杆看着满天飞舞的孔明灯。

孔明灯升空后，向四周慢慢飘去，也有一盏飘到了万年寺上空，照亮了寺院。院中，如意仍在与众朱衣卫血战，她的剑因为多次的砍杀，已经卷了刃。只见她击飞一人的剑，将他踢开，回首道："谁借我剑？！"

众人沉默。良久，突然有一人道："我。"

众人看向卢庚，面露震惊。卢庚走出人群，将剑递给如意，如意接住，冷冷道："多谢。"

说完，如意继续回身与众人一一搏斗。不与她交战的朱衣卫纷纷退开，在地上留下了自己的剑。

如意折了剑，又或是卷了剑刃，就从地上捡起一把接着打，就这样，她的动作越来越慢、她的伤越来越多，人却一点点接近了寺门。

最后在寺门阶梯上迎战她的，是一位仍是少女的朱衣卫，她惊惶应战，毫无章法。如意与她对战，神思却飘得很远。

她回想起，旧时仍是白雀的自己，在擂台上与人对战的情景，她一剑刺中了对方的琵琶骨。

突然，眼前那把剑却刺在了如意的肩上。如意看了一眼自己肩上的剑，迈出寺门一步，方才回身扫视众人道："你们输了。"语毕，她在万年寺门外砰然倒下。

邓恢走了过来，看着地上浑身鲜血的如意，扣住她的脉门亲手查了一回，方道："上龙牙镣，治伤，我要马上带她进宫。"

除了万年寺上空的那盏灯外，自红香楼升起的孔明灯，有数十盏也向湖心岛草舍飘来。望楼上那年轻的殿前卫越发情不自禁地抬头看着那些灯火。

梧帝也紧张地走到窗边，发现院中的殿前卫都在仰头看着，此刻，

第三十二章

忽听到殿前卫首领警示道："看到异物，还不提防？赶紧全都给我射下来！"

那年轻殿前卫道："大人，那只是对面红香楼放的孔明灯……"

殿前卫首领坚持道："职责所在，不可疏忽！"

众殿前卫只得应道："是！"便纷纷引弓，齐齐射箭。

这射出的箭中，有一支射中了一盏孔明灯，那孔明灯应声坠落。但当另一支箭射中另一盏孔明灯时，似乎射破了什么东西，那孔明灯猛然爆开，一阵红色的烟雾洒了下来。

殿前卫首领惊觉道："停箭！"但为时已晚，那许多射出的箭，仍然穿过了孔明灯，爆开了一阵阵的烟雾。

他忙喊道："捂住鼻子！"但被烟雾呛住的殿前卫已经陆续倒在了地上。他命令道："敲警钟！"但警钟刚刚响起，就被对岸传来的鞭炮声所掩盖。只见越来越多的殿前卫倒了下去。

殿前卫首领捂着口鼻，强撑着奔向一张方桌，桌上放着一个木盒，上写"鸣镝"。可就在离方桌四五步远时，他也摔倒在地。

东湖岸边，鞭炮声还在继续，巡查的殿前卫又一次经过六道堂众人藏身之处，不时还持灯靠近水边，查看水面的情况，但终究一无所获。

待他们离开后，钱昭等人各自卸下身上的包袱，尽数取出包袱里的元件。元禄动作灵巧，很快在大家的协助下将它们组装成一张大弩。孙朗执起弓弩，试了试弓弦，然后看向众人，示意弓弩可以使用。

此刻，湖心岛草舍院子里，殿前卫首领奋力爬向放着鸣镝的桌子，就在他刚要碰到桌子的一刹那，却突然被猛击倒地。只见梧帝系着浸湿了水的面巾站在他背后，双手正抱着一块石头。

梧帝见对方已倒地，立刻扔了石头，捡起一把佩剑，仓皇奔出了院子，头也不回地向岛边的码头奔去。不一会儿，他来到了码头处，焦急地看着幽黑的湖面，彷徨徘徊，心焦如焚地等待着。

一发绿色的烟火从红香楼冲天而起，宁远舟数着："一、二、三，射！"随着这一声"射"，红香楼的烟火爆烈地响起，吸引了所有巡查的殿前卫的注意。

趁此时，孙朗一箭射出，弓箭带着两条黑色的绳索，直射入对岸湖心岛上的树中。钱昭飞身而起，将手中这端的滑索锚扎到了树干的最高处。

宁远舟对孙朗道："行了，剩下的交给我们。你赶紧回四夷馆，按计划撤离殿下他们。"孙朗抱了抱拳，转身离去。宁远舟对钱昭一点头，和六道堂众人依次滑向对岸。

此时，于十三气喘吁吁地从红香楼赶来，最后一个上了滑索，并对钱昭道："待会儿千万记得看信号，把滑索锚往下调，我们才能滑回来！"钱昭点头示意知晓。

黑暗中，于十三也悄然滑向对岸。而钱昭在岸边执剑警惕着。

湖心岛的码头处，梧帝的袖子已经撕掉了一截，他正将一截布料塞入怀中。这时，他突然看到宁远舟等人顺着滑索滑来，喜不自胜，拼命冲他们挥着袖子。

望楼上被孔明灯的烟雾迷倒的殿前卫中，有两人此时却开始渐渐恢复了知觉。慢慢地，一个女殿前卫挣扎起身，从望楼跃下。

梧帝听到声响，看到了来人，一咬牙，执剑直奔过去与她交起手来。女殿前卫虽然因迷药而身体无力，但仍勉强能与梧帝匹敌。

在二人相持时，另一个苏醒的殿前卫跌跌撞撞下了望楼，用水泼醒了好几个殿前卫。一时间，他们有的起身后去拿鸣镝，有的赶去女殿前卫身边协助攻击梧帝，但因体内还有余毒，行动都显得缓慢。

眼前，梧帝已被三四个殿前卫围攻，险象环生，他们虽站立不稳但仍有武力在身，一剑甚至从梧帝的左袖中穿过。

就在有人刺向梧帝咽喉的最紧要关头，一人飞身而至，将梧帝一拉一甩，扔到了远处，和身而上与一众殿前卫打斗起来。梧帝惊魂未定，半响方才看清来人，惊喜道："宁远舟！"

梧帝这才意识到，被甩开的自己落在了一个人的怀抱之中，像极了英雄救美的场面。他一转头，只见于十三笑着开口道："圣上万安。"

梧帝慌忙跳开来，于十三转身与六道堂众人加入了战斗中。

宁远舟一人当先，手中银剑挥舞，一路闯入了草舍院中。混战中

第三十二章

有一个殿前卫踉跄着伸手靠近了鸣镝,只见一剑飞来,将他的手掌钉在了方桌上。这时又有好几个殿前卫扑上来,都被宁远舟斗得倒了下去。接着,他在与一个殿前卫对掌之时,内力突然消失,挨了对方重重一掌。于十三发现了端倪及时赶到,刺倒了那个殿前卫。

于十三低声道:"发作了?"

宁远舟咬牙道:"就算没了内力,我还有剑。"

又是一阵厮杀后,六道堂众人也干净利落地结束了此番战斗。

宁远舟收剑回鞘,谨慎道:"各处清查一遍,不要有漏网之鱼!"六道堂众人领命,四散开在草舍里翻找,一时间,竟无人理会那站在院中的梧帝。

战败的殿前卫们被塞住嘴巴,捆绑起来,扔在了一间房舍里。宁远舟搜查完梧帝所在的草舍,走出院子,六道堂众人纷纷向他汇报情况。

元禄道:"干净了。"

于十三也道:"六个时辰之内绝对醒不过来。"

宁远舟这才走向梧帝,与其对视着。此时,一盏之前未被射落的孔明灯缓缓落下,照得二人的面孔忽明忽暗。宁远舟本就高于梧帝,此时二人相对,一时之间,梧帝只觉宁远舟的身影带着无限威压而来。

良久,宁远舟才拜了下去,郑重道:"臣,原六道堂地狱道宁远舟。"

于十三道:"阿修罗道于十三。"

元禄道:"饿鬼道元禄。"

丁辉道:"地狱道丁辉。"

宁远舟又道:"并人道、畜生道、天道柴明等十九人,生魂死灵,参见圣上!"

六道堂众人齐齐呼喊道:"圣上万岁万万岁。"

梧帝艰难地开口道:"平身。"他低头望着众人,"你们,还有柴明他们,都辛苦了。朕、朕平安离开安都之后,会立刻写下雪冤诏昭告天下!"

宁远舟起身道:"谢圣上,请移步。"

众人护送着梧帝来到了东湖草舍的岸边,元禄灵活地跳上了一棵大树，手一摇，点燃三根短烛。他将短烛向左挥了三次，又向右挥了三次。随后，他看到对岸也出现了三个光点，片刻之后，滑索的角度明显向对岸低了下去，接着，对岸又有三个光点，左右连挥了三次。

元禄压低声音道："钱大哥那边好了！"

宁远舟叮嘱道："大家动作快些。湖岸巡逻之人再有半炷香，就会绕到这边来。"

六道堂众人应声："是！"他们鱼贯地沿着滑索滑向对岸。元禄率先着地，接应着依次从吊索跳下的六道堂道众。钱昭仍执剑警惕地观察着周围。

就在湖心岛上展开营救梧帝行动之时，孙朗也按计划来到了四夷馆。孙朗催促披着斗篷的杨盈："殿下，该走了。"

杨盈着急道："杜长史呢，杜长史怎么还没过来？"

孙朗也是一愕，问道："刚才不是还在吗？"杨盈急忙四处寻找，突然，远处传来了一阵打斗声。孙朗一凛，忙带人赶了过去。

此时，一处廊下，杜长史满脸是血，正和一个安国馆吏搏斗着，旁边的地上还躺着一本书。眼见安国馆吏一剑要捅向杜长史，孙朗连忙飞身而至，一招便将那人打晕了过去。杨盈扶起杜长史："杜大人！"

杜长史额上、肩上血流如注，虚弱道："我刚才忘了掉到床下的这卷书……正好就看到这个馆吏翻墙过来，他可能是听到了我们院子的动静……"话未说完，他便晕倒了。

杨盈急道："杜大人，醒醒！"孙朗连忙帮杜长史上药、包扎，但他受伤严重，血还是很快从伤口涌出。

杨盈扬声道："钱大哥，钱大哥！"

孙朗道："老钱在湖边。"

杨盈急了："这怎么办？"

孙朗应道："得马上送他去医馆，不然活不了。"正当两个六道堂道众抬起杜长史时，一个道众匆匆跑进来："快，马车已经在门口了！"

外头负责监视的人好像察觉到了什么，盯着这边道："杜大人怎

第三十二章

么了？"

孙朗道："别问了，赶紧走！"一行人急急向外奔去，但一路上，鲜血不断从杜长史头上涌出，连连滴在地上。杨盈看到了这一切，她的脚步越来越慢，最终，她突然停下了。

孙朗不解道："殿下？"

"我们应该在半个时辰之内赶到城门，在城外和远舟哥哥他们会合，是不是？"

孙朗应道："是。"

杨盈闭了闭眼："那我不走了。"

孙朗惊道："殿下！"

杨盈道："杜长史的伤拖不了半个时辰，而我们只有一辆马车。现在你马上带他去医馆找个大夫，让他在马车里为杜长史治伤。"

孙朗急道："不行，要不索性把杜长史留在这里，我们先撤？"

杨盈摇了摇头道："绝对不可以，他的伤这么重，留他在这儿就是死。一路以来，杜长史教了我那么多，刚才也是为了保护我才受的伤。一日为师，终身为父。我要是自己跑了丢下他，一辈子都会良心难安！"

孙朗提议道："殿下也可以骑马跟我们一起走！"

杨盈道："不行，太打眼了。外头的安国人看到孤，再看到这些血，一定会起疑的。万一起疑的馆吏不止这一个呢？那人一直不回去，肯定会有人担心的，会影响到远舟哥哥的行动，所以我留下，你们走！别担心我出事，我毕竟是礼王，他们不会对我怎么样的。等你们救了皇兄，再想法子来救我也不迟。"

孙朗道："不行，这绝对……"

杨盈呵斥道："孙朗！孤的命令，你竟敢当面违抗！"

孙朗连忙跪下，急道："宁大人要我务必安全把您送到城外……"

杨盈道："你忘了，这个使团的任务，是救回皇兄，而孤，是这个使团的首领！孙朗，现在孤命令你，即刻出发，不得多言！"

孙朗颤抖着，虎目含泪。杨盈替他抹去眼泪，道："孙大哥，以前一直都是你们保护我，现在，轮到我为你们做点什么了。快走！"

孙朗和其余六道堂道众向杨盈重重地磕头："谨遵殿下令谕！殿下，保重！"众人一抹眼角，抬着杜长史匆匆而出。

夜色笼盖着四夷馆，黑色的天幕上，弯月如钩。

在四夷馆院外，月光无法照见之处，安国的五六个暗哨正在角落盯着梢，他们的钢刀已经拔出了一半。

这时，四夷馆大门打开了，一群人急急而出，抬着杜长史上了马车。在外接应的一位六道堂道众问道："杜大人这是怎么了？这么多血！"

孙朗答道："刚才撞到了头，得赶紧送到医馆去！"

杨盈早已除去了斗篷，立在门口道："别啰唆了！务必把杜大人治好！快！别耽搁了！"

"是！"孙朗一行人匆匆离去。

杨盈担心地遥望着他们离开的方向，半晌才转身进入院内，关上了大门。而后，朱衣卫迅速接近大门，暗哨头领蘸了地上的血，放到鼻前闻了闻。

在更靠近大门的角落里，一个暗哨见状奔了过来，道："卑职看得很清楚，那个姓杜的的确受了伤。"

暗哨头领道："血也是热的。"他看了看门的方向，道，"不用管他们，只要看住了礼王这个正主就行。"

众朱衣卫重新回到了各自盯梢的角落。

适才关上大门的杨盈，并未向院内走去，而是轻轻地贴着门缝。她听到了众朱衣卫的所有对话，也看到了他们离去。她长松了一口气，腿软地走下阶梯，却陡然发现曾经热闹的院子里空空荡荡，只有她一个人。杨盈环顾四周，情不自禁地抱紧了自己。

她走到了院子正中，缓缓跪下，双手合十道："九天神佛在上，求您保佑远舟哥哥和如意姐平安出城；保佑钱大哥、十三哥、孙朗他们，还有元禄毫发无伤；保佑我皇兄……信女杨盈，愿折寿十年……"

突然，她睁开眼睛，眼神异常坚忍，接着道，"不，本王杨盈，诚发此愿！"她重重地磕下头去，再起身时，已是脚步坚定、目光坚毅。

此刻的如意正被几个朱衣卫抬着，来到了安国宫门处。守卫森严的宫门外，禁军震惊地看着担架上的如意，她浑身是血，藏在乱发下的脸格外苍白，眼睛半闭不闭，尚有一丝呼吸。

披着斗篷的邓恢道："我有要事，需星夜押解钦犯入宫面圣！"守门禁军犹豫了一瞬，继而让开，邓恢带着如意等人疾步进入宫门外门。

一行人通过曾关过杨盈的幽暗门洞，走向了宫门内门。邓恢又向看守内门的内监禀报，内监们最初不敢答应，惹得他大发怒火，而后才不得不放行。

夜幕中的弯月发出柔和的光，洒在湖心的岛上，隐约可见岛的岸边，一行人沿着滑索向对岸滑去，此时，六道堂的人滑走了一大半。

宁远舟转身看向梧帝，示意轮到他了，梧帝面露紧张之色。于十三一挑眉毛，上前道："没事，有臣带着您。前面臣替您护着，后面老宁替您看着！"于十三一把拉起梧帝，从背后环抱着他，后背向着对岸，以防可能出现的危险，两人一起上了滑索。

于十三戏谑道："害怕呢，就闭上眼睛；不害怕呢，就跟臣一路欣赏一下湖光山色。"说着，他带着梧帝向对岸滑去，而后宁远舟也上了滑索，警惕地盯着湖心岛的方向滑离。

空中，梧帝神情紧张，紧闭双目忍受着。

就在他们到达湖中心时，岸边巡查的殿前卫加快步伐半跑了过来，领头的殿前卫道："走快点，巡完这一圈，我们也去红香楼看看热闹——"六道堂众人察觉到殿前卫过来，便迅速躲藏起来，不料最后一人动作稍慢，他的身影被巡查的殿前卫错眼发现了。

只听一殿前卫喊道："是谁？！"

接着，他们冲了过来，六道堂众人只得立刻应战。双方激烈交战中，领头的殿前卫忽然发觉不对，格开一人，奔向湖边，将手中的火把奋力向湖心扔去。火把在空中翻飞，照亮了湖中间飞索上的于十三和梧帝。

领头的殿前卫惊道："他们逃了！"众殿前卫随即吹响了警哨。他们一边同六道堂众人缠斗，一边纷纷拿出机弩，向湖中射去。

此时，钱昭带着人冲了上来，迅速挥剑相挡，但仍然有不少箭射向了湖中间。

湖中间，于十三和梧帝拉着滑索，身体悬在空中。于十三虽尽力用身体护住梧帝，并拔剑格挡，但仍然避无可避。眼前一箭飞来，他在空中奋力腾挪相避，却仍然右肩中了一箭，咬牙道："抓稳了，千万别掉下去！"

飞箭向他们密集而来，紧要关头，宁远舟单手吊索，从他身后的另一条悬索上快速追来！他运剑如风，将于十三、梧帝二人面前的飞箭全数挡掉，开口道："带他下水！"

于十三应道："好！"说完，他一把拉过梧帝，二人顿时坠入了湖水中。梧帝这时也清醒过来，奋力和于十三一起游向湖边。

宁远舟悬在飞索上，和他们保持着同样的速度，继续格挡着箭雨。

快到岸边时，宁远舟抢先几步跃到岸上，迎战殿前卫，但此时，赶来增援的殿前卫越来越多。六道堂诸人忙于应战，竟没有人能分身来接应于十三和梧帝。

宁远舟与人对战着，但内力时有时无，险象环生。元禄惊道："宁头儿！"宁远舟用力一咬舌尖，喷出一口血来，接着又飞速连攻几招："我没事！"

于十三先游到了湖边，强忍着肩伤，费力地爬了上来，一边捂住肩头的伤，一边伸手去拉随后游到的梧帝。

梧帝借着他的手发力起身，就在这一瞬间，一个殿前卫从岸上直跃而出，挥刀向于十三背后直劈过来，而于十三面朝湖面，根本没有察觉。

电光石火之间，正在起身的梧帝想也没想，便和身迎了上去。他撞开了于十三，自己挨下了那一刀。

于十三回过神来，反手和殿前卫交战起来，终于将其斩于剑下。

第三十二章

129

他急忙蹚水过来，扶起半泡在水中的梧帝，焦急道："圣上！"

梧帝脸色苍白，血湿半身，早已没了反应。

安国皇宫寝殿内，昏迷的如意躺在担架上，被放置在了寝殿的地上。片刻后，穿着睡衣，仅随意披了件外衣的安帝疾步而来。

邓恢和担架边披着斗篷的朱衣卫跪下道："圣上万安。"

安帝有些急切道："抓到任辛了？"

邓恢回禀："臣幸不辱命。"

安帝松了一口气，对内侍道："都出去，不得朕旨意，不许进殿！"安帝走到地上的担架边，皱起了眉，俯身查看。他探身去摸如意的鼻息，问道："怎么已经死了？"

话音刚落，担架边维持着行礼姿势的朱衣卫暴起，制住了安帝，并一脚踢起担架，从担架下摘下一把剑，横在了安帝的颈上。室内的内侍和邓恢等人都惊住了，一时寂静无声。

良久，安帝难掩惊惶的声音响起："你是谁？"

"朱衣卫"一抹脸，撕下一张人皮面具，露出的竟赫然是昭节皇后的脸！

此刻，昭节皇后的面容与安帝记忆中的昭节皇后叠加在一起。安帝忆起，昭节皇后在火焰飞舞的邀月楼头与他远远相望，眼神中有不舍、有凄凉、有决绝，火焰吞没了昭节皇后的脸。安帝惊道："皇后！"

"昭节皇后"道："你想起来了？你还记得娘娘是怎么死的吗？"

安帝听出了声音不对："你不是皇后！"

"昭节皇后"诡秘地一笑，再次撕下一张人皮面具，这一次露出的是如意的脸："我不是。圣上，是我，任辛。"

安帝的眸子剧烈收缩，他看向邓恢，怒道："你们胆大包天，竟敢勾结谋害朕！"

早已执剑想要攻击如意的邓恢一凛："圣上，臣绝无二心——"

如意道："他那么蠢，不配和我合谋。"她挟持着安帝一步步往殿外走。

"放开圣上！挟持圣上是死罪！你以为你逃得掉吗?！"

"我既然敢来，就没想能活着出去。"

"你到底是怎么混进来的?！"

如意一笑："邓指挥使，无论是朱衣卫还是这皇宫，我都比你要熟一点。"

时间回到万年寺，如意与众朱衣卫一一对战的最后关卡，迎战如意的是一名少女朱衣卫。而在这一战后，那名少女朱衣卫不知何时离开了朱衣卫，身着便装和一名脸上带有疤痕的女子在树下相拥痛泣，她边哭边叫着"姐姐"。

此前，少女朱衣卫的姐姐为救她来到了金沙楼，突然激动地求道："求大人把我的妹妹救出来！她才十六岁，就也被拉去做了白雀！我想救她，可她还在名册上，逃不掉也离不开！"

金沙楼里，如意和金媚娘从僻静处转了出来，站到了她们的身边，姐姐忙拉着那少女朱衣卫跪下了。而后，她们商量着救少女出朱衣卫的对策。

如意在万年寺最后关卡和少女朱衣卫相斗时，一使眼色，那少女朱衣卫便一剑向她的肩上刺去。旁人并未察觉，剑尖在刺入如意身体前就已折断。如意顺势晕倒了过去，随后被放在担架上抬走了，而抬她的朱衣卫抬起脸——分明是金媚娘假扮的。金媚娘趁人不备，将一根铁丝放在了如意手边。

担架上的如意身上鲜血淋漓，卢庚看不下去，为她盖上了一件披风。而如意趁人不备，在披风下用铁丝解开了镣铐。

当邓恢正在跟守卫宫门内门的内监们争辩时，在墙洞的阴影处，一扇隐秘的小门打开了，一名内监打扮的女子出现——她是金媚娘的亲信，将红尘剑和一只小袋交给了如意。

与此同时，金媚娘则从门内中搬出一具女尸放在了担架上。已经起身的如意迅速从小袋中掏出人皮面具戴上，披上斗篷，将红尘剑粘在担架之下，小袋挂于腰间。

第三十二章

待邓恢交接完毕示意他们跟上时，如意已经俨然成了一位抬着担架的朱衣卫。

正是如此，如意此时才安然出现在了皇宫寝殿内，挟持着安帝一步步向殿外走去。安帝不得不向跟随的邓恢使了一个眼色，往地板和天花板一瞟。邓恢微微点头，突然抢上前拦住如意的去路，问道："停下！你到底有什么要求？"

如意自然地绕开他，随口道："待会儿你就知道了——"

可话音刚落，安帝的脚便重重踩在了地板上的一处，突然地板上陷落出了一个大洞，而安帝瞬间便坠落到了洞中！

始料未及间，如意下意识地稳住身形，刚跃到洞边站稳，却被从天而降的铁笼罩住了。邓恢急忙伸手拉起洞中的安帝："臣护驾不力……"

安帝大声打断他，喊道："侍卫！侍卫！都给朕进来，有刺客！"片刻间，十数名侍卫拥入，团团围住了铁笼。安帝目光阴冷，指着铁笼中困兽般的如意，命令道："给朕杀了她！"

众侍卫听令扑向了铁笼，如意却冷冷一笑，回道："做梦！"只见她一个旋身，手中的剑锋锐不可当，竟瞬间将铁笼砍断！而那剑上隐约可见"红尘"二字。

侍卫们大惊失色，急忙冲向前，如意突然撒出一把银针，将他们全数击倒在地。邓恢抱着安帝在地上滚动躲避，随后一个鲤鱼打挺，和如意再次打斗起来。

如意道："邓恢，这一次，才是我们真正的决战！"

二人便如狂风暴雨一般疾斗起来，而安帝爬起后奔向了陈列着宝刀的几案。

如意继续持剑猛攻，邓恢最终不敌，身中一剑倒在了地上。与此同时，如意似察觉到身后的危险，头也不回，左手两只铁指甲伸出，紧紧夹住了身后的安帝刺来的宝刀刀尖，右手又挥剑重重一劈。一瞬间，安帝手中的宝刀断为两截。他不可置信地瞪大了眼睛，随即被一剑横在了颈上。

如意道："这把剑是我情郎送我的定情信物，至今还未尝过人命，李隼，你要不要做第一个？"

安帝问道："你到底想要做什么？杀了朕，为皇后报仇？还是想要金银赏赐？"

如意答道："我想要，敲响景阳钟。"

片刻后，宫城城楼上的景阳钟声响起，划破了夜空的寂静。宫女内侍们纷纷从床上爬起，呢喃着："景阳钟，召集百官的景阳钟！出什么事了？"

钟声回荡天际，臣子们纷纷披衣离开寝卧，百姓们也从屋内探出头来，一脸惊疑。

长须的安国王相急急上了车，道："快，快，出大事了！"

顷刻间，数十位安国大臣或骑马或乘车，急急奔向宫城。而百姓也纷纷拥向了宫城。

钟声回荡，夜色中的街道变得嘈杂起来，而这时，却有一辆马车向着与大臣们相反的方向渐行渐远。

马车中载着宁远舟、于十三、钱昭和昏迷的梧帝。钱昭正用银针为梧帝诊治着，只见他紧锁双眉，而宁远舟等人警惕地盯着窗外。

守在四夷馆外的暗哨也听到了景阳钟响。正在他们惊疑不定时，两声不同的鸣镝突然先后破空响起。

暗哨首领脸色大变，惊道："进四夷馆！"他们合力开始撞门。

景阳钟声隐约传到了城外的军营，营内顿时乱作一团。

李同光披衣而出，望着皇宫的方向道："景阳钟响，朝中必有大事，立刻整备回城！"

众人应道："是！"

李同光自己走到马边，朱殷上前，低声道："侯爷，路上那些假的褚国人陷阱都安排好了。宁远舟亲自看过的，保证和褚国不良人的东西一模一样。"

李同光点头道："一会儿务必演得真点，今晚咱们特意以练马战

第三十二章

为由避出城来,就是为了不让圣上怀疑迁怒。"旁边的一个随从点头回应。而后李同光翻身上马,一脸忧国忧民道:"出发!"

景阳钟声也传到了朱衣卫总堂,此刻堂内也是一团纷乱,只见一个卫众匆忙奔向孔阳,道:"大人,两声鸣镝先后响起,宫里和东湖都出事了!"

孔阳脸色铁青,大声对卫众道:"镇静!东湖是殿前卫负责的事,我们赶紧进宫!"

就在众人因景阳钟响纷纷而动之际,载着梧帝等人的马车悄悄驶入一处宅院的后门,随后守门人警惕地向车后望了望,见无异样便立刻关了门。六道堂众人跃下马车,散开在周边守卫着。

钱昭收了针道:"血还没止住,人快醒了,赶紧找一间干净的房间!"说着,有人急忙引领着众人向房间走去。

元禄低声问道:"还要逼他写诏书吗?刚才毕竟是他救了十三哥。"

宁远舟略有些犹豫,最终道:"必须写,但我会等他醒过来再说。我也想当面跟他说清楚,我做这一切,都是为了大梧。"

元禄点点头道:"那我们现在就按计划,你和如意姐过来,然后大家一起撤出城外——殿下他们到了吗?"

宁远舟扬声喊:"孙朗!"

孙朗立刻赶了过来。宁远舟在院中张望道:"殿下呢?"

听到宁远舟询问,孙朗突然跪了下来。宁远舟心知不妙,忙抬头一看,便看到了廊下立着一位大夫,旁边是头上包扎着的杜长史,那大夫正替杜长史喂着药。

宁远舟见状,尽量镇定地问道:"出什么事了?"

四夷馆院外的暗哨听到鸣镝后,终于齐心合力冲开了院门,但是院内却空无一人。暗哨的首领大吃一惊,命令道:"搜!礼王还在里面,我们守得像铁桶一样,他又没有长翅膀,飞不出去的!"众暗哨听到首领的命令后,纷纷冲入房舍中。

此时，就在房舍对面的阁楼上，杨盈远远地看着这一切。她深吸一口气，将一根线香绑在了弹弓上，然后用力射出。点燃的线香落到屋顶上，而屋顶此前已被她浇过油，这时立刻燃起了大火。正在搜查的暗哨顿时惊慌失措。

杨盈随后奔到了阁楼临街的一面，拿出事先准备好的锣，猛烈敲击起来，边敲边喊："走水了！走水了！孤乃梧国礼王！快来救孤！"

百姓们听到锣声，纷纷拥到街上观望。他们看到四夷馆阁楼上有人不断地敲锣，却无人敢靠近。

一灰发老翁道："大半夜，又是钟又是锣的，到底怎么回事？！"

话音未落，杨盈大声喊道："有人夜半放火，想杀了孤！救孤的人，个个重赏！"说罢，她从怀中取出了一把金瓜子，向围观的百姓们撒了出去。

有人拾起后仔细验看了一下："是金的！金的！"

众人听闻此言，一窝蜂似的拥入了四夷馆大门。

钟声中，百官的车马纷纷停在宫门外，他们急匆匆下了车向皇宫赶去，其中，王相也随着人流急急奔走。突然间，前面的人停下，王相便撞上了前人的后背。他正欲发怒，却见前面的官员们纷纷停住了步伐，齐齐抬头向宫城上方仰望着。

王相疑惑地也跟着仰头看去，一瞬间，他的眸子骤然放大——宫城上，疾风猎猎，只见如意和安帝正站在墙垛上，她泛着寒光的剑正按在安帝的脖颈上。在四周火把的映衬下，如意纷飞的长发和安帝惨白的脸色分外鲜明。

宫城下，邓恢也执着剑，与上方的如意呈对峙之势，问道："任辛，你到底想要做什么？"

如意看了他一眼，将手一挥，一发暗器顺势发出，击断了城楼上悬挂着景阳钟的绳结，而后景阳钟重重地落在了地上，发出一声巨响。

霎时间，这声巨响盖过了宫城下百官、侍卫激动纷扰的声音，他们也情不自禁地抬手捂住了耳朵。这响声停息之后，便是一片寂静。

第三十二章

此时，如意朗声道："列位臣工，我乃朱衣卫前任左使，任辛！史官何在？"她清冽的声音响彻夜空。

孔阳率领朱衣卫卫众此时正好从总堂奔至了城墙下，他们都情不自禁地抬头仰望着任辛。

王相上前道："我乃丞相王东来，如今总裁国史院！任辛，你可知道挟持圣上，乃是七逆之大罪？！"

如意哈哈大笑起来："李隼当年就曾诬陷我谋害先皇后，那也是七逆之大罪。五年前我都不怕，难道现在我会怕吗？！"

宫城下的百官顿时哗然，面面相觑。

王相呵斥道："大胆，不可擅称圣上尊名！"

安帝此刻低声对如意道："此处已是绝地，你插翅难飞，如果你及时悔改，悬崖勒马——"他的话还未说完，如意却突然用力，剑刃竟勒上了他的脖子，鲜血直流了下来。

邓恢急道："任辛住手！你想干什么？！"

如意回首道："我是朱衣卫最好的刺客，你们觉得我会干什么？"

此话一出，宫城下的百官霎时间陷入了死一般的寂静。最终，还是王相鼓起勇气道："任辛，你若有所求，不妨直言！"

如意道："李隼，我要你当着群臣、当着史官，大声说出来，五年前，刺杀昭节皇后的真凶，到底是不是我？！"

第三十三章

意气素霓生

安帝听到如意的话，不由得浑身一震。然而不待他迟疑，如意握剑的手便一紧，安帝本能地仰起头来，便听如意怒吼道："说！当年昭节皇后，到底因何而亡？"

安帝一咬牙，只能说出真相："皇后乃自焚而亡。"

他声音不大，然而底下众人都仰头屏息听着，这话落地有声，众人都听得一清二楚。

宫城下的百官立时大哗，百姓们也纷纷聚集过来，指指点点、交头接耳起来。底下一片嘈乱，如意甩出一枚暗器，击响了景阳钟。只听铮的一声巨响如水波荡开，城下众人立时安静下来，纷纷再次抬头看向城垛。

便听如意道："各位是不是以为，圣上是命在人手，才被逼这么说？看好了！"她从腰间小袋里取出几张丝绢和纸张，当风甩开，"这些是内廷起居注和当年太医院仵作的尸格单原本，上面清清楚楚地写着，先皇后乃因火焚窒息而崩！圣上明明清楚先皇后的死因，可为什么当年一定要定下我谋刺先皇后的罪名？"

说完便将丝绢和纸张抛下城去，那丝绢和纸张飞舞着落下。大臣们颤颤巍巍接在手里，传阅过后，各自露出震惊的神色。

王相也道："圣上竟然……"

"别装得那么吃惊，"如意出言打断，目光扫向众人，眼中燃着灼灼的恨意，"当年圣上为了借兵，欲求娶褚国公主，逼娘娘辞退后位，我不信满朝文武没一个人知道！娘娘自焚，也不是因为贪恋后位，而是鄙薄李隼为人，此生不愿与之复见！你们的皇帝，就是逼死她的凶手！"

王相一咬牙，仰头道："宫闱旧事，岂能一时说清？任辛，你即便有冤，那也不能挟持圣躬！须知雷霆雨露，莫非天恩……"

这八个字一出，如意终于再也忍不住了，哈哈大笑起来："雷霆雨露？天大的笑话！我是凡人，动不了雷霆雨露，"她眼中的如火恨意一沉，化作深不见底的幽黑，"但我可以——"

她手上一紧，安帝喉上立时见血，百官都大惊失色，邓恢伸手大叫道："任辛不可！"

城外，急欲赶回安都的羽林卫，一路上接连被"褚国奸细"设置的陷阱绊住。李同光率人同"奸细"对战着，见时机差不多了，便悄悄使了个眼色。那奸细做出失手的样子，终于被李同光"一剑割喉"。

李同光收了剑，向身后的大军高喊："褚国人半途埋伏，意在阻止羽林卫赶回京城。扔下尸体，继续回城！"

大军齐声道："是！"终于能继续前行。

宫城之上，如意握剑的手再次停下，安帝惊恐狼狈地喘息着。

如意目光再次扫向众人，高声道："你们以为我今日此举，只是为我自己鸣不平吗？你们错了！"她一吹口哨，一辆早已停在一边的马车疾驰而来。马车驭座上无人，车中却掷出一口大箱，砸在众臣面前的空地上，升起一阵烟尘。

抛下箱子后，马车径直奔向人群。人群纷纷走避，一片混乱。禁军挤开人群上前控制住车辆检查，却见车中空无一人——扔出箱子的金媚娘一行人，早已趁乱混入人群，悄悄离开了。

如意指着那口大箱子道："李隼不但擅改史书，向天下人隐瞒自己逼死发妻的真相，还把这几十年来朱衣卫为国所行之事，全数从史书中抹杀。此案卷上，记载了历代朱衣卫用鲜血和性命换来的一桩桩功绩，多年来却不为外人所知，一直锁在册令房里不见天日！"

册令房在朱衣卫衙门的密室里，防守严密，难以擅闯。安帝立刻震惊地看向朱衣卫指挥使："邓恢！"

邓恢大急，忙跪下辩解道："臣绝未与任氏勾结！"

"李隼为什么敢在宫门外无故缢杀朱衣卫，却不敢把朱衣卫为国效力的功劳昭告天下？"如意怒吼道，"因为自先帝起，皇帝便只把朱衣卫当作完全不需要尊重的贱奴，所以，即便朱衣卫不顾生死侦破了循王谋逆、折损一百六十人大破剑南军，即便我连杀他国凤翔、定难、保胜三军节度使，为大安除去南平信王、褚国袁太后这样的大敌，也仍然不配在史书上留下一点点痕迹！可就算朱衣卫干的都是脏活，难道我们就不是为大安出生入死、保家卫国的战士了吗？我们就不配被写进史书吗？"

她看向邓恢和邓恢身后的朱衣卫，问道："这些事情，你们之前知道吗？"朱衣卫们虽然还摆着执剑进攻的姿势，却已然心下动摇，都默然摇头。

如意又问："现在知道了，你们甘心吗？"朱衣卫们人人都露出不甘的神色，情不自禁地摇了摇头。

如意朗声道："我也不甘心！列位臣工，他既然能如此对朱衣卫，焉知他日不会如此对你们——"

安帝终于忍无可忍地打断了她，怒道："够了！任辛，你到底想要如何？要杀朕，便动手！古来成大事者，向来不拘小节，朕一代英豪，做了便做了，却不想受你这零碎折磨！"

却听如意道："可我们不是'小节'，我们是活生生的人！"

几字落地有声，四周朱衣卫闻言都是一震。安帝对上她幽深的眸子，心中也不由得一颤，却仍是强撑着不肯低头："你到底想要干什么？"

如意嫣然一笑："你自诩一代雄主，难道猜不到我在拖延时间？"

安帝愕然。就在这时，宫城远处突然传来巨大的爆炸声，继而火光冲天而起，在空中投下一片红翳。邓恢和手下马上反应过来，飞奔到宫城墙头，急切地瞻望查看。

王相也随即反应过来："是朱衣卫官衙！"

第三十三章

朱衣卫衙门里，金媚娘、刀疤脸的朱衣卫和一众手下都蒙着面，正向四处扔着雷火弹和火把。

朱衣卫留守之人不多，此刻都已纷纷赶来，望见金媚娘他们，立刻便有人拔剑高呼："抓住他们！"

金媚娘却扬声道："看清楚了！我们烧的是册令房！"

有些人没反应过来，还要上前，刀疤脸的妹妹连忙上前阻拦，提醒道："册令房里的籍册要是没了，我们白雀就都自由了！门边的箱子里有解药，大家只要吃了，就不会再被控制了！"

此言一出，在场所有女朱衣卫心中都是一震，随即都面露惊喜，不约而同地冲向箱子，争抢着里面的解药。急急服下解药之后，她们都已是泪流满面。

却仍有些男朱衣卫不为所动，攻上前来。刚获得自由的女朱衣卫们见状，立刻拔剑上前阻拦。两边很快便混战成一团。

金媚娘边打边劝道："不光她们不用做白雀，没了籍册，你们也可以自由！火是我们放的，又不关你们的事！"

和她交手的男朱衣卫明显迟疑起来。

这时忽有朱衣卫自门外大喊："大家快去宫城门口看啊，任辛任左使挟持了圣上，在替我们朱衣卫正名！"

金媚娘眼睛一亮，立刻提高了嗓音，向众人道："朱衣卫为朝廷出生入死那么多年，可功劳却一点也没有被记在史书上！任左使看不惯，在帮我们出气呢！"

男朱衣卫们也都情不自禁地停了下来，纷纷向门外跑去。

宫城之上，如意从怀中掏出一沓纸片，向城下一挥，高声道："各位朱衣卫听好了！这是朝廷用来控制白雀的秘药的解药配方！东南西北四城门外，还有事先准备好的药材！如今朱衣卫的册令房已毁，世间已经没有拘束你们的东西，只要你们不想再留在朱衣卫，天下之大，便任你们而行！"

纸片如雪花一般纷纷扬扬落于城下，大臣们和百姓们都看呆了，但四面八方无数的朱衣卫，都争先恐后地拥上前去抢纸片。城楼之下登时一片大乱，就连邓恢身边的朱衣卫也蠢蠢欲动。

邓恢震惊之余，咬牙道："站住！"

眼见朱衣卫这支帝王私兵顷刻间土崩瓦解，安帝也勃然大怒："任辛！"

如意讥讽道："怎么，用得着朱衣卫的时候嫌它脏，我还朱衣卫自由的时候，你又舍不得了？"她弹指又是一发暗器击响景阳钟。宫城下的人在混乱之中再次抬头看来，便听城头之上，如意朗声说道："各位，我今日行事，与任何人无关，全系我一人所为！"

王相以为她要动手，大惊道："任辛住手，不得加害圣上！"

如意冷笑一声，傲然道："放心，我不像他那样狼心狗肺！毕竟杀了他，大安必将大乱，各国如果乘虚而入，百姓又要生灵涂炭，所以，就算看在他是二皇子父亲的面上，我也会留他一条命！"

大臣们这才松了一口气。王相连忙喝道："那你马上放开圣上！"

如意唇角一勾，微笑道："这就放！"话音刚落，她便用力一推安帝，安帝立刻像断了线的风筝一般坠下了城楼。百官惊呼，慌忙上前去接安帝，邓恢也立刻扑上。

但安帝只是坠到半空就生生停住，众人都扑了个空——原来他的脚上不知何时被缠了一根几不可见的细丝，正是这细丝将他半吊在了空中。安帝惊恐狼狈地在半空中挣扎着，如意银铃般的笑声响彻天际。

待邓恢从地上爬起来，回头去看如意时，才发现如意早已趁乱消失不见了。邓恢一咬牙，和手下一起手忙脚乱地一点点拉起安帝。好半天，安帝才狼狈地被拉上城墙。

落地甫一站稳，安帝已一巴掌扇向邓恢，而后一脚将邓恢踢翻在地，骂道："混账！主辱臣死，你刚才干什么去了？！"

邓恢咬得唇上出血，死死跪在地上："臣罪该万死！"

安帝向城墙下看去，目光冰寒阴骛。群臣熟知他的脾性，忙都低下头去，噤若寒蝉。安帝嘶声道："今夜之事乃宵小所为，传旨，起居舍人及诸史官，皆不可记录！"

城下众臣都跪地高呼:"臣等遵旨!"却仍有个青年官员没有跪,他鼓起勇气,高声道:"臣不敢奉诏!今夜在此之人,非但有百官,还有诸多百姓。就算是圣上的钧旨,也难堵天下人悠悠之口啊!"

闻言,又有个异族打扮的人也站了起来,仰头看向安帝:"没错!圣上,先皇后是我们沙东部最尊贵的王女,你把她逼死了,难道不给我们部一个交代吗?臣这就写信回沙东部,禀告王爷去!"

越来越多的人站了起来,大臣们有的在劝架,有的频频摇头,有的一脸痛心。

安帝面色铁青,然而还未及发作,便听底下王相惊呼道:"朱衣卫,刚才那些朱衣卫都到哪儿去了?!"

邓恢猛一回头,却见他身后原本的十几个朱衣卫,现下只剩了寥寥五六人。他只能死死低头,不敢再看安帝一眼。

安帝俯视着城下的人群,眼神中有如浸了毒液,森冷道:"邓恢,马上给朕找到任辛,要不然朕不但会杀了你,还会掘了你邓氏三代祖坟!"

邓恢难以置信地看向他,却随即低下头,终还是领命道:"臣,遵旨。"

安帝又压低了声音,转头吩咐赶上来扶他的内侍:"叫老大去盯着杨行远那边,叫老二看好下头的大臣,今晚在这儿出现的所有人等,都必须记录在案!"

说完他便自行跃下城垛,摘下了城楼上挂着的牛角号,三声长两声短地吹响。没过多久,远处也传来了三声长两声短的牛角号声。

安帝回过头,却见内侍仍是跪在地上,不由得暴怒道:"你聋了,为什么不动?"

"奴才有罪,"内侍用力磕头,声音却低下去,"可是大殿下他已经……"

安帝一愣,随即如遇雷击,后退几步,靠在了城墙上。他脖颈带血,发髻凌乱,目光空洞,仿佛在一瞬间老了几岁,颓然道:"老大已经没了,老二也已经被我流放了……"

四下寂然，只有号角声低低地回响在暗夜长天之下。

号角声中，火光映红了天空。一名打扮妖娆却满脸是泪的白雀奔跑在安都的街道上，边跑边脱去外衣扔到一旁，又扯掉头上钗环珠花，散开了满头乌发。泪水洗去脸上铅华，露出尚显稚嫩的脸庞。她越哭便越是止不住泪水。这时又有别的白雀从路口跑了出来，望见她的模样，边跑边含泪带笑地规劝道："别哭啊，以后我们就自由了！你拿到药了没有？"那女子点头。更多的白雀跑了出来，奔走在路上，几个人对视着，眼中都满是泪水，脸上的笑意却越来越浓。

朱衣卫衙门里，也有很多男朱衣卫脱掉了制服和冠幕，扬手抛进火中，有人搬来灯油往各处泼洒。那火越发大了，他们的脸上却都闪着兴奋的光。

大火在远处的街道上投下明明灭灭的光影，如意穿梭奔走在安都的大街小巷里，身影在火光中忽隐忽现。她来到僻静处，迅速脱去身上的旧衣服，见内衫一角已被血水浸透，咬牙胡乱用布把伤口缠紧，便又匆忙换上新衣。换好衣衫之后，她点燃一盏红色的孔明灯，扬手将灯放上了夜空。

这时一身夜行衣的金媚娘也找了过来，小声唤道："尊上！"

如意回过头去，见是她，含泪带笑地和她紧紧拥抱在一起。她们虽都早已逃出朱衣卫，但直到此刻才觉得，心中那道无形的枷锁终于彻底被打碎了。

如意微笑道："以后别叫我尊上，一切都过去了。从现在起，我只是如意，你也只是媚娘。"金媚娘边哭边笑，也点了点头。

如意轻轻推开她，又催促道："别管我了，赶紧避出安都去，等过阵子风平浪静了，我们再聚。"

金媚娘问道："您现在去和宁远舟会合？"

如意点头道："对，我故意搞这么大阵势，就是想帮他们多吸引点兵力。鹭儿会帮他们出城。"两人再度拥抱，相互告别。待金媚娘离去之后，如意抬手一抹，给自己戴上了人皮面具，也悄然潜入了黑夜。

城门之外,"彻夜赶路"的羽林卫终于赶回了安都,李同光带着手下冲入城门,大声喊道:"羽林卫将军李同光在此!有奸细入侵京城,为防内乱,各门防务,即刻由羽林卫接管!"

守城门的禁军愕然,都面面相觑着。这时,忽有个将军挺身而出,驳斥道:"不行,城门防务乃我禁军职责,怎可轻易交出?"

羽林卫哪里肯听他说话,一拥而上,同禁军推搡争执起来。这时,远方的牛角号再一次响起。李同光霍然一惊:"牛角传警?!"他皱起眉头,低声向朱殷耳语道,"情况不对,我怕师父出事,你看着这儿帮他们出城,我得先去宫里!"说罢翻身上马,挥鞭而去。

街角,微服来打探状况的丁辉看到他的身影,急忙奔回去报信。

时已子夜,天地沉黑,六道堂和使团众人几乎都已齐聚在院子里,唯独不见杨盈的身影。孙朗跪在地上,向宁远舟回禀着当时的情形,虎目含泪道:"殿下说得那么坚决,属下不敢有违……"

四面众人都面色低沉,垂目不语。宁远舟也垂眸听着,面色平静,不知在想些什么。

正在一旁放哨的元禄望见空中的红色孔明灯,便提醒宁远舟:"头儿,如意姐那边完事了!"

这时丁辉也奔进了院子里,急急地回禀道:"头儿,城门那儿长庆侯的人已经到位!"

宁远舟立刻拉起孙朗,吩咐众人道:"按计划马上行动,等羽林卫和禁军闹得大了,伺机混出城门。"众人纷纷行动。宁远舟却回头拉过钱昭、于十三,低声说了几句。

钱昭、于十三都大惊失色,忙要规劝,宁远舟却抬手止住他们,道:"我意已决。"

已经换了衣装、戴上人皮面具的如意往城外快步奔走着,路过一处街口,隐约可见不远处火光冲天,有看热闹的人群聚在路口张望。如意本已过了路口,走了两步却忽地发现不对——那火光处,似乎是四夷馆的方向。

她连忙倒退回去，也举目眺望过去。

身旁恰有衙役提着水桶奔跑过去。有路人为他让出路，皱眉道："今晚上怎么了？朱衣卫衙门着火，四夷馆也着火。"又有人摇头叹息："那个礼王好像没逃出来，可惜了，年纪轻轻的……"

如意大震，不顾一切地往四夷馆的方向飞奔而去。

四夷馆的高阁已经彻底被火焰包围，杨盈被熏得满脸灰黑。她想冲下楼去，前路却被倒塌下的火柱砸断了，头顶的天花板也在燃烧，她已无处躲避。她越过被砸断的楼梯，向高阁之下看去，想侥幸寻一线出路，却只望见一片呼呼的大火。

实则高阁之下有许多人拿着水桶在救火，更多的人焦急地向她招手呼喊着。但火势升腾，遮住了眼前的景象，也吞没了所有的声音。底下的人虽能看得清上面，上面的人却看不见底下。

杨盈只觉四面黑烟弥漫，头顶的天花板也燃烧着坠落下来，脚下已无立锥之地。她被呛得咳嗽，大火仿佛顺着呼吸蔓延到肺里，喘息都疼。眼睛也干涩难忍，她便闭眼，屏息爬上了高阁的栏杆。

高阁之下，众人眼见她选了最凶险的路，在一线栏杆上摇摇欲坠，纷纷惊呼出声。

李同光纵马正好路过，远远听到众人惊叫，连忙跃下马抬头望去，只见高阁上一人站在栏杆上，衣袖被火焰的热力激得飘飘欲飞。李同光心中大震，仿佛又回到了那一夜的邀月楼之下。

大火熊熊燃烧，他忍不住飞奔上前，大喊着："师父！"

高阁之上，杨盈身上衣袖几乎要被火焰点燃，四面都已没有去路。她闭上眼睛，喃喃道："如意姐，远舟哥哥，你们一定好好的。"便一咬牙，纵身从楼上跃了下去。

眼见着火场中的人翩然坠下，说时迟，那时快，李同光来不及多想，飞身冲入火场，接住了坠下的杨盈。但杨盈落下之力何等之大，生生将李同光砸倒在地，两人一起在废墟中滚了几圈，终于缓缓停住。

半晌，李同光吐出一口血来，缓缓睁开眼睛，这才看清是杨盈，立时皱眉问道："是你？师父呢？"

杨盈又惊又怕，一把推开李同光，想站起来，却再次跌倒。她被浓烟呛得咳嗽不止，断断续续道："大家都走了，我为了断后，才留下来的。"

李同光看了一眼自己脱臼的左腕，忍痛重新为自己正骨，不耐烦道："谁要听你说这些，我问师父呢？她去哪儿了？"

杨盈一边咳一边道："她不告诉我，我只知道她去宫城了。"

李同光的动作戛然而止，他难以置信地瞪着杨盈："她去了宫城？！她不是应该跟你们在一起吗？！"

杨盈呛咳着说不出话来。这时，一堆人冲入了火场，焦急地询问着："没事吧？还活着吗？"

杨盈立刻拉住李同光，故作愤怒道："我认识你，你是管羽林卫的长庆侯！你们安国人为什么要放火杀我？！为什么？！"

李同光眼中风暴骤起，他推开杨盈，向火场外疾步奔出。但走了几步后，他又折回来，抹去嘴边的血迹，一把拉起杨盈，奔出了火场。

杨盈跌跌撞撞地跟在他身后，惊问道："你拉我去哪儿？！"

"闭嘴！"李同光焦急地望着前路，飞奔不止，"如果不是因为你出事了师父会伤心，我才懒得管你！"

隐约的牛角号声中，如意疾步飞奔着。燃烧的四夷馆就在眼前，她已望见远处在大火中坍塌的高阁。可就在她奔过一处路口时，她突然眼前一花，脚步虚浮一晃，险些跌倒在地。她扶住街边的大树，深吸了一口气，摇摇头想凝起精神。这时另一条路上，一个陌生的男子快步掠过了她，向着路口那侧的四夷馆奔去。

初时如意还在喘息，却忽地察觉到不对，脱口唤道："远舟！"

而几乎就在她出声的同时，那男子也忽地顿住脚步回过头来，一声"如意"脱口而出。

两人同时奔向对方，就在安静无人的街口上紧紧拥抱在一起。他们身后不远处，四夷馆中的大火熊熊燃烧着。

那男子替自己和如意抹下人皮面具，果然是宁远舟。宁远舟松开她，上下查看着，问道："你受伤了？"

如意点头道："邓恢毕竟也是个高手，还好有你给我的'红尘'——你怎么会在这儿？不是说好在城外碰头吗？是皇帝没救出来，还是鹭儿那边出了问题？他的人没有接管城门？"

"皇帝救出来了，但是中间出了意外，"宁远舟望向四夷馆，"阿盈为了替大家断后，主动留在了四夷馆。你也是去救她的？"

如意点头。正在此时，远处一队近百人的异族打扮的安国士兵纵马而来，如意忙将宁远舟拉到僻静处。

等安国士兵们离开后，宁远舟拉着她往四夷馆的方向去，口中说着："走，我们一起去！"如意却站在原地没有动。宁远舟回头看她："如意？"

如意轻轻推开他的手，目光坚定道："你走，我去。"宁远舟愕然。如意便道："一直在响的牛角号，是沙中部求援的信号。皇帝已经不相信朱衣卫和羽林卫，所以调来了他自己的部族亲兵。我原来以为他们不会到得这么快，可刚才过去的，就是沙中军。"

宁远舟震惊地望向远处，只见夜色沉沉，那一队体壮马肥的士兵衣怀里兜着风，正向远方如夜兽般俯伏着的宫城奔去。

如意道："他们既然能往皇宫去，肯定也进了城门。有他们在，鹭儿的羽林卫未必能按原计划顺利接管城防，放你们出去。救阿盈用不着我们两个人，把你们皇帝安全带出安都才是你该做的事。不然那边出了岔子，你又得顾此失彼。"

宁远舟着急欲言："如意！"如意却按住他的唇，仰头看着他，道："你我都明白，这是最好的选择。只要阿盈还活着，我一定能保她平安无事。宁堂主，请你相信一回任左使。"

宁远舟明白，这确实是最理智的选择。但经此一别之后，他和如意不知还能否活着再见。宁远舟眼中如有风暴骤起，突然，他低头狠狠地吻住了如意，两人拥抱深吻着，都有无限不舍，却终是各自分开。宁远舟凝视着如意，道："六里堡，我等你。二十四个时辰，你要不来，我下黄泉找你。"

第三十三章

如意一怔，狠狠地回吻住他，一直将他的唇咬出血来，才终于推开他，道："一言为定！"说完，便头也不回地向四夷馆奔去。

宁远舟看着她的背影，也毅然掉头向城外奔去。

四夷馆的废墟之下，李同光和杨盈却都没能走掉——就在他们要离开时，一队沙中部的士兵带着安帝的口谕赶到了火场，要将杨盈带走。今夜发生了这么多事，李同光哪里会想不到杨盈落入安帝手中的下场，当即便将杨盈护在身后，昂首怒视着这队士兵，凛然道："想要带走礼王，除非我死！"

李同光转身同士兵争执时，如意正从远处匆匆赶来，一眼望见了李同光身后满脸烟灰的杨盈，忙加快了脚步。

那队士兵的首领也怒视着李同光："圣上的口谕你也敢不听？！"

李同光毫不退缩："今晚京城乱成这样，景阳钟响了好几回，殿前卫的鸣镝一直没断。我只信我手里的剑，不信任何人！既然我是梧国使团的引进使，就不能把礼王交给别人，圣上事后若是怪罪，我一力承担便是！"

那首领见他不肯让开，铿的一声拔出了剑，李同光一行人当即也拔剑出来。两边怒目相对着，互不相让。

杨盈躲在李同光身后，见情势不妙，心思一动，突然装出站立不稳的模样，往后倒在了地上。李同光下意识地回身去扶她，四周沙中部的士兵们也都不由得愣了一愣。

杨盈抓着领口，大声吸气道："孤……孤喘不上气来！"见士兵们的视线都被李同光的披风挡住了，她飞快地一眨眼，低声提醒："我装的。"

如意悄然奔至四夷馆外，跃上高处，正好望见李同光扶着倒地的杨盈说话，心下不由得松了一口气。

而下方，李同光也已回过神来，大声喊道："殿下，殿下你坚持住！"他反手一扣杨盈的脉搏，故作惊慌道："不好，烟入肺腑，心脉越来越弱，快叫大夫！"

沙中部的士兵们面面相觑，都不知该如何是好。李同光已回头瞪向这群士兵的首领，怒道："你想带礼王走是吧？好，人死了，你去和圣上交代！"

那首领犹豫着退后了一步，想了想，道："算了，反正这么多人盯着，他也不敢放礼王走！"便回身吩咐下属："马上赶回城门增援，绝不能放走一个梧国人！"

李同光和杨盈同时大惊，躲在高处的如意闻言，眼瞳也不由得一缩。

首领回头看了眼李同光，冷笑一声："哟，慌了？"目光凶狠地留下一句，"等我弄清了你为什么硬要接管四城城门，咱们再慢慢和圣上交代！"便一挥手，带上士兵们齐刷刷地转身上马，奔向城门。奔跑中，又有人吹响牛角号，向远方传递消息。

李同光和杨盈都心焦不已，然而四面耳目众多，他们都是束手无策，只能眼看着这群人上马离去。

突然，一个人影如鬼魅般出现在他们身后，手指拂过他们的后背，两人同时被点了穴道，身体都是一僵。

如意俯身在杨盈耳边轻轻说道："好好跟着鸳儿，他会保护你。"杨盈猛地睁大了眼睛，已从如意的话中意识到了什么，想回头询问，喉间却发不出一丝声音。

如意的红唇已移向李同光的颈边。身后烈火腾烧，不时有梁柱倾倒，火焰一蹿一蹿地照着他们的面容。呼呼的火焰声中，如意的声音清晰地传入他耳中："安顿好她就来找我。我来助你洗清怀疑，直上青云。"

不等李同光反应过来，如意便已飞身而去。只见她踏着屋檐追上了前方沙中部的马队，挥手一剑刺伤了这队士兵的首领。

首领应声坠马落地，如意跃上他的白马，一勒马缰，马高高人立而起。她昂然转向众人，怒喝一声："任辛在此，谁敢与我一战？！"

听者无不愕然，片刻之后才喧哗起来："任辛，她就是任辛！"

如意见所有人的目光都已聚在了她身上，当即一甩缰绳，策马飞奔而去。

受伤的首领从地上爬起来，指着如意的背影，怒吼道："追！全

第三十三章

149

都给我追！"

牛角号被再度吹响，橐橐的马蹄声踏破暗夜，急促地追赶上前。听到牛角号声，四面八方的沙中部士兵都不由得竖起了耳朵，随即纷纷拨转了马头。

夜未央，安都城中兵火缭乱。大街小巷无数兵马自不同的方向、不同的街口，向着同一个方向汇聚、追逐而去。有沙中部的骑兵，也有受命一直在城中搜捕如意的朱衣卫。

而缭乱兵火的中心，如意跨着白马奔逃。她身后稀稀落落的火把，渐渐汇聚成一片奔流的火光。

追逃之中，朱衣卫的六支鸣镝也再一次破空，响彻了天地。

城门处，原本正与李同光手下的羽林卫争执推搡的众人被号角鸣镝所惊，纷纷停手望向天际。突然间，爆炸声从距离城门不远处的民房里响起，惊叫声乍起。

打扮成百姓的孙朗奔走大喊着："走水啦！走水啦！"

百姓们惊恐不已，纷纷逃避。

元禄趁乱嘶喊着："往城外逃，外面没火！"

奔逃的人流掉头涌向城门，禁军们正欲上前阻拦，朱殷使了个眼色，手下的羽林卫立刻抢先挡在了禁军前面，装作要去拦人的模样，却一跤绊倒在地。禁军们骤然被阻住了去路，而对面奔逃的人群已然汹涌而来，霎时便将还未来得及站成人墙的禁军们冲得七零八落，四面眨眼间已是一片混乱。

六道堂众人趁乱混进了人群，和汹涌的人流一道冲向城门。一行人将梧帝和杜长史打扮成女子模样，用幕篱遮住脸，由钱昭和于十三背着，其余众人环绕在四周，强行带了出去。

元禄正紧张地压阵在后，突然身旁一只手臂伸过来，替他拨开了撞上来的行人。元禄一扭头，便见宁远舟不知何时竟已出现在他身旁，惊喜道："头儿，你怎么又回来——"

宁远舟示意他闭嘴，拉着他冲出城门后，一指弹向朱殷的铠甲。朱殷听到盔甲响动，回头正对上宁远舟的目光。朱殷会意，立刻高声叫道:"快关城门!快啊!"羽林卫们连忙去关城门。

城门外早有人前来接应,宁远舟一行人匆匆将梧帝和杜长史推上马车,自己也纷纷上马,向着城外飞奔而去。

安都城中,四面八方汇聚而来的追兵渐次合流,已将如意重重围困起来。如意纵马飞奔着,挥剑杀出一条血路。突然间,斜刺里一支飞箭袭来,正中马腿,如意胯下白马失足倒下。

如意就势滚地,卸去冲击,再起身时,率众追赶她的沙中部将领和邓恢等人,就已驱马赶到了她的身前,将她合困在包围圈中。

如意毫无惧色,手持红尘剑杀上前去,同一众敌人展开血战。红尘剑的锋芒映着火光、血光,舞得如狂风席卷落英,凶猛缭乱,所过之处众人或倒或伤。明明是她以一敌多,竟也丝毫不落下风。然而她似乎无意杀伤,能取命的招数每每留情三分,反而被人趁势所伤。迁延渐久,她身上旧伤崩裂,新伤又添,渐渐血染衣衫。

邓恢见状略有些不忍,沙中部军首领却招招凌厉逼命。血战中如意拼着受伤,一剑将沙中部军首领斩下马来,横剑在他脖子上。首领不甘被擒,昂首道:"杀了我吧。"

如意却说:"你只是我的对手,又不是我敌人,大家同为安人,我为什么要杀你?"她用力将沙中部军首领推出,自己却是一口鲜血喷出。她单手扶剑,抬眼环顾众人,一声怒喝:"下一个,谁来?任辛在此,谁敢与我一战?!"

那声音响遏行云,众人闻声,竟都下意识地一震,摔在地上的沙中部军首领也震惊地仰首看着她。火把噼啪地响着,火光映照在她的脸上。但见她黑瞳蒙霜,红唇染血,明明已是遍体鳞伤,身躯却仍孤傲不坠。

突然,人群中传来一声吼叫:"任左使,别打了!"随即朱衣卫们都面露不忍,卢庚也含泪道:"没错!别打了!您停手吧!"

邓恢沉默片刻,也抬头看向如意,道:"任辛,只要你放下剑,我保证给你一个痛快。"

如意摇摇欲坠，却仍是冷笑道："这一回，你以为我还会信你吗？"她回望众人，再一次吼道："任辛在此，谁敢与我一战？！"

无人回应。

她拄剑前行，站在她前进方向上的人，却都情不自禁地向后退去。众人退避之中，忽听远方似是有人说了句什么，随即人群渐渐两分开来，给一个人让开了道路。如意抬头望去，眸光不由得一闪，便见李同光金冠银袍，身姿如琼林玉树一般，正自万人之中向她走来。

终于到了，如意想。然而她口中说的却是："李同光？！你居然也来跟我作对？！怎么，你想欺师灭祖？！"

李同光自然知道她是在做戏，当即冷冷回应："你胆敢挟持圣上，便是罪无可赦！"

如意冷笑一声，挥剑迎上，与李同光缠斗在一起。

两人剑光交错，恍惚间似是再次回到从前。十六岁的李同光意气昂扬地在校场上同如意比试着，如意单手负于背后，与他剑光往来。

李同光目光一晃，强行收敛心神。他来此便是想要掩护如意脱困。打斗中，他带着如意跃上房顶，低声道："师父，我来断后，你快走！"

如意却低声道："我走不掉了。百鸟朝凤！"

这是当年他与她练了无数次的招数，李同光下意识地遵令，可待他回过神时，才见手中的剑竟然不知何时已正中如意胸前。

李同光震惊万分，下意识地去抱如意。如意却推开他，低声在他耳边道："我说过，会助你洗清怀疑，直上青云。"凝视着他，她缓缓一笑，"只有我不在了，你才能真正从鹭儿变成李同光。"

言毕，她便像一只折翅的蝴蝶般缓缓自屋顶上跌落了下去。

城外，使团众人已纵马奔离了安都。队伍最前方的宁远舟却突然浑身一震，呕出一摊血来。他猛然一勒马缰，马人立起来。他回望火光冲天的安都，心中如遇雷击。

于十三看到了他唇边的血，担忧地驱马上前："老宁？！"

宁远舟脸色平静道："刚才对掌时受的伤，没事，淤血吐出来就好了。"他抓着缰绳的手早已紧得不能再紧，却仍是拨马回头，高声催促众人:"继续,别停!一定要在天亮前赶到六里堡分堂!"

如意自屋顶摔倒在地上,不再动弹。邓恢错愕许久,回过神后,立刻扑上前去为她止血。

一片兵荒马乱之中,只李同光一人,如被定住了一般一直痴痴地跪在屋顶上,看着地上被鲜血湿透了半身的如意。

邓恢见如意气息越发微弱,果断吩咐道:"把她弄上马!"

众人齐心合力,小心地把如意搬上马去。孔阳牵着马缰,邓恢亲自在一边押送。如意伏在马背上昏迷不醒,身上的血一点点染红了白马。

李同光此时方才如梦初醒,他跌撞着跃下房顶,挡在邓恢面前,问道:"你们要去哪儿?"

邓恢道:"带她进宫,圣上要亲审任辛!"李同光正想阻拦,邓恢却已驱马上前格开他,语含深意:"长庆侯英勇果毅,不惜亲身犯险擒拿钦犯,此等大功,邓某必定当面向圣上一一亲述。"

李同光身子猛地僵直,只能僵硬地站在那儿,眼看着邓恢一行人带着如意离去。须臾后,卢庚折返回来,捡起红尘剑,珍而重之地捧着跟上前去。

突然间,白马行进的前方,刚才与如意对战的沙中部军首领单膝跪下,目送着如意伏在马背上的身影,道:"任辛,你是个英雄!"

卢庚看了众人一眼,一咬牙,也单膝跪下了。接着,越来越多的人跟着跪了下来。就在众人跪地目送之中,朱衣卫簇拥着白马背上的如意缓缓离去。

唯有李同光仍木然站立在原处。突然,他一咬牙,转身对手下道:"全城搜查!本侯就不信梧帝能长了翅膀飞出城去!"

四面刀兵之声已然平息,各处的大火也渐渐熄灭了。夜色之下,街道上一片寂静,除了马蹄踏在石板路上的橐橐声,就只有如意的血滴落在地上时,发出的滴答声。

一行数十名朱衣卫押送着如意走向宫城,而宫城已然遥遥在望。

突然间,早先一直安静地伏在白马上的如意剧烈地呛咳起来,险些滑下马去。孔阳连忙上前将她扶好。但没几步之后，如意的身体又要斜斜地滑落下去。孔阳只好回头吩咐手下："找根绳子过来！"

邓恢一直纵马走在如意身侧，此刻看到如意苍白的面色，突然说道："不用，我来。"他跃下马来，换乘到驮着如意的那匹白马背上，将如意控制住，这才示意众人继续前行。

孔阳错愕地抬头看向他，见邓恢脸上那近乎永久的笑容竟然消失了，不禁打了个寒战，忙以眼神暗示其余众人，和白马保持距离。

如意缓过气息，渐渐苏醒过来。察觉到邓恢的举动，她喘息着自马背上扭过身来，看向邓恢，一笑，虚弱地问道："邓指挥使，你是同情我，还是我在宫城上的那句话，让你心有戚戚？"

邓恢控马前行，只淡淡道："别说话，省点力气吧。"

如意边咳边笑道："再不说的话，我就要死啦。"她挪动了一下，又险些掉下马去。邓恢索性一把拉起她，让她倚在自己的肩头。只这么几下动作，如意便又喘息起来。待气息稍一平复，她便虚弱地半垂着眼睛，在邓恢耳边说道："我几岁就被卖进朱衣卫，现在，又要为朱衣卫而死，我认了。可他明明知道你的父亲死在朱衣卫手里，却还要派你来当指挥使，他有没有想过你也会心痛，也会难过？"如意说了几句，再喘息咳嗽几下，攒够了力气，继续说下去，"他一边要你整治朱衣卫，一边又要你依然像原来的朱衣卫那样，狗一样地跟在他身边……"

邓恢面无表情，也没有任何动作，却不由自主地想起安帝甩在他脸上的耳光，想起自己像走狗般几次被他踹倒在地，想起他那句森冷的威胁："朕不但会杀了你，还会掘了你邓氏三代祖坟！"邓恢的手指微微攥紧了缰绳。

如意喘息着，继续说道："我查过你，你曾经自请调离近卫，想去镇守关山，其实你也有过塞外挽弓、踏破楼兰的雄心壮志吧？可他不放你走，只想让你当他拴着绳的鹰犬，一辈子把你困在他身边……"

邓恢面容宛若木雕，丝毫情绪都不泄露，只冷冷地打断了如意："你不必挑拨我和圣上的关系。少说点话，别把自己呛死了，待会儿见了圣上，还有你的罪受呢。"

如意语中颇有深意："被我闹了这么一回，你手下的白雀恐怕逃掉了十之八九，难怪你不想我死，只想我长久受罪。"

邓恢面无表情道："你别以为我看不出你故意让长庆侯伤了你，就是为了送他一场功劳，择清他，保全他。我在那么多人面前垫了话，已经算是帮过你了。"

如意笑了起来："我也帮过你啊。"

"我知道。"邓恢淡漠道，"那天宁远舟在宫门外帮我救受缢刑的卫众，他说的那个不忍心让卫众枉死的好心人，就是你吧？你这边大闹宫城，那边六道堂又同时救走了梧帝，天下没有那么碰巧的事，你们肯定认识。"顿了一顿，他又问道，"你为什么要这么做？"

如意叹息道："因为我和你一样，虽然恨朱衣卫，但也同样以身为朱衣卫为傲。"

邓恢大震。如意咳呛几声，呕出血来。邓恢忙抱稳了她，单手从怀中摸出药葫芦，倒药给她吃。

如意却挥手将药丸打飞，皱眉道："我不想死在那个杀妻背信的小人面前。"她探手摸出邓恢腰间的匕首，递给邓恢，指着自己胸口道，"你说过要给我一个痛快的。之前在万年寺，你骗了我，你欠我一回。"她一边说，一边不断地吐血。

邓恢目光幽深地看着她，却没有动作。如意便引着他的手，一点点靠近自己的胸膛，虚点着心口，道："这里，就是我的心。"

邓恢却仍旧没有动作。如意虚弱地一笑，讥讽地看着他："你还是在怕他，懦夫，没种。"

邓恢只觉脑中有根弦被她一拨，他一匕首刺进了如意的胸膛，如意整个身体重重一弹。她笑了起来，但那笑容还未结束，整个人便像一朵枯萎的花一样瘫软了下去，再无生气。

空中明月高悬，清辉洒落。时光仿佛有片刻凝滞。

邓恢没有动，也没有表情，只维持着匕首刺入时的姿势。数息之后，他松开了手，如意的尸体便如布袋一般慢慢从马背上滑落下来。

远远跟在后面的朱衣卫们看到如意跌落,都大惊失色,连忙奔上前来。孔阳探了探如意的鼻息,发现如意已然断气,惶急地抬头看向邓恢:"尊上?!"

邓恢面无表情地看着他,冷冷道:"慌什么?反正圣上想要看到的,也只是她的尸体。"

孔阳张口结舌。邓恢又问:"任辛刚进朱衣卫时,做过两年的白雀?"

孔阳愕然,半晌才点了点头。邓恢眼皮一耷,淡漠道:"难怪我爹当年会栽在白雀手上。越魅惑的妖精就越毒,他死得不冤。"话音落下后,消失已久的笑容终于重新回到他的脸上。他戴好了他的笑容面具,便撇下所有的人,独自向着宫城走去。

皇宫正殿里,安帝端坐在宝座之上。沙西王、王相等先前聚集在城楼之下的百官都已回到殿中,分立在大殿两侧。邓恢带着他那永久不变的笑容走入大殿,来到丹陛之下,向着安帝跪拜道:"臣幸不辱命,会同长庆侯已经将逆贼任辛格杀。"

李同光和沙中部军首领跟随在他身后,同时向安帝复命。李同光目光冰冷又痛苦地盯着地上如意的尸体,身体不自觉地颤抖着。但安帝的心神全落在如意身上,并未留意到他的异常。

安帝走下宝座,亲自上前确认如意的尸身,见如意胸前插着匕首,身上再无一丝活气,便恶狠狠地踢了尸体一脚。这一脚他显然用足了力气,踢过之后气息都有些乱,微喘着。但仅止于此显然还不足以发泄他心中的怨毒,他嘶哑道:"死得好!此等逆臣,罪无可赦,着夷三族,城门戮尸十日!"

但他话音落地后,却无人回应。安帝环顾四周,目光森冷阴毒地看着众人,怒道:"你们都聋了?"

李同光机械地回禀道:"禀圣上,罪臣任辛五年前因谋害先皇后之罪,已被夷过三族了。"

沙中部军首领抬头看向安帝,直言道:"臣是个粗人,不懂其他道理,但任辛毕竟是为皇后讨理,又真刀真剑地跟我斗过,算是个英雄，现在人都死了，还要作践她，这……"

沙西王也面带忧虑道："圣上刚才毕竟当着百官的面承认了先皇后的新死因，不管是真是伪，但明日早朝，沙东部的官员势必都不会放过。任辛是为先皇后张目，若是再戮尸，只怕会激起三族纷争啊。"

王相也叹了口气，规劝道："圣上，昨夜皇城之事，民间议论颇多，臣以为，此事宜疏不宜堵。"

安帝震惊地看着他们，说不出话来。

邓恢又道："逆贼任辛伏法后，臣在她怀里找到了这个，疑为宫中旧物，臣不敢自专。"他说着，便献上一枚沾了血的玉佩。看清那玉佩上的花纹，安帝的眸子骤然一缩。

那是昭节皇后的旧物。昔年还未发生辰阳公主一事时，他们夫妻恩爱，毫无芥蒂。他犹然记得那一日他走入御花园中，望见爱妻正拿着这枚玉佩，用上面的流苏逗弄着二皇子玩耍。彼时如意站在一边，默默守护。一家团聚美满，于他而言，那已是再也回不去的幸福时光。

安帝接过玉佩，手不住地发抖。

邓恢道："任辛虽不可当众处置，但她为祸朱衣卫甚多，臣欲将其在朱衣卫衙内当众焚尸，以儆效尤。"

安帝颤颤巍巍地走回御座，茫然失神。

邓恢疑惑地抬头望去："圣上？"

安帝支额，虚弱地一抬手，张了张口，道："准奏。"

众人告退离去，很快这座宏大得阳光都照不透的宫殿就变得空空如也，只剩安帝一人孤身坐在高高的宝座之上。他抚摸着那只玉佩，突然手上一颤，玉佩滚落在地，叮叮当当一阵脆响，转眼便摔得粉碎。

安帝弯腰想要去捡，但他颤巍巍的，抖得厉害，腿上一软，支撑不住跌倒在地上。他仰面朝天，望着穹顶上的藻井。一滴浑浊的眼泪，终于滑落进他已见白发的鬓间。

长夜犹然未到尽头。

朱衣卫官衙里已然搭起了火堆，如意的尸体在火中静静地燃烧着。

第三十三章

虽邓恢奏请的是"当众焚尸"，但如今的朱衣卫衙门里，总共也凑不够半圈人头。但凡能跑的人全都跑了，就只剩十几二十个不知是没来得及跑，还是当真就这么忠于职守的人，稀稀落落地围在火堆边，脸上都带着沉重的表情。

邓恢默然看着这一切，身旁的孔阳向他呈上一杯酒。邓恢接到手里，表情平淡地问道："一共走了多少人？"

孔阳道："截至半个时辰前，白雀有九成未归；其余卫众，五成；紫衣使以上，三成半。"

邓恢点头，目光扫过在场的朱衣卫，上前将酒浇在地上。众人见状，也纷纷执杯上前，向着火堆单膝跪下，酹酒于地。

邓恢抬头望见似有人影躲在廊柱后面，目光一闪，转身离开了庭院。

来到廊上，果然看到李同光站在一根柱子后面，目光晦暗地看着火光。邓恢便走上前去，问道："来送她最后一程？也应该。任辛对你这个徒弟，倒当真不错，竟然用性命送你一程荣华富贵。"

李同光对邓恢的暗讽几乎毫无反应，只微微倾身上前，在邓恢的耳边冷冷地提醒道："杨行远从东湖草舍逃走了，等圣上回过神来，一定会查问此事，你准备如何交代？"

邓恢脸上带着笑，淡淡说道："看守东湖草舍的是殿前卫，关我们朱衣卫何事？现在朱衣卫只剩下不到一半的人了，他要是真的杀了我，身边就越发没有可信之人了。"又抬眼看向李同光，带了些探究之意，"不过，你我之间素无交情，怎么好意思让你亲自前来提醒？"

李同光盯视着邓恢，声音很轻，却带着毋庸置疑的语气，道："我想帮你。毕竟圣上老了，早些做打算，对你我都好。"

邓恢打量着他，良久才道："说说你的打算。"

"我不会让老二当上太子，你愿意和我一起扶植三皇子吗？"李同光再次俯身，压低声音道，"至少一个小毛孩，未来十几年内，都不会对你薄恩寡义。"

邓恢一抬眼，问道："那你需要我做什么？"

李同光道："你跟老头子说，你查到褚国人在半路设陷阱，想要谋害我。之前在合县，他们也这样做过，因为他们早就被梧国的使团收买了。"

邓恢沉默片刻，道："好。"

李同光讥讽地一笑，轻描淡写道："看来邓指挥使对圣上的忠心，也不过如此。"

邓恢目光一颤，凑近李同光的耳边，低声问道："亲手杀死自己心爱的女人的滋味，是不是很美？"李同光浑身一震。邓恢一伸手，不远处孔阳手中捧着的酒已经到了他的手中。邓恢脸上重新挂上了笑容，将酒放在李同光手里，盯着李同光的眼睛，轻声慢语道："谨以此杯，贺小侯爷大展宏图，前途似锦。"便转身离去。

李同光握着那杯酒，眼中明光破碎，手上颤抖不止，却终是没有太多的回应。许久之后，他木然地举杯喝了一口酒，而后将余下的酒洒在了地上。扔下杯子后，他最后一次看向庭中的火焰，那火焰已渐渐熄灭了，火上尸首化作一捧灰白的骨殖。于是他眼中最后的软弱和迟疑也终于消失，化作了冰冷和麻木。

他转身大步离开，朱衣卫官衙沉重的大门在他身后轰然关上。

天不知不觉就已亮了。深秋的阳光明媚耀眼，将各处都照得一片浮白。李同光眼神空洞地行走在安都白日熙熙攘攘的街道上，四面行人都化作了模糊流动的色彩。当中似乎有人或讶异，或仰慕，厌恶，或畏惧地看他、议论他，不留神撞上了他，他却恍若不觉地从中穿行而过。

后来他便回到了长庆侯府，朱殷迎上前来，向他说了些什么，他麻木地点了点头。

仿佛短短数息，便已日月交替，时光轮回。又仿佛一日之间，漫长得如同度过三秋。

安帝终于下旨："褚国奸细伙同梧国使团，图谋不轨，今罪魁任辛，已然伏法……长庆侯李同光忠勇果毅，着晋为庆国公，掌硕、骞、宾三州军事……"

新晋庆国公换上了国公的礼服，新得了三州的兵权，以如意的性命铺就的青云大道也终于在李同光的面前展开。

第三十三章

第三十四章

欲从碧落去

六里堡。

黑云滚滚翻搅而来,将天地摧压得低矮沉黑,雷鸣隐隐在天际翻滚,似是有一场大雨将至。

宁远舟站在庭院廊下,看着闪电一次次地划破天际,久等,而所等之人迟迟不见。

元禄从屋里出来,走到他的身边,眼中也满是焦虑:"头儿,如意姐她……"

宁远舟闭了闭眼睛,平静道:"她还没有来。"转而问他,"圣上和杜长史如何了?"

元禄忙道:"杜长史已经醒了,这条命算保住了,但圣上的伤……"停顿了片刻,低声道,"钱大哥说,熬不熬得过去,就看今晚了。"

宁远舟强提起精神,道:"那也不能等了,雪冤诏和传位诏书准备好了吗?"

元禄忙将东西递过来,道:"在这儿。花押已经尽量描得像了,实在不行,也可以说圣上重伤之下,无力握笔,所以花押有些走形。"

宁远舟接过去看了看,道:"还差他一个指印。"便转身走向房间。

元禄拉住宁远舟的手,忍不住再次提醒道:"宁头儿,我知道你想好了,但还是想再问一声。毕竟矫诏视同大逆,可是罪及三族的啊。"

宁远舟目光坚定,没有任何迟疑地推开了房门:"我和如意一样早无亲人。所以由我来替大梧担这一场罪，最合适不过。大丈夫生于天地之间，当为人所不能为之事，方不负这一世红尘！"抬步走入房中。

房间内，钱昭双掌抵着梧帝的后背催动内力，额头上已是大汗淋漓。

孙朗焦急地规劝道："老钱，你歇歇吧，圣上又不会武功，就算你把全身的内力给了他，也于事无补啊！"

钱昭睁开眼睛，满眼血丝，势若疯虎，掌下仍在催力不止："不行！好不容易才把圣上救出来，我就算死，也不能功亏一篑！"

于十三拉开孙朗，叹息道："由他去吧，老钱执掌宫中宿卫，对圣上最是忠心不过，现在你让他不管，他会后悔一辈子的。"

宁远舟恰在此时走了进来，他看了看昏迷的梧帝，轻声道："对不起。"便上前将梧帝的手指放在染血的布条上蘸了蘸，正要往元禄制作的假雪冤诏上按，眼角余光却突然看到了旁边带血的布卷。他不由得问道："这是什么？"

于十三向梧帝那边努努嘴，道："换衣裳的时候，从怀里掉出来的，还没来得及看。"说着便自然而然地上前拿起布卷展开，"咦，是血书……"看清上面的字迹，他神情蓦然郑重起来，快步将血书递到宁远舟手里。

一行血字便映入了宁远舟的眼帘。

"朕幼冲即位，无德莽行，误听奸宦于前，拖累大军于后，幸有六道堂天道柴明等以下十九人英勇忠敬，浴血相助，方侥幸逃得性命……朕有愧于大梧，有愧于百官子民，本已无颜存于世间，唯六道堂上下不畏生死……朕若无福，殒于归国途中，大梧国统，宜交与皇弟丹阳王承继。皇妹杨盈及六道堂诸人，更宜从重论赏……"

笔迹草草，布卷也显然是撕破衣物临时制成。宁远舟脑中思绪疾走，目光扫过安帝的手指，忽地意识到——这恐怕是梧帝在东湖草舍码头上等候救援时，撕下衣袖，咬破手指，匆匆写成的。

就在此时，梧帝突然间呕出一口血来。屋内众人无不大惊，宁远舟冲上前去为梧帝点穴止血。钱昭也跌撞着起身，拿银针为梧帝扎针。片刻之后，梧帝艰难地睁开了眼睛。众人都是长松了一口气。

梧帝气息微弱，迷蒙中先看到了一脸焦急的钱昭，虚弱地说道："钱卿……多谢，朕就知道你一向最是忠勇……"一开口，便又开始喘粗气。钱昭不语，只是运针如飞。梧帝缓过气来，才继续说道："朕，可能是回光返照了。朕有遗诏……"他颤抖着探向怀中，却没有摸到，不由得急了，"朕的遗诏呢，在哪儿？在哪儿？！"

宁远舟忙将布卷交给他："臣已经看到了。"

梧帝看到布卷才又放下心来，喃喃道："朕对不起你们，对不起大梧，朕死后，就地烧了就行，你们赶紧回大梧，不要再为朕……"一语未完，他便颓然软倒下去。

众人慌乱地扑上前，见他只是再次昏迷，才稍稍放下心来。

宁远舟愣愣地站在那里，拿着遗诏的手微微颤抖着。于十三从旁看见，忙趁众人不注意悄悄帮宁远舟托稳了手肘。宁远舟却将遗诏交给他，示意他自己看。于十三接到手里细读，不由得露出震惊的神色，忙又把遗诏转交给钱昭。钱昭读过之后手也不由得颤抖起来，又将遗诏传递给元禄……

众人就这么传阅着，很快整间屋子里都沉默下来。所有人心口都沉甸甸的，一时默然无语。却是元禄先难过地说起来："圣上已经先写好了雪冤诏和传位诏书，那是不是说明他已经后悔了？"

宁远舟回首看了看榻上的梧帝，心中万千起伏。终于他再次看向钱昭，问道："他活下来的机会有几成？"

钱昭懊悔至极，紧握拳头狠砸了一下墙，艰难地说道："两成不到。"

宁远舟深吸了一口气，再次平复下心绪，示意道："钱昭、于十三、元禄、孙朗，你们跟我来。"

四人随他一道走出房间，走进院子里。空中黑云压城，却已过了电闪雷鸣那一阵，只一片大雨之前的沉闷寂静，连风都没有一丝。

宁远舟呼了口气，似是终于下定了什么决心，回头看向众人，说道："我本来想假造遗诏，一为天道兄弟们雪冤，二为传位于丹阳王，但圣上似乎已经这样做了。"他走上前，轻轻拍了拍钱昭的肩膀，托付道："钱昭，以后这边就全交给你了。你别耽搁，现在就带着大家动身继续走。如果路上他熬不过去，你就遵旨将他就地下葬，带着遗诏赶回梧都。"他停顿了片刻，闭了眼睛，"如果他活过来了，那就是老天认为他命不该绝。"闭目许久，终是再次看向了元禄，眼中全是挂念和不舍，苦笑道："看来，我还是没有自己以为的那样果决。"

众人原本就心有疑惑，听他这么说才终于确认了他的意思。孙朗脱口便问道："你不与我们一起走？！"

宁远舟道："殿下还在安都，她自幼胆子就小，我不能丢下她一人。"

元禄忙道："我们跟你一起回去！"

宁远舟却看向房中，摇头道："不用，圣上这边更重要。"

于十三一直抱臂听着，此时才开口问道："如果殿下出事了呢？你还会回来吗？"钱昭和元禄都是一惊，忙抬头看向宁远舟。于十三也看着宁远舟，似是叹了口气："半路上你说过，殿下现在是美人儿在救，以美人儿的本事，如果现在还没有消息，那多半就是出事了。你内力时有时无，光昨晚上在东湖就出了两回岔子。所以你现在回去，八成不是救人，而是送死。"

元禄大惊："宁头儿！"

大雨不知何时落了下来，先是寂然无声，待人察觉时，已是铺天盖地一片沙沙声。所有人都看着宁远舟，而宁远舟也静默无言地看着众人。对视之中，众人渐渐意识到了他心中的痛苦和决意，终是不忍再以目光和情义相逼。

许久之后，宁远舟才又开口说道："我决定了的事，不会改。"他走上前去，目光一一扫过众人："老钱，圣上和为天道雪冤的事，交给你。"钱昭闭了闭眼睛，缓缓点头。他又看向元禄："元禄，我家的老宅，交给你。"元禄抿了抿唇，没有说话。他和于十三对视了片刻，道："十三，就算我回不来，殿下或许仍有一线生机，她若能够保住性命，就拜托你了。"于十三默然点了点头。他的目光最后落在孙朗身上："孙朗，以后你若还是留在六道堂，安都分堂的兄弟们，就请你多多看顾。"孙朗沉重地点了点头。

元禄还想再说什么，宁远舟静静地看着他，道："当我是兄弟，当如意是你们的姐妹,就别再多说一个字。"元禄闭了闭眼睛,终是点了点头。

大雨铺天盖地地落着,湿润的凉气卷入廊下,不知何时已吹散了雨前的沉闷,空气再次流淌起来。

钱昭摸出怀里的药瓶抛给宁远舟:"我用来保命的药,只有一颗。"

于十三也扔给他一个袋子,微笑道:"三张人皮面具,十两金子。"

元禄手忙脚乱地翻出袋子塞给他:"我的雷火弹,全给你!"

宁远舟拿了两颗就又递了回去:"我有两颗就够了,你们一路上遇到的危险更多。"他看着元禄,忍不住又摸了摸他的头,叮咛道,"记得好好吃药。阿盈以后要是难过,替我多陪陪她。"元禄再也忍不住,霎时红了眼圈,却还是用力地点了点头。

宁远舟收好了东西,又和于十三、钱昭两人对视了片刻。三人都没有再说什么,只互相碰了碰拳,拥抱了一下,而后宁远舟便转头走向了大门。

于十三目送着他的背影,突然想起什么,伸手从腰间抽出一支羌笛,幽幽地吹了起来。西风猎猎,卷起漫天雨水,散作一片飘摇的水雾。曲声幽咽凄清,宁远舟便在那茫茫雨雾之中,渐渐走远。

元禄忍不住去抹眼角的泪水,但当他放下手时,宁远舟的身影已然消失不见了。

雨渐渐地停了,夜幕沉落。隐约的笛声中,宁远舟单人独骑,奔向空寂的原野。马蹄踏过路上积水,踩碎了水中映照的孤月。

而六里堡里,钱昭也忙碌地招呼着众人上马、上车,继续向前赶路。杜长史头上裹着伤,已被人强行搀扶上车了,却又拄着拐杖推开众人,从车上跌跌撞撞地翻下来,固执道:"老夫不走!"

孙朗急道:"行了,杜大人,这都什么时候了,我们耽搁不起啊!"

众人忙又上前搀他,杜长史却死活不肯,坚持道:"宁大人既然能为了殿下和如意姑娘回去,老夫又岂能厚颜撇下殿下偷生?何况老夫这条性命,就是殿下救的!"

元禄规劝道："可您伤还没好，而且宁头儿已经走了一个时辰，您赶不上了！"

"伤没好就慢些走。"杜长史毅然决然道，"哪怕走三天、走十天，我也要赶回安都去。去得晚也有好处，如果殿下和宁大人他们有个万一，我还能收个尸。既然食君之禄，便要忠君之事，当初既然是我陪着殿下出的梧都，以后，也必定要有始有终！"

他字字掷地有声，六道堂众人肃然感动，都再也说不出劝阻的话，只能以深深大礼相拜别。而杜长史已在茫茫烟尘之中，独自拄杖，颤颤巍巍地向着通往安都的道路走去了。

众人目送他离去，而后慨然上马，护送着梧帝奔向前路。

笛声幽咽，夜色寂冷。

长庆侯府的大门上已换上了"庆国公府"的牌匾。庭院里，新晋庆国公李同光一身白衣，跪在火盆前烧着纸钱。纸钱扬在风中，被火的热力激得四处飘舞，映在李同光木然落着清泪的眼中明灭闪烁，如一场纷纷扬扬的大雪。

外面隐约传来杨盈的声音："让我进去！"几声奴仆的低呼后，杨盈终于推开他们冲了进来。她正要开口向李同光说些什么，便看到了李同光一身素白的麻衣打扮，猛地怔住了，脸上的血色迅速褪去。她颤抖着，难以置信地走上前去，面色苍白地问道："你、你在给谁烧纸钱？"

朱殷轻叹一声，忙带走所有仆人，重新关上了院门。

李同光没有说话，只恍若不闻地向火盆里添着纸钱。杨盈看着他红肿的眼角和脸上的清泪，终于渐渐明白过来。她一下子软倒在地上，喃喃道："不可能，不可能，如意姐那么厉害，连远舟哥哥都比不过她，她怎么会……"她忽地暴起，一把抓住了李同光的衣领，质问道："你不是升为国公了吗，不是有兵权了吗？为什么不救她？啊?！"

李同光依旧没有任何回应。

杨盈已满眼是泪，愤怒与悲痛烧灼内心，令她难以冷静自持。她

第三十四章

165

追问着:"谁是凶手?谁那么恶毒卑鄙?告诉我,我要杀了这奸贼!"

李同光一时听得万箭穿心,只是木然地说道:"先管好你自己吧。宁远舟扔下你一个人,带着你皇兄逃了。圣上只是现在没工夫理你,我才能留你在这儿暂时住几天。等圣上回过神来,有你的罪受。"

杨盈这才醒过神来,不由得瑟缩了一下,却还是咬牙道:"难道他还能杀了我不成?我怎么也是一国亲王。"

李同光似已经麻木,一字一句地说道:"他可以不杀你,但也可以请你去沙中部极北的地方做客看羊,那里过了九月,就大雪纷飞,人迹罕至。又或者把你直接丢出天门关,生冷不忌的北蛮人想必很喜欢你这种江南小肥羊,不管是留下来自用,还是问梧国要一大笔赎金,都划算得很。"

听到"生冷不忌"时,杨盈不由得一阵恶寒恐惧。她倒退了两步,似想逃离,但很快便定了定神,重新走了回去。她从李同光手里夺了纸钱,和李同光一道跪了下去,将纸钱一点点地投进火中。泪水几乎从她的眼中涌出,但她强忍住了,只是哽咽着,双手合十,祈祷着:"南无阿弥陀佛……如意姐早登极乐……我一定会……"却很快便哽咽得说不下去了。

李同光略受触动,眼中的恶意减轻了些,轻声道:"想哭就哭吧,过了今晚,我们可能都没有时间再难过了。"

杨盈却仰起头,让泪水倒流回去。她闭目平复着气息,说道:"我不哭。如意姐告诉过我,越难过的时候就越不可以掉眼泪,否则就会变得软弱。"

李同光看着她,心下莫名柔软了些,道:"师父要我保护你,我答应过她的事,一定会尽力。"

杨盈却硬声道:"我不需要你保护,我知道你讨厌我,我也讨厌你。"

李同光也有些烦了:"行啊,要么你就自己去寻死,那样我也就管不着了!"

杨盈却没有继续和他争吵下去,只默不作声地一点点把纸钱烧完。待最后一枚纸钱也在火光中化为灰烬飘入风中,她便端正地跪好,虔诚地磕了三个头。李同光看到她的动作，愣了一下，片刻后也跟着她磕了三个头。

对杨盈来说，这一夜注定难以成眠。

她脑海中不由自主地一遍遍回响着李同光的话，直到夜半时，她依旧红肿着眼睛枯坐在床上，想到自己的前路，便无法不感到恐惧——若安帝当真把她扔给天门关外的北蛮人，她该怎么办？

她下意识地摸出了宁远舟给她的那枚指环，又拿出如意给她的峨眉刺，对准了自己的喉咙。可就在尖刺即将刺上喉咙的那一刻，她的手忽地一抖，她猛地醒过神来，将两样东西都远远地扔开了。

她目光冰寒，暗自思忖："不能现在死，就算真到了最后，也得找个垫背的才划算！"她咬牙吹熄了灯火，躺到床上盖好被子，闭上了眼睛，安慰着自己，"车到山前必有路！"强迫自己入睡。

但她翻来覆去始终睡不着，几次辗转反侧之后索性拆掉了发髻，这才舒适地躺了下来。可片刻过后，她突然想起了什么，抚着自己的长发，猛然坐起，眼神变得越来越凌厉。

窗外，月上中天，清辉透窗而入，洒落在她的身上。

已是子夜时分，初月却依旧在四夷馆大火之后的废墟之上，不肯罢手地内外搜寻着。

一个沙西部的军官跟在她身后，絮絮地跟她说着什么，初月却显然心不在焉，反复确认着："真的除了礼王被救走之外，这儿没有死任何人？"

军官拍着胸脯向她保证："小的那晚就在这儿指挥救火，看得真真的。"

初月却还是不敢尽信，再一次问道："那安国使团那么多人，全逃走了？"

军官点头，看看左右，见无人留意此处，便凑上前去小声跟初月说道："听说他们趁着皇城出事的时候进了东湖救人，然后趁乱又混出了城，里面还夹着北蛮人的什么事，太乱了，小的一时也没弄清。"

第三十四章

初月目光扫视着四周，突然看到废墟里有什么东西在月色下一闪，忙走上前去，徒手便要将东西直接挖出来。小星和军官想要帮忙，初月却道："不用。"

她很快便从废墟里挖出一个被熏黑的男子发冠，立时便辨认出来——那夜于十三从酒楼上跳走离开，向她眨眼睛时，头上戴着的正是这顶发冠。

初月用手擦干净发冠上的黑灰，将发冠放入怀中，扭头对军官道："别告诉任何人我来过这里。"便翻身上马离开。

马车颠簸前行着。

元禄看着车厢里昏迷的梧帝，心中感慨万千，忍不住抬头看向钱昭，问道："他真醒不过来了？"

"外伤之后的高热，很多人都熬不过去。其实天门关之役的将士，很多并没有立刻战死，而是……"钱昭说着便哽咽起来，难过地捶着车窗，痛苦道，"为什么？我自恃医术不输太医，为什么就偏偏救不了他？！只差几天啊，只差几天他就能到合县……"

元禄忙奋力拉住他，规劝道："钱大哥，你千万冷静些，现在你是大家的主心骨！我们再一起想想办法，要不然找冰，上回如意姐也是高热……"他忽地想起什么，"啊，开窗，开窗！现在已经入冬了，咱们别给他再盖貂裘……"

他说干就干，忙要扯开梧帝身上的貂裘，可就在他的手无意间擦过梧帝的脸的时候，动作突然一滞，有些不太敢相信地再去探了探梧帝的额温和鼻息。随即他脸上便露出惊喜的表情："他不烫了，还有呼吸！钱大哥！"

钱昭立刻扑了过来，运针如风，一番救治之后，梧帝终于慢慢地睁开了眼睛。

钱昭惊道："圣上！"

元禄忙问他："过了这一关，圣上是不是就能好了？"

钱昭点点头，见梧帝有话要说，连忙俯身上前仔细听着。

梧帝面色依旧苍白，气息却比先前平稳许多。他虚弱地半垂眼睛看着两人，似是也被他们的喜悦所感染，脸上也露出了些柔和的微笑，道："钱卿……朕虽然没醒，但刚才你们的话，朕全听到了。你们两位，都是朕之肱骨。救命之恩，朕没齿难忘。"

钱昭连忙道："臣之本分，不敢当圣上谬赞。昨夜舍命救出陛下的，不单有臣，还有礼王殿下、宁远舟、于十三、孙朗，等等。"

梧帝认真地点头道："众卿之功，朕都会牢记心里，待回京之后，必有封赏。"说着却又一顿，随即露出些苦笑，补充道，"如果那时，他们还肯奉朕为主的话。"

钱昭见他伤神，为他披了披毯子，说道："以后的事以后再说，圣上历劫归来，请务必好好休养，一定要撑到我们回到大梧故土！"

梧帝点了点头。元禄已经兴奋地拉开车帘，探出头去，告知众人："圣上醒了！圣上醒了！"

马车缓缓地停在了安都皇宫巍峨的宫门之前，李同光上前打起车帘，一袭亲王正装的杨盈从车里探出身来，款步下了马车。她面色犹然有些苍白，却已再无昨夜哭泣时的软弱痕迹，只是眉眼比往日更为清冷沉静。

李同光压低声音，在她耳边叮咛道："圣上今天心情还不算太糟，记住，一定不要摆什么不屈傲骨。一进殿就跪下，服软，痛骂梧国使团抛弃了你，求圣上高抬贵手，才能保住你这条小命。"

杨盈抬眼看了看那座矗立在青天白日之下、威严高耸的宫城城门，点头道："孤心里有数。"

李同光又道："圣上如果询问我为什么要救你，你就说之前担心使团抛下你不管，所以事先贿赂了我五百两金子。圣上最信利益交换，这样说才能取信于他。"

杨盈眼中闪过一抹光，情不自禁地喃喃道："最信……利益？"她深吸一口气，走进幽深的宫门。

大殿外守了服色不同的五种侍卫，各自持刀来回巡逻。李同光的亲信朱殷迎上来，低声道："现在除了咱们羽林卫，还有朱衣卫、殿前卫、飞骑营、沙中部军四拨人负责宫内宿卫。"

李同光唇边掠过一抹淡淡的讥讽之笑，冷冷道："谁都不信的人，终于也有怕的时候了？"

杨盈看着附近侍卫雪刃上反射的阳光，再次深吸了一口气，而后挺起了胸膛，昂首跨入了大殿。

大殿内，安帝高居于御座上，见杨盈入内，表情晦暗不明。

李同光道："臣李同光参见圣上，梧国礼王，现已遵旨带到。"他看了一眼杨盈，目光示意。杨盈却并未如他先前所叮嘱的那般服软跪下，只是行了个拜礼，朗声道："大梧礼王杨盈，参见陛下！"

安帝抬了抬下巴，内侍送上一只托盘，上有白绫、匕首、毒酒三样。安帝淡漠地看着杨盈，道："你皇兄顺利逃走，你想必也功不可没，朕无以贺你，这三样东西，你自选一样吧。"

李同光身子不由得一颤。杨盈仰头看向安帝："陛下想逼孤自裁？难道您不怕天下人悠悠之口？"

"那些愚民，只要给个理由，就会深信不疑。"他冷冷一笑，高声道，"梧国礼王勾结北蛮人经密道潜入合县，意图乱我大安朝纲，罪在不赦。"

杨盈伸出颤抖的手，拿起毒酒，看了好半晌，突然将它往白绫上一泼。毒酒打湿白绫，又溅了内侍一脸，内侍一时震惊。

杨盈却只仰头看着安帝，似笑非笑道："取走孤的性命，对于找回陛下您的面子，就那么重要吗？被朱衣卫的叛徒当着百官的面挟持，陛下该是恨得多咬牙切齿？"

安帝被她戳中痛处，面色不由得一变。就连李同光也震惊地看着她。安帝目光阴冷，沉声吩咐内侍："再给礼王满上一杯。"

话音未落，杨盈却直接抓起匕首，掀翻了内侍的盘子，昂然走近丹陛，脸上带着一丝神秘的微笑，扬声道："陛下以为，孤是在故意激您，又或是临死妄言吗？不，都不是，孤只是想帮陛下。孤有妙计在手，不单能挽回您前几日丢光的脸面，还能助您不费吹灰之力，便能开疆拓土,师出有名。"

安帝一怔,上下打量她。李同光也完全惊呆了。安帝抬手,示意冲入殿内的侍卫退下,眼睛紧盯着杨盈,道:"继续说。"

杨盈微笑道:"圣上当初想要先皇后辞退后位,不就是为了娶别国的公主吗?"带笑的嗓音里满含蛊惑,"孤可以帮您实现这个旧愿。"

安帝眯起眼,沉声问道:"如何帮?"

杨盈反手将匕首插进自己的发髻里,一挑,赤金的发冠便被高高地挑飞出去,如水的秀发瀑布般披拂下来。她用匕首划破指尖,往额间一点,用鲜血为自己涂上红蕊花钿,而后在唇上轻轻一抹,染红了唇色。一瞬间,原本苍白柔弱的少年,就已化作漆眸朱唇、妩媚鲜艳的红妆少女。

她唇间噙着笑,眼中含着娇艳妩媚的光,下拜道:"大梧礼城公主杨盈,参见大安国主!"虽未故作女子姿态,姿态甚至是傲然尊贵的,却别有一种动人的意味。

满座皆惊。

杨盈款款走上丹陛,边走边微笑道:"陛下多半看过我怯弱如女子的密报,但孤,其实就是女子。父皇膝下,只有皇兄、丹阳王兄与英王兄三位皇子而已。"她停步在安帝座前,目光炯炯地看着安帝,"孤为救皇兄,不惜女扮男装,以身犯险,但一遇危难,他们就将孤弃之不顾。既然如此,孤也不愿意再为大梧披肝沥胆。陛下,论脚程,我皇兄应该还在安国境内,而监国的丹阳王兄也不可能收到他们已经逃离的消息。既然如此,您何不借力打力,对外宣称已与我皇兄达成协议,您送他归国,把我留在大安为后,同时陪嫁泽、勉、济等九城呢?"

安帝猛地站了起来。

"如此一来,我皇兄一旦归国,势必要因为割城之事,而与丹阳王兄闹个不可开交。而到最后他们无论谁胜,都一定会元气大伤,到时,也一定需要陛下您这个助力,来和他们结成兄弟之邦。"她嫣然一笑,抚上自己的小腹,"孤知道陛下对先皇后的心结,难道,您不想有一位拥有安、梧两国最尊贵的血统的新嫡子?难道不想有朝一日，扶持这位嫡子，顺理成章地将梧国纳入大安的版图？"

安帝盯视着她，许久才从震惊中平复下来，目光一沉，上上下下地打量她，随即发出一声大笑："你的胆子倒是不小。"

不料杨盈转身坐上了他的龙椅，微笑道："胆子要不够大，怎么撑得起我当一国之后的野心？"她傲然昂起了头，向安帝施恩一般伸出了一只手。安帝看她良久，终于伸出手握住了她的手，随后一用力，反手将她拉入了自己的怀中。

她比安帝小巧许多，安帝噙着笑，目光幽深地俯视着她，沉声道："难怪安国人会选你来做迎帝使。"

杨盈仰头反问道："皇兄已经插翼而飞，难道孤还做得不够成功吗？"

安帝勾起她的脸，笑道："以后得改改，不能再自称'孤'了，要换成'臣妾'。"

杨盈镇静地微笑道："陛下那么心急做什么？等立后诏书下了，孤再改称呼也不迟。"

安帝哈哈大笑，一推杨盈，重新坐回到龙椅上。杨盈跟跄着站好，便听安帝道："传旨，请礼城公主殿下移居离宫，一应供奉，按皇后份例供给，许用朕之半副銮驾。"

一直强掩震惊的李同光蓦然抬起了头。杨盈深深万福下去，藏在袖中的手狠狠地掐着自己，强迫自己克制住心中的恨意和冲动。当她再抬起头时，脸上已又淡淡地带了些笑意，道："谢主隆恩。"

杨盈披散着头发走出皇宫，内侍恭敬地在前面引路，宫女们见到她的样子，都分外震惊。走了几步，杨盈突然转身，故意做出寻找的模样，问道："庆国公呢？"一直远远跟着的李同光一怔。

杨盈看到他，便招手道："庆国公，你过来。"李同光只得上前。

杨盈道："我在四夷馆有一件心爱的——"说到一半却忽地停了下来，目光凌厉地看了一眼内侍，内侍一寒，忙低头退开。杨盈这才压低了声音，说道："你帮我联络远舟哥哥，告诉他我没事，让他别着急来救我，一切等平安把我皇兄送回梧国再说。"

李同光咬牙切齿道："你真是女的？不是骗我？"

杨盈眼中又泛起些水汽，轻声道："如意姐每天耳提面命地教了我那么久，我要是连你们都骗不过，那就真辜负她了。"

李同光恨恨地说道："可你也不能什么都不跟我说，就点这么大一个炮仗！"

杨盈淡淡一笑："你又不会真心救我，我只能自救。你说你们皇帝最喜欢利益，我全身上下最值钱的，也只剩这所谓的皇家血统了。在这一点上，李同光，你和我也没什么不同。"

李同光一怔，良久方道："你以为一国皇后是那么好做的吗？"他声音已不觉柔和下来，"你以为圣上那么傻，就凭你嘴里的几句空中楼阁，就能……"

杨盈微笑着打断他："至少他愿意上钩，至少我现在不会被扔到北地去放羊了。"

李同光顿时沉默不语。

杨盈却没察觉到他的情绪，自言自语般说道："几天前，元禄还曾经问过我，若能平安回到梧都，以后我要做什么。当时我答不出来，现在我知道了。我不想再回到那个冷冰冰的后宫，嫁一个我不认识的驸马，当一个天地兴亡两不知的贵妇。"她转头回看宫殿，目光悠长，"就算刚才，我只在那把龙椅上坐了一刻，我也喜欢上了那种滋味，"她似是露出回味的神色，"真美，真香，真是心潮澎湃。"便凑近李同光，向他耳语道，"比起扶植宫女所出的三皇子，扶植我这个公主的嫡子，你岂不是更有胜算？"

李同光一怔，语带讥讽地看着她："你倒是想得真长远。可惜，老头子都不敢让你住在宫里，只让你住在宫城外的离宫，说明他一点也不相信你。"

杨盈眼中水汽一晃，喃喃道："我宁愿住在宫外，这样，我说不定能把如意姐的遗骨找到，让她入土为安。"

李同光脸上掠过伤痛之情，嗓音已再次低柔下来，轻声说道："离宫守卫一定森严，你出不来的。师父的身后事，我自会尽心。"

杨盈也适时高傲地昂起头，问道："孤的銮驾，准备好了吗？"

杨盈登上御轿，前后数十人浩浩荡荡地开路，宫女、女官、内侍们纷纷跪倒行礼。杨盈透过轿帘望着眼前情景，旧时记忆不由得再次浮现在眼前。就在数月之前，她还是冷宫里一个被宫女轻慢对待的小公主。刚出京时，明女史公然便敢呵斥她。第一次深夜进安国皇宫时，被内侍们关在两道宫门间，她还会惊慌失措……可眼下，她却高高在上，被人敬畏跪拜。

杨盈喃喃道："如意姐，不知道刚才我做的是对是错，但我确定，我喜欢现在的滋味。"

御轿渐渐行远，身后跪拜之人纷纷起身。初贵妃的侍女也站起身来望向远方的仪仗——她先前只是看到了安帝的銮驾经过，又见众人跪拜，才跟着跪下去，尚不知发生了什么事，此刻分明望见銮驾之上是个女子，便不解地向身旁女官打探消息。待女官说明原委之后，她不由得露出震惊的神色，连忙往同明殿赶去。

正殿书房里，邓恢恭敬地等候在屏风后。屏风外，安帝正与几位重臣商议着杨盈的提议。

不论是对杨盈本人，还是对她所描绘的前景，安帝本人显然都很是心动。在经历过宫城之上的混乱后，他难得再次流露出了好心情。朝臣们却意见不一，有的摇头反对，有的则很是惊喜，却也未必都是出于公心考量。

议论半晌之后，安帝终于开口说道："好了，今天就到此为止，散了吧。"又提醒道，"哦对了，这件事，先不要告诉沙西王。"

待重臣们领旨告退之后，安帝便抬步走入屏风后。邓恢立刻跪地，向安帝叩首请罪道："臣未能查清礼王实系女子一事，失职失责，罪不可恕，请圣上赐罪。"

安帝摆手，示意他起身："好了，别说是你，朕也没有认出她是个女子。十五六岁的少男少女，本就雌雄莫辨。"他从桌上端起一盏茶水，回头见邓恢还跪在那儿，就有些奇怪，"不是要你平身了吗？怎么还跪着？"

邓恢这才站起身来，恭谨地垂首道："臣惶恐。"

安帝喝着茶，竟又主动提起那一夜的事，问道："还在为那天宫城上，朕对你发了脾气不高兴？朕那天也丢光了脸，你陪着朕十几年，不会不知道朕是什么性子，朕打你骂你，那也是把你当自己人。"

邓恢确实知道他的性子，脸上立刻又挂上了笑意，道："除非圣上赏臣一杯茶喝，不然臣还是会小心眼。"安帝一哂，把茶盏递给他。邓恢一饮而尽，双手将茶盏送还，微笑道："谢圣上。"

安帝这才放心下来，接过茶盏，便随口同他聊起来："刚才朕在外头说的那些事，你也听到了，你说说，怎么看？那个小丫头，还真有点胆子血性，石破天惊地来这么一笔，连朕都有点心动了。"

安帝低头去放茶杯，没有注意到邓恢脸上的笑容迅速消失了。等安帝抬起头来，邓恢又恢复了恭敬的笑脸，道："一动不如一静，一国之后位，岂能轻许？"

安帝轻皱着眉头，思索道："可是她说得也有理，若要造势，就必须趁着杨行远还没回国前，把消息给放出来。"

邓恢当即跪地，一脸忠诚地看着安帝："容臣说句大逆不道的话。"

"说。"

邓恢道："圣上您马上就要庆祝五十圣寿，而礼城公主，年方十六。"安帝脸色一沉。邓恢却没有停下，仍是说道："礼城公主空有尊号，不过是梧国送来送死的棋子，所以无论是年龄，还是势力，这段婚姻都并不匹配。圣上若是着急迎她为后，老夫少妻，反为不美。而且，若是新后当真有了嫡子，圣上难道就不怕梧国反借太子外家之势，谋夺我大安？毕竟圣上金戈铁马，万一——"他停顿下来。

安帝狠声问道："你在咒朕？"

邓恢立刻叩首道："圣上千秋万寿那一日，臣必当追随地下。适才之言，虽是刺耳，但是出自臣之肺腑！"

片刻后，安帝方缓了颜色，扶他起来，叹息道："也只有你，现

第三十四章

在还敢跟朕提这些逆耳忠言了。"

邓恢起身，又微笑道："臣不光会说逆耳之言。"

安帝一挑眉。邓恢便微微凑前，沉声道："婚约，还可以宣布。但诏书中，大可以模糊一二，'聘礼城公主于安，结两国婚姻之好'……圣上莫忘了，二殿下尚未立妃。太子妃，可比皇后，要好掌握多了。"

安帝眼中一亮，缓缓点了点头。

邓恢走出宫殿时，李同光正带人巡视经过。错身而过时，邓恢淡淡地使了个眼色，李同光微微点头。

而同明殿里，侍女匆匆向内飞奔着，不留神撞倒了一个小侍女，甚至都不及回头看一眼，便连忙推开了初贵妃的房门，奔了进去。

六道堂安都分堂。

叶光才打开门闩，院门就被自外推开。一个头戴斗笠、手执马鞭、风尘仆仆的男子一步踏了进来。叶光一眼便认出是宁远舟，吃惊不小，连忙关好房门，向宁远舟行礼："堂主？！您怎么……"

宁远舟不及回礼，立刻问道："殿下如何？"

"殿下尚安，"叶光连忙回禀道，"这两日居于庆国公府，属下刚才还在宫外远远地看了她一眼，气色尚佳……"便絮絮地向他描述起杨盈走进安都皇宫时的情形。

知晓杨盈平安便可，其余的在此刻的宁远舟听来尽是啰唆。他忍不住打断了叶光，急切地问道："好了，如意呢？你可知道她的消息？"叶光一怔，随即慢慢地低下了头。

见他神色，宁远舟只觉眼前一阵发虚，手不自觉地握紧了马鞭，艰难地问道："尸身在何处？"

叶光低声道："前晚，朱衣卫指挥使邓恢亲自率人在朱衣卫总堂当众焚化的。金帮主带了属下混在卫众里面看了，确实是任左使本人。"

宁远舟沉默着，良久没有任何动作。

叶光担心地看着他，轻声道："堂主，请您务必节哀。"

宁远舟目光空茫，面色却极致地平静，嗓音也几乎没什么起伏，只是缓缓说道："我早就有预料了，没关系，对我们这些刀口上舔血的人来说，这一天，都是迟早的事。"

他说得平静，叶光看他似乎并无异样。但在宁远舟眼中，万物却一点点褪去色彩变成了灰白，就连自己的声音听上去都是缥缈遥远的。他平静地发布着命令："找身干净的衣服给我，弄些吃食来，派人盯着宫外，殿下一旦出宫，就马上把行踪报给我。点齐人马，备好武器。"

叶光松了口气，忙道："是。"

安都分堂的密档室里，宁远舟脱下身上乔装打扮的衣服，又一件件叠起、摆好。他的动作缓慢而细致，每一件衣裳都叠得整整齐齐。他的目光始终凝视着一处，却又似乎根本就没有在看任何东西。

叶光拿着一只盒子走进来，看到了宁远舟缓慢的动作，突然明白了过来。他眼圈一红，连忙别过头去。半晌之后，他才深吸一口气，重新看向宁远舟，道："堂主。"

宁远舟已换好了新衣——正是当日如意在雅阁里为他挑选买下的那一身。他接过盒子，问道："这是什么？"

"四夷馆火场里剩下的一些东西，"叶光低声道，"属下后来偷偷去找的，担心里面可能有什么没来得及带走的东西……"

宁远舟已经完全听不到他说的后面几句，只是机械地伸手打开了匣子，拿出里面一根烧焦了的毛笔，又拿出了一只半残的羽毛毽子，而后，他便看到了一只半烧成木炭的木块，眼眸骤然收缩，一把抓起木块，拼命擦拭着。

叶光看不下去，走出了屏风。

宁远舟擦了许久，那木块终于有了些原来的样子——却是宁远舟亲手雕刻了送给如意的人偶。如意收到人偶后由错愕转为失笑，最后泪盈于睫的面容，再次浮现在宁远舟的面前。

宁远舟握着那只半边烧残的滑稽人偶，一滴泪水凌空坠下，落在了人偶上。片刻后，又是一滴。

第三十四章

屏风外再次传来叶光的声音:"堂主,有急事禀报!"

宁远舟轻轻闭上眼睛,无声地呼吸着,再睁眼时,面色已然恢复平静。他淡淡地问道:"什么事?"

叶光道:"殿下出宫了。"宁远舟立刻起身走出屏风,却听叶光继续说道:"用的是半副銮驾,去的是离宫!那些引导的侍卫,称她为礼城公主。"

宁远舟愕然,紧紧握住了人偶,半晌方道:"我知道了。"

安国驿站。

从安都骑快马一路披星戴月而来的驿卒飞驰进了中转的驿站,翻身下马,冲着驿站里叫道:"八百里加急,快给我换马——"

话音未落,驿卒便被击晕在地。一个六道堂打扮的男子从他背后走出,从他怀中搜出书信展开,只见上面写着"数十名贼人携梧帝越狱潜逃,兹令沿途府衙驻军严加盘查,一有发现立即缉捕送京"等字样。

男子对晕倒的驿卒道一声:"谢谢,我知道了。"随即目光一寒,转身冲驿站外面一挥手:"放风筝!"

驿站外,一只半蓝半黄的风筝迎风升上了天空。

安国鸽站。

几只飞鸽落下进食,鸽笼却突然被合上。养鸽人的脖子上架着剑,他战战兢兢地高举双手,眼看着另一个六道堂打扮的男子解下飞鸽的脚环,取出了密信。

那男子扫了一眼密信后,便将信撕成碎片,随即冲着外面打了一个手势。

又一只半蓝半黄的风筝迎风而起。

通往合县的道路上。

六道堂众人护卫着一辆马车飞奔,遥遥望见路前方飘着一只蓝色的风筝，行在队伍最前的元禄立刻策马回身跑到马车边，禀道："前方五十里，安全！"队伍中间的孙朗也向后传话："前方五十里，安全！"队伍末端的丁辉也高喊一声："安全！"

驾车的于十三对元禄招了招手："上来歇一歇！"元禄点点头，飞身跃到了车上。于十三扔给元禄一壶水，提醒道："这两天没日没夜地赶路，你自己留心点自己的身子骨，糖丸别忘了吃！脸色这么差，可千万别又病了。"

元禄的脸有些青白，他强打起精神，往嘴里抛了一枚药丸，道："累了就会这样，习惯了，不碍事。"

于十三便给他挪出块地方，道："赶紧靠着这儿睡一会儿，我们中间不能歇，得尽快离开安国才能彻底安全。"

元禄点头道："好。还好宁头儿早有安排，让沿路分堂的兄弟们把安国人的驿站和飞鸽都废了，要不然，这一路早全都是追兵了！"便靠在车边闭目休息。

马车里，梧帝在颠簸中昏昏欲睡。钱昭坐在马车的另一端，目光幽深地盯着梧帝。忽听外面高喊"安全"，梧帝迷蒙地睁开眼睛，向外看了一眼，问道："这是到哪儿了？"

钱昭垂了眼睛，恭敬地回禀道："禀圣上，再有几个时辰，就快到合县了。"

梧帝凝眉回想着："合县？"

"离陛下惜败的天门关不远。"钱昭目光也一时望远，语气平静地说道，"以前属我大梧，如今由安国暂据。"

梧帝猛然一惊，随即脸现愧色，痛苦道："朕，对不起那些为国捐躯的大梧将士。"

钱昭依旧面无表情，低头道："圣上言重了，雷霆雨露，莫非天恩。能为圣上效死，乃是他们修了几辈子的福分。"

梧帝叹息道："钱卿忠肝义胆，自是可以这么说。但他们毕竟是因为朕才枉送了性命，朕不能没心肝啊。"

钱昭顿了一顿，道："臣，当不起圣上如此谬赞。"

"钱卿何必过谦,这数日来你将朕照顾得无微不至,朕都看在眼里。"

钱昭垂头一礼,目光被阴影遮挡了片刻,道:"能为圣上效力,乃钱昭毕生之幸。"又为梧帝奉上一杯茶,道,"圣上,请用。"

梧帝喝着茶,奈何车中颠簸,水没喝到几口,几乎全洒在了衣襟上。他颇有些懊恼,却也无计可施。

钱昭接过茶盏,道:"圣上稍安,等到了合县,就可以休息一下了。臣早已安排了一处极妥当安全的所在。"

梧帝眼睛一亮:"太好了,朕自出安都以来,这颗心就没有放下来过。"

钱昭一笑,语调温和道:"臣保证,圣上必能在那里高枕安眠。"

安都。

李同光一身深色的便装打扮,静静地等候在僻静的深巷中。自封国公以来,他越发孤僻寡言。此刻他面无表情地站在那儿,眼中蒙着一片白光,无人知晓他究竟在想些什么,究竟心境如何。

听到马车驶来的声音,他才略略侧身回过头去。马车上的卢庚匆匆跳下来,手捧一只瓷罐,奉到他的面前,眼中闪过一丝怜悯之色,道:"只有这么一点了。"

李同光却郑重地道一声:"多谢。"接过瓷罐,便摸出金子递了过去。

卢庚却摇了摇头,将金子推回去,道:"大伙儿肯冒死偷了这些骨灰出来,不是为着钱,而是为着任左使替天下朱衣卫张目的情分。"他恭谨地冲着瓷罐行了个大礼,便转身跳上了马车。马车很快便消失在了道路尽头。

李同光捧着那个瓷罐,凝视良久,尔后慢慢将它捧到近前一吻。朱殷触目惊心,忍不住上前道:"主上,还是早些让任左使入土为安吧。"

山洞里起了一座孤坟,坟前立着石碑,上写着"任如意之墓"。李同光痴痴地跪在坟前,他的身后,几个从人正在洞口砌着石头。这山洞曾是他和如意一道避雨之处，当年他以为如意死在了天牢的大火中，便将如意的"骨殖"安葬在此。不料失而复得，又得而复失。他终还是再一次将自己心爱的女子，安葬在此。

他正痴痴地抚摸着墓碑，朱殷匆匆走进来，向他低声耳语几句。李同光怔了一怔，问道："她怎么知道的？"

朱殷道："礼城公主看见属下换了素服，就猜到了。她说，以主上您和任尊上的情分，就算找不到尸骨，也会为她立个衣冠冢。她还说……"朱殷迟疑了片刻，低声道，"您要是还有一点良心，就必须帮她偷偷逃出离宫，拜祭任尊上。"

李同光沉默了片刻，问道："她知道我晋为国公的原因了？"

朱殷为难地点了点头。

李同光深吸了一口气，道："让他们先停手，晚上我找个由头去见圣上，你们趁着离宫换防那会儿把她弄出来，等祭拜完，再把洞口封死。"

朱殷迟疑地问道："真的要全封？"

"师父自来喜静，我不允许任何人有任何机会来打扰她的安宁。"李同光说着，便古怪地一笑，"就算宁远舟想来看她，也不可能了。师父既然愿意为我而死，那最后，她永远就是我一个人的。"他深情地凝望墓碑。

朱殷微颤，却没敢再多说什么。

入夜后，杨盈披着黑色的披风悄悄出了离宫后门。朱殷早已等候在外，见她出来立刻上前接应，扶着她上了马车。

夜色沉沉，大殿书房里，李同光正向安帝奏对着。安帝初时还耐心在听，后面却渐渐走神。不知想到什么，他突然打断李同光，问道："你说，镇业什么时候能回来？"

李同光一愕，忙道："圣上召回殿下的诏书昨日才传出去，相信再过上三四日，殿下便能收到，很快您就可以见到殿下了。"

安帝点头："甚好，甚好。"他叹了口气，轻轻拍了拍李同光的肩

第三十四章

181

膀,"同光啊,以前舅舅对你严苛了些,但那也是为你好。以后,你要帮朕、帮镇业好好地把江山撑起来。朕特旨升你为国公,也就是为了这个。"

李同光忙道:"臣必当鞠躬尽瘁,不负圣上所托!"

安帝又道:"你与初月的婚事,等镇业回来,也好好办了吧。"

李同光低声道:"臣……"他一咬牙,跪在地上,道,"臣有罪,任辛虽罪大恶极,臣受圣上之命将其格杀,但任贼仍因先皇后之故,与臣有师徒名分。依礼,臣应为其服丧三月,否则难逃言官悠悠之口。是以……"

安帝不快地皱起眉,但还是强忍了下来,手紧紧地扣着扶手,却温声说道:"朕明白,你肯念着旧情,就是个重义之人。朕身边如今缺的,就是重义之人啊。朕不怪罪你。下去吧。"

李同光低着头,并未看到安帝的表情。他闻言如释重负,叩首道:"谢圣上!"

内侍送李同光离开,走出殿门之后,人影渐稀。李同光寻机塞了件东西给他,轻声道:"拿着吧,知道你侄子最近出了事,用钱的地方多。"

内侍感激地低头一礼,低声道:"多谢国公爷。"看了看周围,又凑近李同光,低声说道,"对了,圣上好像已经决定让礼城公主做太子妃了。"

李同光不动声色地道:"不用跟我说这些,我待你好,并不是为了从你这儿探听消息。"

内侍道:"但老奴不能不知趣啊。"

李同光正要说什么,突然目光一闪,只见前方月洞门的蔓藤上挂着九朵白花,门边还站着初贵妃的侍女——这是初贵妃同他联络的信号。

夜色沉黑,初贵妃孤身坐于殿中,正抚弄着手中的花瓣。李同光出现在她身边,未有寒暄,便直言发问道:"找我何事?"

初贵妃反问:"没事就不能找你了吗?"

李同光道："我现在已是国公，行动不如以前那么方便。"

"以后你若成了辅政大臣，岂不是更有理由不见我了？"初贵妃打断他，凄凉一笑，"在宫里不方便，那我在宫外礼佛这么多天呢，你也不方便？有时间陪着阿月跑马，就没时间来寺里见我一回？"

李同光冷笑道："如果我没记错的话，这门婚事，还是你亲手帮我安排的。"

初贵妃手一颤，这才转头看着他，眼中含着悲伤，问道："你就是想伤我的心，才故意说这些的，对吧？"

李同光淡漠道："很早之前我就告诉过你，我们的合作就是我和沙西部的合作。如今，只是这个人从你换成了初月而已。"

初贵妃盯着他，问道："你爱初月吗？"

李同光皱了皱眉，不耐烦地问道："你特意叫我过来，就是为了问这些无聊的东西？"

"对你来说无聊的东西，对我却很重要。"初贵妃却说，"你若不回答，以后，也休想我再帮你。"

"不爱。"李同光毫不犹豫地说道，"她也不爱我，你放心了？"

初贵妃目光一颤，又问："那你爱我吗？"

李同光冷漠地转过头，道："有些问题一旦问出来，你就注定得不到想要的答案。"

初贵妃眼含泪水，问道："所以你一直都知道我对你的心思，对不对？你只是故意在装糊涂，钓着我，利用我，对不对？！"

李同光淡淡地说道："一开始，难道不是你想知道先皇后的事，才故意接近我的吗？既然各取所需，又何必说得那么难听？"

他转身欲走，初贵妃喝道："站住！"

李同光却恍若不闻："我从来都不喜欢强人所难，你若恨我，以后永不相见就是。"

初贵妃奔过去，从身后抱住了他的腰，李同光的脚步不由得顿住。初贵妃闭了眼睛，在他背后轻声问道："这么长的时间，你有没有，哪怕只是一小会儿，喜欢过我？"

李同光没有回答。半晌后，他一点点掰开了初贵妃的手指，继续向外走去。初贵妃望着他的背影，悲凉地笑了："很好，很好，你既然对我无情，我也对你无义。呵，出了宫，你就好好地去收她的尸吧！"

李同光一怔："谁？"

见他回头，初贵妃凄凉的笑容里充满了报复的快感："自然是你不顾性命，也要从火场里救出来的礼城公主！"

李同光大惊，上前一把抓住初贵妃，厉声质问道："你干了什么？！"

"一个既要抢走我后位，又要抢走你的女人，你说我会对她干什么？"初贵妃眼中含着恨意，映了橘色的灯光，如火焰灼灼燃烧，"你以为我常居深宫，外头就没有听我号令的族人了吗？你真是胆大包天，她都住进离宫了，你还要派亲信深夜接她出去幽会。就是去那个你从来不肯让我去的山洞，对不对？"

李同光惊怒交加，一把将初贵妃扔开："她要是有个什么万一，你一定会后悔莫及！"说罢急忙飞奔而去。

初贵妃委顿倒地，泪水一滴滴掉落在地上的残花上。她捂着眼睛，低声啜泣道："我现在就后悔了，我当初为什么要爱上你？"

初贵妃侍女忙上前扶她。初贵妃不断地落泪，目光空茫，却已昂起头来，吩咐道："去告诉圣上，就说我知道他要立新后的消息，哭肿了眼睛，已经三日不思茶饭，刚才又在花园跌倒，你怕我出事，才冒死前去禀报。"

侍女愕然，半晌方道："是。"

初贵妃眼中一片水光，抓着侍女的手，仰头怔怔地问道："我最后，总得抓住点东西，对吧？"

侍女流着泪，点了点头。

第三十五章

竟得朱颜归

李同光飞奔出宫,他神色匆忙不及掩饰,所过之处人人注目。

出宫之后他立刻翻身上马,扬鞭向着城外疾驰,奔至一处僻静的街巷,朱殷骑马追赶上来,唤道:"主上,主上!"

李同光闻声回头,见是朱殷,不由得大惊,勒马一把拎过他,目光急怒地质问道:"你怎么在这里?她呢?!"

朱殷看到他的神色,不由得愕然,低声解释道:"属下将她送出城,亲手交给马场来接的人,就来宫外接您了啊。"

李同光肝胆俱裂,急道:"她出事了,贵妃要杀她!"甩开朱殷,便又要上马赶路。

朱殷回过神来,赶紧上前拦住他:"不行,您不能去!"匆忙压低声音提醒道,"您特意进宫,不就是为了避嫌吗?公主如果真出了事,您这时候又在场……"

"师父遗言要我保护她!"李同光已然翻身上马,"如果她在师父墓前再出了事,我不如也死了算了!"他不管不顾地驱马疾奔出城。

草场上,杨盈在几名庆国公府的随从护卫之下,驰马接近山洞。风声猎猎,他们又行程匆忙,是以一行人都没有注意到,他们身后远远地还跟着另外一帮黑衣人。

见他们在一处山洞外勒马停下,那些黑衣人学着兀鹫的声音叫了三声,很快,远处便传来了应和的兀鹫声。

洞外，随从们正扶着杨盈下马，听到了兀鹫声不由得有些疑惑。杨盈却未察觉到异常，急切地催促道："怎么了？快带路。"随从们忙摇头甩开杂念，带着杨盈走向山洞。

就在他们入洞之后，另一群黑衣人从山洞边闪了出来。

与此同时，李同光玩命飞奔着，不断挥鞭加速，马已经被他勒得口吐白沫。

而杨盈已在随从帮助下，走入狭小的山洞。山洞中点着火把，杨盈一眼就看到了洞中所立的"任如意之墓"的石碑。泪水顿时从她眼中涌了出来，她奔到坟前，跪地哭泣道："如意姐！"

可就在她流泪之时，几支飞箭射入，原本守在洞口等候的随从应声倒地。

杨盈听到箭声和倒地声，立刻警觉起来，反应机敏地就地一滚，躲到了墓碑后。随从的喊声这才自外传来："有刺客！"

飞箭声、利剑破空声、呼喊声随即交织在了一起。杨盈环抱着自己，从墓碑后只能看到人影忽长忽消、不断地晃动，尔后有鲜血喷洒在她的面前。

外间已然激烈地混战起来。杨盈听到先前护送她入洞的随从高呼着："是沙西部的人！好几十个……"紧接着便传来刀剑捅穿了肉体的声音，随从惨叫了一声，却仍是拼力回击着，高喊："别管我！顶住！务必护住殿下！"

杨盈一凛，目光迅速扫视四周，见前方山壁上插着唯一一支照明的火把。她一咬牙，立刻猫腰不管不顾地奔上前去，躲过横飞的箭雨，一把摘下火把，扔在地上踩灭。

洞内顿时一片漆黑，所有人都忍不住惊呼一声。杨盈趁乱又躲回到墓碑后，右手已然扣住了如意给她的峨眉刺，宁远舟给她的那枚指环也在她左手食指上亮出了银针。

身后又是一阵慌乱的打斗声，渐渐地打斗声稀疏起来。又一声倒地声传来，之后便再无动静。杨盈攥紧了右手，心提到了嗓子眼。

沙西部族人粗豪的嗓音自后传来："看看有没有装死的，把公主找出来，一个都别放——"那声音却突然被打断，杨盈听到了剑刃入肉声、身躯沉重倒地声。而后混战声再起，不断有剑刃破空、惨呼和倒下的声音传来，沙西部族人痛呼道："他们有援兵！"

杨盈忍不住偷偷探头望去，便见洞口处月光皎如白练，照亮了一个身姿清丽的蒙面女子。那女子正奋力地击杀着沙西部的黑衣人。杨盈一声"如"字横在口中，几乎分不清是梦是幻，泪水却猛然流了一脸。但那蒙面女子却明显不如当初的如意那样武功高强，勉力对付完几个黑衣人，已是力有不逮。

这时，又有几个黑衣人跳入山洞，向蒙面女子狠攻而去。那蒙面女子不能支持，脚下踉跄后退。杨盈一咬牙，立刻冲了出来，捡起地上尸首边的剑便欲上前帮忙。蒙面女子见状立刻向她喊道："别过来！"但就是这一声，已经让她分心被划了一剑。

杨盈心胆欲碎，脱口唤道："如意姐！"

就在众黑衣人已成合围，蒙面女子险象环生之际，山洞外突然一声巨响。火光中山石崩裂，黑衣人被震翻倒地。另一个杨盈所熟悉的男子身影出现在了洞外。

蒙面女子显然也不敢相信自己的眼睛，但那男子在烟尘中已然迅速挥剑，击倒数名沙西部人。女子回过神来，旋身挥剑迎上前去，与他并肩共战。两人背靠着背配合默契，不过几息之间，已将所有对手击杀在地。

女子拉下面罩，不可思议地望着那男子的身影，喃喃道："远舟？"男子转过身来，月光照亮了他的半张脸，剑眉星目，眸光幽深似海，不是宁远舟是谁？

宁远舟也看清了女子的面容，轻轻唤道："如意。"两人奔向彼此，紧紧地拥在一起。

杨盈冲出来，却犹自不敢相信，拉着如意的手看了又看："你真的还活着，李同光为什么要骗我？！"失而复得的喜悦和松懈中，一想到数日间的痛苦辗转，杨盈就不由得落下泪来，却显然也是庆幸和后怕的泪水，"你们为什么这么晚才来找我，害我担心了那么久！眼

第三十五章

睛都差点哭瞎了！"说着便忽地想起些什么，又问，"对了，皇兄，我皇兄呢，他平安吗？"

宁远舟微笑道："安都分堂下午才收到飞鸽，他们已经平安过了昱城，现在向归德城方向去了。放心吧，这段时间我们已经把失去联络的各安国分堂都重建了起来，沿途有他们协助，你皇兄他们应该能平安返回大梧。"见杨盈黏着如意不放，便上前将她们分开，对杨盈道，"你如意姐受了很重的伤，别压着她的伤口了。"

杨盈一怔，如意却一笑，低头抚了抚胸口："被你看出来了，断了几根肋骨，有点伤元气，怕是得养一阵才行。"

杨盈不知那日情形，忙问道："谁伤的你？"

如意苦笑了一声，再次回想起那日的情形。

那夜她探手摸出邓恢腰间的匕首，递给邓恢，指着自己胸口对邓恢说道："你说过要给我一个痛快的。你欠我一回。"邓恢目光幽深地看着她。她引着邓恢的手靠近自己的胸膛，诱他刺了下去。

他们一个是朱衣卫的指挥使，另一个曾是朱衣卫的左使，都是当世顶尖、心思缜密的杀人高手。如意赌邓恢已然有所触动，也赌邓恢能领悟她的用意，肯放她一条生路。而邓恢果然一刀刺了下去。如意闭息陷入了假死。

给如意验尸的都是邓恢安排的朱衣卫，纵使察觉到她还有微弱的脉搏，自然也不会戳穿，反而都尽心替他们掩饰。而安帝彼时气急败坏，见匕首正刺在如意心口，丝毫也不觉得如意还能有任何活路，虽踢了她一脚，但也没想到该上前探一探她的脉搏。

如意就这么蒙混过关。

那一夜朱衣卫官衙中庭外，柴火架上烧的自然不是如意的尸体——那一夜死了太多的人，足够寻一具与如意身形相仿的尸首，用人皮面具一装扮，便真假难分。

如意的"尸首"在柴火架上燃烧，邓恢在廊下与李同光说话时，如意就昏迷在游廊边一间屋子里，浑身是血地躺在病榻上。榻边，卢庚忙碌地为她治疗着伤势，银针拔出之后，她的胸脯终于再次微微起伏。

今日傍晚，卢庚跳下马车将装着"如意骨灰"的瓷罐递给李同光时，如意和邓恢就坐在马车里。

彼时邓恢脸上已不再带有那种虚假的笑，一如常人般看向如意，问道："你真的忍心不告诉他你还活着？"

如意气息虚弱地半躺在一旁，断断续续地说道："任辛已经死在你们两个手上了，现在在你面前的，是任如意。"

邓恢一笑，语意中有几分调侃，更有几分深意："果然不愧是从白雀升上来的，真够无情，真够狠心。"

如意咳嗽着回敬道："彼此彼此，你刺我的那一刀，也不算浅。"

卢庚送完"骨灰"，再度上车，驾着马车离开。摇晃前行的马车里，邓恢说道："册令房里收藏的，除了每个朱衣卫的案卷，还有历代紫衣使以上的医案，你猜到我为了在万年寺对付你，一定会去看。"他抬手一指如意的伤口，背诵给她听，"'左使任辛，高五尺三寸，右腹、左肩、下臂、左股各有轻重伤三十九处。其心异于常人，悬垂于胸骨之正位而非左，故乙卯年四月遇袭时，利箭穿胸而未死。'"他深深地凝视着如意，说道，"你要我刺的是你的左胸。你故意的。"

如意笑了："可我赌赢了，赌的就是你还有身为朱衣卫指挥使的骄傲。你帮了我，皇帝也没有戮我的尸，而且我命大，最后也活了下来。"

邓恢叹息道："我救的不是你，而是那些为你下跪送行的人。"他看向如意，说道，"任辛，你是个英雄。"

如意却摇了摇头，目光一时变得悠远，道："不，我和你一样，和每个朱衣卫一样，都只是个人。"

邓恢再度凝视她良久，方才递出一只锦囊，道："药拿好，待会儿会把你放在犬岭朱衣卫废弃的哨点。"

如意接过锦囊，想了想，道："别相信皇帝，找个理由受个重伤，转职休养。只有废人，他才不会忌惮。"

邓恢没有作声，转而问道："宁远舟和你有没有关系？"

如意道："我从来没有背叛过大安。"

第三十五章

邓恢叹息一声："可怜的小侯爷。"又问，"金沙帮的金媚娘，是你的帮手？"

如意没有直接回答，只直言规劝道："朱衣卫这一回被我弄得元气大伤，你若还想重整旗鼓，就最好忘掉过去，和她合作。"

邓恢顿了顿，轻轻道一声："谢谢。"

马车缓缓停了下来，车外传来卢庚的声音："尊上，到了。"

如意艰难起身，本想自己下车，不料邓恢却默然地直接抱起了她，走进废弃哨点的小屋里，将她放在榻上，又解下披风，盖在她的身上，这才转身离开。

如意道："谢谢。"邓恢闻言，脚步微一停顿，却随即跨过了门槛，没有回头。

走出幽暗的小屋，月光再次照在他的脸上的时候，他已又挂上了那副面具一般的笑容，头也不回地大步走上车去，吩咐道："回衙。"

如意不知道的是，那一晚，邓恢的马车走后不久，驶经一家酒馆时，驾车的卢庚却突然自作主张地停了下来。不一会儿，他捧了一袋酒回来。

他将酒递给了邓恢，邓恢一怔，随即接过，举头痛饮。邓恢又把酒递回给了卢庚，卢庚也喝了一大口，把酒递回。

邓恢轻声问道："她以前做白雀、做左使的时候，也是这么魅惑人心吗？"

卢庚继续挥鞭，点了点头。

邓恢再度举袋："很好，那我也不冤了。"

如意说完之后便看了一眼宁远舟，那一眼里交换了千言万语。宁远舟心中疼惜，上前握住了她的手。

杨盈也已恍然大悟，感慨道："原来是这样。这个邓恢，倒也是个君子。"

"是啊。"如意说道，"只是我伤得太重，本想着能活动自如了，再去找你。没想到大晚上却听到了沙西部召集族人进攻的信号，又想着这边有鹭儿的马场，才忍不住过来看了一眼。"

宁远舟道："安都分堂的人一直盯着李同光，他这几日一直频繁出入此处，今晚又突然传出打斗声，我便赶来看个究竟。没想到老天有眼。"他心中无比庆幸，越发握紧了如意的手，与她十指相扣，又有些愧疚地向杨盈解释道："阿盈，我们并不是有意这么晚才来找你，我刚潜回安都，离宫又守卫严密……"

杨盈急道："没关系的。"她一手拉住一个，看向两人，"我从来就没有觉得你们会扔下我不管，我知道的！"

三人紧紧地拥在一起，杨盈幸福地闭上了眼睛。得知他们两个尚在人世，她本于愿已足，竟还这么快便能重逢，她心中只有感激和幸福。

却是如意最先清醒过来，提醒道："赶紧走吧。"

宁远舟道："分堂的人在一里外接应。"又对如意道："你辛苦一点，我们快马加鞭，三个时辰之内，就能脱离安军的追捕。"

如意道："好。"便拉着杨盈的手要离开。杨盈却没有动，似是下定了什么决心，抬头郑重地看向两人，道："我不走，我要回离宫。"

宁远舟和如意都错愕地看向她。

杨盈道："你们多半已经知道我和安帝的交易了吧？安帝要我嫁给二皇子，而我会成为这个国家未来的女主人。远舟哥哥，如意姐，我不想回去。你们把玉笼里的小麻雀教成了一只鹰，我已经回不去了。"

如意断然道："不行！安国政局复杂，各族势力交错。你留在宫里，一定会出事的！"

"可是，我从小就在宫里长大啊。"杨盈拉起如意的手，目光坚定地直视着她，说道，"宫里的酸甜苦辣、阴谋诡计，我比你们都懂，否则我怎么能在母妃和顾女傅走后，还一个人平平安安地活了那么多年？"

宁远舟也焦急起来："可这和你小时候完全不一样！阿盈，听话，现在不是你逞英雄的时候……"

"我不是在逞英雄。"杨盈摇了摇头，"远舟哥哥，如意姐，难道你们想我在你们的羽翼保护下活一辈子吗？"

如意和宁远舟同时一震，两人对视一眼。良久之后，宁远舟才道：

"你想清楚了？安帝心狠手辣，你很难斗得过他。从公主到皇后，这条路可不好走，也许一辈子也走不到。"

如意也说："不错，今天来杀你的人，也不知道是哪一家。深宫危机重重，一个不小心，你就会没命的。"

杨盈的眼神中却全是坚定，她认真地说道："我知道，但我不怕。你们都有宁愿死也想做的事，我为什么不能有？那一天，我骗李同光，说我想留在安国做皇后是为了掌权，是因为只有谈到野心，才能取信于他。可我不傻，安帝一代枭雄，连昭节皇后都斗不过他，他又怎么可能容许我一个几乎是人质的别国公主真正掌握后宫？可是只要我还在安国宫中，我能为大梧做的，就一定会比我在梧都做的多得多。哪怕能为两国多争取三年甚至五年的和平，我也算稍微补偿一点皇兄所犯下的罪孽了！"

宁远舟和如意对视片刻后，各自上前，温柔地拥抱了杨盈。

如意摘下一件饰物交给杨盈，道："这是我的信物，若有紧急情况，找金沙楼或金宝栈，媚娘都一定会帮你。"

宁远舟拍了拍她的肩膀，说道："六道堂安都分堂的堂主叫叶光，你可以完全信任。"又从怀中摸出个盒子递给她，道，"拿着迷蝶，没人的时候放出，他们会主动设法联系你。对了，杜长史也在安都分堂，他得知你向安帝自荐为后，就一直嚷着要留下来辅佐你。如果他能正大光明地进了离宫到你身边，你和安都分堂就能马上接上头。"

杨盈眼神亮了亮，欢喜道："太好了，有他们帮忙，我就不是单打独斗了。"然而话音刚落，她眼中便已泛起了泪花。分别之时已到，却无论如何都无法将道别的话说出口。她只抱着如意的胳膊不肯松手，忍住眼泪，微笑着撒娇道："如意姐，以后你们两个有了小侄女，小名叫她阿盈好吗？我会把我最好的首饰都送给她。"

宁远舟却笑看着她，问道："万一是个男孩呢，你就不送了？"

杨盈一下子愣住了。如意横了宁远舟一眼，道："我喜欢女孩。"

宁远舟马上正色道："您说了算。"

如意温柔地擦去杨盈眼角的泪水，捧住她的脸颊，微笑道："我前半生最幸运的事，就是遇到了一位温柔可亲的皇后。以后，小阿盈也会有同样的幸运。"

杨盈愣了愣，终于露出坚定又开心的笑容。

山洞外，杨盈驰马而去，如意和宁远舟站在洞口遥望着她的背影，心中有无限温柔。

宁远舟笑叹道："如果小阿盈能一下子长到大阿盈这么大，就好了。"说罢，便微笑着低头看向如意。

如意似笑非笑地看了他一眼，问道："你在想什么坏主意？"

宁远舟眸光柔黑，轻声说道："我在想，我们居然是在人间重逢，真的不可思议。"

如意忽地想到了什么，后怕地问道："你该不会——"

宁远舟凝视着她，认真地说道："我等了你二十四个时辰，你没来。"他摸出怀中那个烧得半焦的人偶，那人偶的身上已用鲜血写上了"宁远舟任如意之灵"八个字，他的眼眶慢慢湿了，"我原本想找到你的哪怕一片……"声音哽了一哽，"尸骨，然后就带着这个，随意找处山洞，用雷火弹炸掉。只是因为突然知道阿盈立后的事，才耽搁了。"

如意的眼泪也随之涌了出来，她轻轻地击了一下宁远舟的胸口，哽咽道："你这个傻子，那会儿我不是说好'有缘必能再见'吗？如果你真去了那个山洞，叫我以后该怎么办？！"

宁远舟却突然笑了："我还以为你会嫌这个墓志太小，别人以后看不清。"

如意一怔，半晌也笑了起来，擦着眼泪咕哝道："又哭又笑，你真是中邪了！"

宁远舟深深地凝望着她，喃喃道："恐怕在我看到你的第一眼，我就知道自己入魔了。"两人吻在一起，洞内火光未熄，琥珀色的光映照在山壁上，也朦胧照耀着洞口两人缠绵的身影。

夜色之下，杨盈驰马奔上一片草坡，赫然望见前方一个骑马伫立

第三十五章

的黑影。她下意识地勒马，拔剑在手，警惕地问道："谁?!"但很快她便看清，那人是李同光。李同光仿若没有听见她的声音，整个人犹如石像一般动也不动，只定定地凝望着远方拥吻的如意和宁远舟。

杨盈知晓他的心情，却还是策马上前，低声道："别过去。"

李同光握着缰绳的手已经现出了青筋，眼中一片水光，轻轻说道："我知道。从我亲手杀了她的那一刻起，我就已经没有了资格。"

远处，宁远舟已扶着如意上了马，两人共乘一骑，渐渐消失在黑暗中。杨盈分明看到两行清泪滑过了李同光那张英挺又冷漠的脸。一瞬间，她突然觉得面前这个素来讨厌的少年国公有些可怜。她想了想，说道："我出来太久了，再不回离宫，恐怕会出事。"

李同光没有说话，只是策缰掉转了马头。杨盈跟上了他，两匹马也小跑了起来。

李同光突然问道："她有没有问起过我？"

杨盈迟疑了一会儿，还是点了点头，如实告诉他："有，她听到了沙西部进攻的哨声，又因为这边是你常来的地方，担心你出了事，所以才不顾重伤特意赶过来，只是没想到在那儿的是我。"

李同光泛起了骄傲而酸楚的微笑："我就知道。"他飞快地回望了一眼，然而如意与宁远舟的身影早已消失在夜色之中。

李同光深吸一口气，回过身来时，眼中已是一片释然——无论如何，如意还活着，这已是世间最值得庆幸之事。

他打马与杨盈并排飞奔而去。

天门关外。

凝云横于北荒，同天际连绵起伏的山丘交织在一处，混作一片苍茫。已是黎明时分，地上却犹然暗沉一片。苍白的晨光仿佛无力拂照这片大地，枯黄的塞草之上凝着一层厚厚的白霜，在寒风中飒飒响着。

马背之上，胡子拉碴、容颜憔悴的安国二皇子李镇业拢紧了身上的披风，只觉这一日的黎明格外地寒冷。他不由自主地回头张望，却见那支数千人的北蛮大军依旧跟在他的身后，马蹄踏着黄沙，安静地前行。见他回头，领军走在最前的满脸凶恶的北蛮大汉看了他一眼，随即目光示意身旁的北蛮军官。

那大汉是北蛮的右贤王，军官得他示意，便策马奔到李镇业身边，向李镇业说了些什么。李镇业立刻满脸堆笑，向他保证道："放心，一会儿到了关外，孤一叫关门，他们就会开门。你们只要藏到山石之后，不让守军看见就行。"北蛮军官点了点头，满意地去向那凶恶的北蛮大汉复命去了。

李镇业的亲卫惊惶又困惑，压低了声音向他问道："殿下，真的要开关放北蛮人进去吗？这帮蛮子，可是我们中原人的世仇啊！"

李镇业瞪他一眼，怒道："孤都差点成了北蛮人的阶下囚，一个不小心，就得和梧帝杨行远一个下场，还管什么世仇不世仇？！"他眼中浮起怨毒之色，狞笑道，"父皇嘴上说得好听，什么让孤来代帝巡守，可只给孤五十个侍卫，也不许孤带沙东部的骑奴，分明就是要孤来送死的！他根本不肯相信不是孤弄死的老大，他分明就是想把皇位传给老三，找个由头而已！既然如此，就别怪孤不念父子之情和北蛮人合作了！"

李镇业的亲卫终于忍不住了，跪地规劝道："还请殿下三思！开关放蛮，毕竟是卖国啊！"

李镇业却不以为然，反驳道："胡说八道，北蛮人又过不惯关内的日子，我们和右贤王谈妥了，他们这回只要抢到足够的金银和粮食，助孤登上帝位，等到秋收羊肥的时候，自然就会回去！比起每年死伤几千人南下劫掠，孤每年给他们岁贡，不更好吗？"

亲卫还欲再劝，李镇业却已暴躁起来，怒道："闭嘴！你忘了上回守关的军队是怎么轻慢我们的吗？孤和你为了找到修这个破关口的石料，被采石场的崩石困了三天三夜也没人来救。要不是你还会说几句俱康话，找来了俱康商队帮忙，孤差点就死在采石场里了！这回我们在关外打猎，不幸落入北蛮人之手，又多亏这些认识右贤王的俱康商队说情，孤觉得，这就是天意！"

薄雾弥漫在山道上，钱昭带着六道堂一行人正奔驰在山间。连日赶路，除钱昭之外，所有人都有些昏昏欲睡。元禄打着瞌睡，险些从马背上摔了下来，幸而于十三伸手扶了他一把。元禄忙坐稳，打着哈欠问道："还要多久才能到钱大哥说的那个地方？"

于十三摇了摇头表示不知。目光扫过四周连绵的群山，又道："总之看地形，这儿应该离合县和天门关都不算远。"

正说着，前方的钱昭突然勒马停住，道："到了。"

驾马车的孙朗原本也有些走神，闻言一醒，连忙勒马，马车急刹。车中梧帝正倚壁睡着，不留神一头撞在车厢壁上，清醒过来。

朝阳升起，薄雾略散，众人打量着四周，很快便望见了山腰上的那座庙宇。元禄眼睛一亮，立时便认了出来，惊喜道："呀，这不是上回那座庙吗？宁头儿找了个由头叫了合县的大小官员来的那个。"他伸手指了指远处连绵的山岭，道，"那边就是左家岭，咱们炸掉的北蛮人密道就在上头。"

钱昭点了点头："对，这里离合县不到三十里。"便回头招呼众人道："大家都下来，在这儿稍作歇息吧。十三，你带几个人去检查前面的哨点，和颖城分堂接上头，再顺便通知那边的大小官员预备接驾。"

于十三却没急着动，看着睡眼惺忪从车中爬出的梧帝，低声嘲讽道："要不要黄土垫道、净水泼街啊？他倒是好得快。这几天一精神，也不提雪冤诏和传位给丹阳王的事了。"孙朗叹了口气，道："临死之前偶尔良心发现可以，这会儿活蹦乱跳了，就不肯舍出手里的权柄了呗。宁头儿要是知道了，非得被气死——"

钱昭的目光扫过来，两人连忙各自收声。

于十三无奈，只得点了几人去前方检查。钱昭则已上前去扶梧帝下车，道："圣上，上回臣说过的合县休息之所已经到了，庙后有一处不错的温泉，请圣上移步。"

梧帝精神一振："可以洗澡？太好了！"连忙催促钱昭带他过去。

一行人便分作两拨——钱昭陪着梧帝往山上庙宇走去，于十三则带人沿着山道，向颖城的方向驰马而去。

六道堂众人来到庙外，先看到庙前满缸的山泉水，不由得欢呼一声，纷纷抢上前去，喝水的喝水，洗脸的洗脸。

钱昭对孙朗道："去弄点柴火来，让兄弟们吃口热的。"又转向元禄，吩咐道："警戒好外边。"

元禄正忙着洗脸，连忙应声："好嘞。"

钱昭又一伸手臂，对梧帝道："圣上，请。"

梧帝正入神地看着庙边的一朵菊花，闻言将花摘下来，跟着钱昭一道走进庙里。

庙里只点了一盏油灯，原本就昏黄不明，进门后钱昭又掩上了门，越发显得黑暗。

梧帝听到门闩响声，有些不解，钱昭便解释道："臣已让人提前为圣上备好了酒食，让他们看到，恐怕不妥。"

梧帝恍然大悟，微笑道："有劳钱卿费心了。"

钱昭一拱手，道："圣上稍候。"便走到神台前，一一点燃庙中的蜡烛。

屋里只有两个人，钱昭不说话，便空寂得有些瘆人。梧帝打量着四周，见庙里简陋空旷，柱子在烛火映照下暗影幢幢，神像的脸也显得狰狞骇人，越发地不知所措起来。他只得找了一只蒲团坐下来，道："钱卿直接带朕去后头的温泉即可，不必点什么灯了。"

钱昭却没有回答，反而解下腰间的囊袋，在香案前摆弄起香火来。

梧帝没等到他的回声，探头看了一眼，恍然道："哦，好不容易平安到了这个地方，也算是踏上了大梧的国土吧，是该上炷香。"他看了看手中的菊花，叹息道，"朕出京之时，榴花正胜，如今却是连秋菊都快开过了。"

钱昭声冷如冰，问道："那陛下可曾想过，惨死在天门关战场上的大梧将士，在九泉之下，能看到什么花？"

梧帝一愕，抬头看向钱昭。

钱昭手一挥，一枚暗器飞出，击中了梁上挽绳。挽绳绷断，一幅白练猛地垂落下来，上面用斗大的黑字写着"大梧关山将士之灵"字

第三十五章

197

样,那"灵"字却只写了上面一半。

梧帝大惊,忙要从蒲团上爬起,却被钱昭反手拎了过来。梧帝在钱昭手中挣扎欲逃,却根本抵不过钱昭的力气。钱昭一手制住他,另一手从案上的囊袋中取出了一枚拴着白绳的六道堂徽章,放了香盘上。而香盘上,早已整整齐齐地排列着几排六道堂徽章,正中的那一枚赫然写着"六道堂天道缇骑柴明"的字样。

梧帝动作不由得一滞,颤声问道:"柴明的堂徽怎么会在你这儿?"

钱昭放好最后一枚堂徽,轻轻说道:"因为我是他的大哥,亲大哥。"

梧帝如遇雷击,待反应过来后,用力踢打着钱昭想要挣脱逃走。钱昭却如铁塔一般岿然不动,像拎一只鸡崽般轻松钳住他的衣领,便这么居高临下地看着他,目光平静得瘆人,嗓音温和得近乎阴森:"圣上莫走,臣自上次经过合县起便精心布置,好不容易才等到了这个好时机,您怎能随意缺席呢?"

言毕,他挥动匕首就向梧帝刺去。梧帝大惊,下意识地伸手去挡,指上却猛然一痛——钱昭已经割伤了他的食指,一时血如泉涌。梧帝惊惧至极,终于想起些什么,大喊道:"来人啊!救驾!救驾!"

正在周边警戒的元禄听到梧帝的叫声,立刻跃起,向庙中奔去。但庙门已从内锁死,元禄推了几下没推开,焦急地拍着门喊道:"钱大哥,开门,出什么事了?!"

孙朗原本在远处用青草喂着一只小兔子,听到动静不对,也急忙赶来。两人对视一眼,同时侧身用力,向着庙门撞去。

门外撞击声不断传来,钱昭却只是拉着梧帝的手,强逼着他用指血把"灵"字的下半边写完。

待众人终于撞开庙门冲进来时,灵字已然补完。钱昭正按着梧帝,强行逼他跪在香案前。而香案之后,一幅白练自顶梁垂落及地,被烛火的热气吹得呼呼作响,白练上"大梧关山将士之灵"八个大字触目惊心。

众人都是一震,元禄颤声问道:"钱大哥,你在干什么?"

钱昭的声音镇静至极:"为柴明,也为天道的兄弟们,讨个说法。"

众人都是一惊,却一句话也说不出来。

只听钱昭缓缓诉说着:"我和阿明是一个娘,但有不同的父亲。我比他大十岁,打小就讨厌他这个私生子。可他却总是没皮没脸地缠着我,知道我承继祖职进了殿前卫,就硬是也混了天道,说是这样就能经常在宫里见着我。"火烛跳跃着,给他眼瞳中染上了一抹暖色,他深陷在回忆中,想到当日情形,唇角似乎也流露出些笑意,道,"我常借着比试的机会教训他,可不管怎么打,他都笑嘻嘻地小声叫我'大哥'。我原想着,这小子皮贱,我再打他几回,打到他二十岁,就不打了。可谁承想,他在天道干得太出色,竟然被你这个无能的昏君带上了战场!"

他眼中的暖色已尽数化作悲痛:"你出征的每一天,他都会给我写信。'等我这次立下大功回朝,你能不能认我当弟弟?''我每天都劝谏圣上,不可太听信内监,但圣上就是不听!''大哥,圣上贪功冒进,我们每天要折损好几千人,长此以往,只怕酿成大祸!'"

说到此处,钱昭已经几乎无法抑制恨意,赤红的双目带着怒火,灼灼逼视着梧帝:"我的阿明,我世间唯一的亲人,连一声弟弟都没听我叫过,就为了救你的狗命,"他抬手一指归德原的方向,"在那下面替你挡了一箭!"他恨恨地指着自己的心口,嘶哑道,"我亲手拾的他的尸骨,就在这儿,箭头直穿进心,入骨半寸!"他狠狠地冲着梧帝就是一个耳光,"他才十九岁啊!十九岁!"泪水打湿了他的眼眶,悲痛令恨意和怒火越发旺盛燃烧,难以抑制。

元禄惊道:"钱大哥,你冷静些!"

钱昭猛地抬头瞪过来:"我要是不冷静,你们想怎么做?"他一指头上的白练,问,"送我去见他们?"又抓起香盘上的堂徽白绳,"还是当着柴明他们的面,杀了我这个要为他们报仇的人?!"

那一大把的六道堂堂徽,再次震惊了六道堂中人。

钱昭几乎要将那香盘按到梧帝脸上,目眦尽裂道:"阿明劝过你,石小鱼也劝过你,天道的兄弟,还有无数的人,都劝过你。可你还是一意孤行,为了你那该死的野心和霸业,就让上千条活生生的性命,

第三十五章

在这庙后的天门关战场上，变成了孤魂野鬼！"

梧帝又惊又怕，瑟缩着："朕、朕是对不起他们，朕已经写了雪冤诏！"

钱昭冷笑道："那也只是你死到临头才良心发现而已！之前宁远舟劝你，殿下求你，你都充耳不闻！可你呢，为了活命，连一道证明他们不是叛徒的诏书都不肯写，宁肯他们被万人咒骂，宁肯他们的尸骨被安国人作践，宁肯他们在九泉下也不得安宁！"

梧帝脸色苍白了许多，惊恐道："朕错了，对不起，可是朕只是想活着回到大梧，不得已才如此。朕也后悔，朕也很过意不去……"

"你是不是还想说'雷霆雨露，莫非天恩'？！"钱昭冷笑着打断他，"是不是还想说等你回了梧都再坐龙位之后，会追封他们高官厚禄？！做梦！"他扼着梧帝脖子的手只稍一用力，梧帝便喘不过气来。

众人大惊，立刻就要扑上。但钱昭已放好香盘，拔出了腰中之剑，怒吼道："别过来！"众人怕他对梧帝不利，都不敢再动。谁料钱昭竟在自己手上也拉了一道口子。

众人惊愕之间，钱昭已抓起梧帝的手，将两处伤口并排而列，按着梧帝的脖子，强迫他看清楚："你的血，龙子凤孙的血，和我们的没有任何区别！我虽然对你俯首称臣，但在我眼中，阿明的命，比任何一个王侯将相的性命，都要重十倍、千倍！"

梧帝如遇雷击，良久，才喃喃说道："朕，朕确实错了……"

钱昭闭目仰天，泪水滚入两鬓。他长叹一声："可惜已经晚了。"森寒的目光俯视着梧帝，"只有用你的性命血祭，天门关战场上遍野的尸骨、无依的忠魂，才能得到安宁！"烛火映着他手中白刃，反射出雪白的寒光。

元禄忙道："钱大哥，不行！弑君乃不赦之大罪！"

钱昭哈哈大笑，反问道："罪？！知道我为什么会答应老宁和章崧来救他吗？因为自打知道阿明死因真相的那一天开始，我就已经下定了决心，一定要亲手为他们报仇。因为我和老宁想的一样，一定要让这个罪魁，永远不会再成为梧国的累赘！从我离开梧都的那一天起，我就没想着还能活着回去！老宁上一回放了他，这一次，"他低头看向梧帝，沉声说道，"我不会！"

言罢，钱昭按着梧帝的脖子，逼他在香案前低下头去："死之前，先磕头！对着阿明的英灵，对着天道兄弟，对着三千因你而枉死的大梧将士忏悔！"

见钱昭不再看这边，元禄一咬牙，摸出雷火弹，低声对孙朗诸人说："我扔到旁边，尽量震晕他们，大伙儿见机行事。"

言罢，他掷出雷火弹，却不料钱昭反应机敏，剑尖轻轻一挑，那雷火弹便改了方向。钱昭拉着梧帝闪身避到了香案下。雷火弹击在神像上，轰的一声巨响，将神像连同身后的墙壁炸出一个大洞，露出了墙外的青山蓝天。神像倒地，四分五裂。

钱昭反手在香案下一探，摸出一把弩，一按一扣，已然将弩装在了小臂上。他满身灰尘，脚踩梧帝，一手执剑，一手瞄准正欲扑过来的元禄等人，怒喝一声："谁敢过来！"

山道上，正在检查前方哨点的于十三听到巨响回过头去，见烟尘正从山庙里腾起，面露愕然，立刻回身向山上疾奔。

而巍巍天门关外，正藏身在山石之后的李镇业和亲卫也被响声惊了一跳。亲卫低声道："殿下，晴天响雷，乃是上天示警，不可行此大逆之事……"

李镇业稳住心神，低声道："闭嘴，要不然孤杀了你！"他深吸一口气，转身向后望去。他的身后，北蛮人都已披上了草篷悄然藏身于山石之后。那草篷同关外黄沙枯草融为一色，不仔细分辨，根本看不出有人在。

李镇业向马上的右贤王抚胸一礼，道："待孤叫开关门，一切安排妥当后，便会在马身上挂上红色信号，到时您便可率军一举入关！"

先前向李镇业问话的军官，立刻把他的话翻译成北蛮语，向右贤王转述。右贤王点了点头，叫李镇业过来，居高临下地拍了拍李镇业的肩。李镇业谄媚地一笑，便带着亲信走出山石，直向天门关而去。

第三十五章

李镇业纵马奔至关前，亲卫闭着眼睛，不得不向着关内守军叫了一声："洛西王王驾在此，速开关门！洛西王王驾在此，速开关门！"

李镇业出关已有数日，守关的许将军派出几队人马寻找，都未带回他的消息，心下正在着急。听见关下有人叫门，他忙探身望去，看清确实是他，大喜道："殿下！您终于回来了！"

李镇业道："什么猎物都没打到，倒受了些暗伤，快开关门，孤要沐浴！"

许将军忙指挥手下："快打开关门！"

关门巨大且沉重，需要几十人从两边同时用力推动。兵士们奋力推门，颇费了些时间才将关门打开。

李镇业站在门外，看到巨大的天门关大门在面前缓缓开启，一时有些兴奋，又有些眩晕，下马时险些站不稳。他和亲卫一起向着大门走去，走到关门前，便停住了脚步，貌似不经意地说道："啊，还忘了马。"便脱下斗篷扔给亲卫，催促道："快去牵马，记得把它背上的伤口盖好了。"

亲卫低头接过那内红外黑的披风，不敢看任何人，脚步踉跄地出了关。许将军奇道："他怎么了？"却也并未放在心上，抱拳道，"殿下，召您回京的圣旨昨儿就到了，快快沐浴更衣吧。"

李镇业原本没怎么用心听，忽闻安帝要召他回京，愕然抬起头来："什么？"

许将军微笑道："来宣旨的内侍私下说，圣上准备和梧国结为姻亲之邦，正过国书呢，以后礼城公主就是太子妃。殿下等回到京城后，九成九就要正位太子啦！"众人也纷纷跪倒，向他道贺："恭喜殿下！"

李镇业大震，几乎不敢相信自己的耳朵，一时之间不知如何反应。

而就在两人说话之时，亲信已然走到了李镇业特地留在关外的马边。他红着眼，一咬牙，把披风翻过来披在了马身上，再也不敢多看远处山石一眼，便迅速地掉头奔回了关口。

埋伏在山石后望风的北蛮人远远望见红色披风，立刻挥手打出信号。身披草篷的北蛮大军看到信号，静悄悄地列为两队，走出山石，悄然向着天门关逼近。

待潜行到离关门不过百丈距离时，右贤王一举手臂，众北蛮人同时大喊一声，举起武器向关门直冲而去。

天门关前，许将军正热切地扶着李镇业安慰，突然晃眼看到了关外从天而降的北蛮人。他难以置信地揉了揉眼睛，眼见着北蛮人高举武器而来，终于面露惊慌神色。他立刻一把把李镇业推开，高声叫道："有敌来袭！保护殿下！速闭关门！"

众将士拼命去抬挡门石，推关门，无奈石厚门重，眼见北蛮人纷纷冲至近前，门却犹然未能关上。

北蛮人弯弓射出箭雨，守关兵士纷纷中箭倒地。尚能勉强爬起来站立的，都不顾伤势，依旧拼死闭关。

亲卫将李镇业拖走避开飞箭："殿下小心！"李镇业却犹然没能回过神来，愣在原地，嘿嘿笑着："父皇要立我当太子了，要立我当太子了！"忽然间他如梦初醒，想起自己做了什么，连忙高喊："快关关门！快！"他自己也拼命去推关门，但眼见旁边一个士兵被北蛮人抛来的飞斧砍死后，立时被吓破了胆，惊恐地跌坐在地。亲卫忙再度把他拖到关门后。

几乎与此同时，跑在最前面的北蛮人也跨过了天门关大门，而后数不清的北蛮人一拥而入，展开了血腥的残杀。

李镇业躲在关门后，眼见着安国士兵的尸体一点点累积在自己面前，不由得泪流满面、浑身发抖。他拉住亲卫，惊恐地问道："怎么办，怎么办？孤好像闯祸了！"正说着，不由得一声尖叫——原来几个北蛮人杀红了眼睛，冲到他们的面前，迎面就是一刀劈来！

亲随拼死拔剑抵住北蛮人的刀，大喊："看清楚，这是殿下！"北蛮人这才收了刀，骂骂咧咧地离开了。

北蛮人来得猝然，关内将士毫无准备，虽奋力抵抗，但仍是颓势毕现，转眼尸首堆叠，血流成河。

亲卫眼看着许将军也被北蛮人砍伤，双眼通红地瞪着李镇业，问道："殿下，现在该怎么办？"

第三十五章

李镇业发着抖，突然灵光一现："不怕，反正北蛮人只想抢东西，我们带他们去合县！合县之前也不是我们大安的，死多少人都和我们无关！只要父皇不知道，只要北蛮人不嚷出来，我还是能做太子，我还是不用叛国！"话音未落，一颗人头飞了过来，正砸在他的身上。李镇业立时失声尖叫起来。

　　许将军拼尽最后的力气，冲着关上高喊："点狼烟，放鸣镝！"身后的北蛮人一刀劈来，许将军颓然倒地。

　　几个小兵拼命奔向关上的燧台。

　　山神庙前，钱昭依然在和六道堂众人对峙着。元禄痛苦地看着他："钱大哥，你别逼我们！"

　　"你们也别逼我。"钱昭脚下踩着梧帝，满眼血丝地看着他们，"怎么，你们天天说要帮天道的兄弟们报仇，如今我做了，你们反而要拦我吗？"他用剑一指梧帝，吼道："快磕！"

　　突然间一枚暗器凌空飞来，将他的剑锋击偏。元禄高呼一声："十三哥！"

　　于十三气喘吁吁地出现在庙门口。看清了梁上的白练和因为爆炸而散落在地的堂徽，于十三恍然："你故意支走我，原来就是为了这个！"

　　钱昭道："十三，就算是你，也拦不了我的。"

　　于十三叹息一声，道："我知道。"而后，他突然横剑在自己颈上，看向钱昭，"你要杀他，我拦不住。但我要是想要自己的性命，你拦不拦？"他微一用力，血便顺着剑锋汩汩流下。

　　钱昭大惊，已不由自主地松开了梧帝："你疯了？这不关你的事！"

　　于十三将剑架在脖子上，一步步逼近钱昭，质问道："不关我的事？你杀了他倒是一了百了。可我们怎么办？你对得起宁远舟对你的信任吗？"

　　"在场的都是兄弟，只要大家守口如瓶，就不会有事。而且老宁上回也想过同样的事——"

　　于十三打断了他，怒吼道："他只是要逼圣上写诏书传位给丹阳王,不是要弑君!而且他事先和大伙儿都商量过!可你呢?你把你的计划一直死死地瞒着大家,你还当我们是兄弟吗?"

钱昭大震。

于十三紧盯着他,步步相逼:"你以为百官会放任一国之君死得不明不白?只要稍稍查出不对,这里所有人的三族九眷,全都要被你牵连!"

钱昭一咬牙:"算我欠大家的。各位,要真有那么一天,老哥哥一定在奈何桥上,以水酒一杯相迎!"

众人正要说话,却忽听一声:"够了!别吵了!"

梧帝不知何时已爬了起来,此刻正狼狈地坐在地上。吼过之后,他抬眼看向众人,面上带着一种怪异的平静,说道:"钱昭说得没错,朕,确实有罪。"他用手臂强撑着身体,摇摇晃晃地翻了个身,半跪着,从地上一枚枚拾起因为爆炸而散落的堂徽,放在自己面前的蒲团上,而后郑重地跪好,叩头行了三个大礼。

"我罪在轻敌冒进,祸及国家;罪在亲信媚臣,不听忠谏;罪在贪生怕死,陷吾妹、陷六道堂各忠心义士进退两难!"他再度咬破手指,在沾满尘土的地上写了一个"祭"字,仰头看向长空,悲呼道,"呜呼!英灵恪勤,钟鼎长铭,吾心有愧,涕痛难当!伟伐如存,壮怀悯伤,尔灵有知,庶其欣享!"

他语声沉痛真挚,六道堂众人包括钱昭在内,闻言眼眶都是一红。但钱昭立刻深吸了一口气,再次看向他:"别以为一番唱念做打,就能骗我饶过你。"

梧帝却道:"不用你饶,杀了我吧,我的确罪有应得。"众人震惊。梧帝黯然道:"刚才那些话,都是真心的。这一路上,我还在痴心妄想,什么古来帝王都有虎落平阳之时,只要学勾践卧薪尝胆,就必能东山再起。可直到刚才我才明白过来,犯下了太多罪孽的我,根本不配。只有用我的血,才能洗清我的罪,告慰大梧将士的在天英灵。"他端正地跪好,闭上了眼睛,用颤抖的双手解开披风,伸长了脖子,道,"你动手吧,今日,能重踏昔日大梧的国土,我已然无憾了。"

钱昭的手也不由得颤了一下，却仍是坚决地把剑举了起来。

可就在这时，尖厉又悠长的声音突然从庙后传来。

众人都是一愣，孙朗道："是鸣镝！"元朗立刻一指庙后："那个方向！"众人齐齐透过庙后的破洞向外望去，只见远处青山上，赫然升起了红白二色的狼烟。

于十三疑道："安国人又打过来了？"

梧帝和钱昭却都是脸色一沉，齐声道："红白狼烟，不是安国人，是北蛮！"

钱昭当即扔下梧帝，掉头冲出破洞。他立在庙后的高台上，极目望去，只见远方黑压压一片北蛮人正如潮水般汹涌而来。紧跟着钱昭跑过来的众人也都望见了此番情形，无不震惊，都张着嘴，一时说不出话来。

于十三惊疑道："北蛮人？他们这回又是怎么过的天门关？"

元禄转头望向左家岭的方向，目光搜寻了片刻，道："不可能又是通过岩洞密道，我看得很清楚，洞口还是封着的！"

梧帝不顾一切地往前挤，指着黑潮中的一面旗帜，问元禄："那是个什么旗，你能看清楚吗？"

元禄爬上大树，用手搭了个凉棚放眼看去，道："是蓝色的，上头是个张嘴的狼头！"

梧帝大惊失色："北蛮右贤王的王旗！糟了！谁有舆图？"

钱昭沉声道："我有。"他收剑入鞘，从怀中摸出一张地图。地图还是当日随宁远舟一道来探察左家岭洞窟密道时所绘制的。

梧帝愕然看着他，不料他竟肯听自己号令。钱昭没有看他，只垂着眼睛解释道："我们武功虽好，但没带过兵。"——而梧帝带过兵。虽战败葬送了无数将士，但他也确实是此地众人之中，唯一有过带兵打仗经历的人。

于十三和孙朗接过地图，一人拉着一头将地图展开，而后同时看向梧帝。梧帝一咬牙，上前一步，焦急地查看起来，转动着地图与实地对比。良久之后，他一指远方，道："那边是天门关。"又一指狼烟升起处，道，"那里是岳山燧台。"最后又回头看身后的山岭，眉头一皱，问道："元禄，后面左家岭的燧台为什么没有狼烟？"

元禄又跳上另一棵大树，极目望去，面色一变，惊道："左家岭燧台上爬了好多北蛮人！"

梧帝大惊："糟了！鸣镝三里外就看不见了，这燧台是给合县方向示警的。狼烟一旦中断，合县收不到消息，没有防备，全县数万人只怕马上就有灭顶之灾了！"

钱昭果断地指挥众人："六道堂听令！马上赶去燧台增援！"

众人齐声应道："是！"掉头奔出了庙外。

钱昭抓起了蒲团上的六道堂堂徽，也随后奔了出去。

众人各自解下道边树上拴着的马匹，翻身上马，向左家岭冲去。梧帝也奔到马车边，正欲抬起马辕解下驾车的马，钱昭倏然纵马奔到他身边，高举起了手中之剑。

梧帝急道："我不是想逃跑！"

钱昭却一剑斩断辕绳，将马辕挑飞，目光深沉地看着他，沉声说道："现在世间至大之事，莫过于共御外敌。等杀光北蛮人保住燧台，再取你性命也不迟！"言毕，他打马追上众人。

梧帝一咬牙，也翻身上马，跟随而去。

第三十六章

长刀惜染帝王血

一行人驰马飞奔到左家岭燧台之下,燧台守军早已被北蛮大军杀得尸横遍野,只剩寥寥数人还在抵抗着。六道堂众人当即跃下马来,提剑向北蛮人杀去。但北蛮人数倍于梧国众人,饶是一众六道堂武功高强,一时也难以占到上风。

梧帝见状,当即也捡起一把剑,加入了战团。他边砍杀边大声提醒众人:"不要恋战,先上燧台点狼烟!"言毕,他抢先往燧台的台阶上奔去。

一路上不断有北蛮人杀过来,梧帝奋力向上搏杀着。钱昭、于十三都连忙砍倒眼前的对手,紧紧跟上梧帝,护持着他一路杀上了燧台。

燧台上的烽火盆还在冒着烟,一个北蛮人正拖着一具被斩断了头的尸首,试图用其颈中之血浇灭烽火盆。

梧帝血红着眼,大喝一声冲上前去。那北蛮人猝不及防,匆忙抵挡两招,便被他砍倒在地。梧帝赶紧拿起旁边的火折子,拼命设法点火。但燧台上的燃料早已被鲜血浸湿,怎么也点不燃。梧帝心急如焚,向众人大喊:"全湿了,点不着,得找干的烽火柴!"说着已四下搜寻起来。

燧台上的北蛮头领似乎明白了他的用意,哇呜大喊几句。角落的北蛮人迅速把烽火柴扔下燧台,梧帝、于十三大急,从两个方向同时向那人飞奔,想要阻止。

早有一个北蛮人瞅准了时机,拿起手中长枪,瞄准了梧帝。钱昭刚砍倒一北蛮人，回头见此，大喊一声："小心！"但北蛮人已然奋力掷出长枪。钱昭不假思索地和身扑上，挡在梧帝背后。那枪凌空飞来，正中钱昭心口。钱昭身躯晃了一晃，缓缓倒下。

于十三、梧帝脸色大变，齐声高喊："老钱！""钱昭！"

此时元禄等人也终于杀上了燧台，见钱昭倒下，都立时满眼血红，不顾一切地冲杀上去。他们与梧帝、于十三一起，终于将残余的北蛮人全数砍倒在地，但此时北蛮人也已将所有的烽火柴都扔下了燧台。

元禄上前俯瞰烽火台下，只见下方山谷深不见底，陡峭难攀——烽火柴显然已是取不回了。

而梧帝已经抢上前去扶住了钱昭。于十三拔出匕首："老钱你忍着！"便要上前帮钱昭把枪头起出来。钱昭虚弱地挡开了他，看着自己胸口的枪，摇了摇头："入胸四寸，没救了。"他又问元禄："烽火柴，保住了吗？"元禄鼻头一酸，含泪摇了摇头。

梧帝急道："我们不拔枪，把他送到合县，再想办法……"钱昭却一伸手，紧紧地抓住了梧帝的手腕，喘息着，断断续续地说着："我想杀你。可是，钱家做了五代羽林军，保护帝王，已经成了本能。真没想到，我们两兄弟，居然为了你，都是一样的死法。"

梧帝的眼泪滚滚而下："我对不起你们……"

钱昭却突然嘶声坐起，颤抖地指着远方，艰难地催促道："那就马上去给合县报信！烽火柴没了，别的柴点不出红白的狼烟！北蛮人只要进了天门关，不管哪个国家的百姓，都会血流成河！快，带他们走，杀北蛮！"他的身体突然痉挛起来，口中涌出大量的血，他呛咳着，大口喘息着，却仍是瞪圆了眼睛，"听、听见了没有？！"

众人都早已虎目含泪，元禄更是忍不住啜泣起来。梧帝泪流满面地抱着钱昭，应道："听见了！"

钱昭的声音渐渐小了下去，喃喃道："杀光北蛮，护住河山，我和阿明，才会瞑目，我才不会后悔。杀，杀北……"一语未完，他已溘然长逝。

众人纷纷唤着他的名字扑上前去。梧帝却挣身而起，一抹脸上的血泪，强压下心中的悲痛，圆睁着眼睛看向众人，喝问道："都听见了吗？——听朕命令，全速赶往合县！"

众人都立刻挺直腰身，眼中含着热泪，高声应道："遵旨！"

合县城门楼上，安国守将吴谦正在巡视着。

城中百姓安居乐业，城门下不时便有人进出，有的推着车，有的抱着孩子，还有人在城门外的空地上支起摊位开始叫卖。吴谦望着城下，对瞭望台上的士兵带来的消息将信将疑，确认道："你真的看清了？左家岭燧台点了狼烟？"

士兵点头道："属下看清了，是狼烟，可一会儿就没了。校尉就是弄不清怎么回事，也不敢做主，才派小的来禀报。"

吴谦皱眉思索道："左家岭那边是咱们大安啊，梧国人在这边，难道是褚国人绕道打过来了？"

他身旁一个相貌粗豪的军官插嘴道："会不会是左家岭点错了，所以才马上浇熄了？"

事情诡异，所涉却极其重大，吴谦也不敢轻下论断，来回踱了几步，姑且道："先关一半城门看看吧——"

正说着，城楼上忽有士兵喊道："将军！那边来了一队人，有点不对！"

吴谦立刻警惕起来，抢到城墙边向下望去，却见六道堂一行几十人疾驰而来。吴谦伸手道一声："箭！"立刻有人递上弓箭。吴谦弯弓搭箭，一箭射在远处地面上，梧帝的马受惊人立而起。吴谦厉声问道："来者何人？！"

梧帝全力按住坐骑，于十三立刻驱马上前，扬声说道："大梧皇帝圣驾在此！"吴谦愕然，难以置信地瞪大了眼睛，俯身细看。于十三便又喊道："吴将军，我是于十三！梧国使团的，上回见过，你还记得吗？"

吴谦半天才反应过来，看清确实是六道堂一行人，忙道："记得，记得。"

于十三便道："你面前的，确实是我大梧国主！"

梧帝稳住了坐骑，再次驱马上前，高声向吴谦说："天门关破了！北蛮右贤王至少带了五千人入关，我们在左家岭打退了一小股前哨，但他们的主力，很快就要到合县了！"

吴谦震惊万分，半晌，才将信将疑地问道："陛下此言当真？事涉军情——"

"朕是从安都逃出来的，但朕拼着行踪泄露、再度失陷，也要赶过来通知你，就因为朕知道军情十万火急！"梧帝一指身后的马，"我们还捉了个北蛮活口！"

吴谦终于一咬牙："请陛下进城详叙！"

事已至此，不由得吴谦不信。将北蛮俘虏交给手下审问，吴谦便直接将梧帝请入城楼卫所内堂，询问详细情形。梧帝展开舆图，直接在地图上指点着，解说给他听："我们来的时候杀光了左家岭的北蛮人，仗着马比人快，才能赶过来报信。北蛮人下一个必经之处是渠头道，我们在这儿交过手，还记得吗？现在你们在那儿还有多少兵力？赶紧推石拦路，多少还能阻拦一段时间！"

吴谦回头唤道："张都尉。"先前那个粗豪的军官忙走上前来，吴谦吩咐道："快去点黑色狼烟，通知渠头道守军！"张都尉领命而去。

于十三和元禄、孙朗和丁辉分成两组，把守在城楼卫所的两侧，警惕地留意着安国人的举动——梧帝就在卫所里，为万民安危计，梧帝不得不现身告知危局，但作为梧帝的护卫，他们也不能不防备安国人对梧帝不利。

所幸吴谦似乎并无此意，四人只需拦下那些好奇的、探头探脑地向里张望的安国士兵便可。

自他们所立的位置上，可望见城门内外的士兵已被紧急动员起来。城楼下守门的士兵敲响警锣，催促城门外的百姓加紧进城，而城门正在紧急关闭。城门外护城的壕沟里，士兵们忙碌着挖设陷阱、埋设尖刺。燧台之上，黑色的狼烟滚滚升上了天空。一切似乎都进展得很顺利。

第三十六章

大战之前短暂地空闲下来，元禄忍不住又红了眼圈，问道："钱大哥的遗体怎么办？"

于十三道："这是战场，有几个人能马革裹尸？"他取出怀中的一把堂徽，凝视了片刻，道，"我们带他和柴明一起回去就好。"

元禄看向卫所里正和吴谦讨论的梧帝，有些茫然地问道："十三哥，你说他到底是好人还是坏人？"

于十三摇头道："不清楚，我只知道，他和我们一起杀北蛮，他就是个人。而且，他就算曾经败给安国人，可毕竟也熟读兵书，领过上万大军。打仗的事，咱们得听他的。"

这时，梧帝从内堂里走了出来，来到于十三跟前，低声道："能说的跟他们都说了，不过，县城里这会儿能用得上的，只有八百人。"

于十三一惊："才八百？可上次我们来的时候，军营里有至少三千人。"

梧帝叹息一声，道："褚国听说安国死了大皇子，贬了二皇子，以为有机可乘，这几天在离这儿不远的涂山镇陈兵数千，合县的守军都调过去了。"于十三和元禄面面相觑。

就在这时，吴谦也走了过来，低声对梧帝道："陛下，你们跟着我手下，悄悄地从南城门水路撤吧。"梧帝等人愕然看向他。吴谦道："合县缺兵少马，北蛮人来势汹汹，我只能多拖一会儿算一会儿。您不顾安危，冒险前来通知，我却不能不明事理。今日，我就当没见过您。"言毕，他抱拳一礼，便头也不回地大步离开了。

元禄胸中一阵热血涌起，正想要说些什么，于十三已伸手拦住他，微微地摇了摇头。

梧帝心神不宁地沿着城楼台阶，向着南城门走去。六道堂众人都沉默地护卫在他身侧。梧帝心神杂乱——吴谦安排了人带他下楼，他顺势就跟着走了，但心中总有个声音在说不对。突然间，钱昭临死之前的目光再次浮现在他眼前，他猛地停住了脚步。

所有人都看向了他。梧帝定了定心神，道："钱昭临死前，要我杀北蛮，护住中原，我不能就这么走了。"

元禄、于十三目光都是一亮，忙道："对，我们不能走！"其余六道堂众人也都先后说道："我们不能走！"

梧帝立刻回过身去，冲着吴谦的背影高声说道："吴将军！朕来助你守城如何？"

吴谦一愕，停住脚步。他自是希望能有援军，却不太敢信梧帝是真心的。他迟疑了片刻，回头说道："陛下高义，但是……"

梧帝打断了他，正色道："合县是咽喉要地，北蛮人已经破了天门关，要是再破了这里，方圆几百里只怕就无险可守！数月之前，这里也还是我大梧的土地，这里的百姓，也曾是我大梧的百姓！吴将军，今日我杨行远不是什么皇帝，就是一个想帮你守城的普通人。我毕竟带过上万人的军队，总比你手下那些校尉强点！"

吴谦难以置信，激动地走了过来。但很快他便又冷静下来，辞谢道："多谢陛下，但敌众我寡，合县多半是守不住的，您身为一国之君，不能留在这里徒送性命。"

梧帝却说："不，有机会守得住！"他一指城内，说道，"刚才我在城楼上看过这边的地势。这里有几座高楼，这里有一座小山，那边还有一些民居。如果抓紧时间改造，堵住通向城内的街道，没准可以建一座简易的瓮城，就算北蛮人攻破了城门，我们也能借着瓮城重创他们！"

吴谦惊喜道："建瓮城？那确实可行，"却很快便又犯起愁来，"但这工程，没个十天半个月……"

"用不了十天半个月，"梧帝道，"元禄！你上次都能用雷火弹把密道炸塌，这回呢？"

元禄眼睛一亮，迅速打量着周边的山势，自信地点头道："也能！只要再给我几十斤炸药就行！"

"当真？"吴谦忙道，"火药我这儿还有不少！"

元禄骄傲地挺起胸膛："小爷元禄我是六道堂饿鬼道中最顶尖的机关高手，若不能说到做到，敢请军法从事！"

于十三看了眼梧帝，见他神色坚决，心中欣慰。他当即上前一步，高声道："六道堂阿修罗道都尉于十三，擅毒烟、擅刺杀，愿追随圣上，共守合县！"

孙朗也随即上前一步："六道堂人道副尉孙朗，擅箭术、擅陷阱，愿追随圣上，共守合县！"

六道堂众人齐声说道："六道堂上下，皆不畏生死，愿追随圣上，共守合县！"

众人胸中都热血如沸，慷慨激昂，义之所在，百死不辞。城头安国士兵们也受他们的气势所感染，士气也随之振作起来。吴谦扫视四周，见城头气象为之一新，所有守军都目光坚定，再无二意，不由得虎目含泪，拜倒在梧帝面前："陛下大德，末将粉身碎骨难报！"

梧帝连忙扶起他："现在不用分什么陛下、末将，在北蛮人的弯刀面前，我们都是要守护好这一方水土的中原人。吴将军，请务必在壕沟和城门处多拖住敌军一阵！"

吴谦道："我亲自带五百军去！"

于十三抬手拦下他，道："将军信得过我的话，让我去，你比我们更熟悉城门。"

吴谦当即点头："好！好！"他转头向不知在何时已经围到一边来的安国士兵发令，"今日，我们安、梧两国联手，不计前嫌，共守合县。尔等务必唯梧帝陛下之命从事！"

安国士兵齐声应道："谨遵将军吩咐！"

梧帝胸中不由得荡起一股激昂意气，振臂高呼："生死与共，城在人在，城亡人亡！"

安国士兵们齐声高呼："生死与共，城在人在，城亡人亡！"

虽立誓与城池共存亡，众人却也都知晓此战凶险。一旦城破，以北蛮人之凶残，他们势必要入城屠杀劫掠。为尽量减少伤亡，梧帝专门安排人手前往城中引导百姓避难。安国军官在六道堂道众的协助下，指挥着各处百姓从南门出城，一遍遍叮嘱道："快往南门水路逃！能走多远就走多远，尽量藏山上！"

不少人跑到一半,却又折返回来。军官正要询问原委,一个跟元禄差不多大的少年已站了出来,说道:"从小我爷爷就跟我说,北蛮人太狠了,光是逃,再远也没有用!左右是个死,军爷,让大伙儿跟你们一起守城吧!"

最终,几乎所有人都留了下来。没受过训练的普通人,打仗固然不行,却也都有一把力气,很快便在调度之下,各自忙碌起来。有的做饭,有的搬运沙石,有的将树干修成尖头桩……

六道堂众人也各有任务。于十三在壕沟处指挥着安国士兵设置陷阱,元禄带人去侧近的小山上埋炸药。

孙朗在城墙上和安国的军官拿着弓箭沟通。安国军官一开始还有点不服气:"我们会分梯队轮流齐射,不用您特地指点。"孙朗却毫不在意,笑着搂住军官肩膀:"哥们儿你想多了,我就是多问一句。"话音刚落,他突然发现军官身边蹲着一只小狗,赶忙开心地抱起,"哎哟,这是你养的狗?来,跟哥哥握个小手!哎哟,真听话,这毛色真亮,你平常没少喂它吃蛋黄吧?"本来还不服气的安国军官,听到养狗一下子来了精神:"可不,一天最少两个!宁肯饿着我也不能饿着它!"说完,还挺不好意思,"哎,刚才您别在意,我这人说话直。"孙朗笑道:"在意什么啊,天下喜欢毛茸的都是一家。哎,我说哥们儿,弓箭手一起发箭固然好,但咱们人少,要不……"很快两人便和谐地讨论了起来。

而城楼上,丁辉护卫在梧帝身侧,放飞了信鸽。

安排完所有事后,梧帝长松了一口气,对吴谦道:"朕已经写了手诏,向我国及时通知了军情。但颖城那边现在已不是我国所辖,所以还请吴将军速速向颖城及俊州求援。"

吴谦道:"下官已派人飞骑传书。"

丁辉疑惑道:"为何不用飞鸽?"

吴谦略有些尴尬,解释道:"合县太小,一向只用驿马。我们没有飞鸽。"

丁辉一惊:"那怎么办?我们唯一的飞鸽刚才也放出去了。"

梧帝也怔了一怔，半晌方道："骑马到那里，怎么也要好几个时辰，中间还难免遭遇北蛮人。"他抬头望向远处的山峦，叹息道，"看来，这一场大战，只能我们自己来打了！"

天际腾起烟尘，隐隐有雷鸣般的声音在远方翻滚。举目望去，只见烟尘之中黑压压一片北蛮人，如潮水般渐渐涌来。城门楼上的孙朗最先发现了远方的大军，迅速敲响了城楼上的警钟。城中百姓们抱头躲藏，六道堂诸人与安国士兵们都握紧了手中的武器，严阵以待。

那黑色潮水很快便奔涌至近前，蓝色的狼头旗当风飘展。

城门打开，梧帝、于十三、吴将军出城迎敌。

北蛮右贤王举起了手，十数名北蛮军官纵马而出。右贤王再一举手中的狼头刀，众北蛮人齐齐发出震天动地的高喊声，骑兵队伍在这些北蛮军官的带领下，率先向合县发起冲锋。

梧帝、吴将军、于十三等浴血奋战，将北蛮人诱入城中。眼见北蛮大军冲到了小山下，于十三和张都尉手中带血的刀剑一碰，在烈日之下反射出了耀眼的光芒。

躲藏在暗处的元禄望见信号，立即点燃了引信，巨大的爆炸声和气浪瞬间席卷了整座合县县城。小山土崩瓦解，山石轰隆隆地滚落，大地都在震动。奔跑在最前的北蛮骑兵瞬间便被山石流所吞没，随之而来的、裹挟着碎石的气浪掀得北蛮人人仰马翻。

北蛮人的后方阵营也被这惊天的地动声震得失魂落魄，马被惊得人立嘶鸣，四下狂奔，北蛮右贤王从马上摔了下来。

马车中的安国二皇子李镇业也被震得趴倒在车厢地板上，亲卫扶着头冠爬起来，跳下马车去查看究竟，只见北蛮大军惊惶未定、阵型混乱，右贤王正焦急地和手下们商量着军情。亲卫近前偷听了几句，连忙赶回车上，扶起二皇子，低声向他耳语："北蛮人乱成一团，好像说合县里的守军引燃了飞火，他们上回潜进天门关时也碰见过，只是没有这么大的声响。"

李镇业还在喃喃自语着："他们要是攻不下合县，就没法去打梧国，他要是掉转头打我们大安怎么办？一旦父皇知道是孤放了北蛮人进关，孤就当不成太子了！"他突然间反应过来，惊喜地问道："你刚才说什么？北蛮人乱成一团？"他连忙探身出车，果见北蛮阵中大乱，右贤王正慌乱地指挥着手下继续冲锋。

李镇业大喜，压低声音道："看守我们的北蛮人不见了，我们也悄悄跑吧！天门关的人反正已经死光了，只要回了大安，就神不知鬼不觉！"他忙与亲卫一起，趁乱悄悄下了马车，滚到一边的岩石边。

北蛮人正在右贤王的带领下发起又一次进攻，无人注意到这边的动静。眼见大队人马吼叫着冲向合县，渐渐奔离，李镇业和亲卫偷偷戴上北蛮人的狼皮帽，抢了两匹脱缰的惊马，拼命地向着相反的方向狂奔而去。

城门前杀声震天，合县守军正和北蛮大军浴血奋战，刀兵相交，血肉横飞。

客栈里，如意看着窗外初升的太阳，突然一阵心烦意乱，轻咳起来。她与宁远舟正在返回梧国的路上，准备过几日后再与钱昭等一行人会合。

宁远舟走了过来，替她拍背顺气，问道："肋间的伤又痛了？"

"不知道为什么，突然间有些心烦意乱。"如意皱着眉，思索道，"是不是元禄他们出事了？"

"昨晚你不是亲眼看了分堂的飞鸽吗？他们在归德城换了马，现在多半快到合县了，过了合县，就是梧国的地盘。"宁远舟安慰道，"放心吧，以前我不在，于十三他们也会帮我代理堂主事务，何况这回还有钱昭坐镇。"

如意还是不放心，思索道："那你的内力？"

宁远舟连续三掌虚劈向远处的桌案，案上三个杯子有两个应声而裂，有一个却没动。宁远舟道："比之前好一些，只有不到三成的概率会出问题。"

如意皱眉道："那还是得尽快赶上元禄他们，到梧都找章崧把最后那颗解药要到,再找名医参详。"她又咳嗽起来,转身就去拿桌上的剑,便要起身。

宁远舟替她拍了拍背,按着她坐下:"大夫都说了每天不能赶太多路,你伤口没长好,断了的肋骨也经不起这么颠簸。"

这时,屋外突然传来一阵巨响。两人同时警觉,立刻飞身奔向窗边,却见临窗的街道上,几个男子正在推搡争吵,被推翻的拉货马车倒在一边,货物掉了一地。

两人看到外面的情形,都松了一口气。宁远舟忽地察觉到其中一个男子服色有异,便指着那人问道:"那个人的衣裳,怎么和别人的不一样?"

如意凝目看了看,道:"看打扮像是俱康人,西域那边的商队,经常跟沙东人做生意。你们森罗殿不是无所不知吗?居然连这个也认不出。"

宁远舟沉吟道:"原来是俱康人,他们向来不过白山,和我们梧国不打交道,所以……"正说着,如意脸上神色却忽地一变:"不对,他的腰饰有问题。"——那俱康商人的腰饰,分明是一个狼尾装饰的黄金小狼头。那日如意在合县用铁指套击杀的北蛮人首领,他的腰间也有一个几乎一模一样的。

两人将俱康商人带到僻静处,询问腰饰的来历。俱康商人摇头,表示不知。如意脸色一寒,将匕首比在他脖子上。俱康商人惊恐不已,害怕地说着沙东语。如意听了几句,回头面色严肃地对宁远舟道:"他说这是七天之前,和北蛮一个小部的首领换的,北蛮王庭在宿房原发了召集令,这位首领带了两百多兵士过去。"

宁远舟一凛:"你问他,那首领跟他换的什么?"

如意和商人交谈了几声,回头沉声对宁远舟道:"行军用的伤药。"她扔给俱康商人一小块银子,俱康商人快步离去。

宁远舟凝眉道:"宿房原离天门关只有八百余里,北蛮有大小近百个部族。"

两人几乎异口同声道:"得马上去天门关!"

合县里被北蛮人团团包围的梧帝及六道堂众人已经伤痕累累，正和残存的几十个安国士兵一起，借着一处一人高、数丈宽的工事做掩护，犹做困兽之斗。

六道堂众人的身边处处都是安国人和北蛮人的尸体。一个安国军官重伤倒地，已近弥留。他目光无神，喃喃道："援军为什么还没来，为什……"一语未完，就此断气。

孙朗替他合上了眼睛，抬头看向昏黄的天空，疲惫无言。

丁辉问道："我们打了多久了？"

孙朗道："两天两夜了……好饿，好累。"

梧帝早已精疲力竭，却还是强行鼓舞着众人："大家撑住，今天反正也要交待在这儿，多杀一个北蛮人，咱们就算多赚一个。"

众人各自点头。元禄笑道："圣上，就凭你这句话，钱大哥搭了性命把你救回来，就挺值！"

六道堂众人和梧帝各自拥抱。见梧帝又要冲出去杀敌，于十三赶紧拉住他道："别，就算要送死，咱们也得多赚点。元禄，你眼神好，我帮你挡箭，你看看能找到右贤王吗？"

元禄道："好！"便在于十三的掩护之下从工事旁半探出身，极目而望。扫了一圈之后，他忽地眼前一亮，立刻猫下身子缩回来，指向远处："在那边，头上戴着狼皮帽，可惜至少离这里有十丈，我们冲不过去。"

于十三摸出飞索："我还有这个，要是能把飞索两头分别射到那儿和往下数第五排门钉那儿……"他指了指一旁的酒楼和对面半开的城门。

梧帝探头一看，摇头道："不行，酒楼还好，要想射到门钉，箭手必须站到上头，"他一指身前工事，"才够高，不然准头不行。"

于十三挺身道："我来！"孙朗却一把拉住他："别，十三你手臂有伤，还是我来！"于十三一咬牙将飞索抛给他，孙朗反手一箭射入酒楼约高三丈的位置，而后和元禄、于十三对视一眼。元禄和于十三立刻分别从左右冲出工事，各自拿机弩射击，牵引住北蛮人的注意。

孙朗默数："三、四、五！"梧帝蹲下身来，孙朗踩在他的肩上借力，一跃跳上了工事，手臂一张，弯弓如满月，箭身立刻带着飞索，深深扎入远处城门的门钉上。但与此同时，孙朗胸前也噗噗中了北蛮人两箭。他咬牙挥剑削断箭身，跃下工事，一拍于十三的肩膀："成了！十三，这次我肯定射得比你好！"

于十三身影如电，飞身跃起，利用飞索两头的高度差，急速地滑向城墙。元禄和孙朗等人继续弯弓、用机弩向北蛮人射箭，分散敌人的注意力。安国士兵和其余六道堂众人也冲出拼杀。激战之下，没有人注意到孙朗身上的断箭。

飞索之下的北蛮人被凌空而来的于十三吓呆了，半晌才回过神来，向他射箭扔刀。于十三被一箭擦伤，但仍眼如鹰隼般寻找着戴狼皮帽的右贤王。突然间他眼中一亮，飞身直扑右贤王身边的一位高级将领。北蛮人惊呼起来，下意识地扑过去保护那高级将领。不料于十三只是蜻蜓点水般在那高级将领头上一踩，便借力飞向了无人保护的右贤王。银光过后，右贤王的头颅跌落在地上，鲜血瞬间喷涌而出。

北蛮人惊惧万分，一时安静至极。忽然间，一名北蛮人发出一声高喊，抢到了右贤王的头颅，抱着头颅转身就往城门外跑。众北蛮人也争先恐后地奔了过去。不过片刻，城内的北蛮人就消失得无影无踪。

众人都不敢相信自己的眼睛。元禄忙道："我上城墙去！"他拼命奔上城墙，累得气喘吁吁。良久之后，他挥手对城内大喊："北蛮人跑了！他们骑马跑了！"

城中残余的士兵和百姓们不敢置信，半晌，才搂抱在一起狂喜地高喊："我们赢了！我们赢了！"

战后，城中到处都是断壁残垣，伤员们互相包扎着伤口。梧帝挂着剑一瘸一拐地走在街上，和于十三边走边说："太傅教过朕，说北蛮人有风俗，凡王者已死，最后抢到他头颅的人，就有权继承他一半的土地和马匹。"

于十三懒洋洋地说道："臣倒觉得他们也杀不动了，就借此找个台阶跑了。"

梧帝笑着正要说什么，忽听一声惨呼："吴将军！"

众人连忙赶过去，只见吴谦委顿在地，胸口上插着一把刀，眼见进气多，出气少。梧帝大为哀恸，上前握住他的手："吴将军！"

吴谦断断续续地唤道："郭都尉，张都尉。"两名安国军官立刻抱拳道："卑职在。"吴谦虚弱地吩咐道："我死之后，合县军政，全听陛下号令。"

梧帝愕然。吴谦虚弱地半垂着眼睛，勉力抬头看向他，道："陛下，合县就托付给您啦。今日，末将能与您并肩作战，三生有……"一语未完，他已然断气。众军士纷纷痛哭起来，梧帝也抹泪不止。

张都尉重重地向梧帝叩头，道："陛下，北蛮人尚未走远，后续之事该当如何，还请速速决断！"

梧帝扶起他，对众人道："杨某既受吴将军之托，便会不分国别，一切以抗敌为重！郭都尉，请你负责清点残兵、抚恤百姓、重修城门等事宜。"

郭都尉道："遵令！"

梧帝又道："张都尉，你们派去俊州通报军情的飞骑是不是还没消息？"

张都尉道："多半是出事了，卑职索性自己去跑一趟！"

"有劳。"梧帝转向孙朗，继续吩咐道，"孙朗，你和于十三去探察北蛮人的动向，务必弄清他们去了哪儿、下一步意图如何。元禄，你还能再做一些雷火弹吗？"

元禄却只是静默地盯着一个方向，没有回答。梧帝疑惑地问了句："元禄？"

元禄眼中一片水光，平静地说道："孙大哥去不了，我和十三哥一起去吧。"

土坡下，孙朗静静地倚在一处石头上，仿佛只是睡着了。他身上又添了几处羽箭，身下则是一摊鲜血。那只他曾抱过的毛茸茸的小奶狗，正呜咽着挤在他的身边，舔着他的手。孙朗的嘴角，似乎还带

第三十六章

着一抹笑意。

日升月落，时间飞逝。

张都尉快马加鞭，奔跑在黑夜的道路上。

元禄和于十三向沿途的牧人打听着北蛮人的动向。

天门关，数千北蛮人集聚在一处，几个首领正在争抢着右贤王的狼皮帽。

星月之下，如意和宁远舟正纵马向天门关的方向疾驰而去。

而驶往安都的马车中，二皇子玉冠华服，强自镇定。

第二日黎明时，张都尉终于来到俊州城。他高举腰牌进了城池，奔进衙门向守将说着什么，守将却皱眉不信。张都尉焦急不已，却是无可奈何。

梧帝坐镇合县县衙，晌午时，郭都尉向他汇报着城中状况。

"赈济已经安排妥当，但我们能动的兵士，已然不足八十。北蛮人要是再来，我们只怕完全没有还手之力……"

正说着，张都尉一脸灰色，匆匆而入，进门就跪下："末将无能！"

梧帝忙问："出什么事了？"

张都尉悲愤道："末将去得匆忙，没有带信令，俊州刺史说什么也不相信北蛮人攻进了天门关。"

众人都是一惊。

张都尉又道："非但如此，俊州刺史还想把末将拘起来。因为洛西王殿下前日奉召回都，路过俊州，说天门关稳若金汤，而我们吴谦将军却早与贵国勾结，意图造反！末将拼死才飞马逃了回来！"

梧帝目瞪口呆。丁辉忍不住问道："他们怎么这么蠢？天门关有没有北蛮人，派几个游哨去探察，不就知道了吗？"

张都尉恨声道："俊州刺史是沙东部人，二皇子此番回去又是要立太子的，自然他说什么，俊州刺史就信什么。"

梧帝皱眉道："安帝派二皇子巡察天门关，偏偏天门关突然就破了，这中间肯定有古怪。"众人听出他话中之意，都不由得一惊。

张都尉喃喃道："难道是二皇子他……"

丁辉急道："那现在怎么办？"

梧帝徘徊数步，对安国诸军官道："必须马上派人赶去安都，向贵国陛下报信！事关中原存亡，又涉及皇子，必须让一国之君知道实情！事出紧急，朕会直接向梧都要兵，增援合县，希望你们不要在意。"

郭、张都尉对视一眼，片刻挣扎之后，终于抱拳领命："卑职不敢！"

梧帝凝眉思索着："现在的麻烦是，到底派谁去安都报信，才不会被二皇子留下的各路关卡阻拦呢？"

于十三的声音从门外传来："让元禄去！"众人抬头望去，便见于十三和元禄风尘仆仆地从外而来，走入大堂中。于十三道："二皇子不知道我们来合县的事，肯定只会防安国的信使。让元禄扮成个平民少年，带着吴将军的印信进京，肯定不会有人察觉。只要他进了安都，直接找到殿下或是庆国公李同光，通过他们，就一定能把军情递到安帝手中！"

众人眼前都是一亮。梧帝却看了一眼于十三后方，问道："元禄，你可愿奉命？这可是我们合县如今的头等大事，全县的安危，可都托付在你身上了！"

元禄本还略有犹豫，听梧帝这么说，立刻一挺胸膛："臣遵旨！"

第三十七章

神行终憾未启言

于十三替元禄的坐骑紧了紧马鞍,又把装着干粮和水的褡裢放在马背上,最后将吴将军的血衣递给他。钱昭和孙朗都已牺牲,宁远舟身在远方,生死不明。昔日斗志昂扬一道受命出京踏上征途的伙伴就剩寥寥几人。如今合县岌岌可危,经此一别,还不知有没有再见的机会。

于十三心情沉重。看着元禄稚嫩的面庞,他忍不住再三叮嘱:"就算军情如火,也别把自己累得太狠。每到一处驿站换马,一定要停下来歇半个时辰。我已经飞鸽传书给安都分堂了,鸽子比你快,实在不行,他们也能去找李同光或者殿下想想办法。"

元禄摇头道:"上千里的路,万一飞鸽半路出事怎么办?李同光和殿下又没跟安都分堂打过交道,还是我亲自送信更妥当。"于十三又问道:"糖丸带够了吗?"元禄从胸前摸出药袋摇了摇:"听,多着呢。"

于十三点了点头,抬手摸了摸元禄的脑袋,又抱着他拍了拍他的脊背,这才放开他,如老父亲一般轻声说道:"去吧。"

元禄点了点头,又和丁辉拥抱了一下,翻身上马,扬鞭而去。然而刚奔出几步,张都尉便从后追来:"等等。"跑到元禄身边,他把自己的令牌递给元禄,"拿着我的令牌,这样到各地就不用打尖住店了,直接去驿站就行。"

元禄小声道:"我不会住店的,太耽搁时间。我知道大伙儿想支我离开是什么意思。上回我们从合县去安都花了快十天。这回我路熟,飞马日夜兼程,保证七天之内一定把军情传到!你们挺住,千万等着我带着援军回来！"

张都尉震惊地看着他。元禄反而淡然道："别告诉他们，害大伙儿担心，令牌我拿着，到驿站至少能多换几匹马！"张都尉感佩地冲他一抱拳，元禄回礼，拍马而去。

元禄的身影早已远远消失在天边，于十三却还立在远处，遥望着元禄身后腾起的滚滚烟尘，叹息道："这孩子这几天好像长高了不少，老宁和美人儿要是还活着，不知得多开心。所以我才想把元禄送出去，他毕竟才十八岁，好日子还在后头。"

身旁的丁辉一凛："你是说……"

于十三低声道："开战之前，我们在吴将军那儿看到朱衣卫前左使任辛伏诛，李同光因功升为庆国公的邸报了。老宁之前回去，就是殉情去的。"

丁辉鼻头一酸，点头道："挺好，北蛮人随时可能对合县再次发动攻击，咱们兄弟里，至少还能活他一个！"

于十三慷慨地一拍他的肩，笑道："别伤春悲秋的，人生在世一场，求的无非就是个痛快，老宁、老钱、孙朗他们，都是死得其所，此生无憾。"他摸了摸自己俊美的脸，"也不知道我这大好头颅，以后会落在谁手里。"

丁辉大急："十三哥，呸呸呸，大吉利是！"

于十三哈哈笑着，转身进城。

通往安都的路上，元禄驰马狂奔着，经过一处驿站却并未停下休息。饿了他便在马背上喝水吃干粮，累了便掐一掐自己的大腿醒神。临近傍晚时，马渐渐跑不动了，元禄心急如焚，不停挥鞭。好容易前面又出现一座驿站时，他立刻滚鞍下马，抢了拴在马厩中的一匹马就跑。驿站之人追出去时，元禄已经消失在尘烟中。

通往合县的路上，如意和宁远舟也骑马狂奔着。如意不断咳嗽，唇间带血。宁远舟低头望见，担忧地问道："还顶得住吗？"如意头也不回，继续扬鞭："死不了的！"

三日后，夜。

如意和宁远舟骑马奔至道边一金宝栈，早已在客栈内等待的金媚娘立刻迎出，向如意行礼。如意不及寒暄，先开口问道："你收到飞鸽了？有天门关或者北蛮人的消息没有？"

金媚娘点头又摇头："各处金沙楼、金宝栈都还没听到什么动静。倒是前两日二皇子车驾刚经过此处，听说回去就要正位太子，与礼城公主成亲了。"

如意长松了一口气："但愿我们只是多虑了。媚娘，麻烦你多留意相关军情。"

金媚娘道："没问题。邓恢已经表示愿意不计前嫌和我合作，我也会在信里提醒他北蛮人的事。"

如意又道："我们还要继续往天门关方向走，替换的马呢？"

"早备好了。"

宁远舟已翻身下马，又去扶如意下马。金媚娘看到如意身上渗出的血，忙问："您的伤——"

如意低头看了一眼，随口道："旧伤震裂了而已，不要紧。"

金媚娘带着她走向拴在一边石狮上的两匹骏马，低声道："这可是我第一回见您跟别人并骑，刚才差点都不敢认呢。"微微挤眉弄眼地笑道，"他还抱您下马。"

如意瞟她一眼："可以羡慕，不许嫉妒，更不许抢。"

金媚娘笑道："我哪敢？"

宁远舟跟在他们身后，眼中带着笑意。这时，一匹快马从客栈边的道路疾奔而过。宁远舟下意识地驻足。

如意问道："怎么了？"

宁远舟皱眉道："那人有点像元禄。"

如意放眼望去，点头道："是有点，但元禄怎么可能在这里？"

宁远舟想了想，便也释然道："也对，这会儿他应该跟老钱他们在一起。"

但刚才疾奔而过之人，确实是元禄。他边策马奔跑，边扭头回看金宝栈,似乎也认出了两人。但马蹄匆忙,错身的瞬间太过短暂,他还来不及细思。

眼见如意牵了马,便又要和宁远舟一道上路,金媚娘规劝道:"你们连赶了几天的路,都累坏了,还是进去歇歇吧。"

如意却摇头道:"还是尽快赶到天门关看一眼才放心,上次袭击鹭儿的北蛮人出现得太奇怪了。"

元禄越跑越是忐忑,终于一咬牙,掉转马头往来路奔了回去。但跑了一会儿之后,他远远看到的,却只是站在石狮外侧的金媚娘和手下,显然不是如意和宁远舟。

元禄失望,一敲脑袋,自语道:"如意姐怎么可能在这里?"

一阵心悸传来,他马上摸出药袋,不料只倒出一颗药丸和几粒松子糖,再倒时,袋中已空空如也。他一怔,随即将药丸一咬为二,吞了半颗下去,把剩下半颗塞回药袋里,便转头继续策马狂奔。

元禄策马从日奔到夜,又从夜奔到大雨,再奔到晴空烈日、疾风阵阵,周遭的景物变换不断。

四日后,日暮时分,宁远舟和如意终于赶到了天门关侧近的归德城,来到六道堂归德城分堂门前。

宁远舟扶如意下马时,如意胸前的血已经洇湿了一大半衣裳,脸色苍白如纸。见六道堂众人迎上前来,宁远舟立刻吩咐道:"干粮、水、马,还有伤药、绷带,再找一套女子的衣裳来。"

六道堂众人却急道:"是!可属下刚刚收到其他分堂转来的几道飞鸽,天门关出事了。"

宁远舟和如意脸色骤变。道众呈上密信,宁远舟接到手里,和如意一起一目十行地读起了第一封,两人的脸色越来越凝重。

如意气恼道:"二皇子他竟敢……"

宁远舟握信的手已抖了起来,如意却还未看到信上噩耗,凝眉思索道:"前天那个人,可能真是去安都报信的元禄!右贤王七天前死在合县,那合县——"她说着便打了个寒战。

宁远舟来不及悲痛，急忙拆开第二封信，道："北蛮人没再进攻，合县暂时安全。这封信是前天发出来的，原属大梧的颍城刺史已经自调三千军增援合县，梧都也下令江城刺史发兵五千。只是北蛮狼主又召集了上万人齐聚天门关，只怕图谋不小。"

如意道："梧国严阵以待，那么北蛮人八成会转向我们安国。"。

宁远舟抬头望向六道堂众人，问道："俊州那边有没有消息？"

六道堂众人摇头道："本来三日一次的定期飞鸽，今天早上就该到的，可是……"

如意闭上了眼睛——俊州失联，只怕已是遭遇了北蛮人的劫掠。宁远舟立刻吩咐："马上再探！"

六道堂众人连忙道："是！"领命而去。

宁远舟思索道："按脚程，元禄已经快到安都了。务必确保安帝能尽快知道二皇子和北蛮人勾结的事，否则安国毫无防备，北蛮人一旦长驱直入，后果不堪设想。"

如意却轻轻说道："可如果，这件事就是安帝授意二皇子干的呢？"宁远舟愕然。如意叹了口气，焦虑道："要是几年前，我不会这样怀疑。但上一回安帝就对北蛮人经密道进入合县之事置若罔闻，二皇子也是他派去天门关巡察的，现在又是他要立二皇子做太子……"

宁远舟一寒："我们得马上再去安都，阻止这一切！"如意点头。

六道堂的人已经备好马匹牵来，但药物和干粮还没有送来。两人不及等待，立刻翻身上马，疾驰而去。

他们离开后，才有人抱着药瓶和衣衫追出来，却早已望不见他们的身影了。

月亮若隐若现，元禄已经累得无法直坐，便伏在马背上，不停挥鞭。前面隐约出现了一座市镇，元禄揉着眼睛，好半天才确定不是自己的幻觉。

突然间，马前膝一屈，倒在地上，元禄也随之跌倒。他挣扎着爬起来，却见马已口吐白沫，再也站不起来了。

远远传来敲竹梆子的声音，打更人报着时辰："二更——"

元禄连忙跌撞地跑过去，唤道："这位大哥，附近哪儿有马卖？"

打更人吓了一跳，看清是个半大的孩子，才松了口气，道："我们这小地方，没有马，只有牛和羊。要马得去安都或县里，可那也得到明天早上了，半夜上哪儿找去啊。"

元禄摇摇欲坠，身形晃了一晃，问道："这里离安都有多远？今天是十几？"

打更人忙扶好他，担心道："八十来里，今天十五了。小哥你出什么事了，脸色这么差？"

元禄喃喃道："十五，那我出来五天了。八十里，八十里就能到安都！"他突然精神一振，问道，"有酒吗？"

打更人摸出葫芦给他。元禄就着酒，把仅余的半颗药丸吞下，又摸出一小块银子递给打更人，道："谢谢大哥，那是我的马，麻烦你照看一下，过两天我回来取。"他说完，便拔足向前奔去。

打更人蒙了："你这是要跑去安都啊？"但元禄的身影已经渐渐远去了。

元禄拼命奔跑着，前方是看不清的夜雾。初时他速度尚可，但渐渐地，他的脸色越来越苍白，呼吸越来越急促。他抓住胸口强撑着，喃喃道："不能停，不能停，还有七十里了，不，六十九里了！"

他意识已有些模糊，眼前幻影重叠，耳边隐隐传来许多杂音。

钱昭担心地劝说着："元禄，别跑了！"孙朗似也想要阻拦他："你不要命了啊？！"于十三焦急地看着他："都说了让你小子每到一处驿站休息会儿，你把我的话当耳旁风了？！"

元禄坚定地拨开他们，迈着沉重的脚步继续奔跑着。

耳边似是传来女子的声音，她在替他鼓劲："挺住！别停！"又似是有人牵住了他的手，拉着他一起往前奔跑。迷雾渐渐散开，那人关切地回过头来，却是宁远舟的面容。元禄激动地唤道："宁头儿！"

迷雾终于散尽，远处似有晨光透入。明媚的晨光中，一位他一直心中暗慕的女子的身影仿佛出现在远方。元禄精神一振，加快脚步，

第三十七章

那女子回首，面带微笑，一如平常地唤着他："元禄……"

元禄情不自禁地伸出手去，可随即又一阵心悸袭来，他脑中忽地一阵空白，踉跄着跌倒在地。

疼痛传来，眼前的幻象消失，元禄发现自己已然来到安都城门前，守门士兵拦住了他。元禄强撑着身体，摇摇晃晃地爬起来，向守门士兵出示令牌："放我进去！我有紧急军情！"

视野模糊摇晃着，元禄喘息着，努力让自己清醒起来。守门士兵的声音忽远忽近地传入他耳中："河西骑的都尉怎么跑这里来了？不许进！立储大典在即，诏令凡出入京城者，必详加盘查！"

元禄和他们拉扯推拒着，久久不得脱身。最终他只得向近处扔出一颗雷火弹，强烈的爆炸将所有人震倒在地。元禄跌跌撞撞地爬起身，凭借着意志力奔入了城内。

元禄飞也似的奔跑着，安国士兵们在后面穷追不舍。元禄眼中又出现了幻象，他迎着阳光伸出手，爽朗地笑着奔跑。少年意气风发，兴奋地说着："我怎么越跑越轻省了？就像长了翅膀一样！"他晃了晃脑袋，再次让自己回到现实中。他模模糊糊地望见前方离宫的高墙，忙用尽全身的力气喊道："殿下！杨盈！快出来！"

原本急促的呼吸忽然变得轻松和缓慢了，元禄感到身体莫名地轻快。然而在追兵们的眼中，他的动作却越来越慢。他身体微微前倾着，黑瞳已然失了焦距，模糊成一片白光。他向前伸出手去，维持着奔跑的姿势，缓慢地向前踏出两步……

士兵们终于追上了他，立刻扑上去按倒了他。元禄就这么扑倒在地，晕了过去，怀里的药瓶、盒子，摔了一地。

被摔开的盒子里，一只迷蝶振动翅膀，飞了起来。

离宫庭院里，杨盈正与李同光交谈着。

"现在李镇业那个蠢货真的回来了，你确定还是不逃？过几天一旦他成了太子，你就走不了了。"

杨盈坚决地摇了摇头："我不走。"

"好，那以后你得帮我探听李镇业那边的消息……"

外面隐约有声音传来，杨盈有些失神："好像有人在叫我名字？"

李同光侧耳细听，却什么也没听到："你耳朵有问题吧？"

"可我真的听到了。"杨盈道。突然间，她看到一只迷蝶翩翩飞入庭院。她霍地站起身，来不及多想，就向外狂奔而去。

她推开看守的士兵，冲出宫门，正看到元禄被拖走。她连忙奔上前去，喝令道："放下他！"士兵们一时回不过神来，杨盈急了，扬手就把峨眉刺顶在了其中一人的喉间，声色俱厉道："孤叫你放下他！"

士兵们连忙放下元禄，杨盈扑上去抱住元禄的身体，看到了他嘴边的鲜血，忙拼命去掐他的人中，焦急地唤道："元禄，快醒醒！你怎么会在这里？"

李同光此时也已赶到，忙摸出随身锦囊给她："我有老参！"又扭头吩咐道："快叫大夫！"

参片起了作用，元禄蒙眬中张开了眼，透过半阖着的眼皮，隐约看到了面前自己一直暗暗恋慕的姑娘，她的红唇正焦急地一张一合："元禄，元禄！"

元禄拼尽全力地笑了，摸出颈上吊着的锦囊，断断续续说道："紧急军情，北蛮……北蛮……北蛮大军已经进了天门关。"他猛地咳嗽起来，血不住地从口中涌出，却还是继续说着，"我们死伤近千，才守住合县……这是军报。"他艰难地解下腰后的袋子，"这是战死的合县守将吴将军的血衣，快，快，再晚就守不住了……不能让中原再……"他口中的血越来越多，"一定要告诉李同光，告诉安国皇帝……"

李同光接过信和袋子后，脸色一变，立刻对周围士兵道："我要马上进宫，你们一切听殿下号令！"便匆忙离去。

元禄口中涌出更多的血，他视野模糊，喃喃诉说着："我跑了足足六天，赶了上千里的路，才跑回安都……"

杨盈早已泣不成声："别说了，你别说话了，等大夫来！"

元禄把手伸向她，喃喃问道："我是不是很能干……"他的眼神渐渐涣散，杨盈忙抱住他，因此没有看到他几乎无声的口型。

第三十七章

杨盈哭泣着，只是回应道："能干，你很能干！"

元禄灿烂地笑着，说道："你知道吗？其他事，我都比不过宁头儿，但是，我跑得比他快。全六道堂，我永远是跑得，最快的那个！"

杨盈道："我知道，我知道！"

元禄喃喃道："不，你不知道。其实，我第一次见你，就喜欢上你了，但我知道，我活不久，我不配，我不敢跟你说。"

他的目光早已失了焦，落在虚空处那个他恋慕已久的女子脸上。初见时的惊艳，并肩作战的情谊，病卧时的安慰……过往那些不为人知的点滴，骤然浮现在他的脑海。少年这一生唯一一次怦然心动，却被自己必定的命运早早锁死了结局。一念既起，便牵绕一世，但他无法宣之于口。只因他深知，即便后世只有隐约的文字传说，也会给她带来不必要的负担。就让这个遗憾，永远隐晦地存在着吧。

他只能看着虚空处，轻声述说着："宁头儿失去联络，我还以为，你多半是，是出事了。没关系，我很快也来陪你了，还有钱大哥、孙大哥……"

杨盈珠泪涟涟地抱着他："我没事，我好好的，你别担心……"

大夫匆匆赶来给元禄诊脉，而后惋惜地摇了摇头。元禄伸出手，努力地想要抓住什么："如果，下辈子……好不好……"

杨盈哭得不能自已，握住元禄的手，一迭声地点头："好！好！我答应你！"

蒙眬中，元禄终于看见他心爱的姑娘在阳光中向他温柔地伸出手来。元禄笑了，喜悦地向她伸出手去。然而，伸出的手却僵在半空，而后软软地落下了。

杨盈心如刀割，痛哭道："元禄！"

元禄曾对杨盈说过："我早就想过了，以后我死的时候，一定得像个大英雄，纵横捭阖、睥睨群雄的那种。我要让天下人都记住，我元禄死得是多么壮烈，多么……"他最终并未辜负自己的誓愿，如英雄一般为拯救千万人而死。

空空的长街上，士兵们站得远远的，只有杨盈拥着元禄渐渐冰凉的身体痛哭着。

一只迷蝶从元禄的身上飞了起来，翩翩飞舞，最后盘旋消失于天际。

安国大殿书房里，安帝正欣慰地看着面前一身太子朝服、没有戴冠的二皇子。他鬓间多了不少白发，眉眼间却也染上了些许慈爱，点头微笑道："很好，颇有些朕年轻时候的样子。"顿了顿，又道，"也越来越像你母后了，就是有些憔悴。朕这回让你出京历练，真是苦了你。"

二皇子瘦了许多，连日的奔波和怕事情败露的惊恐令他眼眶深深陷下去，得立太子的惊喜又给那双骷髅般的眼睛蒙上了一层亢奋，看上去多少有些诡异。他慷慨道："艰难困苦，玉汝于成。儿臣长这么大，还是第一回出公差，真是学到了许多。"

安帝点了点头，又道："看你的奏报，天门关已经修得差不多了？在那边有没有听到北蛮人什么动静？"

二皇子微微一滞，忙堆笑道："暂时还没有。不过等后日忙完了大典，儿子一定……"正说着，屏风外突然传来内监的声音："庆国公……"那声音随即一急，"不可无旨擅闯！"

李同光却已然冲过阻拦闯了进来，进入书房看到安帝，立刻上前跪倒在地，高高举起手中的信："微臣私闯，实为大罪，但实在事出紧急——礼城公主从人自合县传来紧急军情。"

二皇子闻言脸色大变。

安帝疑惑道："合县？梧国人又开战了？"

二皇子急忙道："父皇，您别听他的，儿臣才从西边回来，哪有什么紧急军情！"他伸手就想抢夺李同光手中的信，李同光却单手将他掀翻在地，足尖点住了他的胸膛。

安帝惊怒道："放肆！"

李同光却道："圣上还是看完了军报，再责骂微臣吧。"

安帝拿过信，脸色一下子变了："北蛮人，天门关？！这不可能！绝对不可能！"

李同光看向安帝，切切道："臣敢以性命担保，这军报确凿无疑。"

安帝表情变幻，最终回身一个耳光将二皇子扇到地上，急怒道："混账，谁借你的狗胆！通敌卖国，隐瞒军情，朕怎么养出了你这样的孽子！"

二皇子爬起来抱着安帝的腿，哭道："父皇，父皇，儿臣错了，可儿臣也是被逼的，命在人手，不得不为啊！但儿臣没有叛国，儿臣引着他们去了合县，那儿本来就是梧国人的地方……"

李同光强压着内心的怒火，解开布袋把吴将军的血衣放在安帝面前，怒视着二皇子："这是率领全城百姓舍命抗敌的合县守将吴谦战死时穿着的那件血衣，上面刀剑刺破的地方，足有七处！那封信的背面，还有合县十位耆老的指印。殿下有胆子把刚才的话，再当着吴将军的面说一次吗？"

看到血衣，二皇子终于瘫软在地。

李同光再次跪倒在地，仰望着安帝，恳请道："北蛮人昔年尽屠中原，欠下各国百姓血债无数，今日卷土重来，必会劫掠无数，生灵涂炭。臣请陛下以谋逆之罪，严惩卖国求荣之徒！"

二皇子再次惊慌地扑到安帝脚下："不行，不要！父皇，谋逆是十恶不赦的死罪，儿臣……"

李同光鄙夷地斥问道："打开天门关、放入北蛮人时，你难道不知这是死罪？！"他重重地叩下头去，"陛下，请壮士断腕，莫因父子之情而坏国家大义！"

安帝艰难地张了张口："来人啊。"侍卫们领命而入，安帝抬手一指二皇子："把李镇业给朕押下去！"

侍卫愕然，但仍是沉默地押走了二皇子。二皇子在侍卫们的押送中，拼命地向殿内的安帝伸手，哀号着："父皇！"安帝却背过去不看他。二皇子终于绝望地瘫软了下来，任由侍卫们拖走了。

殿内一时安静下来，李同光上前请命道："圣上剜骨去腐，不徇私情，臣敬佩之至。但不知圣上欲何时发兵迎击北蛮？臣不才，愿领先锋之职。"

安帝却突然说道:"都退下去。"李同光一愕。安帝再次说道:"除了同光,都下去。"内侍和侍卫们都连忙垂头躬身,退出殿内。

李同光疑惑地看着安帝:"圣上,难道,您不愿出兵?上回密道的事,您不信也就罢了,难道这回——"

安帝却打断了他:"朕当然会出兵,而且朕还要亲征北蛮!但是,朕想求你一件事,"他回头看向李同光,鹰目里竟带了一丝软弱神色,"刚才镇业的事,能不能暂时到此为止?别让百官知道,更别让百姓知道,就连邓恢也不能。"

李同光愕然看着他,不解这是何意。

安帝道:"镇业是该死,可眼看立储大典在即,如果再生是非,群臣会怎么看朕?"他叹息一声,"本来朕就因为任辛之事大失颜面,民心动摇了啊!况且,镇业现在是朕唯一成年的儿子,如果发落了他,朕一旦亲征,谁来监国?万一朕有个不测,帝位空悬,国本定会不稳,到那时,大安又会陷入何种境地?"

李同光惊疑地看着安帝,脑中飞速思索着,问道:"难道圣上还想要一个叛国之人做太子,还想要他有朝一日成为大安之君?"

安帝神色无奈:"只是暂时而已。非常之时需行非常之法,朕一旦击退了北蛮,就会令他以病为由辞去太子之位,转而专心培植老三。你也不用担心这孽子会胡来,他自知有罪,就算监国也只会小心翼翼,不敢造次,何况朕会让王相盯着他!"他再一次看向李同光,"只是他和北蛮人的事,一定不能让朝臣们知道,不然镇业就完了……"

安帝目光哀切,似乎只是个疲惫无奈的父亲和舅舅。他伸手想要拍一拍李同光的肩膀,李同光却退后一步,避开了他的手,躬身行礼道:"臣不敢奉诏。"

安帝手上拍空,便又去抓住李同光的手臂,不料脚下一绊,眼看就要摔倒在地。李同光急忙伸手扶他,虽堪堪将他扶住,但他的头仍是磕在了一边的柱子上,头上龙冠掉落在地,露出了花白散乱的发髻。

安帝脸上带着李同光从未见过的疲惫、衰老与哀求,紧紧抓住了李同光的手臂:"鹫儿,算舅舅求你好不好?!舅舅已然年近半百,你

第三十七章

忍心让我数十天之内，连失两子吗？"

他老眼浑浊，切切地盯着李同光。李同光心中骤然涌起一股自己也不清楚是不是错觉的感觉，他想，昔日生杀予夺、高高在上，一个眼神便能令人冷汗潜然的皇帝，恐怕确实已经很老了。

安帝指着自己头上的发髻："你看看舅舅的头发，这些天都白了一半了！镇业他是混账，可他身上，也和你流着一样的血啊！"他说着便已老泪纵横，再度握紧了李同光的手。

李同光看着安帝不停颤抖的手，一时愣在那里。

安帝攥着他的手，紧紧盯着他："鸷儿，帮帮舅舅，外头的人都信不过，只有我们才是血脉至亲！只要暂时把这事掩住，只要能保镇业一条命，舅舅什么都答应你！啊，舅舅这就晋你为枢密使，督令各部各司立备粮草兵马，以待后用。啊，还得命朱衣卫即刻探察俊州情况，令边境各州县严加戒备，令沙西王立刻率沙西部五千军前往俊州迎敌……啊，这么多千头万绪的事，都得你帮舅舅盯着啊！"

李同光在听到"枢密使"时，目光一闪，终于回过神来。

安帝敏感地察觉到了，马上道："朕知道你不在乎这点官职，可以后你得帮舅舅领军抗蛮，你要做元帅，没个镇得住人的职位，只怕下头的人不服你。你办事又素来牢靠，肯定能帮朕把镇业这件事全抹平了。放心，朕不会让他当太子，会将他废为庶人！啊，除了礼城公主，还有多少人知道这件事？"

李同光沉默了一会儿，终是说道："知道内情的，应该只有离宫看守礼城公主的侍卫。"

安帝马上拿出袖中小印塞过来，道："你的羽林卫人多口杂，还是带朕的沙中部亲兵前去处置比较妥当。啊，你都升了相位，也不用再管羽林卫这种杂务了，让武阳侯来帮你看着就行。这是朕的私印，凭此，便宜行事。"

李同光一怔，显然没有料到安帝会授予私印。他半晌才接过小印，叩头道："谢主隆恩。"

离宫庭院里，侍卫们纷纷被殿前卫押走。李同光审视着四周，对朱殿道："还有追过信使的城门守卫。"朱殿匆匆去了。

已换上一身素衣的杨盈想要说什么，却被头上还包扎着的杜长史以眼神阻止。最终，杨盈只能深吸一口气，走到李同光身边，问道："你把他们都抓走，到底想做什么？"

李同光垂着眼睛，低声道："你别管。总之圣上已经发兵去俊州了，我很快也会出京带兵抗蛮。"他看了一眼杨盈身上的素服，又道，"元禄不会白死。"

这时，曾经和如意交过手的沙中部军首领走上前来，向李同光拱手行礼，道："李相，圣上令下官来取羽林卫兵符。"

李同光取出兵符递过去："有劳武阳侯。"

武阳侯点头道："今后还要请枢密使多加关照。"

杨盈闻言，难掩震惊神色。武阳侯离开后，杨盈立刻上前问道："你为什么突然成枢密使了？这可是宰相啊！你拿什么跟皇帝换的？"

李同光眼神一暗，轻声道："良心。"杨盈心中一震，不由得后退了一步。李同光看着她，轻轻说道："你选择留在安都时，就应该知道，我和你选择的这条路上会死掉很多的良心、很多的人。"

他犹豫了一下，示意杜长史也靠近后，低声道："你们还是多想想自己吧，这样的太子，到底是嫁还是不嫁？若嫁，以后太子废了，你该如何自处；若不嫁，你又要以何种身份留在安都？莫非，你还想再去跟宫里那位自荐一回不成？"杨盈脸色一白，李同光则匆匆离去。

杨盈很快有了主意："杜大人，孤想以北蛮人入侵为由，向安帝要求暂缓婚事。就说……就说元禄还送来了皇兄的密旨。"

杜长史点头："密旨中还要说，因殿下本来就是使臣，是以圣上亦将两国之间的军情往来联络之事托付于你。这样更容易取信于安人。"

杨盈点头："您想得比孤周全。这样也好，比起做后宫里的金丝雀，孤还是更愿意在宫外一展拳脚。"

杜长史诧异道："殿下怎么又作男子自称了？"

杨盈一怔，缓缓苦笑道："对啊，之前才改了回来，今天一着急，又开始说'孤'了。当初是你们费尽心思才教会了我怎么舍弃女子的身份去做一个亲王，看来烙印已经烙上，轻易洗不去了。"

杜长史道："王者，并非一定是男子。萧太后、则天大帝，都是一方霸主。"

杨盈愕然："杜大人，您以前可不会这么说。"

杜长史坚定地道："臣以前，也不会想到殿下能从深宫无能的弱质女子，变成如今这样英明果决、仁义厚德的主君。"他恭谨地行了一个君臣大礼，"臣之所以归来，就是为了一报当日殿下舍命相救之情。如今战云将至，臣欲披肝沥胆，助殿下在这波谲云诡里闯出一片未来。若殿下真能做好这个协力两国共同抗敌的联络官，往后，臣定会联络朝野，为殿下争来一个能如亲王般开府任官的实权长公主之位！"

杨盈深深地看着他，最终以手虚扶："孤定当殚精竭诚，不负杜卿之义。"

李同光正和殿前卫办理着羽林卫虎符的交接，脑后却重重受了一击，当即昏迷过去。

等到醒来，他发现自己已经躺在了离宫大门内的草地上。李同光情知中计，惊怒地拍着大门，吼道："武阳侯，你想干什么？开门！"

外面传来武阳侯略带无奈的淡漠嗓音："下官也是奉旨行事，小公爷少安毋躁。"

李同光一怔，他先前隐约觉得有些不对，却因安帝眼中的切切哀求和枢密使之位的诱惑而未能深思的诸多线索，在脑中电光石火般串联起来。他猛地明白过来。

早在安帝询问他，除了礼城公主，还有多少人知道这件事时，安帝就已打定了主意要把他这个手握把柄的知情人一并除去。而他居然轻松地就被一个空口无凭的枢密使之位，换走了羽林卫的兵权。他这个舅舅，当真是好真的演技、好深的心计！

此时杨盈也已闻声奔至，问道："怎么回事？"

李同光颓然冷笑道："我被我那个皇帝舅舅骗了。"

皇宫偏殿里。

二皇子还蜷缩在角落里瑟瑟发抖。殿门突然打开，安帝逆光而入，身姿英伟。二皇子下意识地跪地："父皇……"

安帝走到他身边，见他脸上涕泗横流，一塌糊涂，恨铁不成钢道："没用的蠢货。把柄都在人家手上了，光哭有个鬼用？"二皇子一怔。安帝拂袍在一旁坐下，问道："你与北蛮人之间还有联系吗？"

二皇子不敢相信自己耳朵，半晌才急切地说道："有，北蛮人有个军师会说我们的话，他最先就是通过俊州那边的一个商人联系儿臣的。"

安帝看着他，阴冷地道："你联络他们，就说朕可以给他们俊州一带的地图和兵力布防图，事后还可以给他们十万石粮、五万两银、五万匹绢的岁币，条件是他们要先赢了沙西部，然后在归德城一带大败给朕。至于以后，他们是要回北边，还是要继续打梧国，朕都不管。"

二皇子愕然。安帝皱眉，虽厌他无能，但还是不耐烦地解释给他听："前阵子被任辛那么一搞，朕颜面大失，民心不稳。你舅舅的沙东部，也因为你母后的事暗自对朕不服，稍微弹压不住，只怕就要造反了，不然你以为朕为什么要着急立你当太子？还不是为了安抚他们。你和北蛮的事要是真被捅出来，你死了也就罢了，但朕会被你拖累得更深。所以索性来个置之死地而后生，要北蛮人陪朕演一场戏。"

他眼中俱是奸雄的阴鸷，目光盯着虚空，五指一攥："亲征，自古就是聚拢权力、赢得民心的最好法子。只要朕能大胜北蛮，将他们重新逐出天门关，那史书之上，朕就还能是那个万民拥戴、文治武功的贤帝！"

二皇子震惊之余，又眼怀希望地看着安帝，问道："那父皇，儿臣、儿臣还能当太子吗？"

安帝瞥他一眼："朕说你能，你就能。李同光、礼城公主和所有的知情人，都被朕软禁起来了。而且，朕还要在大典上亲自宣布派沙西王出兵一事！"他阴冷地一笑，森然说道，"必须把他捧得高高的，他败得越惨，才越能衬托朕的武勋！"

三日后，离宫。

杜长史和杨盈相对而坐，面前桌上摆着些简陋的饭食。杜长史神色郁郁，心神不属地吃了两口就放下筷子。杨盈见状，便夹了一块冷肉放到杜长史碗中，规劝道："就算不好吃，您还未康复，也得多吃些。"

杜长史回过神来，忙推拒道："臣不用，殿下这几日也没用多少，"目光扫过桌上的饭食，又叹了口气，"唉，安国人送来的饭食，越来越简陋了。"

杨盈固执道："我还年轻，扛得住。您快吃，不然孤要生气了。"

杜长史只得吃了。吃完，他又担忧地抬头问道："庆国公如何了？他少年心性，却遇此巨变。臣担心他……"

杨盈道："一直不说话，整天就颓在那里。前天我问他明明会武功，为什么不翻墙逃出去，他指指墙头的那些箭手，转身就走了。"她忍不住撇了撇嘴，"就这样还想做第一权臣呢，远舟哥哥会不会太高看他了？"

杜长史便向杨盈解释道："庆国公一身荣华都系于两处——长公主的皇室血脉，以及他的军功。如今安帝囚禁了他，又收回了羽林卫的兵权，他就算逃出去，又能如何？难道浪迹天涯做个百姓吗？所以还不如等下去，看看有没有转圜之机，毕竟他又没犯什么死罪。"

杨盈若有所思，却突然看到杜长史表情痛苦，忙问："您怎么了？"

杜长史捂着胃，强忍道："无妨，这几日吃得不合适，胃疾犯了。"

杨盈懊恼地叹了口气："怨我，这些天连口热水都没有，还逼您吃冷肉。"想了想，忙抓起碗里的芋头，"您等着，我给您弄去。"便跑出房去。

杜长史欲追，却痛得实在动不了。

秋意渐浓，离宫庭院已是落叶遍地，却无人打扫。李同光蹲在沙地上，正对着沙地上新画出的天门关一带的地图，凝眉推演着北蛮人可能的进攻路线。

外面突然传来一阵牛角号的长鸣声。李同光眼色微动，闪身奔向墙根。

安国皇宫宗庙。

秋风猎猎吹动旗幡，侍卫们衣甲鲜亮，阵列在通往宗庙大殿的道路两侧。立储大典即将开始，宗庙内外一片庄严肃穆。

兵士们吹响牛角号，早已恭候在外的百官身着礼服，向着宗庙大殿走去。他们来到宗庙大殿外，却被侍卫拦下，一一盘查，有的还被查对画像，上下搜查所携物品。

侍卫们手中托着个托盘，盘中笏板堆叠成山。一个官员不解地放下手中笏板。老臣王相见状，惊愕地问道："这是怎么回事？连笏板都不许带？"

邓恢拱手行礼，解释道："恐有奸人混入，圣上令朱衣卫会同殿前卫详加盘查，所有锐器、硬物，皆不可入，还请见谅。"

身后有人四下张望着，咕哝道："怪了，怎么沙西王和庆国公都没见着？"邓恢闻言，眼神不由得一闪。

离宫庭院墙上，两个侍卫听着远方的号角声，低声议论起来。其中一个说："立储大典快开始了，听说好大的阵势，还有富户沿街撒钱！"另一人道："是吗？最近手头紧，真想去看看。"前头那人便说："你去吧，守在这儿的有五六十个呢，他们就那么几个人，咱们走一半都看得住，老胡他们已经去了。"

墙根下的李同光摸着剑柄，霎时间有了跃上墙的冲动，却最终还是放弃了。突然间，他闻到了些古怪的味道，鼻子微微一动，抬头望见离宫庭院里白烟升起，连忙飞奔过去。

却是杨盈用石块垒了个简易的灶台，正在烧水。灶下烟气弥漫，她被呛得直咳嗽。李同光捂着鼻子抢上前去，拔出剑来。

杨盈被吓了一跳，忙问："你干吗？"

李同光却用剑挑出了一团燃烧的草，扔在地上，上脚踩灭，不满道："你不想活了？独白草也敢烧，这草有毒的！"

杨盈惊呆了，心虚地解释着："我们江南没有这种草，我只是看见那儿有一丛草被晒干了，就顺手拿来……"说着眼睛忽地一亮，压低声音道，"这草要是有毒，能不能多找些把外头那些侍卫熏晕？"

第三十七章

李同光瞥了她一眼，无语道："师父都教了你些什么啊？这么大一座离宫，得多少草才够？"

杨盈不服道："师父只教我任何时候都不要坐以待毙，就算没了羽林卫，你不是还有封地吗？要是能逃出去——"她见李同光又露出不屑的神色，便有些悻悻然，无奈道，"好好，我不说就是。"便低头继续往灶里添着树枝，专心烧水。

李同光略觉怪异，问道："你一个公主，居然会搭灶烧水？"

"我娘到死才追封了采女，江南的冬天一样也能冻死人。你觉得我在冷宫里要不会这些，能活到几岁？"

李同光一怔，有些感同身受。他见杨盈形单影只、身形柔弱，明明是个公主，却又如杂草般顽强，目光不由得柔软了些，便顺势在一边坐下，同她闲聊道："小时候，我也经常吃冷炊饼。你好歹还有个皇帝爹，我连参都没有。"

杨盈想了想，用树枝刨出火堆里的芋头推过去："你是在安慰我吧？这个芋头，就当谢礼了。熟的，烤热了香点。"

李同光用剑一挑那芋头，在空中劈为两半，又用剑穿起来递给她："一人一半。"

杨盈取下一块捧着便吃，不顾形象。李同光就着剑尖也吃了一口，也是眼前一亮。两人对视一眼，见对方嘴角沾了炉灰，莫名觉得顺眼、亲切了许多。

李同光叹道："师父要是知道我把她送的青云用来劈芋头，不知会怎么想。"

"她才不会在意——"杨盈说着便反应过来，"这剑叫'青云'？"

李同光点头："怎么了？"

杨盈追怀往昔，低眉道："我认识一个人，也叫青云，"说着便苦涩地一笑，叹息道，"他和你一样野心勃勃，都出卖了自己的一些东西去换荣华富贵。"顿了一顿，又道，"希望你的结局，能比他好点。"

李同光瞥她一眼："那人是你情郎？你不是在为那个元禄穿素吗？"

杨盈低头看了眼身上的素服，反诘道："不可以吗？谁说女人一辈子就只能喜欢上一个男人？难道我们女人就非得跟戏词里一样，不管遇见什么人，就只配从一而终了吗？"

李同光一哂，随即又垂了眼睛，露出些落寞的神色，坚决地道："反正我一辈子只会喜欢师父一人。"

杨盈却没有多说什么，只道："人生很长的，谁知道以后会发生什么事呢？"随即神色也黯然下来，"不过还是要谢谢你手下，元禄出事后马上就帮我安排了火葬和佛寺供养，要不然，他现在怕是都不能安宁。"

李同光却道："这是我应该做的，他是个英雄，而且我瞧师父以前对他也颇为看顾。你想好以后怎么安排自己没有？"

杨盈没怎么在意，随口道："我肯定不会做叛国之人的妻子。"犹豫了一下，又道，"不过，我和六道堂安都分堂一直有联络，他们知道我被软禁了，一定会伺机救我的。"她抬眼看着李同光，"大不了，到时候你跟我一起逃。"

李同光摇头道："我走不了，也没必要走。安帝之所以不杀我，多半还是看中我能领军。要是前线告急，把我关上一阵子，磨光了锐气，到时我自然会为了重得恩宠而在战场上拼命。"说着便冷笑一声，露出些讥讽的神色，"只恨我当时没想清楚这些。"

杨盈一咬牙，安慰他道："车到山前必有路，我相信远舟哥哥和如意姐一旦知道消息，绝对不会不管咱们的。"这时灶上水壶发出咕噜噜的声响，杨盈用布包住铫子，问道："水热了。你要不要喝一些？"

李同光没理她，就势躺下，望天不再说话。杨盈一哂，提着水壶离开了。过了半晌，突然一声陶器落地的碎裂声传来，紧接着便是杨盈低声的惊呼。

李同光下意识地弹身而起，奔进房间里，却见初月一身侍卫服装，正焦急地对用峨眉刺指着她的杨盈和杜长史道："别动手，我是来救你们的！"她回头看到李同光，立刻松了一口气，忙道："你来得正好。"

李同光一边警惕地看着窗外，一边问道："怎么回事？"

初月道："父王和我大哥前日被派去了俊州增援，可刚出京就觉

第三十七章

得不对，后军交来的粮草数量太少，弓弩虽然勉强够，但箭只有该配的四成。父王觉着圣上不像是真心要打北蛮的样子，要我留意京中情势。结果今天早上，宁远舟和任如意就突然找到我府里来了。"

众人都是一惊："什么？！"

"是真的。"初月恳切地看着李同光，"他们说，你的剑叫青云，是她在校场送给你的，原来是昭节皇后的。"又对杨盈道："宁远舟的母亲姓顾，是你的女傅，把你从三岁教到七岁。"

杨盈兴奋起来："我就说他们——"忽地想起外面还有人看守，连忙掩住嘴，眼睛晶亮地看着初月，"你继续说。"

初月道："他们在途中收到六道堂和金沙楼的消息，便火速赶到安都，抓了李镇业的亲随审问后，知道你们被软禁在这里，就托我过来相救。外头的侍卫有几个是沙西部的……"

李同光犹然没有尽信，问道："你和他们素不相识，为什么——"

初月低声打断了她，焦急道："因为宁远舟发现圣上在悄悄联络北蛮，想把我父王也卖了！他想让我父王败给北蛮狼主，然后他再踏着沙西部的尸骨来一场大胜，这样就能掩盖掉他以前的那些丑事了！"

李同光内心巨震，缓缓道："果真如此！"

初月道："立储大典之后肯定会有一场大乱，所以我才赶紧过来……哎呀，没时间了，侍卫每一炷香就要换一次班。"她赶紧打开包袱，从里面取了衣服分给他们，催促道，"快换上衣裳，赶紧跟我从后门走。"又对杨盈道："六道堂接应你们的人已经等在外头了。"

三人连忙更换衣服。

杨盈却突然想起些什么，对李同光道："我们有人接应，出去就安全了，你可能比我更需要这个。"她塞给李同光一个指环，低声道："远舟哥哥给的，"又教李同光怎么用，"按这里，会有小针弹出，中毒者马上会昏倒。你留着防身。"

李同光略有些意外，却还是接了过来，顿了顿，才道："谢了。"

四人打扮成侍卫，悄悄从离宫的后门溜了出去，分乘两辆车，沿着僻静的道路，迅速地离开离宫。

马车疾驰。初月盯着窗外,焦急地说道:"我虽然练过兵,但从来没上过战场。我把手下的骑奴都借给你好吗?你带着他们赶紧去救我父王和大哥!"

李同光却转着手上的指环,若有所思地打断她:"你刚才为什么说立储大典之后肯定会有一场大乱?宁远舟他们在哪儿?为什么你来了,他们却没有出现?"

初月道:"他们赶去立储大典了。"李同光的瞳孔急剧收缩,初月忙着观察窗外状况,并未留意到他的神色,继续说道:"任如意想在大典上直接把圣上和李镇业一起杀了,可是宁远舟说不行,他说如果圣上死了,大安必定大乱,反而便宜了北蛮人。最后他们决定只杀李镇业,以他的性命兵谏圣上,逼他务必出兵抗击北蛮。可我担心他们万一失败,这才——"

李同光立刻打断了她,问道:"你为什么会觉得他们会失败?"

"因为,"初月垂了眼睛,露出些不安的神色,低声道,"他们两个的状况看起来都不算太好。我担心他们骗我,就趁他们换药时在密室里偷听。原来他们是骑马奔了三天三夜才赶到安都的,任如意犯了旧伤,不停在咳血;宁远舟的内力好像也有问题,任如意说他最多能连续支持十招。他们俩争了半天由谁去刺杀,最后才决定一起去。"

李同光霎时紧张了起来:"咳血?"这一次,就连朱殷也陡然紧绷起来。

初月忙道:"但是她精神不错,我们王府的侍卫,四五个都不是她的对手。"

李同光却闭目道:"别说话。"他抱着头,飞速地思考着什么。初月和朱殷也都屏息紧张地看着他。

良久,李同光终于直起身子,眼中却多了一丝狠厉。他看向初月,缓缓道:"你想救你父兄对吧?那先借我五十个沙西部的侍卫。"

朱殷觉察到了什么,抬眼看向李同光。初月不解地问道:"你想干什么?"

"我暂时不能告诉你,"李同光直视着她的眼睛,眼睛里闪着不容

第三十七章

置疑的光,"但只要我今天办妥了这件事,立刻就能安排五千大军去增援你父亲,这比你那几百个骑奴强出十倍。"

初月犹豫了片刻,但很快便下定了决心,果断地点头道:"好!"她探头看向窗外,见四下无人,忙道:"停车!"回头对李同光道一声:"我先去安排侍卫,一炷香后见!"便跳下马车,飞奔而去。

马车继续前行。李同光沉默端坐着,车厢的阴影落在他的脸上,一双黑眸在暗影里依旧亮着狠厉果决的光。

朱殷试探地问道:"侯爷,难道您想要——"

李同光缓缓地点了点头:"这次我得孤注一掷,只要稍有差错,就会万劫不复。"他转头看向朱殷,"你前些日子不是刚成亲吗?这回就别跟着我了,赶紧带着你家娘子出城吧。"

朱殷坚决地摇了摇头:"属下哪儿都不去。"他眼中难掩恨意,说道,"圣上软禁您的同时,也派殿前卫搜查了国公府。属下虽及时避了出去,却没来得及带上贱内……她命薄,没能熬得过重刑。"

李同光一震,抬手拍了拍他的肩:"好,那这一回,我们就一起赌一把!"

这时,远方牛角号的长鸣再一次响起。

三族打扮的仪卫们停下了牛角号。百官肃立之时,邓恢等人带着侍卫还在巡视。

丹陛之上的平台上,安帝一身大礼服,在紫烟缭绕的宗庙外升座,号乐随即停下。他的身边,有一座锦缎搭成的册宝亭,案上供奉着太子册宝。安帝俯视着百官。此时,内监鸣九声响鞭。

礼官高声唱报:"吉时至,宣皇二子李镇业!"

伴随着轻鼓声,二皇子身着朝服,戴着冠冕,在红色龙纹罗伞之下,款步进入广场。

无人知晓,就在安都宗庙立储大典进行的同时,被安帝和新太子故意引入天门关的北蛮大军,铁骑踏破了俊州城。

礼官高唱:"拜!"

宗庙之外，二皇子和百官跪地听宣。

而俊州城中，百姓们也被北蛮人捆着手臂、按着头颅，以刀柄利刃逼迫着，纷纷跪倒在地。

礼官高声宣读策文："自昔圣王，咸建储贰，盖将嗣守神器，虔奉宗祎……"

宗庙之外，百官匍匐在地。

而俊州城中，跪地的百姓、士兵却一批又一批地被北蛮人砍倒在地。

礼官宣读着："朕缵服鸿绪，丕承前烈……"声音回响在安都秋日高爽的蓝天之下。

宗庙之外的宝座上，安帝俯视着跪伏于地的百官。鬓边已见白发的他，今日格外意气风发。

与此同时的俊州城中，北蛮狼主登上了俊州城门，俯瞰这城中繁华，一手抓起手下送上的黄金珠宝，满眼得意，哈哈大笑。

城下，北蛮人仰头看着城墙上的狼主。狼主举起狼头杖，一指天空，说了几句北蛮语，再指远方，宣令："烧抢一日，再攻归德城，以雪合县之耻！"

众北蛮人振臂欢呼，高举着刀斧转头冲进民居，展开抢杀。城中女子、小儿奔逃倒地，转眼间血流成河。

一张残破的地图浸在死去的军官身下的血泊里。地图上俊州以西不远，便是旻城，而旻城之西北，便是归德原。

宗庙外，立储大典也已逼近尾声。

礼官高声宣唱："册皇二子李镇业为太子！"

二皇子意气昂扬，跪地高呼："臣领旨！"

众官齐声恭贺："圣上万岁万万岁！太子千岁千千岁！"

二皇子难掩兴奋地走上台阶，安帝伸手，内侍从册宝亭中取过册宝奉上。可就在内侍将将走到安帝与二皇子面前时，他脚下一绊，托盘突然一歪，眼看册宝便要滑落在地上。

第三十七章

247

第三十八章

青庐冠帔如露电

眼见册宝跌落，安帝身边的侍卫下意识地便要伸手去接。就在侍卫分神的瞬间，向安帝递册宝的内侍快如闪电一般出手，咔嚓卸掉了二皇子的双肩，一把掐住二皇子的脖子，将他压在了栏杆之上。

变故发生得太快，所有人都措手不及，只下意识地惊呼出声。二皇子双臂剧痛，徒劳地在内侍手中挣扎着。侍卫们回过神，还想冲上来救他，却听内侍一声大喝："不想我扭断他的脖子，就全都别动！"——分明是女子声音。

这声音太过耳熟，安帝立时便听了出来，极度震惊之下脱口唤出："任辛！"

那内侍正是如意，她单手扯掉头上的帽子，一头秀发随风拂扬，修罗般冷冽的目光扫过全场。所有对上她视线的朝臣心中都不由得一寒，只听她说："正是，我从十八层森罗殿又回来了！"

群臣无不栗然，就连阶下的邓恢也面露惊愕。

"李隼，你心中有鬼，所以才令人在宗庙外严加盘查，所有利刃、硬物都不许带入。"如意直视着安帝，讥讽道，"可惜，你高高在上太久了，以为敢和你作对的只有文武百官，却忘了不起眼的内侍杂工，不用刀剑，也可杀人！"

她手上一紧，二皇子立刻惊慌地高呼："父皇，救我！来人啊，救驾！"

老臣王相连忙问道："任辛，你到底想干什么？"

如意冷笑道："你不如问问丹陛之上的这对父子，到底干了什么！"她失望至极地看了眼二皇子，"上次看在娘娘分上已经饶了你一命，没想到你非但毫不悔改，反而更加丧心病狂！把你在天门关干的好事，当着百官原原本本地说出来，如若不然——"

话音未落，安帝从身旁侍卫腰间拔出佩剑，向着二皇子当胸掷了过去。但如意早有准备，两指在空中一夹，那剑便断为两截。二皇子惊魂未定，难以置信地看着安帝："父皇？！"

如意冷冷瞥过去："又想杀人灭口？"

安帝神色一乱，露出些心虚的表情。但随即他便一咬牙，凶狠地瞪着如意，挥手向侍卫下令："不必管二皇子！马上给朕杀了这妖言惑众的妖女！邓恢！"

侍卫们面面相觑，却也只能仗剑上前。而台下的众臣早已惊呆了——为了杀一个刺客，皇帝这是连新太子、亲儿子的命都不要了吗？

邓恢看着阶上的如意，一咬牙，正要仗剑奔上，忽听一阵急促的马蹄声响起。邓恢连同在场百官下意识地循声望去，便见一匹空鞍白马，正向着丹陛飞速驰来。

连番震惊之下，无人想到该上前拦一拦，都呆呆地看着白马奔近。

而后忽地便见一个男子从马腹之下翻身出来，鹰鹞般一个腾身就坐上了马鞍，手臂一展，弯弓如满月，指间三箭一搭，便向着丹陛之上的众侍卫射去。

箭矢顷刻便至，中箭的侍卫应声而倒，反应快些的已扑上去拖着安帝去躲避。

那人自然就是宁远舟。三箭发出，他很快再次搭弓，连发数箭。其中一箭正中安帝身后的黄罗伞柄，象征着皇权的黄罗伞就此被击飞出去，滚落下台阶。

邓恢连忙高呼："护驾！"侍卫们这才如梦初醒，纷纷扑上去守卫安帝。而宁远舟已然跃下马来，挥剑杀上前去。

文官们惊惧躲避，一众武官想要迎敌，身上却连个能充作武器的笏板都寻不到，仓促间只能赤手空拳上前阻拦，却哪里阻拦得住。宁远舟人挡杀人，佛挡杀佛，转眼间就将阻拦之人悉数扫倒在地，就只剩邓恢还在与他交战。

丹陛之上，如意足尖一踢，拾了把侍卫丢弃在地的剑，拎着二皇子，也同周围杀上来的侍卫们厮杀起来。

而安帝早已奔入了宗庙大殿，匆忙下令："快，关门！"内侍们连忙将门关上。

宁远舟架住邓恢的剑，低声道："你们皇帝和太子勾结了北蛮人，我不想让皇帝死，只想让他出兵抗敌，你还要拦我吗？"邓恢一怔，手上的动作明显慢了下来。宁远舟一掌击去，邓恢就势倒地，滚落下台阶，双眼仍惊疑不定地看着宁远舟的身影。

宁远舟飞身上了台阶，和正在交战的如意飞速交换了个眼神，飞身赶到逃至宗庙大殿内的安帝身边，重重地击在他的后颈上，而后提着他的领子，将他拖出了大殿。

殿外已陷入对峙。

官员们聚集在台阶之下围着如意，已有不少武官拿到了武器。王相正在台阶上，隔空规劝着如意："你放下太子，一切都好商量！"

如意冷冷一笑，手中之剑轻轻一挥，王相便吓得接连退了好几步，险些摔倒在阶上，幸亏被邓恢一把扶住。

王相惊魂未定，才刚站稳，一抬头就见安帝也被人拖了出来，差点犯了心悸，惊道："你是谁？！别伤了圣上！"

宁远舟冷声道："大梧六道堂堂主、左卫中郎将宁远舟！"

"梧国六道堂？你们到底想干什么？！"

如意伸剑往二皇子颈上一勒："想让你们听一段卖国贼的自陈。"用力将二皇子往上一提："说！"

鲜血顺着二皇子的脖子流下来，二皇子魂飞魄散，连忙招认："我、我叫开了天门关的关门，放了五千北蛮人进关——"却又急切地辩解道，"可这不是我自作主张，我也是奉了父皇的旨意！"

众臣闻言，顿时大哗。

王相惊道："什么？！北蛮人已经进关了？！"

邓恢脸上原本生根似的笑容顿时消失，他难以置信地看向如意，如意冲他微微点了点头。邓恢瞪向安帝，眼神里立刻有了肃杀之气。

宁远舟道："北蛮人不仅已经破了天门关，还欲进犯合县，幸被合县守将和我大梧圣上联手逼退。如今北蛮人已直取俊州，这会儿多半已经到了旻城！"

二皇子急于脱罪，连忙补充："他说的是真的！天门关的守军已经全完了，本来梧国人已经来报信了，可父皇把人全杀了，不让你们知道！"

安帝抬起头，无力地喝道："孽子，闭嘴！"

二皇子抢先道："你都要杀我了，还想堵我的嘴？！任姐姐，要是我都招了，你饶我一命成吗？"他不等如意回答，便急忙道："王相，诸位臣工，我当着李氏列祖列宗的面发誓，是父皇令我和北蛮人私下联络的。他说近来朝中对他多有不满，希望以五万两银、十万石粮和几座城，跟北蛮做个交易，先让沙西王输给他们，然后他们再假装输给父皇！"

如意从怀里扔出几张纸："这一张，就是李隼命人写给北蛮狼主的书信，上面有他的私印。另一张，是伙同李镇业一起开天门关的、他的亲信的供词，现在人就拴在宗庙外头的下马石上，你们随时可以审问！"

王相拾起那张纸看了，惊怒交加地看向安帝："圣上，你为什么要这样做？北蛮与我们中原人仇深似海——"

安帝却傲然道："这封信朕没见过。朕身为大安之君，怎会和北蛮同流合污？不过是李镇业这孽子假造的而已。怎么，你们身为朕之臣子，难道还要听信别国逆贼的污蔑之言吗？"

王相一滞。安帝又道："诸官听着，任贼上次就不敢弑君，这回伙同梧国间客，更不会对朕如何！你们谁要能杀了这男女两贼，朕许以亲王之位，能救朕者，朕以一半国土酬之！"

如意冷冷一笑："不敢对你如何？看好了。"她突然发力，拉着二皇子的衣领，将他甩出栏杆。

第三十八章

二皇子被吊在空中，挣扎尖叫着："你说要放过孤的！"

如意冷声道："我可没答应过。"便高声向在场众人说道："看清楚了，这就是卖国的下场！"

王相惊呼："不可！"如意却决然地松开了手，在众人的惊呼声中，将二皇子扔下了数十丈的高台。

二皇子重重地摔在地上，吐出一口血来，但胸口尚有微微起伏。邓恢抢上前去，探了探他的鼻息，抬头对扑到阶梯栏杆边俯望的百官摇了摇头。

一时间全场静默，这般雷霆手段之下，再无人敢低估如意的决心。百官不约而同地从栏杆边退开，倒退着下了台阶。而邓恢趁无人注意，上前双手一扭，折断了李镇业的脖颈。这一下，李镇业才算真正死透了。

宗庙大殿外的高台上，终于只剩如意、宁远舟和安帝三人。

如意走到宁远舟身边，看向安帝："现在，你还敢说自己没和北蛮人勾结，还会觉得这次我不敢杀你吗？"

安帝腿一软，背靠在栏杆上，再无刚才的气焰。但半晌后，他还是努力冷笑道："可是到现在，你们也没有动手啊，这说明你们还是有所忌惮。呵，让朕猜猜，是因为北蛮人？你们要是杀了朕，安国大乱，谁来带兵杀北蛮人？就凭你们那个早就是朕手下败将的皇帝杨行远，还是那个一辈子都没上过战场的丹阳王？"

宁远舟道："你猜得没错，只要你肯从此幡然悔悟，勠力抗蛮，我们可以饶你一命。但你必须写下罪己诏，向天下承认你与贼媾和的恶行，并以皇帝之名起誓，此生必驱逐北蛮，否则，人人皆可诛之！"

安帝的眸子剧烈收缩。

宁远舟却冷冷一笑："此旨一出，你若是不抗蛮，沙西部、沙东部占了大义名分，自会有王者取而代之。褚国、宿国，也多半会趁乱而入。反正在北蛮人面前，中原人都是不分国别的奴隶羔羊，那我们也不会心疼你的李家江山。"

如意撕下一片黄罗伞布，将刚才放着太子册宝的几案踢到安帝面前。宁远舟将安帝推到案前，扔给他一把匕首："要么用它自刎，要么用它割血写诏，你自择其一。"

安帝一咬牙，只能用匕首割开了自己的食指，颤抖着在诏书上开始书写。刚写了一个"朕"字，突然，李同光的声音从高处传来："等等！"

安帝急忙抬头望去，便见李同光仗剑从大殿屋顶上一跃而下。他落在如意身旁，低声道："师父，这里头有诈，你们千万别被他骗了！"如意一挑眉，正欲开口，脸色却突然一变，尔后软软瘫倒。

李同光低声道："对不起。"他的手从如意身上离开，手中指环的尖刺上，沾着一丝血光。

这一下变故突生，连宁远舟都始料未及。但他立刻反应过来，抢上前去，欲再度挟持安帝。李同光却暴风骤雨般杀向了他。宁远舟只得回剑反击，但李同光右手执剑，左手挥掌，竟是一副拼命的姿态。

宁远舟本就内力不稳，和李同光对了几掌之后渐觉吃力，只能尽量以剑对抗。李同光却似是早已知晓他的弱点，他越是躲避对掌，李同光便越是挥掌袭来。宁远舟终于防备不住，被李同光一掌击中胸部，如断线风筝般跌出数丈，摔在地上，吐出几大口血来。

打扮成殿前卫模样的沙西部侍卫从殿后扑上来，用剑抵住宁远舟的要害。李同光则上前扶起了躲在案下的安帝，大声道："臣救驾来迟！"

安帝大喜："同光，你真是朕的好外甥！"可话音刚落，李同光便将戒指刺入了安帝的身体，安帝难以置信地瞪大了眼睛，随即软软地扑倒在地，半阖的眼中，李同光冷森森的笑颜渐渐模糊。昏迷前他最后听见的话语，是一句："圣上，你只有不能动弹的时候，才是我的好舅舅。"

李同光没有再多看安帝一眼——适才他那声高呼，想必已引起了高台之下文武百官的注意，他已听见了高台之下急促奔来的脚步声。他低声向朱殷确认道："太医安排好了没有？"

朱殷道："安排好了，但属下以为，比起中风失语——"他拿起案上的匕首，一抹安帝的脖子，血箭霎时间喷出。

剧痛令昏迷的安帝再度苏醒过来，他睁大眼睛，难以置信地看着李同光和朱殷。

第三十八章

李同光也震惊地看着朱殷，却见朱殷眼中燃着恨意看了安帝一眼，淡漠地说道："让圣上彻底闭嘴，才是更好的安排。"又抱拳向李同光请罪道，"主上，请恕属下自作主张。"

李同光很快从震惊中反应过来，电光石火之间便已有了决定，他扑到安帝身边凄声大呼："圣上，舅舅！"

百官恰在此时奔上了高台，看到眼前这一幕，都惊呆在当场。

安帝颈上血如泉涌，呛咳痉挛着，以手定定地指着李同光。李同光却握住了他的手，眼中含着热泪，哀切道："舅舅您放心，同光一定会遵照您的遗旨，谨效周公之德，全力辅佐三皇子！"

安帝不甘至极，却是丁点声音都发不出来，瞪大了的眼睛一点点黯淡了下来，最终涣散成一片浊黑。一代枭雄，就此暴毙。

李同光哭道："舅舅！舅舅！"群臣也都默然无语，眼看着安帝的头颅颓然低垂，暗红的鲜血浸透了龙袍，尸首死不瞑目地靠在桌角上。

而李同光已站起身来，一脸悲痛地面向朝臣，说道："我虽全力杀敌，但仍是迟了一步，圣上终是不幸亡于贼子之手。"他闭目长叹一声，"只是，国不可一日无君，圣上的遗旨，你们刚才也听见了，请三皇子！"

侍卫抱着一个襁褓中的婴儿从殿后走出，朱殷上前接过婴儿，送到李同光身边。李同光看向在场百官，厉声喝道："还不拜见新帝？！"

诸臣都被这变故惊呆了，面面相觑着愣在台上，无一人敢有动作。唯有邓恢盯着李同光，却渐渐露出了意味深长的表情。

沙东王最先反应过来，忙上前喝道："一派胡言！圣上和太子到底是怎么——"话还没说完，已有两个扮作殿前卫的沙西部侍卫上前架住了他。沙东王心中一震，立时噤声，再不敢多言。

朱殷冷眼看着沙东王："沙东王，您是太子亲舅，一时伤心过度尚可体谅。但若是拒奉先帝遗诏，就别怪我们翻脸无情了！"沙东王默然不语。

李同光也道："若不奉三皇子继位，难道先帝还有别的皇子？还是你们觉得——"他声音一顿，阴冷地环视众臣，"身为皇祖之孙的我，比三皇子更适合？"

众臣大哗。

李同光厉声道："肃静！"目光冷冷地盯向了武阳侯，问道："武阳侯，当着大行皇帝的面，你可否替我证实，前日圣上曾晋我为枢密使，并嘱我总领抗击北蛮诸军事？"

武阳侯看着地上死在血泊中的安帝，又扫了一眼身后不知何时围上来的殿前卫，挣扎了半晌，终于点头："圣上确有此谕。"

百官都是一惊。

李同光又看向邓恢："邓指挥使，您是圣上最信得过的近臣，上月圣上召我入宫之时曾有口谕，说我既身怀帝室血脉，又得赐国姓，实与亲子无异，并嘱我日后务必好好辅佐三皇子。当时，你是否在场？"

邓恢毫不迟疑地一抱拳，道："下官在场。圣上当时还叮嘱臣，日后要多多帮扶庆国公。"

百官面面相觑，终是明白大势已去，再无人敢发出一点声音，纷纷低下了头。

李同光接过三皇子，抱在怀中。他一脚踢正了刚才在打斗中翻倒的龙椅，转身坐下，再度厉声喝道："还不拜见新帝？！"

王相看着地上安帝的尸首，犹豫了半晌，终是一咬牙，拂袍跪地："圣上万岁万万岁！"

百官也只得跟着跪下，高呼："圣上万岁万万岁！"

宁远舟的脖子上横着两把剑，他一边吐着血，一边看着眼前这一幕。

李同光转头看向他，露出了一个三分得意、七分悲怆的笑容，然后使了个手势。朱殷猛力击晕了宁远舟。

宗庙大殿前的高台之上，群臣早已离去。昏昏残照、猎猎西风之中，就只有几个内侍忙碌收拾着安帝父子的尸身，草草冲洗着地上的血迹。

李同光站在高台一角，望着眼前景象，低声问道："为什么？"

第三十八章

他并未特地回头，一直站在他身侧的朱殷却知晓他问的是谁，问的是什么事。

"您念着血脉亲情，只想软禁他，"朱殷望着远处安帝的尸首，平静地说道，"可属下觉得斩草就得除根。而且，比起辅政大臣，摄政王的位置，难道不是更适合您？"

李同光咬着牙："只因为这个？我不信。"

朱殷沉默了一会儿，方道："您忘了属下是怎么成为您亲随的？因为属下的亲娘就是当年长公主的奶娘。为了保护长公主平安逃离宿国，她死在了半路，连尸骨都找不着。"他声音里带着隐隐的恨意，"先帝发兵之前，本来是可以提前通知长公主的，但他为了霸业、为了奇袭成功，连自己亲妹妹的性命都不顾，又怎么会在意区区一个奶娘的性命，更不用说，我那个刚成亲没几日就被打死的媳妇……"他自嘲地笑了一声，嗓音再度平静下来，"可能在先帝的故事里，我只不过是一个平平无奇的宫女之子，但在我的故事里，我却一直妄想着做一个卧薪尝胆、伺机大仇得报的英雄。所以，当您准备借任左使之手软禁圣上之时，属下也暗自下定了决心。好在老天垂怜，刚才，我终于成功了。"

他随即跪了下来："擅作主张乃大罪，还请主上严惩。"一顿，又道，"就算是赐死，属下也心甘情愿。"

李同光静静地看着他："你已经逼我走上了一条不归路，我要你的命干什么，陪葬吗？哈哈，哈哈哈！"他带着痛楚而疯狂的笑容，丢下朱殷，一个人大步离开了。

安都朝局在旦夕之间发生剧变。

皇宫大殿之上，内侍宣读着诏书："先帝骤崩，归于六合，朕承昊天眷命，即皇帝之位。然冲龄践祚，恐承鼎未力，故多仰摄政王李同光训迪，匡扶朝纲。因北蛮来袭，军机为重，故丧服从简，三日而除，布告天下，咸使闻知……沙东王公忠体国，加封一千户。沙西王、沙中王……"

宣读声中，李同光抱着不足周岁的幼帝，着一身与龙袍极其相似的蟒袍，面无表情地从躬身立于两侧的大臣中间走向台阶。他一步步登上御台，将幼帝交给一旁的内侍，而后回身俯视群臣。

过程中官员们有的悄悄交流着眼神，有的恭谨地低垂着头颅。听闻只有三日国孝，老臣王相皱眉想说什么，但朱殿冷冷地站到了他旁边。王相脊背生寒，终未敢再多言。沙东王心中原本怀着暗恨，但听到自己的赏赐后，表情由暗恨变成了意外，而后也不再作声。而武阳侯和邓恢等人自始至终都面无表情。

但弹压住了百官，也深知勋贵青壮恐心有不服。沙中部颇有几个小头领想要聚众生事，却逃不过朱衣卫的监视和暗杀，很快便被抓的被抓、被杀的被杀，都在萌芽中就被弹压下去。

小头领的尸首被邓恢直接送到李同光的面前时，李同光多少有些意外。邓恢却是毫无二意，仿佛要令他安心一般，随口补充道："还有大皇子的几个旧部，我也一并收拾了。"他这相当于把集中在李同光身上的不满，转移到了自己身上。

李同光不能不有所触动，认真地说道："多谢。我知道你多半会帮我，但没想到你会帮到这个地步。"

邓恢却道："我祖父那一辈，邓家有十个男丁，其中八人都死在北蛮人手里。他父子二人既然敢放北蛮人入关，那就不配再做我邓恢的主君。"

李同光恍然。

邓恢最后瞥他一眼："只是我也没想到你会这么快动手。这个位置可不好坐，你好自为之。"便告辞离开。

后宫之中，尊奉初贵妃为太后的旨意也已传达。内侍宣读着："皇考贵妃初氏，华阀钟祥，德备坤仪，慈抚藐躬，特尊为太后……"

初贵妃身上素服未除，脸色苍白地跪地听旨。数日之间她经历了太多变故，听闻了太多消息。此刻一直以来的心愿骤然得偿，她心中竟是没有丝毫喜悦。

第三十八章

领旨后她站起身来，李同光上前把幼帝交到她手中，淡淡说道："沙西王赐双俸，初月加封户三百。孤提前实现了承诺，也请太后按照之前的约定，好好照看圣上。"

初贵妃目光复杂地看着李同光，颤抖着接过了新帝。

李同光似是察觉到了她的心情，在她近前时，低声说道："前线吃紧，孤马上就要率军去增援你大哥。以后，别再做任何让孤不高兴的蠢事，否则，别怪孤不念旧情。"

初贵妃凝视着他，低声问道："你手段这么狠，又做得这么绝，沙中、沙东两部，你能按得住吗？"

李同光嘴角挂着一抹疯狂的笑容，冷冷地说道："按不住就杀，先帝当年不就是这么一步步走过来的吗？都杀了，要是还不服，那就是我的命。"

初贵妃不寒而栗："你千万别变成第二个他。"

李同光瞥她一眼，淡淡道一声："不劳太后忧心。"便掉头离去。

初贵妃看着他的背影，悲凉地笑了起来。侍女惊恐地看着她："娘娘！"初贵妃眼中含着泪水，笑着说道："我没疯，我终于是大安最尊贵的女人了，我只是高兴，只是欢喜……"长睫一合，泪水便从她微笑的脸上滑落。

李同光从殿里出来，朱殷立刻快步迎上前来："主上，王相他们在阁中候见。"

李同光脚步不停，头也不回地说道："没时间，孤要和兵部商议北蛮之事，沙西王的新军报有了没有？"

"有了。"朱殷忙将手中军报呈上，又犹豫道，"可那几位老臣想知道殿下如何处置刺客，是否移交大理寺？"

李同光一边看着军报，一边满不在乎地说道："可以啊，不过，在那之前，先让他们把先帝和李镇业卖国的好事昭告天下。"

朱殷急了："主上还请三思！"见周围无人，才低声进言道，"臣知道您不忍心处置任左使，可您刚得大权，尚不能服众，身边又只有羽林卫和沙西部的支持，若是不把罪名让别人背上，只怕危在旦夕啊！"

李同光停住脚步，冷冷地看向他，没有说一句话。

朱殷心下一寒，忙跪倒在地："臣妄言。但至少处置了宁远舟，给百官一个交代吧？"

李同光淡漠道："他还有用。"便回首看向身后的皇宫正殿，吩咐道："按大婚之仪，布置这里。"

朱殷猛地意识到李同光想做什么，心中巨震，抬头望向李同光："主上……"却见李同光粲然一笑，自顾自地走向殿内。朱殷忙扑上前去拦住他："您不能这样，您疯了！"

李同光却决然地将他推倒在地，唇角带着一抹微笑，眼神疯狂又决绝："没错，孤早就疯了。"

花格窗外碧空如洗，一枝红枫斜倚在窗格之中。枝头一片枫叶飘摇落下，飞入屋内。

屋内宫女正在给如意梳妆，她身上药力未消，全靠两个宫女扶着才能勉强坐直。凝脂一般白净的面庞上没有丝毫的表情，只一双漆黑冷漠的瞳子里映着殿内喜庆的陈设。宫女们为她换上喜服，又仔细地为她盘好发髻，佩戴珠花、步摇，涂抹口脂……

而隔壁房间里，李同光神色木然，在内侍的服侍下换上了喜服。

秋风凄清，落叶卷地。

子夜时，如意被两个宫女扶持着，行走在空荡荡的皇宫之中。面容遮掩在团扇之下，身上喜服随风飘拂，仿佛幽灵一般。

李同光在正殿门口等候着，身前暗夜寂寥，身后红烛高照。光影落在他玉石般的面容上。

随着内侍一声高呼："新妇子，催出来！"如意的身影终于出现在殿门前，李同光凝视着她的身影，神色晦明交织。他看着她渐渐走近，最终停步在他的面前，良久之后，方木然念道："团扇参差似明月，可有相思如意归？"

内侍忙道："却扇。"李同光伸出手去，轻轻按下了如意手中的扇头。面前的女子本就肤如凝雪，口若含朱，天生已是清丽动人，侍女

第三十八章

更为她细匀了胭脂。只见她腮凝红荔，额点丹朱，容色美艳如春花初绽，然而一双黑白分明的眼睛如月映寒江，凌厉清冷，美得惊心动魄。李同光有一瞬间几乎忘记了呼吸。

如意目光冷然，紧盯着他试图张嘴，却什么声音也发不出来。李同光被她的目光刺痛，自欺地垂了眼眸，拥住她，回身指向空旷的宫殿，轻声说道："从小到大，我只有一个愿望，就是让世间再没有人敢嘲笑我是面首之子；后来宁远舟和你又让我有了两个新的愿望：第一，做这间大殿的主人，站在大安权势的顶端，叫所有的人都羡慕我的无限荣光；第二，和我最心爱的人在一起。师父，今晚，眼看这三个愿望都实现了，你就让我高兴一回吧？"他放开了如意，脸上带着幸福又凄凉的笑。

礼官送上红绸，李同光牵住了一头。如意不肯接，他便亲手将另一头系在了如意手腕上。侍女们搀扶着如意，和他一道步入大殿。

大殿上，龙座巍峨，所有的花树灯台都被点起，将四周照得亮如白昼，还放着长公主的灵位等物。内侍曼声喊着："一拜天地，二拜高堂……"就这样，李同光和如意在空寂的皇宫大殿内完成了交拜。

宫女内侍扶着两人喝合卺酒，如意呛咳，宫女忙拍背替她顺气。

随后，宫女内侍都退下，房中就只有他们两个人。两人并坐在床上，龙凤双烛噼啪地燃烧着，照亮了床头喜帐、床上锦被。

良久的静默之后，李同光站起身来，替如意取下了头上玉簪。那绿云似的发髻散开，满头乌发如水泻下。凌厉美艳的面容映着朦胧的烛火，越发美得惊心动魄。

心心念念之人身着翟衣喜服，就坐在触手可及之处，李同光的脸上却殊无欢喜之意。他只是静静地看了如意很久，便转身放好玉钗。可就在他转身的瞬间，如意身形微动，忽地扬起霞帔套住了他的脖子，将他拉倒在床上。只这么一个动作，便已用光了她所有的力气。

如意气喘吁吁，双手拉紧了霞帔。她恨恨地看着李同光，嘶哑地说道："就算没武器，我一样也可以杀了你。现在，立刻，放了宁远舟！"

李同光从惊讶变成漠然，他平躺不动，闭目道：那你动手吧。对了，你怎么解开哑穴的？哦，刚才宫女替你顺气的时候，你动了下身子，让她击到了你的神堂、灵堂两穴。可就算能说话了，你也救不了他，你现在的力气最多能把我绞晕，但绝对跑不出这皇宫。"

如意喘气，显然方寸已乱，李同光趁机一个翻身，将她制于身下。他凝视着如意冷漠的面容，顿了顿，才说："我们已经成亲了，你别走，我就留他一条命。"

如意冷冷地道："李鹭儿，你别做梦了，我从来就不接受任何威胁。没有鼓乐、没有宾客，在空荡的大殿里像做贼一样拜堂，这就是你的愿望、你的无限荣光？！"

李同光微笑，一行清泪却滑过脸际。他轻声说道："你可以看不起我，但我还是得到了你，对不对？"

"得到了，你就会快乐吗？"

李同光道："当然。"

"那你为什么要哭？"

李同光一愕，便见眼中的泪水滴落在了如意脸上。李同光大骇，惊恐无措地看着她，颤抖着手想擦去那滴泪水，却不敢碰触。而如意已然伸出手去，轻轻为他拭去泪水。

李同光瞬间崩溃，咬着牙颤抖着说道："我也不想你恨我，可是我没的选！老头子已经丧心病狂，你们就算能逼他发兵，他也不会全力抗蛮的。我原本只想把他弄个半身不遂、口不能言，再借着拿下你们的救驾之功做个辅政大臣亲掌军事，然后再偷偷放了你们。可朱殷杀了他，我回不了头，只能被架着去当一个背着弑君罪名、毫无根基的摄政王！朝臣们和沙东部、沙中部，随时可能反叛，沙西王在归德城已经快顶不住了，我得马上带兵去救他，而且十有八九会一去不回！所以就算你会恨我，就算你不愿意，我也想在穷途末路之前，抓住我还能抓住的东西！"他终于紧紧地抓住了如意，像幼时一样放声大哭起来，"哪怕只有一瞬间都好！"

如意轻声道："可怜的鹭儿。"

李同光摇头道："我不可怜，我不要你的同情！"他绝望地哀求着，

"我是真的喜欢你,真的爱你!你告诉我,要怎么才能让你也爱上我?你怎么可以在我还不知道的时候让我喜欢上你,在我真正爱上你的时候又亲手让我杀了你?现在你好不容易回来了,你叫我怎么放手?!"

如意捧起了他脸,轻声说道:"我其实一直都爱着你,以师父爱着徒弟的方式,像姐姐爱着弟弟那样。"她又轻柔地抚摸着他的头发,"你是少年英才,又精通兵法谋略,怎么会穷途末路、一去不回?你只要带着大军,去北蛮人的铁蹄下救百姓于水火,立刻就会光芒万丈。不管是三大部还是百官将士们,都会敬佩你、拥戴你,你也会洗清身上的猜疑,成为他们心里永远的英雄,也成为我心中最爱的英雄。"

李同光眼中闪起了一点光芒:"真的?"

"当然,"如意温柔地凝视着他,微笑道,"我一手养大的鹫儿,怎么可能不是一个大英雄呢?别怕,以后谁敢背叛你,谁敢对你不敬,师父就去杀了他。你知道我的本事的,十步杀一人,千里不留行。"

李同光喃喃地接道:"事了拂衣去,深藏身与名。"

如意点了点头:"没错!你好好地去做,我已经教了一个公主出来,以后,我还想在史书上,再留个帝师的美名。"

李同光凝视着她,良久,才绝望开口:"在你心里,我和宁远舟,到底谁更重要?"

如意没有回答。

李同光又问:"那我和杨盈呢,在你心里,我和她,哪个更好?"

如意叹了口气,轻轻吻上了他的额头:"当然是你。"

李同光突然紧紧地抱住了她,似要把她嵌进身体中一样。

如意吃痛推他:"放开,我胸口有伤。"

李同光却沉默地越抱越紧,在如意无法呼吸之前,在她颈侧轻轻一击,如意就此晕倒。李同光将如意放倒在榻上,盖好被子,尔后走出洞房。

李同光望着空寂的宫殿,眼中的泪光一点点隐去,他叫道:"朱殿。我欲召羽林、殿前、飞骑三营禁军,及沙东部、沙中部各军尽快亲征，传王相、六部主官、沙东王及金明郡主，明日辰时御书房议政。"

却无人回答。李同光问："听见了没有？"他不快地转过头，看见的却是宁远舟的脸，以及委顿在地上的朱殷。

李同光冷笑一声出手，两人相斗至园中。

李同光冷笑着还击："诏狱的九层重牢也关不住你？早知道我就该断了你的琵琶骨。"

宁远舟也全力施为："你还真没尝过六道堂的厉害，就算把我打落十八层地狱，我一样也能回来找你索命！"

李同光手中不停："索命，你敢吗？你真怂，为了能有人打北蛮，连老头子都不敢动，连刚才冲进殿去阻止我都做不到！"

两人双拳相格，如公牛顶角，以静力对垒。

宁远舟的双拳一点点逼向李同光："你错了！那不叫怂，而叫权衡大局，叫君子有所为，亦有所不为。刚才我不进殿，是因为我尊重如意的私隐，相信她自己就能处理好一切；而我饶过安帝和你，"宁远舟略带阴戾地紧紧盯住他的眸子，"也是因为有时候，不杀能比杀，挽救更多的生命。"

李同光一震，手中慢慢泄力，宁远舟见状，也慢慢松手，两人在夜风中对峙。良久，宁远舟方开口："一个少年要真正成为一个男人，就必须放弃一些东西；而一个男人要想成为王者，就更得知道，百姓的安康，重过你的权柄。"

他放开了李同光，转身走进宫殿。李同光下意识地要阻拦。

而这时，宫外的喧闹声响了起来，无数人在嚷着："快来人啊！刺杀先帝的逆贼越狱了！"士兵和侍卫们手执武器冲了进来。

而与此同时，宁远舟扶着如意走了出来。众士兵当即冲上，将他们团团围住。李同光急喝："住手！"

领头的沙东部将领显然不是李同光以前的手下，愕然道："为什么？他们可是十恶不赦的凶手！摄政王，不，李同光，你想放他们走？你和他们是同伙？你为什么穿着喜服？！"

早已爬起身的朱殷忙和几位亲信拔剑护住李同光。这时初月也带人赶到,对沙东部将领喝道:"大胆,竟敢对殿下无礼!"

沙东部将领一指宁远舟等人:"他串通逆贼谋害圣上,罪无可赦!"

眼见两派已呈对峙之势,如意拼着最后一点力气拔下凤钗,下意识地想要护住李同光,宁远舟也当即亮出匕首。

领头将领狞笑道:"很好,图穷匕见了是吧?!"

他一挥手,众士兵当即扑上。可就在这时,一道清朗的声音却响了起来:"都住手!摄政王殿下,孤奉大梧国书在此!"

众人震惊,纷纷回头,只见杨盈一身公主朝服,正站在他们身后。

少女面容肃穆地看着他们:"据六道堂密报,贵国俊州已沦于北蛮之手,现沙西王正与北蛮狼主鏖战于归德城外。但北蛮人此番来犯并不止五千,而是举国之力,遣兵五万。"

众人当即大哗,五万北蛮兵,这是要举倾国之力灭亡中原吗?

杨盈却依旧朗声道:"皇兄亲镇合县,虽有意出兵相助,但恐贵国误会,故特令孤为使者,敬奉国书。"她躬身一礼,向李同光呈上国书,"此信加有皇兄与英王兄双玺,言道北蛮人弯刀铁蹄之下,无分国别种族,俱是屈死亡魂。是以我大梧欲与贵国舍旧怨、立新盟,以举国之力,与贵国联手抗敌!"

言毕,她转过身来,看着众将士,眼神中尽是帝王般的威严:"此外,谢谢诸位来参加孤与摄政王的婚仪。"

众人不可置信,连如意和宁远舟都险些出声。

在这一片喧哗中,杨盈的声音沉稳而安静:"怎么,难道孤与贵国的这段婚事,不是先帝亲自诏令天下的吗?难道你们想孤白白浪费青春,等贵国尚在襁褓的新帝十几年吗?"

她走向李同光,携起了他的手:"殿下,宁大人进宫是来给孤送陪嫁的,就是我大梧尚未交付的那五万两黄金的银票。一旦孤与你大婚礼成,整个梧国便是你的姻亲!凭着孤手中的国书与盟约,以及宁大人手下的六道堂,相信大安上下,应该不会再有人无端猜疑您了吧?"

她目光如箭,凝视着包围诸人的安国将领,语声中已然带了杀气:"列位臣工,大敌当前,你们还记得三国先帝在天门关盟誓共抗北蛮的过往吗？回答我，记得不记得？"

初月从震惊中回过神来，颇为复杂地看了杨盈一眼后，果断答道："记得！恭贺摄政王殿下、礼城公主！"又小声对手下说："我与殿下的婚约，先帝并未正式下旨，早就废除了。"

沙东部的将领与诸士兵对视一眼后，终于纷纷放下刀剑，拜伏于地："恭贺摄政王殿下、礼城公主！千岁千岁千千岁！"

在山呼的贺喜声中，宁远舟表情复杂地对杨盈点了点头，随后抱起了已然站立不稳的如意，一步步走向宫外。

李同光身子一颤，杨盈却拉住了他，低声道："这只是为了解决这个困境的权宜之计，放心，我不会喜欢你，以后我们也只用做一对有名无实的夫妻，但别让师父和宁大哥担心。给我协理监国之权，你出征后，我会帮你守住大安，也帮我的哥哥们和元禄，以及我自己，守住我们最心爱的大梧。"

李同光却几乎什么也没有听见，他只看到了宁远舟怀中的如意临行前投来的那深深一瞥——是怜惜、祝福，还是失望、鼓励？但还没等他确定，那双他无比熟悉的眸子便合了起来——这一回，强撑已久的如意真正脱力晕了过去。

李同光微微地笑了，终于明白，今晚，他终于得到了他的一生所求，也注定要失去他的一生所念。他对自己说，很好，欢悦本来总是要在剧痛上铺陈才会鲜明。此后白发苍苍、生生世世，他都会记得，自己长久匍匐于膝下的神明已经回应了他的奢望，而此后的一生，他必定要遵循她的希望，成为一个光芒万丈的英雄，才有可能在渺茫的未来再度获得她的一点点垂怜。所以心还不能碎，继续猛烈地跳吧，才能记着这痛苦，记着这希望。

宁远舟抱着如意，行走在空旷的安国宫殿中，来到宫门之前，他抬起头来。初升的太阳已然在天际现出了第一道日光，那日光含在漆黑的大地与暗沉的天空之间，只有一道窄窄的金边。谁也不知它即将喷薄而出，还是终归隐入乌云。

数日后。

晨光照在了如意的脸上,她睁开眼睛,身体下意识地绷紧,但看清自己是在宁远舟怀中后,便骤然松弛了下来。

宁远舟微笑着凝视着她,见她醒来,温柔地俯身亲吻她的额头:"早!"

如意便也回应道:"早!"

两个人额头相抵,温存厮磨着,对于宫中发生的那一切,他们默契地谁也没提。

车轮碾在道路上的辘辘声传来,如意这才发现自己身处马车,便问道:"我们现在在哪里?"

宁远舟道:"已经过了裕州。"

如意稍微有些错愕,立刻坐起身来:"这么远了?我睡了几天?"

"四天。"宁远舟抬手帮她捋出压在颈后的头发,解释道,"是我让大夫给你用药,让你多睡几天好养伤的。你太累了,得尽快恢复元气。等到了归德城和十三他们会合,我们还得帮皇帝和沙西王打北蛮呢。"

"帮皇帝和沙西王?"

宁远舟点了点头,细细地跟她解说着眼下的局势:"北蛮人目前兵分两路,左贤王率左路于归德城与沙西王交战,狼主率右路主力进犯保州。梧、安两国已正式结为盟邦,联手抗蛮。两日前,梧帝杨行远已率军增援归德城;三日前,安国摄政王李同光造庙宜社具牲币,于应天门召兵三万亲征;四日前,礼城公主与摄政王完婚于紫极殿。"

如意久久没有说话,看向窗外很久后方叹息一声,道:"就是希望元禄知道这个消息后不会太难过。他和阿盈一直都很谈得来。"

宁远舟侧过头,略微按了按襟口,轻声道:"他不会的。"

"嗯,"如意点头,"他这会儿多半正和你们皇帝一起在归德城浴血奋战,哪有心思风花雪月。"

宁远舟顿了顿,望向天际,轻声说道:"再过两天,我们只怕也会和他一样。"

如意察觉到他的表情不对,便安慰道:"你又开始瞎担心了。放心吧，之前的天星峡和合县，大伙儿不是都一起闯过来了？"

宁远舟叹道："几百人和上万人的厮杀完全不一样。武功高的人或许可以多杀几十个北蛮人，但等他杀到第一百个时，再高的剑术和内力都没用了。"

"那又如何？至少在那之前，我们已经杀了一百个。"

宁远舟凝视着如意，点头道："我是在担心你啊，这么不识风情，我怎么就喜欢上你了？"他轻轻地吻上了如意的唇角。

马车飞快地驶向归德城。天际平阔低矮，隐隐有阴云堆积，宛若千军万马越界而来。

过裕州是龙尾原，穿过龙尾原便到归德城。而归德城外的平原上，此刻确实有千军万马冲锋而来。那是北蛮左贤王的铁骑正在冲击着沙西王和梧帝的军队，阻止两军会师。

平原上，黑压压的北蛮军队如天堑一般将安、梧两军分隔两地。沙西王和梧帝正率大军浴血奋战着，拼力向着对方突围而去，以图会合。

沙西王早已血染长须，却犹然冲锋在前。他一剑砍倒一个北蛮人，挥手高喊着："跟上，跟上！一定要和梧军会合，不然大伙儿谁都别想活着回去！"

平原另一头，梧帝也在率军猛攻，眼见沙西王那头军阵渐薄，不由得心中焦急，催促道："往右路，先救沙西王，他们已经快撑不住了！"但北蛮人却以盾兵迎战。梧军几次冲锋，都不能突破北蛮人的阻滞。

大军最前方，于十三和丁辉也正血战着。于十三跃起一步，踩着一个北蛮军官的头顶，借机看了一圈战场全局，落地后旋身砍倒北蛮军官，和丁辉背对背互为支援："这样下去不行，突不过去！"

丁辉喘了口气，问："那怎么办？"

于十三道："我有个主意。"回头向丁辉耳语几句。

丁辉眼睛一亮，立刻点头，强行杀出一条血路，往梧帝方向奔去。

他来到梧帝跟前，跟梧帝耳语，梧帝却是一愣。

第三十八章

就在这时，一个青年北蛮军官飞骑向梧帝袭来。梧帝在马下和他交手，不过一招，就被北蛮军官擒于马上。北蛮军官挟持住梧帝，得意地仰天大笑，拍马走远。丁辉连忙追赶上前，一路大喊着："圣上被北蛮人抓了！圣上被北蛮人抓了！"

梧军闻声，立刻向着北蛮军官驰马的方向追赶而去。

沙西王正在同北蛮人血战，听到丁辉的呼声，正兀自惊愕，却见北蛮人竟然纷纷转头，向着擒住梧帝的那个军官的方向追去，口中还叽里咕噜地喊着什么。

沙西王错愕地问道："怎么回事？"

沙西王之子初旭缓了口气，解释道："他们好像在叫抓了梧国皇帝！北蛮有这个风俗，军功最后谁抢到了就算谁的。"

沙西王心如电转，立刻高声下令："不管他们，抓住机会，和梧军会合！杀啊！"他一骑当先冲杀出去，身后的安军立刻紧紧跟上。

擒住梧帝的北蛮军官见沙西王率军冲出了北蛮人的阻隔，即将和梧军会合，立刻高声喊道："北蛮人中计了！跟我杀！"他扔下了狼皮帽，露出真容——竟是于十三！

本被他"擒住"的梧帝立刻身复自由，也挥剑大叫道："北蛮人中计了！跟朕杀！"

梧军当即杀了个回马枪，和沙西王的军队会合。两军合兵一处，士气暴涨，气势汹汹地冲杀出去。北蛮军早已在争抢军功时乱了阵型，很快便被冲得七零八落，溃败四散。

于十三一剑砍翻身前的北蛮人，正要再战，一抬头却发现对面一脸杀气持剑杀来的是沙西王之子初旭。两人看清对方身上的服饰，都是一愣，尚未回神，便听欢呼声从远处传来。

于十三和初旭同时望去，便见远方高处，沙西王高举着一个北蛮头盔，阳光洒落，将盔甲浴血的他照得格外英武。

梧帝大喊："北蛮人跑了！沙西王捉了左贤王！"

安、梧两国士兵都欢呼起来，于十三和初旭也情不自禁地拥抱了一下，然后互搭胳膊，看着欢庆的两国士兵，会心微笑。

史载：梧兴元三年、安光佑六年十一月，梧安两军会师于归德城，大破北蛮军，获左贤王，此为梧安立盟后首胜。

落日熔金，暮云合璧。

如意和宁远舟驱马并骑，奔向归德城。来到城外，却见城门洞开，百姓喜笑颜开，背着包袱、牵着儿女往城里跑。城门外路边更有各类摊档，有的摊档在替士兵们疗伤，有的摊档摆着吃食，安、梧两国的士兵并肩坐在摊前长椅上，毫无芥蒂地闷头大吃着。

两人都颇感意外，对视一眼后双双下马。宁远舟走上前去，向一个正忙着给士兵们盛豆腐脑的妇人问道："大娘，我们这是胜了？"

妇人头上缠着守孝的白布，欣喜道："胜了，北蛮人死了三千多，往南边跑了！这不，先前出城去避难的人都回来了。"说着便抹了抹眼中的泪水，"要是我家老头子命长一点，这会儿不知道该多高兴！"

这时城中忽然传来了一阵欢呼，一名士兵奔走招呼着："快去看啊！北蛮左贤王要献刀投降了！"城外的百姓、士兵纷纷起身向城里跑去。宁远舟和如意也跟随前去。

城中广场上有一处高台，高台下百姓欢声雷动，而高台上，梧帝正与沙西王共饮庆功酒。梧帝跟沙西王饮过酒，又转身与其他安国将领碰杯。沙西王跟初旭交谈几句后，马上招呼远处的于十三："喂，过来！"

于十三恍若未闻，猫着腰往台下走，丁辉连忙拦住他："怎么回事？沙西王叫你呢。"

于十三窘迫至极，低声道："他是初月的爹。"

丁辉还没想起来："谁？"

于十三却已经被走过来的沙西王拖走。见于十三一脸尴尬，有六道堂道众向丁辉耳语两句，丁辉这才想起来："原来是金明郡主，哈哈哈！"

于十三被塞了一碗酒，尴尬地立在一旁。沙西王笑道："就是这位六道堂的都尉想出了假扮北蛮人的妙计，救了我家初旭。"又叮嘱

第三十八章

初旭:"你头一回上战场,跟着人家好好学学。"转头又问于十三:"这位小哥怎么称呼?"

一下子和初月的爹成了平辈,于十三尴尬不已,只得抬手半遮着脸,结结巴巴道:"不敢当不敢当。于、于二十三。"

沙西王一愕:"这名字怎么这么怪?"随即又豪迈地一笑,"不管了,来,咱们三个喝一杯!"

于十三只得和他父子二人碰杯。一边的六道堂道众看着他的窘样,都挤眉弄眼,偷偷忍笑。

台下的宁远舟和如意也看得忍俊不禁。

如意笑着瞟宁远舟:"不上去替你的好兄弟解围?"

宁远舟同她相视一笑:"这场仗是他们的胜利,我们既然没赶上,这会儿就别上去打扰他们了。"

两人牵着手望着台上情形。如意目光扫了一圈之后,有些疑惑地踮起脚来探头寻望着:"怎么没看到元禄和钱昭他们,还有孙朗呢?"

宁远舟面色一暗,默然无语。如意隐约意识到什么,回头看向宁远舟,对上宁远舟的目光,脸上的笑容渐渐凝固了。宁远舟眼眶渐湿,轻声说道:"他们……都不在了。"

如意的眸子瞬间一暗——长久以来,她以为自己早就习惯了失去同袍的冲击,但此时此刻,她分明感到了一丝刺骨的痛楚。

宁远舟低声向她讲述了合县一役以及安都的变故,接着又从怀中摸出分部转交给他的几枚堂徽,轻轻地放在了她的手中,低声道:"元禄的那一枚,在阿盈手里。之前我一直不敢告诉你,是怕耽误你养伤。"他闭目轻叹一声,"我自负洞悉人心,却一直没有发现老钱的不对;我也早知道元禄多半会走在我们前面,可没想到,居然这么早。十三在信里说,孙朗走之前一定很满意,因为他最后那惊天一箭,十三下辈子也比不了!"

如意看着那几枚堂徽,小分队众人的音容笑貌,一时浮现眼前。她忍不住红了眼圈,但她更知道,虽然此刻的宁远舟表面平静,但六道堂的兄弟们早就与他有如骨肉,是以这些天以来,他早就忍受过甚于自己百倍的伤痛。于是她什么也没有说，只是紧紧地握住了他那双冰凉而又干燥的手。

这时擂鼓声响起，四面之人精神都是一震，纷纷探头望去，便见北蛮左贤王和一个随从被押上了高台。

高台上，沙西王和梧帝站在中间，初旭跟在沙西王身后。沙西王和梧帝互相谦让着席位，初旭上前劝解几句后，两人终于相视一笑，齐步走到主位。

台下的士兵、百姓们情不自禁地高呼："圣上万岁！沙西王千岁！"

沙西王和梧帝各自向台下挥手。沙西王不无感慨地对梧帝道："说句讨打的话，数月之前，陛下尚为我大安的阶下囚之时，本王可从来没有想过有朝一日，能与您并肩抗敌。"

梧帝看着走上前来的北蛮左贤王，也长叹道："朕在永安塔上夜夜难眠之时，也从未想过，一个败军辱国之君，此生还能再听到百姓们真心地山呼万岁。"

这时全场安静下来，侍卫退远，左贤王在梧帝和沙西王面前跪下，献上了佩刀。梧帝接过刀来，交给沙西王，沙西王高举佩刀，向众人展示，台上台下霎时欢声雷动。

左贤王眼中闪过一丝微不可察的恨意，又从随从手中接过一只匣子，高高举起。

梧帝不解地问道："这是什么？"

左贤王用生硬的汉语说了几句，初旭忙道："是左贤王的王玺。"

梧帝恍然，接过匣子打开，却有一阵白烟冒了出来。

高台边的于十三，高台下的宁远舟、如意同时反应过来，急忙向梧帝方向奔去，高呼："快扔掉！"

但左贤王却猛地蹿起，抱住了梧帝，侍卫们忙上去抢夺。就在此时，巨大的爆炸声响起。

烟尘之后，高台中心的梧帝、沙西王父子、左贤王、侍卫们……都倒在了地上。

于十三悲愤地高呼："圣上！殿下！"

第三十八章

第三十九章

宫阙旌旗竞幻影

高台之下一片混乱，百姓和士兵们都惊魂未定，忙乱地呼喊奔走着。而如意剑已出鞘，鹰隼般扫视过周围，向着几名逃窜的敌人追去。

高台上，于十三满面烟尘，惶急地奔到奄奄一息的沙西王父子身边，为他们查看伤势。沙西王费力地抬起手来，指着自己的脖子，虚弱地说了声："阿月……"

于十三忙从他的脖中解下一只黄金牛头坠子递过去。沙西王握住于十三的手，将坠子合在他手中，就此溘然长逝。

宁远舟也已冲上高台，抱住了血泊中的梧帝。梧帝颤抖地抓住宁远舟的衣襟，竭力说着什么，但不过两句之后，他的手便颓然垂落在地。

一只带血的手放飞了三只信鸽。三只信鸽飞翔天际，最终都落进了梧都六道堂总堂之中。道众从信鸽上解下脚环，取出了密信。不多时，三名道众各执一封密信，同时奔出六道堂，向着三个不同的方向而去。

梧都皇后宫里，挺着肚子的萧妍正在接受御医诊脉。明女史急急奔过来，递给她一封密信。萧妍接过密信后扫了一眼，立刻推开御医想要起身，然而尚未站稳，已然眩晕倒地。

宰相府花园亭中，章崧收到了密信，看清信上消息，瞳孔猛地收缩，端茶的手罕见地颤抖了起来。

而丹阳王府里，丹阳王也收到了密信，看后猛地站了起来，立刻吩咐人备马。

他披好披风，抓起佩剑，边疾步走出房门，边吩咐身旁的亲信："点齐所有的侍卫，去京西大营！"

亲信惊疑不定："殿下？"

丹阳王道："孤虽然并不想圣上归国，但自天星峡以来，再未阻挠过救他之事，与他合拟国书联安抗蛮以来，就更是熄了这争位之心。可如今圣上暴亡，皇后又未生产，国不可一日无君，朝臣们必会议立新帝。章崧这只老狐狸一心想要把持朝政，绝不会坐视孤登基，所以多半会给孤安上一个谋杀先帝的罪名。孤只能先把京城的军力抓到手中再说，否则，便百口莫辩了！"

亲信忙应一声："是！"立刻回头召集侍卫，匆匆护送丹阳王离开王府。

可刚拉开王府大门，便见外面士兵林立，白刃森森——早有数百名持剑卫士将王府大门重重包围了起来。

丹阳王立时便明白过来，惊怒道："章崧？！"

章崧从军士后面不疾不徐地走了出来："正是老夫。丹阳王，你身为监国，竟然犯上作乱，谋害先帝，罪在不赦。本相既受先帝所托辅政，便不能容你这乱逆之臣存于世间！"

说罢，他猛一挥手，数百士兵齐齐挥剑杀了上去。丹阳王身后的侍卫也匆忙拔剑抵御，将丹阳王护持在后。转眼间两边便已杀成一团。

刀光剑影之中，章崧转身离去。他身后的幕僚仍有疑虑，担忧道："相爷，要不然还是留他一条性命？毕竟皇后还没有生产……"

章崧道："皇后已近足月，今晚新生的男婴就会安排好，等到明日上朝，百官会先闻圣上驾崩，后知皇后有子的消息。等到皇后足月生产，若为男，调换过来便是；若为女，便先养着，我再从宗室中找男婴替换。如此，也不算混淆皇室血脉了。"

幕僚听后，欲言又止。章崧叹道："并非老夫狠心，哪次皇位更迭，不死几个皇子、大臣？这几个月，我与丹阳王在政事上没少争执，你以为他登基后就会饶过我吗？"

章崧转身正要登车，却突然听见远处有钟声响起。那钟声低沉宏阔，分明是从宫中传来。幕僚错愕道："景阳钟？谁在敲景阳钟？"

却听威严薄怒的声音自身后传来："是本宫。"

章崧蓦然回首，便见萧妍大腹便便，正扶着一位少年站在长街尽头。

章崧大惊，立刻躬身行礼："娘娘！英王殿下！"

萧妍扶着英王的手快步向他走来，边走边厉声说道："叫你的人住手，圣上崩逝这种大事，还轮不到你一介臣子做主！"

章崧心思急转，面色几变，终是说道："恕臣不能从命。"他上前一步，拦下萧妍，规劝道，"娘娘，此时不是心软的时候！"

萧妍却似是早已料到他不会轻易领命，瞟他一眼，冷冷说道："本宫也这么觉得。"

她抬手一击掌，立刻便有数名六道堂天道道众从她背后的车里，"请"出个战战兢兢的美貌贵妇，那贵妇怀中还抱着个大哭的婴儿。下车望见章崧的身影，贵妇下意识便要奔上前去，却被道众手中兵器拦住，只能哀切地唤道："相爷！"

章崧霎时脸色大变，脱口唤道："夫人！小五！"却是他的妻子和幼子落入了萧妍手中。

萧妍看着章崧，平静地说："章相的其余几位公子，也在宫中做客。"

章崧咬了咬牙，只能恨恨地下令："叫他们住手！"随从立刻飞奔回丹阳王府传令。

而萧妍也扶着英王径直走向了丹阳王府。

此时丹阳王府门前已横尸遍地，虽章崧手下的士兵得令暂缓了进攻，但护持在丹阳王身前的侍卫仍是持剑不退。丹阳王拄剑于地，身上也早已血染衣衫。见萧妍和一瘸一拐的英王向他走来，丹阳王难以置信地抬头看向了他们——却是误认为他们已和章崧联手，要逼杀于他。

英王连忙解释道："二哥，是臣弟收到消息，才着急进宫请皇嫂出来主持大局的。"

萧妍皱着眉头，跨过几具尸首，来到丹阳王的面前，目光扫过狼藉死伤之下，犹然剑拔弩张的两队人马，不由得眼含威怒，训斥道："圣上驾崩，你们一个亲王一个首相，不思哀悼，却急着兵戎相向，是还嫌大梧不够乱吗？！"转头吩咐丹阳王的亲信："赶紧去弄两套素服来给他们换上，随本宫入宫。"

丹阳王惊疑不定，没有动作。

萧妍不怒自威地看着丹阳王，缓缓说道："你舅舅、舅母，也在本宫手中。"

丹阳王愣了一愣。此刻章崧也终于追了上来，见萧妍对丹阳王竟也是如法炮制，不由得露出些迟疑的神色。他拱手看向萧妍，问道："娘娘，您到底想做什么，还请直言。"

"你们争来争去，不就是为了圣上身后的皇位吗？"萧妍一挥衣袖，"既然如此，本宫这个皇后，便索性代先帝召百官入宫，让你们当众争个清楚明白！"说罢转身携着英王，径直走向马车。

但她的力气也只足以支撑到此，一进马车，她便脱力地踉跄一下。裴女官连忙扶住她。她手指都抬不起来，虚弱地吩咐："赶紧回宫。"

旁边的英王见状，从怀中摸出一个精致的小葫芦递给她："臣弟这儿有参汁，您喝一口。臣弟自幼身子不好，这种东西总是带着。"

萧妍接过去喝了一口，欣慰地看向英王："行衍，今晚多亏有你。"

"臣弟也是无意间看到章相的亲随在调动京西大营的兵士，心中担忧，才冒昧入宫的。只是没想到，皇兄他居然已经……"英王说着，声音便低下去，抬袖拭了拭泪水，又抓住萧妍的衣袖，恳求道，"妍姐姐，你千万别让章相伤了二哥，皇兄已然不在，二哥就是臣弟唯一的亲人了！"

"我不敢保证一定不伤他，因为我身为大梧皇后，只能保证我对得起大梧。"萧妍叹了口气，闭目沉默了片刻，才道，"一切，就只能看他和章崧自己的选择了。"

梧国大殿之内，百官已被景阳钟紧急传唤入宫，都不明所以，正乱纷纷地议论着，忽听内侍宣唱："皇后驾到！"

百官都是一怔。梧帝被俘之后，皇后一直安居深宫养胎。朝政由丹阳王摄理、章崧辅佐，皇后甚少直接过问。今日却是皇后敲了景阳钟，实在不由得人不心中惴惴，众人都连忙闭口肃立。

便见皇后携着英王走入大殿，章崧和丹阳王跟随在后，四个人都是一身素服，百官心中都不禁一惊。

萧妍径直上了御台，回身看向殿中百官，面露悲戚，缓缓说道："列位臣工，本宫今日急召你们入宫，只为一事。圣上在安国大破北蛮，守住了归德城，自己却不幸伤于北蛮刺客之手，三日之前，已然崩逝了！"

百官都大惊失色，一时间难以置信。更有几个老臣踉跄几步，震惊地抬起头来。

萧妍落下泪来："此等大事，本宫自不敢戏言。章相、丹阳王皆可为证。"

众人都看向章崧和丹阳王，两人都面带悲伤，默然低下了头。百官终于纷纷跪地："请娘娘节哀！"

萧妍以袖拭泪，缓了缓气息，再度看向众人："本宫虽然伤心欲绝，但不敢以一己之痛误了国家大事。"说着，她从袖中摸出信件，"圣上十日前曾自合县寄书给本宫，言道如今之大事，莫过于北蛮人入侵中原。是故，本宫有一语相询丹阳王及章相。圣上既已不在，今后之战事，该如何处之？"

章崧、丹阳王皆是一愣。萧妍道："丹阳王，你先说。"

丹阳王毫不犹豫地说道："北蛮左贤王虽死，但狼主仍率右路主力进犯保州，梧国增援之军也因皇兄崩逝之故撤到了合县，如此只恐安国独木难支。是以孤以为，我朝应立即再次发兵增援安国，方能不负圣上血染沙场的壮烈！"

闻言，不少人都点头赞同。萧妍又转向章崧："章相？"

章崧略一思索，奏禀道："臣以为，山陵突崩，我大安应持守势为佳。北蛮人虽然来势汹汹，却是向着安国而去。反正安国数月前还是我们的敌人，让北蛮人帮我们报了天门关之仇，我国借机保存实力，以图日后，方是长久之计。"

闻言，也有几个大臣点头附和。

丹阳王怒斥道："一派胡言！我国与安国刚刚订下共同抗敌的盟约，怎能背信弃义？"

章崧争辩道："两国之间，从来只有利益，并无信义。若是安国人能信守承诺，为何收到赎金之后，还将圣上与礼王殿下软禁于安都达数月之久？"

"不是礼王，是礼城公主。"丹阳王驳斥道，"若盟约可以随意不作数，那你让已经成了摄政王妃的阿盈在安国如何自处？你凭什么觉得北蛮人只会对安国下手，而不会觊觎我大梧？北蛮人上次入侵，铁蹄可是踏遍了中原十九州！"

"老臣只知道打仗是要钱的。天门关一役的军费，再加上赎回圣上的十万两黄金，国库已然掏空。再发兵两万，户部根本支撑不住！"

两人争得面红耳赤，互不相让。

"够了！"萧妍怒斥一声，打断了他们，"你们的想法，本宫都明白了。"她深吸了一口气，闭目静思片刻，道，"国事即家事，圣上既然已经不在，国便不可一日无君，是以，"她顿了一顿，再次看向百官，"本宫有意推举丹阳王即位。"

大殿之内一片哗然，丹阳王更是震惊地看向了萧妍。毕竟萧妍曾亲口对他说，她想要当太后，她想要把权力握在自己手中。她尚未生产，未必就生不出男孩。纵使真生不出，也大可以调换一个男婴冒充。可一旦推举自己继位，她便再无掌权的机会了。

章崧急忙劝阻道："娘娘不可！圣上突遭刺杀，疑点重重，丹阳王有重大……"

萧妍却再次打断了他："你们以为本宫没有怀疑过圣上崩逝有丹阳王的手笔？"她缓了缓气息，看向殿中群臣，徐徐说道，"但本宫有脑子，知道朝廷派去合县增援圣上的那五千士兵中，带队的将军是丹阳王的亲信宣威将军戚境远。若是丹阳王有意要对圣上做些什么，何苦要等到北蛮左贤王献刀时再动手？乱军之中，难道不是更好的时机？！"

丹阳王意外至极。

"本宫昔日随圣上在御书房就读，还记得圣上再三背诵太祖当年遗训：'北蛮人弯刀铁蹄之下，无分国别种族，俱是屈死亡魂！'"萧妍目带薄怒，看向章崧，厉声说道，"章相，圣上为了拒北蛮人于国门之外才血战而死，礼城公主也是为践行两国盟约，才嫁与安国摄政王。你不想出兵，那你可还知道'主辱臣死'这四字是怎么写的吗？！"

章崧大惊，冷汗淋漓地拜下谢罪："臣失察，臣不敢！"

"说句真心话，全天下没有谁比本宫更不想让丹阳王即位，毕竟，听政辅政的实权太后要好过无权无势的寡居皇后百倍。"萧妍再次看向群臣，正色道，"可本宫更知道大敌当前之时，什么叫作唇亡齿寒，什么叫作不进则退！是以，听完你们两人对战事的看法后，本宫便做了决定。列位臣工，莫忘了古有明训，国赖长君！"

众臣闻言深为震动，齐声道："娘娘深明大义，臣等敬服！"

萧妍这才轻舒一口气，转向丹阳王，问道："丹阳王，你若得了本宫的推举，可否在宗庙前对天盟誓，必驱逐北蛮，复我中原安宁；必善待我母子，不杀不囚不软禁，保我们一生平安；必重用章相等重臣，一如过往，绝不念丝毫旧怨？"

丹阳王凝望着萧妍，面前女子依旧如当年那般沉敏条畅，却又比少年时更多一分尊贵果决。不知从何时起他们互相猜疑制衡，忙于权力争斗，捐弃了少年时的初心与志向，却原来依旧有一些东西，是一直不曾改变的。

丹阳王并指指天，郑重起誓道："孤愿意以血应誓！即位之后，孤会即刻亲征，不除北蛮，一世不返梧都！这期间，国事尽托皇后、章相！"

萧妍又转向了章崧，问道："章相，你意下如何？"

章崧正犹豫着，忽听英王大声道："臣弟愿与诸宗室追随皇嫂，恭请丹阳王兄正位！"

朝臣也纷纷呼应："恭请丹阳王殿下正位！"声音最大的俨然是丹阳王的亲信。

章崧看了萧妍和丹阳王良久，最终也只能垂首行礼道："臣恭请丹阳王殿下正位。"

见众人再无异议，萧妍取过玉玺，亲自放在丹阳王手中。她目带期许，神色复杂地注视着他。丹阳王轻轻向萧妍点了点头，接过玉玺，走上了丹陛。

"众望在躬，不敢固逊，勉从所请。"他看向百官，郑重说道，"朕，绝不负皇后所托，绝不负众卿所信！"

众臣齐道："圣上万岁万万岁！"

丹阳王挥手道："平身！"

英王费力地站起身，含泪道："恭喜皇兄，但臣弟还有一言：军情固然紧急，然礼不可废。正因为皇嫂深明大义，所以大行皇帝身后之事，更得备极哀荣。臣弟不才，愿暂领宗正之职经办国丧事宜。皇兄可以嗣皇帝的身份调兵遣将，三日国孝后再行即位大典。"

众大臣齐道："臣等附议！"

"准。"

英王又道："如此，请皇兄移驾宗庙，速行庙告之仪！"

丹阳王走下丹陛，又看了一眼萧妍，这才走出殿外。众臣纷纷跟随而去。

待众人离去后，大殿之内骤然空旷起来。萧妍在丹陛之上静立许久，方孤独地一个人走下丹陛。

时近隆冬，万物萧索，园中不少树木落尽了叶子，枯枝支棱在碧空之下。只有几只肥雀儿立在枝头，左右转动着脑袋。

萧妍扶着裴女官的手，缓缓走在殿外回廊上。萧妍叹息一声，轻轻说道："本宫其实也不知道刚才的选择对不对，但既然御医说这个孩子九成为女，那本宫就必须为她和大梧的未来赌上一回。只希望新帝能看在本宫拥立之功的分上，放过我们母女。"

裴女官宽慰道："娘娘英明果决，圣上在天之灵有知，必……"

话音未落，萧妍突然眉头一皱，倏地停住了脚步。裴女官下意识地低头望了一眼她的裙裾，却见裙上鲜血泅红，惊道："娘娘，血！"

萧妍虚弱而镇定说道："刚才在殿上的时候就觉得有点不对，快传御医，务必保住这个孩子！"

宗庙之外，百官恭候在两侧，英王引着丹阳王走入大殿。

丹阳王见他一瘸一拐，便伸出手去小心地搀扶着他。

一位头发花白的大臣见状面露欣慰，感慨道："圣上倒是棠棣情深。"

旁边的大臣点了点头："是啊，论起政务，比起先帝也好上许多。"便转向章崧，规劝道："章相，事已至此，便看开些吧。反正圣上已对天盟誓过了，您以后，依然是一人之下、万人之上。"

章崧看着眼前的情景，冷哼了一声。

幽暗的大殿内，丹阳王从英王手中接过高香，向着祖宗牌位敬香。

"列祖列宗在上，杨氏十一代次子杨行健，今得百官推举……"香烟不断飘散在丹阳王的鼻端，说着说着，他突然觉出不对，眼前一花，身子不由得晃了一晃。好不容易站稳之后，他疑惑地看了看手中的高香，脑后却突然重重挨了一击。

丹阳王震惊地回过头去，便见英王手里拿着一根木棍，惊恐紧张地看着他。见他没倒，反而回过头来，英王手上不由得颤抖起来，却还是坚决地朝着他又挥了一记。这一次，丹阳王终于颓然扑倒在地。

英王打了个手势，侍立在两侧的内监立刻拉下机关，房梁上那块写着"国祚永长"的牌匾便冲着丹阳王直砸而下。

丹阳王却还留有一线意识，听到风声袭来，拼尽最后一丝力气，挪移身体避开了头部，那匾重重地砸落在他的背上。丹阳王身受重创，吐出一口鲜血，再次扑倒在地。

英王见没砸中他的后脑，不由得面露懊恼。然而适才牌匾落地的声音已然惊动了殿外朝臣，他听到脚步声，立刻做出受惊的模样跌坐在地上。

朝臣们随即奔入，见丹阳王被牌匾砸落在地，口吐鲜血，都又惊又急。英王假作惊怕,指着牌匾结结巴巴地告知众人,丹阳王向列祖列宗敬香时,牌匾忽然砸落下来。

立刻便有朝臣叹道:"这是凶兆!分明是列位先帝降下天谴,不愿让丹阳王继位啊!"

丹阳王原本半昏未昏,此时终于眼前一黑,就此不省人事。

众人将昏迷的丹阳王抬出宗庙,章崧慌忙迎上前来,问道:"太医令何在?"

太医迅速上前查看丹阳王的伤势,又给他诊脉,回禀道:"没伤到头颈,性命暂且无碍,但恐重击震荡肺腑,需要尽快寻一妥当之处诊查。"

章崧道:"赶紧送回丹阳王府!"

不料英王凄厉地喊道:"不行!如果不是皇嫂和孤及时赶到,早上你在二哥府前就想杀了他,刚才在朝会上,你还一直反对二哥继位!孤不能把二哥交给你,送去孤的王府,孤要亲自照看二哥!"

众臣一阵愕然,齐齐看着章崧。章崧自己也是一怔。

丹阳王的亲信当即按剑上前:"章相,圣上生死未明,您恐有瓜田之嫌,还请回府候查。"

章崧正要发怒,却见不少朝臣都用敌视怀疑的目光看着自己,只能冷哼一声,避让开来。

丹阳王很快便被抬上了马车。英王登车时,章崧远远望见他向着自己神秘一笑,心头不由得巨震,一时间如芒在背。他猛地意识到,自己已陷入了一个巨大的陷阱中。

马车里,英王踢了踢丹阳王的脸:"皇兄,皇兄?"丹阳王早已昏迷,动也没动。英王恶毒地笑了起来:"你刚才在丹陛上听着山呼万岁的时候,可曾想过还有今日?"

忽有人敲了两下车窗,英王开窗望去,便听侍卫道:"殿下,皇后在宫中提早发动了。"

英王得意地一笑:"看来参汁起作用了啊。"淡淡地吩咐道,"把丹阳王遇险的事告诉她,说本王正心急如焚地照顾皇兄,一时分不开

第三十九章

281

身来，还请皇嫂务必珍摄。"

夜色阴暗，群臣齐聚在皇后宫门外的宫道上，忧心忡忡地等待着。

忽听人道："英王殿下来了！"群臣都是一震，连忙迎上前去。

便见英王一脸疲惫，一瘸一拐地走了过来。见众人一脸关切，英王便拱手道："有劳各位在外守候，皇兄的状况总算稳住了，但人还没醒。"又问，"皇嫂如何了？"

"四个时辰之前就已经进了产房，但到现在还没消息，御医说是难产。"便有人又急又恼地说道，"臣等想进去，但羽林军说奉了皇后懿旨，说什么也不让臣等进内宫。"

英王看向拦在宫门之外的羽林军，道："孤来！"便向着宫门走去。群臣纷纷跟随在他身后。

来到宫门前，果然又被羽林军军官拦住。英王冷脸道："放肆！皇嫂在宫内诞育，孤身为宗正令，自有监督坐镇之责！"见军官犹豫，又近前一步，逼问道，"怎么，难道大梧的江山不姓杨了吗？"

军官犹豫片刻，终于示意手下让开。众臣顿时松了一口气。

英王向他们拱手道："诸位还请稍候，一有消息，孤马上就让内侍过来通传。"转头又质问军官："你们怎么回事？还不赶紧给诸位大人安排些座椅水食？"

羽林军急忙去安排，众臣这才得以坐下，不由得欣慰至极，纷纷看着英王的背影赞叹不已。

便有人感慨道："还好有英王殿下坐镇大局。"松一口气的同时，却又不由得忧虑起来，"只是从先帝到圣上到皇后，连续出事，我大梧这是中了北蛮人的诅咒吗？"

听到众臣的议论，英王志得意满地笑了，低声对先前阻拦群臣入殿的羽林军军官说道："做得不错，不愧是钱昭最信得过的手下。日后孤不会亏待你们的。"

羽林军军官面露喜色，向他抱了抱拳。

皇后寝殿内灯火通明，透过重重低垂的纱帐，可望见萧妍在帐内痛苦生产的身影。

稳婆焦急道："娘娘，再努把力！"萧妍忽地惨叫起来，稳婆大惊失色："不好，脚先出来了，是倒生！啊，娘娘血崩了！"

英王来到院中，便看到产房外慌乱成一团，不时有宫女、稳婆端着一盆盆的血水出来，人人都一脸焦急，只听萧妍的惨叫声渐渐变弱。

英王问太医道："如何了？"

太医低声回道："正如殿下所愿。"

英王微微一笑。

这时，殿内又传来一声凄厉的喊叫："娘娘晕过去了！"

宫女呼喊着："娘娘醒醒！"

英王放声喊道："皇嫂，你一定要坚持住啊，臣弟就在外面，丹阳王兄已是不成了，大梧的江山，就看你的了！"话虽如此，他却一边说，一边恶毒地微笑着。

不久，裴女官抹着眼泪匆匆出来，面色哀恸地来到英王面前："殿下，娘娘现下刚刚醒转，怕是回光返照，想请殿下入内，恐有遗旨吩咐。"

英王适时地红了眼圈，叫一声："皇嫂！"便踉跄着脚步，匆匆进了寝宫。

入殿后便闻到浓重的血腥气。隔着一道屏风，可见凤榻的纱帐上犹然带着血迹，纱帐内隐约现出萧妍的身影。稳婆抱着一个婴儿啜泣着，见英王进来，低声道："是个公主，可刚生下来就……"

英王甚是悲恸道："皇嫂！"

纱帐内，萧妍喘着气，虚弱道："哭什么，都是我的命不好。行衍，妍姐姐眼见快不行了，你过来，我有话想对你说。你们，都退下。"

女官、稳婆听令躬身退了出去。英王略一犹豫，抓紧了袖中的匕首，向羽林军军官使了个眼色，走进了屏风之中。那军官一招手，两个羽林军侍卫便随他一道，悄声无息地跟着英王进了屏风，站在了萧妍看不到的角落里。

英王来到凤榻边，低声道："妍姐姐。"

萧妍却隔着纱帐，突然抓住了英王的手，厉声道："临死之前，我突然想明白了些事情。丹阳王受伤，还有我的流产，是不是都是你干的？"

英王一怔，掰开了萧妍的手，冷笑道："皇嫂又何必明知故问？"

"为什么？这些年，我们自问一直待你不薄！"

英王冷笑道："不薄？可我凭什么要感激你们的施舍！论出身，我也是皇后嫡出；论才干，我胜过两位兄长十倍！可就因为我六岁那年一时好心，想救看龙舟落水的你，从此就落下了残疾，一辈子与皇位无缘！你明明欠我一条命，可为什么宁愿推举丹阳王这个庶子，也从来没有想过我？！现在你们活该这样，报应，都是报应！"

"难道，圣上的死，也是你的手笔？"

英王甚是得意："当然！呵呵，你想不到吧，我早在杨盈出发的时候就开始布局了，是我发现钱昭深恨大哥，是我告诉他，我想大义灭亲，绝不能让这个害大梧蒙羞的皇帝重回梧都！可惜后来钱昭不知道出了什么岔子，没让大哥死在合县，倒叫他多活了快一个月。不过，后来在援军里随便安排个人，把火药塞给不甘为俘的左贤王，也不是什么难事啊。"

"你这么做，对得起大梧，对得起天下的百姓吗？！"

英王咆哮着："明明是大梧对不起我！我才不管那么多，我只想做皇帝！只要你们都死了，百官就只剩下拥立我一条路了。你没看见刚才他们对我，有多感恩戴德吗？呵呵，我装了这么多年的无能贤德亲王，没有人会怀疑这一切都是我干的！"

"是吗？"此时，宁远舟冷冷的声音突然响起。

英王愕然地回头，便见屏风被一剑劈为两半，屏风后，宁远舟执剑而立，丹阳王扶着随从的手虚弱地站在他身侧，而他们的身后，是以章崧为首的一众难掩震惊的朝臣。

英王立刻反应过来，拔出匕首便向纱帐中的萧妍刺去。他身后的侍卫也同时向着宁远舟攻去。宁远舟手中长剑残影一闪，不过须臾之间，便已将左、右、中三名侍卫悉数劈倒在地。

英王的匕首已然刺向了萧妍的脖颈，但她隔着纱帐，只是轻轻一闪一拉，便避过了那锋利的匕首，反制住了英王。

　　纱帐在英王的挣扎下被扯落，众人这才发现，原来刚才一直半躺着与英王交谈、散着头发、身着寝衣的女子，竟是如意！而真正的萧妍，正坐在如意的背后，抚着仍然隆起的肚子，冷冷地盯着英王。

　　宁远舟看向身后众人："英王的自白，诸位都听清了吗？"

　　丹阳王气愤道："朕自诩英明，没想到御座底下，竟然就盘着一条毒蛇！"

　　英王急了，哀求道："二哥，别杀我！我只是一时鬼迷心窍……"他说着便落下泪来，"我只是太想和你们一样，尝尝权势是什么滋味了！我才十七岁，我还没活够！"

　　有大臣不忍，低下了头。可就在这时，如意手一动，手中匕首划过英王的喉咙，鲜血霎时喷涌而出。英王抽搐着倒在了地上。

　　如意无所谓地抛开匕首，淡漠地说道："哎呀，不好意思，手滑了。知道你们梧国人向来啰唆，说不定还想走什么宗正府、大理寺慢慢审理。不如让我这个安国人来做个恶人吧。"言毕，便若无其事地走回宁远舟身边。大臣们都惊惧地向后退了退。

　　此时英王终于挣扎着断了气。丹阳王不忍地侧过头，吩咐道："记档，英王突发旧疾，暴亡于宫中……"

　　"不，是英王谋逆，被本宫亲手所诛！"萧妍却打断了丹阳王。她在裴女官的扶持下走下床来，直视着丹阳王，说道："他害了先帝，还差一点就害了本宫和孩子的性命，你想给他留最后一丝面子，本宫却要将他碎尸万段，方能一雪心头之恨！"她眼神坚决，逼得丹阳王侧过了头，不再说话。

　　宁远舟道："先帝去时，曾交臣一遗旨。"

　　闻言，章崧的目光中顿时闪出一丝热切。

　　宁远舟从怀中取出一卷丝绢，展开念道："朕躬无德，有愧大梧。皇弟杨行健，英谟睿断，必能克承大统，著继朕登基，即皇帝位。唯愿上下齐心，勠力抗蛮，方不负朕托付天下之意。钦此。"

第三十九章

他将丝绢交给章崧，身旁的大臣也伸过头来，看完后道："是圣上亲笔，还有圣上的私印和花押！"

章崧的手颤抖了下，马上高高举起丝绢呈给丹阳王："皇后娘娘慧眼如炽，悉知先帝深意，臣等恭奉先帝遗旨，誓死效忠新帝！圣上万岁万万岁！"

众臣纷纷跪下，萧妍扶着女官也要下跪，却被丹阳王一手扶住。只听诸臣齐声道："圣上万岁万岁万万岁！"

丹阳王立刻松了扶着萧妍的手，对众臣道："平身。朕此番九死一生，便更知敬畏民意。朕当严守先帝遗旨，举全国之力，抗击北蛮。传旨，英王谋逆伏诛，应废为庶人，革出宗室。其王府财货，尽数充为军费。"

诸臣高喊道："遵旨。"

宁远舟又道："大行皇帝梓宫由六道堂诸人护送，现下已至宿州。请陛下降旨，遣有司候迎。"

新帝肃然道："准奏，至于奉安之仪，全数托付于皇后，或也可请皇兄暂居殡宫。"说着便一顿，又道，"若朕到时也一去不返，两次葬仪并作一次，也能为大梧节省些军费。至于朕若有不测之后，皇位交与何人，也全由皇后一人决断。"

萧妍神色复杂至极地看向新帝，群臣更是大惊。

章崧道："圣上不可作此不祥之语——"新帝阻止了他，继续说道："国之大事，在祀与戎。出征之前交代清楚这些，是朕的职责所在。此外，宁卿夫妇护送先帝遗旨在先，破除英王谋逆在后，于国有大功。着晋宁远舟为靖远侯，任如意为宁国夫人。"

宁远舟和如意都有些意外，宁远舟却断然开口道："谢主隆恩，但臣斗胆请圣上收回夫人册令。"他看向如意，目光温柔，"如意所为，都是她自己的选择，而不是附着在臣妻的身份之下。"

萧妍闻言一震。如意点头道："不错，我们日夜兼程赶来，并不是图什么封赏，只是想作为一个中原人，阻止一个阴谋，为我们共同的家乡，尽一份自己的力量。"

而后她看向新帝，正色道："圣上，六日前我们自归德城出发时，北蛮狼主已经立了自己的长子为新左贤王，令其收拢残部，继续攻打归德城。因沙西王战死，沙中部半路反叛，目前安国摄政王李同光手中兵力只有万余人，实在无力抵抗新左贤王的两万大军，目前只能退守裕州。安国百姓也因此死伤近万。是以——"说着，她跪了下来，"任如意想恳请圣上尽快发兵，援我大安于水火！"

新帝上前扶起如意："任卿放心，梧、安前有兄弟之盟，后有联姻之谊。待三日国丧之后，朕当亲率大军，赴安抗蛮！"他看向萧妍，又看向章崧："这期间，国之政事，皆托与皇后及章相。"这是不计前嫌，再将政务委托章崧之意。

面对这极度的信任，章崧愕然之余，更深深叹服，随即抢先躬身示忠："圣上亲往迎敌，功在两国，盼圣上除中原百姓之灾，免黎民涂炭之苦，臣等愿誓死追随！"

众臣也齐声应道："臣等愿誓死追随！"

他们中自然有人也意识到了新帝仍然称萧妍为皇后的怪异，但国难当头、群情激昂之际，也并未有人去质疑这些许称呼的不当。

夜渐渐深了，一行人从萧妍寝殿里出来，沿着游廊向宫外走去。群臣都已散去，就只剩刚继位的新帝、宁远舟和章崧缓缓走在最后。

宁远舟向新帝行礼道："臣脚程较快，自请先行出发，以便与合县诸将士早日会合。另外，臣还想多带些六道堂中人一同协助。"

新帝道："准。章相，兵符。"

章崧将兵符从袖中取出，新帝接过交给了宁远舟："兵贵神速，有劳宁卿持此兵符，尽快调动合县驻军驰援安国。并请转告安国摄政王，朕半月之内，必率两万大军驰援。"

宁远舟接过兵符，郑重道："遵旨。"他与如意一道行礼离开，走到游廊尽头，一直跟在后面的章崧忽然唤道："靖远侯，请留步。"

如意会意，向宁远舟颔首后转身而去，留下章崧和宁远舟两人。

章崧从怀中取出一个药瓶，递给宁远舟，"一句牵机的解药。虽然我猜你多半已经不需要了。"

宁远舟直接打开药瓶服下:"有总比没有好。多谢。"他向章崧一拱手,"下官未能完成章相所托,尚请见谅。"

章崧苦笑道:"老夫这条性命,都是你从英王手中救来的,还说这些做什么。"说着,他顿了顿,又道,"老夫只是想知道一件事:先帝的遗旨,是真的吗?"

宁远舟道:"确真无伪。"

章崧闻言,面露失望之色。

宁远舟却又道:"但不止一道。"说罢,他从怀中取出了另一道遗旨,缓缓展开给章崧看——这张遗诏上,写着和上一道截然不同的内容。

那日在归德城的高台之上,弥留之际,梧帝颤抖着从怀中摸出两张丝绢,交给了宁远舟,断断续续地对他说道:"遗旨,我早就写好了,一道传位给丹阳王,一道传位给皇后之子。"他无力地惨笑着,"至于传哪一道遗旨,你来决定。"

"我不是个好皇帝,但我,真的想做个不让大梧蒙羞的人……"他的眼睛渐渐失了神,"我真的、真的不是故意不给天道写雪冤诏……"

宁远舟正色看着章崧,道:"元禄、钱昭、孙朗,还有先帝,都是为了抗击北蛮才死,殿下也是为了两国抗蛮的大业,才主动许嫁李同光。所以当我们赶回大梧,知道你和丹阳王在朝会上的那场争执后,我便有了决断。"言毕,他拿起那道圣旨,在旁边的灯笼上慢慢引燃。

章崧苦笑道:"原来如此。"他叹息了一声,"老夫半生都为了权柄而汲汲奔走,但没想到……"顿了顿,却又打起精神,正色道,"算了,说正事吧。你虽执掌六道堂,但未必指挥得动增援合县的那些将领,老夫来给你讲一讲他们……"

两人絮絮地谈了起来。

如意避让到寝宫花园的一处,正俯看着黄花,突然警觉地回身,却见萧妍站在她的身后,便起身行礼道:"娘娘。"

萧妍目光探究地看着她,道:"刚才谢谢你。"

"不必客气,就算你不是皇后,只是一个普通的有孕女子,我也会帮你的。"

萧妍又道:"其实我一直有个疑问,你和宁远舟是如何猜出英王阴谋的?"

如意道:"我出身朱衣卫,他来自六道堂。我们判断事情都有同一个原则,如果一件事情太过扑朔迷离,那就看最后谁得益,谁就一定会是幕后主使。"

萧妍恍然。

如意又道:"我们赶到梧都时,正听到丹阳王,哦不,新帝在宗庙受伤之事。我又刚好在安国宗庙才杀过一个太子,一眼就知道其中必有蹊跷。"

萧妍笑了:"原来是行家,难怪对付英王如此得心应手。"

如意有些意外:"你不害怕?"

萧妍摇摇头,凝视着如意,目光中露出些向往的神色,道:"我这一生虽然从来没有出过梧都,但幼时也曾做过自己变成红线女或者聂隐娘的梦想。今日看见你的杀伐决断,我只会羡慕。因为无论我曾经有过或者即将拥有多少的权柄,它们都是附着在我身为人妻或者身为人母的身份之上。而你不同,正如宁远舟所言,你不需要依附他,自己就能闪闪发亮。"

如意笑了,看着萧妍的眼神多了几分温暖:"多谢谬赞。难怪阿盈总说皇嫂对她最好。"

萧妍忽然问道:"你不愿意接受圣上的封赏,那可愿意做我的朋友?"说着,她拔下头上的凤钗,递给如意,"这是大梧皇后的象征,拿着它,这样你在军中和宁远舟一起出入的时候,没准能少些麻烦。"

如意接过凤钗,想了想,回身摘下一朵黄花送给萧妍,柔声道:"你虽富有天下,可但凡女子生产,都要过鬼门关。所以,我想以此心香,祝你之后平安顺产。"

萧妍郑重地接到手里,微笑道:"这就是最好的礼物了。谢谢。呵,宁远舟过来了,他那副样子,好像在担心我会对你如何一样。"

如意笑了，与萧妍同时盈盈行了礼作别，互道："珍重，再会。"

如意和宁远舟并肩走在宫道上。宁远舟几次看向如意，终于还是忍不住问道："你和皇后怎么突然就那么亲近了？还又笑又拜的。"

如意淡淡地瞟了他一眼："她跟我讲了好多你与裴女官的往事，还问我是怎么跟你好上的。"

宁远舟大惊："那她到底跟你说了什么？"见如意表情不对，忙道，"啊不是，我是想问，那你到底跟她说了些什么？"

如意笑道："我说我想要个孩子，然后，就给你下了药。"

宁远舟急了，一时语塞："你怎么能就这么告诉她了！"

如意笑吟吟地看着他，宁远舟这才明白自己上了当。他无奈地拉起如意的手，低声道："我不是不让你说，但是你得说事实啊，明明是阿盈给我下的药。"

如意一挑眉："你确定皇后听了这个真相之后，会更放心？"

宁远舟这才发现语境有问题，不禁扶额苦笑。

两人步出宫门，六道堂的人立刻牵过马来。宁远舟问："大家都准备好了吗？"蒋穹道："您进宫的时候，大伙儿就在收拾家伙事了！现在全在城外头候着，只等一声令下，就跟您一起打北蛮去！"宁远舟点了点头，与如意一起翻身上了马。

如意环视梧都的万家灯火，感叹道："真有些舍不得。"

旧时的情景如浮光般显现，从梧都宁家老宅里不打不相识，不知不觉之间他们竟然已经历了这么多风风雨雨。

宁远舟微笑道："舍不得就回来。放心，打仗这事，我比你有经验。我们一定能平安回来。"

如意疑惑道："你有什么经验？"

宁远舟神秘地招手，示意她靠过来，在她耳边轻声道："当火头军的经验。"说完，他趁如意错愕之际，刮了她一记鼻头，而后一击马臀快速逃走。

如意反应过来，立时拍马追了上去："宁远舟，有本事你别跑！"

宁远舟回头道："我可没骗你！不信下次你去问问李同光，整支军队里头，就数火头军最能干。不光饭做得好，仗打得更好！"

两人追逐着，消失在梧都的夜色里。天上，弯月如钩。

就在宁远舟和如意带着六道堂众人飞奔前往合县时，安国摄政王李同光已率领援军赶到前线，在裕州城外，同北蛮人展开了血战。

待宁远舟一行人终于赶到合县，同于十三、丁辉等人会合后，梧都城中，新即位的梧国皇帝杨行健也已筹备好大军，于点将台上誓师，即将御驾亲征。

临行之前，新帝更特地向摄政的萧妍辞行。萧妍正依仪拜别，新帝却趁众臣尽皆伏地行礼之际，亲手扶萧妍起身，在她耳边低语了几句："你说过身在皇家，'情爱'这两字便是虚言，但我不同意。纶言如汗，我说过你是皇后，所以你就还是皇后。"

萧妍愕然至极，新帝的意思难道是——她几乎不敢再想下去。

但新帝只是凝视着她，又塞给她一件东西："大梧就托付给你了。养好身子，我保证，无论我是否能回来，你的孩子都会是大梧下一任新君。"

不待她回答，新帝已然转身离去。萧妍松开手指，却见手心里是一块同心玉佩。萧妍目送他的背影消失在如血残阳之中。

数日之后的裕州城外的战场上，残阳如血。

嘴唇干裂的李同光望着西方天际的血色红日，抹了一把脸上的血污，回身继续投入战斗。

他正率领一支安国军队与北蛮人血战着，但处于颓势的安军已陷入北蛮人的重重包围。他手中的银枪已然挥动无力，其余将士也早已半身染血。

新上任的北蛮左贤王心情颇好地看着苦战中的安军，身后的王旗猎猎飘动。

忽然间，朱殷开心地指着远处高叫着："援军来啦！"

第三十九章

李同光转头，便见高坡之上"梧"字大旗迎风飘扬，旗帜之下，如意一袭红衣迎风猎猎翻飞，如烈火红莲妖娆绽放。他当即振奋无比："师父！"

高坡之上，宁远舟策马站在最前方，他接过丁辉递来的长弓，弯弓如满月，箭如流星，直击北蛮新左贤王身后的王旗，那旗杆当即从中折断。巨响声中，幡旗轰然倒下。北蛮人大惊，慌忙地奔走躲避，北蛮新左贤王虽然避开了旗杆，没被砸到，却也狼狈不堪。

而后，宁远舟身后的六道堂道众推出了数台如同战车一般的物事——群蜂箭。

如意高喊一声："卧倒！"李同光马上反应过来，招呼众人："卧倒！"

六道堂诸人也点燃了火药，群蜂箭借着火药之力，又快又猛，如急雨般射向北蛮士兵。安国士兵们早已卧倒，箭雨从他们头上掠过。北蛮人却猝不及防，纷纷中箭扑倒。

北蛮人哪里见过如此阵势，当即惊惶奔逃。

宁远舟和如意趁势率领众人从高坡上急驰而下。李同光起身大叫："援军来了！大伙儿顶上！"

安军一下子精神大振，纷纷全力随他一起反击。

宁远舟和如意率领梧军冲入阵中，与安军一起反攻北蛮人，新左贤王被宁远舟一剑砍伤，狼狈而逃。

史载：安光佑六年十一月，武帝困守裕州十余日，突围未果，宣平侯任如意及梧靖远侯宁远舟率梧军前锋三千来援，北蛮不敢掠其锋芒，暂退三十里。

大军平安返回了裕州。

来到城中只见处处凋敝，城墙上"裕州城"三字上犹带血痕，一看便知是刚刚经历过大战。城门洞开，留守的沙西部将领率领疲惫瘦弱的百姓们，欣喜地出城迎接归来的安国士兵和梧国援军。

李同光的帅帐便设在裕州行宫内——这也是当年他与初月定下婚

约之地。此时主殿内生着火盆，诸将正聚集在一起议事，李同光穿着裘衣，脸上已是疲态尽显。

李同光指着地图低声说道："这大半个月，北蛮人前进了六百里，夺走大安四处城池，屠杀了八千余人。我们也和他们在裕州城附近来来回回战了四五回。今日我们虽然又一次侥幸得胜，但人手也折损了不少，外围是防不住了，只能先退守城中。可是按北蛮人的习惯，两天后，他们肯定会再发动一次攻击。"

宁远舟诧异："这么快？今天我们伤了的那个北蛮首领，难道不是狼主？"

李同光摇头："不是，是他的长子，新的左贤王。"

朱殷补充道："这个人对中原所知颇多，还去拂菻游历过。据说，就是他主动通过俊州的北蛮混血商人勾结的二皇子。"

李同光叹了一口气："其实跟他们交手多了，才慢慢明白一个道理。原来他们并不只是化外之地杀人不眨眼的蛮人，上次大败之后，他们在天门关外休养生息了几十年，已经慢慢和我们一样，想要稳固的城池和安定的生活。这些年，他们也一直通过行商、通婚等方式融入俱康等部落，甚至和沙中部北边族人也颇有往来。只是这些年，安、梧两国只顾着在中原争霸，却不约而同地忽略了自己心腹之地的大患。"

如意恍然："难怪沙中部会反叛。"

李同光有些颓唐："我掌政之后，着重安抚沙东部和沙西部，原以为自己好歹也领过几回兵，不至于镇不住。但没想到，沙中部北边有不少族人不服老头子的寡恩，又担心我上位之后会倚重东西两部压制他们，所以这新左贤王以北方数城一利诱，他们很快就反戈了。现在北蛮加上他们共计有四万人，而我手下的兵，只剩下一万五千人不到。"他苦笑了下，"看来，我还真没有多少统率天下的天分。"

如意一挑眉，重重一击他背："打起精神来，怎么，你还想怨我没教过你怎么当摄政王、当皇帝？"

在场的人虽然疲惫，但一怔之后，都笑了起来。

宁远舟也鼓励道："就算北蛮人两天过后会卷土重来，可那时候，

第三十九章

我们圣上亲率的援军也差不多该到了。足足两万人哪，兵强马壮，有了他们，我们不单能守得住这裕州城，还能把北蛮人赶出天门关！"

众人眼睛一亮。

杨盈的声音响起："没错，而且我还又带来了三千人！"她风尘仆仆的身影出现在殿门前，身后跟着邓恢、孔阳、卢庚等人。

众人忙上前厮见。

李同光微微疑惑后，马上换上了关心的表情，对杨盈道："你不是留在安都监国吗？跑来这里做什么？又是从哪儿弄来的三千人？"

杨盈答道："裕州若守不住，安都便无险可守；要是安都失陷，安国便只有沦亡一途。与其待在安都什么事都不做了，还不如召集驻守安都的羽林卫、飞骑营、殿前卫和朱衣卫，押运百姓们凑来的军粮和武器，上这儿来帮帮忙。"

李同光点了点头，上前为她摘去头上的雪花："那你一路辛苦了。"

众人纷纷挤眉弄眼。杨盈难掩惊愕，显然不适应这种突如其来的亲密，却也心知李同光此举必有深意，便低声道："你干吗？"

李同光借为她掸雪之机轻声道："我们必须演得恩爱，才能让师父放心，她身子不好还一路奔波而来，我不想她再为我——"

杨盈瞬间明白过来，笑着打落他的手："好啦，你烦不烦啊。"随即跑到如意身边，撒娇道："如意姐。"

如意的笑容里果然多了欣慰和放心。

邓恢此时开口："禀殿下，安都还留了两成人手留守。我等来此，并不仅仅是遵王妃的旨意，也是一众朝臣和近卫兄弟们共同的愿望。毕竟我们多少都有些武功，上了战场，不敢说以一敌十，至少比普通士兵能强点。"

李同光没有多说话，挥笔写下一份敕令："那这三千人就编为右卫军，由你指挥。我再调一个熟悉战事的副将配合你！"

杨盈叫道："正事谈好了吗？我带了好多军粮来，谁帮我们去卸啊？光玉泉酿就有五车！"

众人眼睛发亮，踊跃随她前去。李同光疲劳地撑住长案，长出了一口气。

留在最后的宁远舟对李同光说:"累了吧?"

李同光淡淡地道:"不用你关心,我打过的仗,是你的十倍。"

宁远舟一笑:"但你没朋友,也没有亲人。"

李同光一怔。

宁远舟道:"你和阿盈的关系,我一眼就看出来了。虽然我也没有亲人,但我有很多很多朋友。就算有些已经不在了,但我也从来不会觉得孤单。"他温声道,"现在我们是同伴,我也就多嘴一句,一国之主,未必就一定要是孤家寡人。走出去,多跟那些和你一起拼命的人处处,没准你就不会那么累了,你师父也就不会那么担心了。"

第四十章

红尘万里越关山

杨盈、邓恢、朱殷、六道堂诸人和百姓们热火朝天地传递着粮袋和牲畜。

一名军士一边传着粮袋,一边眼馋地看着被赶下车的羊:"呀,这羊好肥!打了这么久的仗,可算能喝一口滚烫的羊汤了。"因为看得太专心,他接到手的粮袋一滑,差点掉到地上,多亏有人手快替他接住了。军士顺口道:"谢了哥们儿——殿下!"

帮他接粮袋的正是李同光,军士震惊不已,正想行礼,却被李同光扶住。而后,李同光更是默不作声地加入了队伍,和众人一起接送起粮袋来。

众士兵颇感意外,却放不开手脚。邓恢挑了挑眉叫了声:"殿下!"他隔空扔了一个粮袋过来,李同光左手抄住。但邓恢又接连扔了三个粮袋过来,李同光右手接住一只后,索性飞脚连踢,稳稳地将四只粮袋都整齐地送到了旁边的堆粮处。

众兵士看得目瞪口呆,纷纷鼓掌。李同光也极为难得地冲众人笑着一抱拳,意气风发的他,原本脸上的疲惫已然消散了许多。兵士和百姓都激动地欢呼起来。

如意远远地看着这一片热闹的景象,见宁远舟走过来,便握住了他的手:"谢谢你。"

宁远舟笑道:"我只是不喜欢他总是一副少年老成、斯人独憔悴的样子。呵,想装可怜,惹你关心,以为我看不出?"

如意用手在他面前摇了摇："呵，什么东西，好酸。"

宁远舟眨了眨眼："那我们找个空旷的地方去吹吹风，把酸味散一散。"

裕州城墙下，宁远舟和如意携手漫步着。

"邓恢押粮带来的军士，一共才两千。"如意叹了一口气，"媚娘也来了，只是不便现身，她刚才悄悄找到我跟我说了，沙中部反叛，沙东部又不愿再增兵，这两千人里，有不少都是邓恢飞骑营的旧部和朱衣卫，这还是留在安都的杜长史，跟王相好不容易争取到的。"

宁远舟安慰道："只要他们还没有投向北蛮人，你家鹜儿就不用太担心。这帮人不过是见风使舵，一旦我们打退了北蛮人，他们就肯定会当作什么事都没发生过一样，继续高呼'摄政王千岁千千岁'。唉，看来我们梧、安两国的新主君，都急需一场胜利啊。"

"你们皇帝的大军到底什么时候能到啊？"

"两万大军一起行动，怎么都快不了，飞鸽带来的消息说，他们现在才刚过蔡城，就算再怎么急行军，也还得四五天。"

如意叹了口气，烦恼道："可北蛮人绝对不会再等四五天才进攻。西风一吹，很快就会下雪了。咦，那是——"

只见在远远的一个角落里，于十三从怀中拿出了沙西王留下的牛头金饰递给初月。初月接过金饰，忍不住失声痛哭。于十三连忙抬手轻抚着她的背，初月扑在他的肩上抱住了他。于十三身体僵了一僵，也轻轻抱住了她，任由她的泪水打湿了肩头。

如意挑眉道："他们这是——对了，刚才我怎么听到有人叫初月殿下？"

宁远舟叹息道："沙西王父子双双战死，初月这回随李同光来援时作战勇猛，沙西部便公推她继承王位。至于十三和她……"两人絮絮说着，继续向前走去。

日影渐渐西斜，如意抬头看了眼天色，感慨道："天快黑了。"

宁远舟心念一动，问道："想不想跟我去看日落？"

如意不解道："一路上那么多回日出日落，你还没看够？"

宁远舟无奈地抱着臂，看着她，长叹一声："是啊。一路上三千多人陪我看夕阳，可真够有滋味的。"

如意笑了。

两人奔上城墙，猫腰躲避城墙上巡视的士兵，又并肩坐在城墙上。两人半闭着双目，夕阳漫照在他们的脸上，无限温馨美好。

一阵寒风吹来，如意瑟缩了一下，宁远舟正想将她拥得更紧些，手却停住了——他看见城外远处，一朵烟花腾空而起，直冲向天际。

宁远舟面色一变，立即起身，一掌隔空击出，城门上的大钟霎时间无锤而响。宁远舟大声喊道："北蛮来袭！戒备！"

鸣镝划破天际。

裕州城中混乱不已，士兵们有的搬运着刀箭，有的还在拼命喝着羊汤吃着馒头。

丁辉奔进行宫："北蛮人这次怎么改了？才隔了八个时辰不到！"

李同光道："现在没空说这些，壕沟谁去看着？"

于十三应声："我！在合县时我就熟这个！"

杨盈应声："我去盯着城里各处的水源和救火队，出发前杜大人教过我！"

初月应声："沙西部的弓箭手随时可用。"

丁辉应声："我和饿鬼道的兄弟去准备床弩、滚木和火油！"

如意应声："我去会同梧军的季将军看好西门和南门。"

宁远舟却问："我去北门盯着，但是，我想知道，我们是只据城防守，还是先派一支兵去城外迎敌，探探虚实？"

李同光意外："果然是打过仗的人。守城不如战于城野，裕州城墙虽然高厚，但我们如果只是据城不出，那就失却了主动。"他当即派了先锋出去，又问道，"贵国国主的援军，到底什么时候能到？"

宁远舟沉声道："出发前我们就做过安排，刚才我已经在城墙上发过鸣镝，前面十里外的六道堂游骑已经收到了信号，他们会尽快设法和圣上取得联络。"

李同光愕然："尽快？"他不禁深吸了一口气，闭目道，"也就是说，这一场战事，又是我们孤军奋战了？"

宁远舟一指行宫内外帮着修工事、运东西的百姓们："非也，吾道不孤。"

果见一老人颤颤巍巍上前，手托一把长刀："这位贵人，这是草民爷爷当年杀北蛮人的刀，您拿着，就当多个趁手的家伙事。"

李同光一震，单膝跪下接过长刀，高举过头顶："谢谢老丈，您放心，我们一定会守好这裕州城。"

他起身，对宁远舟道："你说得不错，吾道不孤也！"随后高举长刀，"众儿郎，随我打北蛮去！"

众人群情激荡，随他高呼："打北蛮去！"

壮烈的呼喊声中，安军先锋抢先扑向城外的北蛮人，但负伤的北蛮狼主长子新左贤王却一挥手——一群肩上绑着黄带的安人竟呐喊着冲向安军。安国先锋将领一时蒙了，竟不知如何应战。

关键时刻，初月大喊："不要心软！他们不是沙中部，只是投降了北蛮人的叛徒！"

安军先锋军这才如梦初醒，提刀开始厮杀。

城楼上，李同光等人紧盯着城外的战况。

朱殷气愤："这帮北蛮人用心实在险恶，竟然用沙中部的人来当先锋，就是想消耗我们的兵力，看我们自相残杀！"

这时北蛮人的右翼便开始了异动，他们推出了数台如同战车一般的物事。后阵的黄带安人点燃了箭车上的引信，战车上的群蜂箭呼啸着凌空而来。

众人纷纷或伏低，或闪身躲入城墙墙垛后。但那群蜂箭借着火药之力，来得又快又猛又急，急雨般射上城墙，有的把躲避不及的守城士兵重重钉在墙上，有的把城垛射出巨大的缺口。

墙垛后的如意不解："北蛮人什么时候会造群蜂箭，会用火药了？！"

李同光突然想起什么："坏了，归德城里就有个火药库！上次老头子班师的时候,就没把东西全带回安都。"

好在群蜂箭每射完一阵,至少需要三十息的时间换箭。六道堂诸人当即上前,用盾牌护住推床弩绞盘的士兵们,床弩带着短矛一般的巨箭破空而出。巨箭威力极大,直射向北蛮人后阵,有的径直将数名士兵钉成肉串,有的瞬间就将箭车裂为两半。

一时间,黄带安人从箭车边纷纷逃离。安国先锋军将领拎起一名黄带安人,纵马奔回裕州城。

李同光当即亲审那沙中部叛徒:"说!这一次北蛮人到底有什么攻击计划?"

黄带安人的脸笑得有些扭曲:"狼主要臣给殿下带句话,这次北族上军,不单有群蜂箭,还有从域外弄来的好多新玩意儿,你们是防不住的。只要早早投降,献上安都,狼主会留给你们十城自治。"他膝行靠近李同光,"殿下,还有一事——"一语未完,他突然张口向李同光咬去。

李同光身后便是城墙,一时退无可退,电光石火间,如意一剑而至,将那黄带安人钉在地上。

如意利落拔剑,挑开那安人的衣物,上面有几个血淋淋的狗牙印。如意道:"果然。我之前听娘娘提过北蛮人的这种法子,用疯狗先咬俘虏,用他们的妻儿要挟,再故意放回这些俘虏。哪怕伤不到主帅,疯狗症只要在城中传开,就会人心惶惶。"

李同光眼中带了狠意,厉声道:"拿箭来!"

有人呈上长箭,李同光弯弓,手却因为右肩有伤而脱力颤抖。

宁远舟温柔而坚定地接过弓:"先让我来如何?"

李同光毫不犹豫地把弓箭交给了宁远舟,任他连续弯弓发箭。

每一箭,都只是插入北蛮狼主面前的土地,但每一箭之间的距离都如尺子量过一般精准。被惊呆了的北蛮人竟然忘了闪避。

宁远舟最后一箭已经射到北蛮狼主的马蹄下,北蛮人鸦雀无声。

与此同时,李同光深吸一口气,用左手聚力掷出银枪,银枪凌空而行,直直击中北蛮狼主身后的"北"字幡旗旗杆,将其断为两截。

幡旗轰然倒下，北蛮人大惊走避，北蛮狼主虽然避开，但也狼狈不堪。

李同光长声啸道："北蛮人听好了，我乃大安摄政王李同光！今日，此枪断你王旗；他日，此枪便取你项上人头！"

裕州城上下士兵欢声雷动，纷纷举着武器呐喊。

北蛮狼主面色铁青，举着狼头刀高叫一声，北蛮大军如潮水一般涌上。

这一场大战结束后，已是黑夜。裕州城墙残破不堪，到处都是火烧石锤的痕迹。伤兵们或躺在担架上，或歪靠在城墙上，到处都是痛苦低号之声。

李同光白日的豪气，已被数千人的伤亡消磨殆尽。

他看到一个兵士为同伴拔去臂上的箭，宁远舟在一旁帮忙，血溅了他一脸；看到金媚娘探了探担架上伤兵的鼻息，闭目摇了摇头；看到一位大妈泪流满面地抱着已经死去的儿子，手里端着一碗热腾腾的羊汤，不住呢喃。

李同光独自站在城墙的角落里，望着眼前的一切，终于狠狠一拳击在城墙壁上。朱殷站得远远的，欲上前劝解却又不敢。

行宫内，如意正与杨盈一起为诸将疗伤。

如意先看到邓恢坐在角落里，单手费力地为自己裹着伤，便越过横七竖八睡了一地的士兵，走到近前，利落地替他包扎好了伤口。

邓恢道："谢了。"

如意抬头看了他一眼："这次见面以来，我从来没见你笑过。"

"之前干了半辈子的脏活，不假笑，日子就没法过。"邓恢释然道，"这回总算能尽情尽兴地上战场拼命了，我高兴还来不及，就不想笑了。"

如意又问："朱衣卫现在怎么样了？"

邓恢道："你徒弟离开安都之前，就下令彻底取消了白雀制度，这回跟我来的手下们，都是自愿的。"

如意听后一笑，起身找到了一个酒葫芦，仰头自己喝了一口，然后递给邓恢。邓恢也喝了一口酒，冲她扬了扬葫芦。两人目光交凝片

第四十章

刻后分开，那一夜白马上的手下留情，终成彼此沉默的默契。

邓恢低声道："殿下在找你。"如意起身，果见李同光走来。

李同光定定地看着如意："师父，北蛮至少还有两万多人，但裕州城墙已经快顶不住了。明天天一亮，他们肯定会继续强攻，我该怎么办？"

如意替他抹去脸上泪痕纵横的血泥："鸯儿，不，殿下，我已经教不了你啦。"

李同光轻声道："是你要我来打北蛮人的，说这样我就会变成一个英雄。"

如意断然回答："现在你已经是个英雄了。"

李同光嗤笑看着狼狈的自己："我这样，还是个英雄？"

杨盈的声音突然响起："你打退了北蛮人那么多回，当然是个英雄。也就是看到你射倒了王旗，我才心甘情愿地说一句，我不后悔嫁给你。"不知何时走来的她拿起李同光脚下的伤药瓶，"愣着干什么啊，去干你该干的事啊。就算我现在只是个有名无实的摄政王妃，但我还等着你打赢这场仗，能捎带着我当皇后呢。"言毕，她便快步离开。而李同光深受触动。

如意笑着看向他："听到了？"

李同光深吸一口气："听到了。"

如意再度坚定地说道："鸯儿，在我心中，你真已经成了英雄。"

李同光精神瞬间振奋，转向跟在身边的朱殷："之前四门闭锁，是不想军心散乱，但一旦城破，北蛮人就会烧杀抢掠。不能让百姓陪着我们一起死，开南城门，让他们早点逃吧。点烽火，用飞鸽通知安都，明日我们会与北蛮人殊死一战。安国存亡，在此一搏。若城破，我当殉国，还望大安子民避敌于郊野留存生机，待来日再战。"

朱殷一凛："是。"

如意看着杨盈的背影："若真有那一日，师父会陪着你。"

李同光不可置信地转头，在如意那尖利如剑的目光中，再度感觉到久违的战栗与快乐。于是他灿烂而幸福地笑了，一如这北国偶现的冬阳。

之后，李同光去巡视城防，而邓恢带着卢庚与众朱衣卫，和宁远舟、于十三及诸六道堂各据长案一端，面前摆着一张阵图，商议着新的作战之法。

宁远舟道："我们这些习武之人，其实本来就不适合像普通兵士一样作战，今天如意击破攻城车的做法启发了我。有道是擒贼先擒王，我们应该发挥自己所长，向北蛮人的将领们下手。"

邓恢点头道："沙中部的叛将我都认识，这一块交给我们朱衣卫。"

宁远舟道："我可以试试去找北蛮狼主。"

于十三想了想，道："新左贤王就交给我吧。"

丁辉也忙道："右路那个独眼的北蛮将军是我的。"

如意的话简洁至极："你们杀不了的，都可以交给我。"

邓恢笑了起来："喂，多少给我们男人留点面子。"

宁远舟道："没错，最好一人盯一个，这样有的放矢，才不会乱。"

如意无奈："那我盯左路那个脸上有刀疤的北蛮将军，这总行了吧？"

众人齐齐道："您说了算。"

一时间，营帐内的气氛轻松了许多。

宁远舟把自己腰间的袋子解下来，放在案上："这是我们六道堂造的小玩意儿，有袖弩、飞凤弹、弹针，看看哪些你们或许用得上。"

邓恢来了兴趣，把玩着："早就知道你们饿鬼道擅造机关，嘿，还真是精妙。这个怎么用？"

卢庚摸出几个瓶子："我们朱衣卫的毒药也不赖，见血封喉，啊，还有解毒药。"

于十三认了出来："万毒解，嚯，你们这个都能拿出来，可见是下血本了。老宁之前可差点被这万毒解用后没内力的事给害死。"

邓恢意外："是吗？"他看向宁远舟，"难怪那会儿在宗庙外头，你几掌就被殿下给撂翻了，我心想不至于啊，怎么也是六道堂堂主……"

宁远舟道："喂喂喂，多少给我留点面子。"

众人看着如意，又都笑了。

如意也笑了："那面子留给你们，我先出去。"

如意走到廊下，轻轻地抚着杨盈的秀发——后者护理完伤员，正累得倚在廊柱上。

杨盈回首见是如意，鼻子一酸，拉着她坐下，把头靠在了如意肩上："如意姐。"她的声音里已带了些哭腔，"我以前觉得出使安国就很苦了，可直到上了战场，才知道真正的人间惨剧是什么样子。如意姐，你说万一裕州城破了，我们该怎么办？退回安都吗？"

如意道："裕州必须守住。因为从裕州到安都，全是一马平川。这里一旦丢了，安都就再也无险可守。所以裕州在，安国在；裕州亡，安国亡。"

"可是，现在北蛮人的兵力是我们的两倍多，我们能成功吗？"

"能，"如意温柔地看着她，"知道我为什么能成为朱衣卫最强的刺客吗？因为我每次出手的时候，都是孤注一掷、不留退路。人在绝境，往往能比平常发挥出更多的潜力。"

杨盈凝眉沉思着，若有所悟。

如意摸了摸她的头发，轻声道："打仗的事交给我们来操心，你看好城里就行。对了，和鹭儿相处得还好吗？要说实话。"

"挺好的，真正相敬如宾的那种。"杨盈说着便笑了起来，"我和他刚拜完堂，他就出征了，话都没说上两句呢。但你别担心，只要这回能活下来，为了安、梧两国的盟邦之约能够长久，我会和他好好相处的。"

如意放心了许多。

"只是我心底还是一直念着元禄，念着他要我以后执掌六道堂，说我值得更大的天地的样子……"杨盈摸出了颈中的小锦囊，喃喃说道，"远舟哥哥刚才把元禄的堂徽给了我，我把它和他送给我的雷火弹放在一起。前几天看到饿鬼道的道主，我想起了他；今天看到他跟我提过的床弩，我又想起了他；以后，就算我头发白了，牙齿掉了，但看到孙子、孙女们吃的糖丸，我肯定还会想起他。"

火光中似乎浮现出了元禄的笑脸。

如意轻声道："我也会的。"

杨盈犹豫了一下，问道："如意姐，几个月前我还为了郑青云死去活来。可现在我心里还是念着元禄，这样子是不是不太好？"

如意不以为然："谁说的？只要问心无愧，女人这一辈子，不管是只爱一人，还是爱过很多人，都同样值得尊重。"

杨盈笑了起来："那远舟哥哥就危险了。万一过几年，突然冒出来一个比他更好看、更贴心的男人怎么办？"

如意还未开口，杨盈的耳后就响起了阴恻恻的笑声。她吓得一下子跳了起来，却见宁远舟正站在她身后，挽着袖子，作势要来教训她："敢说我坏话，以为你现在长大了，我就收拾不了你了是吧？"

杨盈惊笑着，忙拉了如意做挡箭牌，躲到她身后。宁远舟伸手一抓，却抓了个空，杨盈已银铃般笑着逃走了。

宁远舟把如意拉到院中角落里，盯着她道："不许移情别恋。"

如意抱了手臂，歪头笑看着他："有人对自己没信心了？"

宁远舟苦着脸，抬手抚着肚子："看在我们还没出生的孩子的分上。"

如意忍俊不禁，宁远舟却就势将她勾到了自己的怀中。

两人就这样亲密相拥着，宁远舟却道："你问阿盈那么多事，其实还是因为担心李同光？"

如意叹了口气："做帝王，与做少年将军，必然不同。"

宁远舟同意："是啊，他再天纵英才，毕竟也刚二十出头。突然被架到摄政王的位置上，军政都要一把抓，这又是反叛又是外敌的，实在是难为他了。毕竟，做权臣和把整个国家的命运都担在肩头，完全是两回事啊。"

如意却坚决地说："但他必须担得起，否则，就不配做我任辛的徒弟、大安的统帅。"

第四十章

宁远舟迟疑了一下，终于低声问道："如意，有一件事，其实我一直都想问你。我和李同光，到底对你意味着什么？"

他从身后环抱着如意，温暖的气息吹拂在如意的发丝上。

如意沉默了许久方道："你是我在人间的另一半，而他是鹭儿。"

宁远舟静了一静，方微微地笑了："那我真幸运。"他接住雪花，"当年与任辛擦肩而过，红尘万里，却终能与任如意相逢。"

回廊的另一侧，于十三和初月并肩坐在行宫回廊的角落里，望见了宁远舟和如意相拥的身影。初月突然道："于十三，我也冷。"她转头希冀地看向于十三。

于十三解下自己的披风，向她伸出手去。初月以为他要拥抱自己，轻轻闭上了眼睛，可于十三只是帮她披好了披风。

睁开眼睛，初月难掩失望地看着他："为什么到这会儿你都不肯抱抱我？天一亮，北蛮人就又要攻城了，万一我当场战死了怎么办？就抱我一会儿，对你来说，有那么难吗？"

于十三垂眸，专心地给她打着蝴蝶结："别怕，你不会有事的。我会尽我这一辈子最大的力量去守住这座城，保证让你未来几十年，都活得开开心心、漂漂亮亮。"

初月抓住他的手："你别说远了，就说我们！你明明喜欢我啊。这些天，你一直在我身边，陪我一起作战，安慰我、鼓励我。你对我有什么心思，我都感觉得到的！"

于十三温柔道："我早说过我是个浪子，我确实喜欢你，可我也喜欢美人儿，喜欢盈公主，喜欢这世上所有可亲可爱的姑娘。我这种人吧，一辈子最大的愿望，就是喝最烈的酒，交最好的朋友，杀最痛快的敌，看最美的姑娘。所以只适合漂泊和飞着，没法子定下来。"他指了指空中飘落的雪花，"看看这情势、这氛围，我这会儿要是抱了你，出于道义和责任，多半永远都没法子再放开了。你忍心看着我们后半辈子渐渐变得相看两厌，变得彼此憎恶？"

初月含泪道："可是明天我们或许都活不下去了啊，你还要飞到哪儿去？"

于十三替她抹去眼泪："飞到最后一刻，飞到飞不动为止。"

他转身欲走，初月发狠，一把抱住了他："我不许你走！我是沙西部的女王，我命令你，不许走！陪着我！"

于十三手指一搓，从指间变出一朵黄花来："看，雪花活了。"

初月一怔，下意识地放开他，接过了黄花。

"不管是女王，还是寻常人家的小娘子，都不要因为害怕，因为前路未知，就轻易托付自己。记住啦？"他就要吻上初月的额头，却在最后一秒顿住，用手指轻轻地勾了勾初月的鼻子，便转身毅然走向了风雪。初月拿着那朵黄花，瞬间泪水流了满面。

纷纷扬扬的大雪之中，天色渐渐亮起。于十三走到拐角处，在初月看不到的地方转头望向她，见她低头落泪，深深地叹了口气。

在通往裕州城的道路上，丹阳王正率领大军顶着风雪艰难前行。

大军行进得缓慢，不时有兵士不慎滑倒。丹阳王催促道："快点，再快点！朕已经飞鸽通知宁远舟，明天天黑之前必须到达裕州，他们快撑不住了！"

身旁的亲信冒着风雪大喊："可是圣上，雪太大了，根本看不清前路，马也冻坏了！"丹阳王又气又急，却是无可奈何。

风雪狂卷，遮蔽了前路，望去只见白茫茫一片。

大雪纷飞之中，北蛮人使用带火的抛石机，将一块块淋着油的巨石抛到裕州城中。有的巨石砸塌了城墙，有的飞越城墙，砸到了城中百姓家中，房舍四燃，民众哭号奔走。杨盈带着众人救火。

一座座云梯被架到城墙边，安、梧两国士兵拼命反击。

城头上，李同光与初月指挥作战。

如意、宁远舟、于十三、邓恢以及六道堂道众、朱衣卫卫众自城上跃下，融入战海中，各自奔向自己的刺杀目标，一时间，血雾四起。一番拼杀后，众人撤向城内。

城外北蛮人杀声震天，不时有抛石机抛石入城。他们再度推出了

第四十章

擂城车，撞击着城门。而城门内，安、梧两国士兵们拼死用各种木架、人力抵住城门。

奔回裕州城的人各自检查着伤势。

宁远舟虚点着人数："出去三十六个，回来的，不到一半。"

于十三费力地说："我左胳膊快不行了。"

邓恢躺在地上，不住喘气，指着小腹："我这儿中了一箭。"

半身是血的如意咬牙起身，走到他身边，不由分说地撕开他的衣物，为他剜出箭头。

巨大的擂门声传来，同样一脸尘血的李同光和初月走了过来——城防的弓箭，即将见底。

李同光却显得格外镇定："事已至此，我想收拢剩余的兵力，冲出城去，跟他们作最后一战。能杀一个是一个，能杀三个，还赚一双。如何？"

所有的人都同声回应："同意。"

宁远舟找出一个匣子打开，里面有几颗苹果大的物事："这是刚才饿鬼道的兄弟们按元禄留下的方子赶出的雷火弹，大一些，但不是那么灵光，不能丢出去就炸，得明火才能引燃，但用来在城门外再炸一圈应该足够。"他从容一笑，"本来是想留在最后的时候才用的。"

李同光应道："现在就是最后的时候！酒！"

李同光端起酒碗，受伤的诸人也强撑起身子接过。

李同光道："诸位，我李同光有幸和各位共来这世上走一遭，值了！"说"值了"两字时，他看向的却是宁远舟。

接着，他一口喝干，摔了酒碗。众人也纷纷喝尽碗中之酒，摔了酒碗。

众人强忍伤痛，纷纷翻身上马，齐聚城门内。

城门上，拖着半条残腿的丁辉指挥着兵士，高叫着"一、二、三"，点燃大雷火弹的引信后，将其整齐掷下。

雷火弹炸开，攻城的北蛮人死伤遍地，不得不退出数百米。裕州城门被士兵们从内一点点推开。

初月紧握着手中的盾和剑，难掩紧张。于十三探身，把自己枪头的红缨解下，系在初月的马头上。初月一怔，笑了起来。

并排的两匹马上，如意与宁远舟两手相握，宁远舟温柔地笑着，替如意抹去脸上的血迹。

这难得的温馨在裕州城门洞开的一刹那烟消云散，李同光率众人驰马冲杀了出去。安梧联军与北蛮人血战，一时血肉横飞。李同光的白马银枪一点点被鲜血染红。

邓恢砍伤了好几个北蛮军官，眼见前面不远处便是北蛮新左贤王，仗剑驰马冲了过去，却被北蛮士兵用长枪刺伤马腿，和马一起倒下。邓恢半身被压在马下，仍然挥动手中之剑，刺伤好几个北蛮人。但终于有一北蛮人挥刀扎向他的胸膛。

邓恢浑身一震，看向飘着雪花的天空，脸上渐渐浮现出一个久违的笑容。

雪仍未停，大战仍在继续。于十三潜近受伤的北蛮军官，干净利落地砍倒对方，抢了马，转身突破其他北蛮人的围攻，向着城门奔去。

不远处，独战的初月已然没了马匹，险被奔驰而来的北蛮骑兵用长枪刺倒。险要关头，她突然被人及时凌空拉开。

她惊魂未定，这才发现自己置身于马背上，而面前正是于十三。于十三纵马疾驰着："抓紧了！"初月一只手紧紧地抱住了他的腰，另一只手不断挥剑刺倒围上来的敌军。于十三一手执缰，一手挥剑。两人默契配合着艰难突围。

雪花纷飞，飘落在两人的肩头和发上。忽有一瞬间，初月只觉得四周的厮杀声都安静了。她伸手接住一朵雪花，唤道："于十三！"

于十三以为她出了事，急忙回头："怎么了？！"

却听初月说道："我们现在这样，算不算也共过白头了？"

于十三一怔，随后笑了起来："算。"

初月也笑了。

可就在这时，不知道从何处凌空飞来一只火蒺藜，北蛮军官挥动狼牙棒格挡，火蒺藜掉头直冲着两人的方向飞去，在空中炸裂开来。

巨响声起，于十三毫不犹豫地挡在了初月面前。气浪过后，方圆数丈的人都被掀翻在地，初月也重重地摔在了地上，半响才爬了起来。烟尘糊住了她的眼睛，她焦急地喊道："于十三，十三！"

于十三扶住了她："我在这儿！"

初月的眼睛只能模糊地看到一个人影，她既惊喜又害怕："我看不见了！"

于十三安慰道："不要紧，只是火蒺藜里的石灰，别揉，回城去，用清油洗干净就好！"

初月紧张万分："我要是瞎了怎么办？"

于十三笑了："不要紧，那样你就只能记得住我最风流潇洒的样子了。"

初月若是能看清，便应该发现他原本英俊的脸上早已满是血痕，眼睛处更是一片血肉模糊。可现下的初月只觉他语气轻松，便全然放心下来。

此时北蛮人正要突破壕沟的安梧联军防守，抬着擂木向壕沟后约数十丈的城门再次发起进攻。

城门突然开了一条缝，杨盈、腿残的丁辉带着一群老弱妇孺冲了出来。他们有的手里拿着菜刀，有的拿着削尖的木棍，大喊着："跟北蛮人拼了！"冲在前头的，正是那个献刀给李同光的老者。

宁远舟与如意此时都身负重伤，仍在拼杀，听到城门的呐喊声，两人同时回望，又惊又急："不可以！快回去！"

然而距离遥远，杨盈等人根本听不见。

于十三却听到了宁远舟的声音，当即大声叫道："老宁！"

如意与宁远舟回身看到了于十三与初月，但北蛮人的飞箭如大雨一般将四人阻隔。

宁远舟大声叫道："你们别动，我们想办法过来！"

可远处，冲出城门的父老乡亲已然有不少倒在北蛮人的刀下，杨盈虽有武器，但也险象环生。

宁远舟果断地对如意道："他们这样冲出来就是送死！我去救

十三,你带初月回去,把阿盈他们轰进城里。城门还能拖上几个时辰,哪怕躲在井里也好,只要再熬一天,就能等来援军!"

如意一震,定定看向宁远舟。宁远舟道:"我一定会平安回来的。任左使,也请相信一回宁堂主。"

如意的泪水涌了出来,她一动不动地看着宁远舟。突然,她扑了上去,在风烟中狠狠地吻了一口宁远舟,随即厉声道:"我挡箭,你抢马,走!"

两人同时飞出,一人舞动剑花,一人从北蛮人处抢来马匹,历尽艰辛,才终于来到了于十三和初月的身边。

于十三眼不能视物,听风辨物后,笑道:"美人儿,老宁,你们可来了!"他用力将初月扶上马背,"赶紧跟美人儿回城去吧。"

初月睁不开眼睛,急道:"你呢,你为什么不跟我一起走?!"

于十三轻松地笑着:"我还得陪着老宁呢!放心,我一会儿就回来!"

如意突然上前一步,紧紧地拥住了于十三。于十三一愕,随即笑了,轻声在她耳边说了几个字。

如意道:"回来,就补给你!"言毕,她翻身上马,再深深地凝视了宁远舟一眼,便一掌击向马臀。那马吃痛,奋蹄向城门方向飞奔。

宁远舟一拍于十三的肩膀:"当着我的面就敢撬墙脚,别以为我没听清。"

于十三笑得灿烂:"嘘,不能让初月听见。"他摸了摸自己的脸,"帮我看看,应该还没毁多少吧?"

宁远舟替那张已经布满伤痕却依旧英俊的脸抹去血污:"我看看,好好的,一点也没伤。"

于十三配合地长松一口气:"那就好!"

宁远舟从腰后摸出一小袋酒递到他手中:"不后悔我当初用漂亮公主的名头骗你过来送命?"

于十三仰头喝干,哈哈大笑:"痛快!我于十三,生来就是要喝最烈的酒,交最好的朋友,杀最痛快的敌,看最美的姑娘!后悔个鬼!"

第四十章

他拥抱了一下宁远舟:"先走一步!"他解下了发间那根长长的发带,系在了自己的眼上,一脚踢起脚下的长枪,带着恣意豪爽的笑容,大喊一声,在漫天大雪中向北蛮阵中冲去。

此时的如意和初月已然将杨盈等人"赶"回城内。关门的刹那,如意禁不住回头,只看见于十三飘逸的身影没入战尘与雪花中,她的泪水终于滚滚而下。

初月的视力尚未恢复,但如意的哽咽让她陡然间明白了什么,她立刻回首痛呼:"于十三!"

但她只能够看见一个模糊而飘逸的白色背影,湮没在残阳大雪中。随即,城门关闭,将她带入无尽的黑暗。

宁远舟侧对着于十三消失的方向,他不敢看自己的兄弟,却依然能冷静地藏在一处攻城车的残骸后观察着北蛮人。终于,他发现了远处王旗下的北蛮狼主。

宁远舟果断跃起,踹飞一马上的北蛮军官,抢过他手中之枪,向北蛮狼主杀去。

浴血的如意狂奔上城墙。她看到宁远舟如轻舟破海,在北蛮军中杀出一条血路,也看到宁远舟虽在离北蛮狼主十余丈时马失前蹄,但仍然如灵猿般跃起,依次踩上数名北蛮兵肩头,杀到了北蛮狼主附近。

北蛮狼主大惊,迅速策马后退。宁远舟正欲再杀向他,一眼却扫到了一北蛮军官正挥刀砍向自己身边的安国士兵——那士兵分明还是个少年,脸上有着与元禄相似的稚气。

来不及多想,宁远舟向狼主掷出手中之枪的同时,飞身扑向那安国士兵。安国士兵被扑歪了身子,险险躲过那一刀。宁远舟身在空中,后门大开,被一北蛮军官用狼牙棒击中后心。

宁远舟被巨力震得飞出。飞行中,他看到了自己的枪只刺入了北蛮狼主的右肩。他叹息回头,又仿佛看到了城墙上如意泪眼婆娑的脸。

宁远舟下意识地伸出手,想要替如意拭去泪珠,但身子已砰然着地。他眼前最后的景色,是一片血一样的黄昏。

如意俯视着城外，慢慢地，她的脸上出现了一抹笑容，轻轻地吐出了几个字："你又骗我，宁远舟。"

在她视线的另一处，李同光白衣银枪，已然只剩几个护卫，但还在奋战。

如意飞跃下城，几招杀死围困李同光的北蛮人，然后带着他再冲回城内。一番来回之下，饶是如意，也浑身是伤，气喘吁吁地倒在地上。

李同光疯狂而心疼道："师父你不用救我！"

如意却冷静地道："刚才你说错了，就算城破了，也还没有到最后的时候。梧国的援军真的快到了，你只要再熬十来个时辰，就能反败为胜。"

李同光看着破败的城墙和身后已经残破的城门："你觉得这城墙、城门，还能撑十个时辰吗？"

如意答道："天快黑了，北蛮人也不敢晚上攻城。这样我们至少能有四个时辰。"她目光扫过地上被飞石砸死的妇女和婴儿的尸身，活动了一下她几乎已难以动弹的右腿，"其余六个时辰，师父会帮你争取到的。"

李同光不解："用什么？"

如意却道："安国的国玺你是不是一直带着？"

李同光仍旧一头雾水："在杨盈那儿，她负责监国。"

如意从怀中摸出萧妍送她的凤钗："好，有国玺和这个，就够了。"

李同光终于明白过来，当下大震："不可以！你要去刺杀狼主？不可以！你伤这么重，不可能全身而退的！"他越说越乱，"师父你说过，就算有个万一，也只会陪我殉国，你不能死在我前头，你不能扔下我——"

如意用手指按住了他的唇："可我是最好的刺客，我只会倾尽全力，哪怕是孤注一掷，也要完成我的刺杀，这是远舟没有做到的事，也是我必须为大安和大梧完成的任务。"她的眼神中闪烁着剑一样的光芒，"鹭儿，你不是说过，永远都会听我的话吗？"

第四十章

李同光定定地看着她，良久，方再度在她面前单膝跪下，捧起她的指尖，仰头凝望着她："君之所愿，吾之所行。"

　　大雪纷飞。北蛮新左贤王的营帐内，一个安人跪在地上，向带伤的新左贤王汇报："我们太后和新帝，是被摄政王李同光挟持过来的。眼见城快破了，太后不想死，更怕摄政王逼她殉国……"

　　火光照来，只见这安人竟是卢庚，他接着道："小人是在归德城降了贵军的，前些天冲阵的时候，拼死逃进了裕州城。小人之前做过太后的护卫，被她认出来了，太后金尊玉贵，却受了伤，她许小人五十两金子，悄悄送小人出城，只想求大王给她母子二人一条生路。对了，太后手里还有安国国玺……"

　　有侍从附在新左贤王的耳边低语着，将卢庚的话翻译给他听。新左贤王将信将疑地看向卢庚，用生硬的汉话问道："当真？！"

　　卢庚闻言，立刻从怀中摸出了凤钗，道："这是我大安皇后册封时的凤钗，太后说，以此为证，以表诚意。"

　　新左贤王愕然接过。在帐中火把映照之下，凤钗珠光宝气，华美至极，一看便知是国之重宝。新左贤王大喜。

　　卢庚接着说道："我们太后只有二十几岁，是个倾国倾城的美人。太后说了，她知道降北之后，多半得入王帐，但太后青春年少，不想和狼主那样的老头子做伴，只要大王愿意娶她为正室，太后不仅愿将国玺献上，还愿力保母族沙西部归顺。"

　　侍从接着在新左贤王耳边翻译起来，新左贤王听罢，兴致大起："好，好，好！"连忙招手令卢庚近前，同他密密地商议起来。

　　卢庚不断点着头："是，是，是，四更左右时分，小人会亲自护送太后母子出城。明早安人一见新帝和太后都在您手中，肯定军心涣散，不战而降！"

　　夜深人静，裕州行宫破败的宫殿里，火烛静静地燃烧着。如意坐在妆镜前，为自己化上了艳丽的妆容。杨盈替她盘着宫髻，初月为她取来华服："还好裕州行宫里还收着几件先皇后的常服，就是旧了些。"

如意平静地说道："没事，糊弄北蛮人够了，而且，有娘娘陪着我，我安心。"

看着镜中的如意，杨盈替她插钗的手有些晃动。

如意向她伸出手去，道："元禄送给你的东西，借给我吧。"

杨盈含泪拿出藏在领子里的锦囊，取出元禄的堂徽，又把锦囊交给了如意。在如意取过锦囊的刹那，杨盈终于忍不住了，含泪道："如意姐，你能不能……"

初月拉住她，阻止她继续往下说。

如意默不作声地将锦囊打开，倒出三粒雷火弹，放在了装着国玺的锦盒底部。而后她展开双臂，在杨盈、初月二人的帮助下，穿上了拖裾披帛的繁丽宫装。

"北蛮以狼为图腾，可狼群里年轻的公狼们，从来都不会停止挑战狼王。"如意平静地替她们分析局面，"远舟已经重伤了狼主，裕州城迟迟不破，狼主和新左贤王，父子之间早有嫌隙。我若能抓住这个机会，一击成功，北蛮军必会内乱。不管梧国的援军何时赶来，你们都还有一线生机。"

杨盈和初月含泪点了点头。

如意拉起她们的手，眸子里映着烛火的暖光，凝视着她们："以后你们俩，一个皇后，一个女王，都要好好地做。别让男人们瞧不起我们。"

杨盈和如意齐声道："好！"

如意静默了片刻，又道："我若不成功——"

杨盈急忙道："不可能！远舟哥哥说过，你是天下最厉害的刺客。"

如意笑了："可不是嘛，我是天下最厉害的刺客，从来没有失败过。"话毕，她走向殿外，推开了殿门，只见殿外漫天飞雪。

如意略带踉跄地走出，而李同光全身甲胄，立于庭中等待着她。见如意盛装而出，李同光上前为如意披上了黑色的连帽斗篷。

丁辉递来一只金黄色的婴儿褓褓——这便是"新帝"了，是用战

第四十章

场上的死婴打扮了一番而成。李同光接过婴儿递给如意："抹过粉和胭脂了。"他的眼中含泪。

如意看着李同光，语声带着前所未有的温柔："最多哭一炷香，否则我杀了你。"

李同光一怔，眼前的如意瞬间幻化为多年前山洞中那个十七八岁的朱衣卫紫衣使少女，那时，她正嫌弃地看着他："最多哭一炷香，否则我杀了你。"

李同光也笑了："我已经长大了，不会哭了。"

如意温柔地摸了摸他的脸，决然地在朱殿的陪伴下走入夜幕。

如意微笑着，迈步走向庭院。那里，伤痕累累的安、梧将士列为两排，悉数俯首抱拳，沉默地恭送她和卢庚离去。丁辉、孔阳、金媚娘等人一身北蛮士兵装扮，跟随在两人身后。

如意便挺直了身子，踏着满地积雪，从列队的两国士兵中间穿过，走出了裕州行宫。

她与卢庚逆着风雪策马前行的身影，很快便消失在茫茫夜色之中。

雪落天地间，无声无息。

安都军营中，杜长史正指挥着士兵们运送着粮草包。

安都宫中，初贵妃给摇篮中的新帝再盖上了一层锦被，走向窗边，看着飘动的雪花，双手合十，低声祝祷。

梧都宫殿中，刚生产完的萧妍疲惫而欢喜，怀中抱着一个婴儿，目光聚在了桌上的花瓶上，瓶中有一朵干枯的黄花，那是当日如意所赠。

而通往裕州城的道路上，梧国大军正迎着风雪奔跑前行着。丹阳王心急如焚，纵马疾驰在最前方，大风吹起他身上大氅。

蹄上缚着软布的战马无声地奔驰在黑夜中，如意和卢庚一身黑衣，在夜色中伏在马背上前行着，身后是残破的裕州城门。

北蛮营帐里万籁俱静，为了独吞功劳，也为了卢庚那句"我们太后是个倾国倾城的美人"，北蛮新左贤王并未急于将安国太后携国玺来投一事告知父亲，只悄悄令人接应，直接将如意一行人带到了自己的营帐里。

入帐前，有侍女上前搜查如意，待要检查她手中的锦盒时，遭到了如意的怒斥，称她手中的是国玺，不容他人碰触，会亲手将它献给该献的人。帐内，新左贤王闻言，大笑着令人放她进去。

卢庚装出守卫的样子在帐外巡视着，经过火把时，他拔剑擦拭，却利用剑身的反光发出了信号。隐藏在各处，假扮为北蛮士兵的丁辉、孔阳、金媚娘立即四散开。

如意进入帐中，解下披风，新左贤王惊艳地看着眼前风姿卓绝又受了腿伤，显然不良于行的美人，又伸手向她索要国玺。如意状似惊恐地保护着锦盒，步步退后。

这时，北蛮狼主已被人从梦中唤醒过来，得知新左贤王瞒着他将前来投诚的安国太后引入了自己帐中。刚受了重伤的他，当即气急败坏地大步奔向了新左贤王的营帐。他旁边跟着的不停小声打报告的北蛮人，分明就是那个会说北蛮话的六道堂探子。

狼主的动静很快便惊动了正在各营帐中沉睡的北蛮贵族——侍从们小声向他们传递着营地里的流言蜚语。得知狼主要动新左贤王，觊觎权位的贵族立刻两眼放光，爬起身来便往新左贤王的营帐中赶去。也有人误听了变味儿的谣言，以为有人谋逆，也拔剑冲出。一时间，营帐中北蛮各部贵族都向着新左贤王营帐的方向赶去。

而新左贤王对此依旧一无所知，他眼中只有已入彀中的柔弱美人。

襁褓已被扔在了角落里，如意在帐中故作狼狈惊恐地躲避着新左贤王，身上披帛已被新左贤王扯断。有好几次，如意都可以杀了眼前之人，但她控制住了自己，只装出惊慌的样子与新左贤王虚与委蛇着，不时看向帐门。

听闻外间动静，如意眼中精光一闪。她一把抢过了案上的凤钗，边用钗尖指着自己的脖子，边步步后退着。新左贤王一无所觉，一脸淫笑地逼近。

这时，帐门突然被人一把掀开，北蛮狼主面色阴沉地迈入帐中。一见帐内情形，已然听信奸细所言的北蛮狼主当即大怒，怒斥儿子竟

第四十章

敢背着自己觊觎安国的太后与国玺。新左贤王着急分辩，但正在火头上的狼主哪里肯听，怒极的他竟然拔出了腰间的佩刀，新左贤王见状，也立刻拔刀自卫。

两人在帐幕中怒目对峙之际，数十高阶北蛮贵族也拥入帐幕，见父子反目，连忙各怀鬼胎地出言劝解。

如意趁机奔向帐幕一角，她忍住腿部剧烈的疼痛，踩在案上，打开锦盒，高举国玺，大声喊道："你们谁能救我，我就把国玺给谁！谁就是大安的新皇帝！"

火光之下，那金印闪闪发光，晃花了在场所有北蛮人的眼。北蛮贵族一股脑地蜂拥而上，都来争抢如意手中的金印。而如意在帐中敏捷地躲避着。

越来越多的北蛮贵族拥了过来，伸出手大叫着争抢。渐渐地，开始有人怒目挥刀砍杀其他的贵族，现场霎时血腥一片。

北蛮狼主最先察觉异样，他刚高喊了几句欲制止混战中的北蛮贵族，却被如意用凤钗顶住了颈项。

北蛮贵族们回头瞥见，都是大惊失色。新左贤王也终于反应过来，用生硬的汉语问道："你是刺客？！你想杀我父王？！"

如意微微一笑，凤钗用力扎入北蛮狼主的咽喉，顿时鲜血喷涌。

"错了！我不只想杀他一个！"趁着北蛮众人惊愕失色之机，如意远远地将手中的国玺扔到帐幕一角。北蛮贵族们下意识地上前争抢，挤作一团。

而如意则扬手将装着雷火弹的锦盒扔入帐中的火盆，在一刀干净利落地击杀了北蛮新左贤王后，她的唇角勾起一抹微笑。那是仅属于天下第一刺客的最耀眼也最神秘的微笑。

刹那间，雷火弹轰然爆炸，整个王帐瞬间化为齑粉。巨大的气浪掀翻了许多睡梦中的北蛮人。

早已分散在北蛮营帐各处的丁辉、孔阳、金媚娘拔剑冲出，杀向正慌忙奔向新左贤王营帐的北蛮军官："杀！"

裕州城门洞开，骑着白马的李同光看到了天空瞬间被耀亮，以及雷火弹碎片迸裂划过苍茫天际的光痕。他嘴角含笑，轻声吟道："银鞍照白马，飒沓如流星。师父，你再多等等，鹜儿这就来了。"

随即，他高举青云剑，大叫着："杀！"带着仅余的几千残兵向着北蛮人营地奔袭。

众人正浴血奋战中，远处朝阳渐起，天际一线隐隐出现了梧国的旗帜。

城墙上的初月和杨盈指着远方，不敢相信自己的眼睛。

初月大叫："援兵来了！"

杨盈也跟着喊道："皇兄来了！"

梧国新帝，也便是之前的丹阳王，剑指奔逃的北蛮人，下令："杀！"梧国大军奔袭而上，与北蛮人拼杀起来。

李同光与梧国新帝纵马驰骋，杀敌无数。战场之上，染血的"安""梧"两字大旗猎猎飘扬。

"万岁"声中，李同光举剑接受众将士的欢呼，却终是一口鲜血喷出，染红了脚下犹带残雪的小黄花。

众人惊骇，李同光却欢愉地笑了起来，继续高举青云剑向着阳光，一如许多年前，他得到这把剑的那一刻。

史载：天祐元年，安、梧两国战北蛮于裕州，安武帝亲督彼战，血沃千里，白骨露野；安国刺客任如意杀北蛮狼主、左右贤王等以下二十一人，北蛮贵胄尽亡。梧睿帝率军来援，遂大胜，并逐北蛮于天门关外。

任如意追封宣平侯。北蛮自此战后一蹶不振，远迁西陆，不复南侵。

天祐元年四月，安幼帝崩逝，群臣公推安武帝即帝位。天祐二年，安武帝因伤重崩逝，遗诏以宗室子为嗣帝，皇后杨盈临朝称制，史称武烈天后。

史评：裕州之战，乃中原不世之奇役也。

十余年后。

冰消雪融，艳阳高照，眼角已见风霜的初月从石上拿起一朵小黄花。

一名侍卫上前禀报："殿下，天后宣召，请您尽快赶回安都参加登基大典。"他们的身上披风，均绣着"丰"字暗纹，正是如今初月封地丰、原两州的印记。

初月叹了口气："天后又要立新帝了啊。知道了。你们不用跟着，我想一个人在这儿转一转。"

侍卫们领命退了下去，他们在兴奋地议论——登基大典这样的盛事，梧国的六道堂定会来参加。新一批的都尉中，有不少都是天后在战场上收养的孤儿。这一次，大伙儿又能聚在一起，好好地参详武艺了。

初月漫步裕州城外昔日的战场之上，看着眼前熟悉的景物，往事历历涌上心头。远处似有马蹄声响起，初月蓦然回头，恍惚中，只见一匹白马迎面冲来。

那一瞬间，她仿佛又看到了于十三身骑白马，在残阳大雪、万军之中将她一把拉上马背的样子。

初月怔怔地立在当场，待到那白马奔到她近前，人立仰起，她才看清马上之人的模样。

那少年飞身跃下，满怀歉意地向她行礼："没伤着您吧？！"少年十岁出头的年纪，俊朗洒脱，有着与故人极其近似的神采，却显然不是故人的模样。

少年愧疚地解释着："对不住，这匹马是丁叔叔刚送我的，还不怎么听话。"

初月心头骤然升起一个不可思议的猜想，她强压焦急，柔声说道："没关系，好孩子，告诉姑姑，你叫什么名字？"

少年微笑道："我叫宁十三，就是十三、十四、十五的那个十三。我还有个妹妹，叫任露盈。"

初月陡然间湿了眼眶，颤声道："十三，姑姑特别喜欢你，能不能去你家做个客啊？"

少年大方道："没问题，欢迎！我们家就在几十里外的书院。"他看到初月腰间的佩剑，便又问道，"姑姑你也会武吧？钱叔叔会酿最醇的酒，孙叔叔会舞最好的剑，你们肯定能聊得来。"

初月再也忍不住了，一把抱紧了宁十三："嗯！我们肯定聊得来！"

泪眼蒙眬中，她仿佛看到前方不远的草地上，出现了几个熟悉的身影。他们宛然仍是当年模样，正一边说笑着，一边潇洒地并肩向着原野深处的地平线走去，夕阳勾勒出他们一如往昔的剪影。

初月霎时间泪流满面。

少年吓坏了，一动不动地问道："姑姑，你，是不是哭了？"

初月满眼是泪，却又微笑起来："是啊，因为这儿清风朗日、草长莺飞，是我有生以来看过的最美好的风光。"

军士们再来寻找时，已不见沙西王的踪影。而裕州城内外，一片风光正好。繁荣和平又欣欣向荣的城市里，市井人声、孩子的读书声、笑闹声，此起彼伏。这些再平凡不过的声音，汇聚在一起，就像一首最美的曲子，回响在云霄之中，一直飘向数百里外的关山。

有道是：一念既起，因缘际会。红尘共你，关山万里。

（全书完）